KB193944

블랙 라이크 미

흑인이 된 백인 이야기

BLACK
LIKE
ME

블랙 라이크 미

존 하워드 그리핀 지음 | 하윤숙 옮김

살림

"나는 스펀지에 물을 적시고 그 위로 염색 물감을 부었다. 입가, 입술 선 주위를 스펀지로 톡톡 두드렸다. 이 부위가 항상 힘들었다."

– 본문 220쪽.

그리핀이 얼굴에 '염색 물감'을 바르는 이 사진은 이 책에 처음 실렸다. 『블랙 라이크 미』의 이번 판에는 이 사진뿐 아니라 역사적 의미를 갖는 다른 사진도 많이 실렸다. 돈 럿레지 (Don Rutledge)가 1959년 뉴올리언스에서 찍은 사진이다.

존 하워드 그리핀(1920~1980)과

엘리자베스 그리핀–보나지(1935~2000)를 추모하며 읽으며 내 아버지를 생각했다. 그가 일본에서 자랄 때 한 동네 사람들이 그의 식구들을 보며 그랬단다. "김상네는 조센징 같지 않아." 해방이 되어 귀국한 그는 직업군인이 되어 전국을 떠돌았다. 대구에 살 때 동네 사람들이 우리 식구들을 보며 그랬었다. "김 상사네는 전라도 사람 같지 않아." 아마도 그와 나는 '칭찬받는 검둥이'였던 것 같다. 검둥이였던 사람, 검둥이인 사람, 그리고 한 번도 검둥이였던 적이 없다고 믿는 사람에게 이 인상적인 체험기를 권한다.

김규항(「고래가 그랬어」 발행인)

『블랙 라이크 미』를 읽으면서, 나는 한국의 지방에서 아직도 남아 있는 '겸상 금지'가 계속 머릿속에 떠올랐다. 이건 단순히 피부색의 문제 혹은 인종의 문제만은 아니다. 한국은 회교국가인 말레이시아보다 여성의 사회참여도가 저조하고, 많은 젠더 지표들은 요르단 수준에 머물러 있다. 1959년 흑인으로 변장하고 미국을 여행했던 저자의 시도를 생각하면서, 만약 여장을 하고 지하철에 탄다면 나는 어떤 느낌을 가질까 하는 생각이 들었다. 모든 껍데기의 차별이 존재하는 한, 그것을 벗겨내고 더 인간적이며 공평한 사회를 만들기 위한 시도는 끝날 수 없다. 이 책은 인간의 상상은 위대하고, 동시에 끔찍한 진실을 드러내는 힘이 있음을 잘 보여준다.

우석훈(경제학 박사, 『88만원 세대』 저자)

흑인과 백인 사이의 거리를 좁히기 위해 흑인이 된 그리핀은 탁월한 문화기술지를 써냈다. 오바마가 대통령이 되어서 세상은 좀 좋아질까? '적대와 무시와 모욕'의 시공간을 넘어 '우정과 환대'의 세상이 올까? 그런 세상에서 살고 싶은 사람에게 그리핀이 쓴 이 참여관찰기를 권한다. 차별주의적 자본주의 사회에 살면서 우리 역시 머리로는 사민동포주의를 말하지만 적대와 차별과 배제의 논리에 푹 젖어 있다. 흑인과 백인, 남자와 여자, 장애인과 비장애인, 동성애자와 이성애자, 아이와 어른의 경계를 넘어 공존의 시대를 열어가기 위해 섬세한 만남이 필요하다.

조한혜정(연세대 문화인류학과 교수)

너무 단순하면서도 옳은 행동이기 때문에 거의 천재성에 가깝게 보이는 행동이 있다. 『블랙 라이크 미』가 바로 그런 천재성을 보인 행동이다.

시릴 코널리(런던 「선데이 타임스」)

『블랙 라이크 미』가 지닌 도덕적 위력은 시간이 지나도 줄어들지 않는다. 이 책은 지금도 우리에게 과거에 대한 가르침을 주며, 아울러 현재에 대해서도 가르침을 준다.

돈 그레이엄(「텍사스 먼슬리」)

| 차 례 |

서문

『블랙 라이크 미(Black Like Me)』가 처음 나온 지 45년이나 지난 지금 이 글을 읽노라니 유령과 함께 길을 걸어가는 기분이다. 길을 가리켜 줄 안내자도 없이 유령이 나오는 땅을 돌아다니는 여행이었다. 지난 몇 년간 소란스러운 시절을 보내면서 특히 미국 남부는 많은 변화를 겪었다. 그럼에도 여전히 민감한 문제가 많이 남아 있다. 흑백 문제는 지금도 미국인의 머릿속에 강박관념처럼 박혀 있는 가장 커다란 문제다.

'다른 존재', 즉 타자가 된다면 어떤 기분일까? 찰스턴 항구에 노예선이 처음 들어오고 나서 4세기를 지나는 동안 정말 몇 안 되는, 생각 깊고 영웅적인 극소수의 백인이 한두 번 이런 생각을 한 적이 있었다. 그러나 실제로 이를 끝까지 밀고 간 이는 한 사람밖에 없다. 텍사스 출신의 백인 존 하워드 그리핀은 아무도 생각할 수 없는 것을 생각해 냈고, 아무도 할 수 없는 일을 해냈다. 그는 흑인이 되었다.

그리핀은 신학도로서 자크 마리탱(Jacques Maritain)의 제자였으며 음악이론가, 사진작가, 소설가로 활동하다가 흑인(a Negro, 그 당시에는 아직 '아프리카계 미국인'이라는 단어가 없었다)이 되기로 결정했다.

그리핀은 피부과 전문의의 협조를 받아, 색소 변화를 일으키는 약을 먹고 강한 자외선에 온몸을 쪼였다. 이 과정에서 심한 고통을 겪었지만 그는 마침내 '해냈다.' 마지막 마무리 작업으로 머리를 삭발하자 정말 중년의 중후한 흑인이 되었다. 그는 딥 사우스 (Deep South, 미국에서 가장 남쪽에 위치한 사우스캐롤라이나, 미시시피, 앨라배마, 조지아, 루이지애나를 가리키며 때로는 플로리다와 텍사스가 포함되기도 한다. 흔히 말하는 남부의 특성이 가장 집약적인 형태로 나타나는 지역이다-옮긴이), 특히 미시시피로 들어갈 만반의 준비를 갖추었다. 이 책은 일기 형식을 띠며, 1959년 10월 28일부터 시작된다. 흑인이 되자는 생각이 맨 처음 그의 머릿속에 똬리를 틀기 시작한 날이었다. 일기는 12월 15일, 바로 긴 여정을 마치고 텍사스 맨스필드에 있는 집으로 돌아가, 다시 한 백인 가정의 남편으로, 아버지로 살기 시작한 날 끝난다.

그 뒤에는 에필로그가 이어진다. 『블랙 라이크 미』가 출간된

후 이 책이 어떤 폭풍을 몰고 왔는지 자세히 묘사되어 있다. 그리핀은 텔레비전과 라디오, 전국 신문과 잡지에서 유명 인사가 되었다. 이와 더불어 거센 비난도 뒤따랐다. 당연한 일이었다. 당시에 가장 커다란 문제였고 지금도 가장 큰 문제는 미국 백인의 입장에서는 다른 존재가 된다는 게 과연 어떤 것인지 느끼기 힘들다는 점이다.

내가 아는 한 흑인 여성이 '감정의 섬세한 결'이라는 말을 한 적이 있다. 존 하워드 그리핀은 치욕적이고도 위험한, 그러면서도 때로는 재미있고, 또 이상하게 들릴지 모르지만 희망에 찬 모험을 감행하는 동안 내가 아는 어느 백인도 겪어보지 못한 그 '감정의 섬세한 결'을 포착했다.

장담하건대 이 책이야말로 지금 우리 시대 사람들이 읽어야 할 책이다.

스터즈 터클(Studs Terkel)

2004년 시카고에서

머리말

이게 전부는 아닐 것이다. 모든 의문을 다 담아내지는 못했지만, 흑인이 억압당하는 땅에서 흑인으로 살아가는 것이 어떤 것인지 이야기하려 했다.

그래도 문제가 조금 다르다고 말하는 백인도 있을 것이다. 엄밀히 말해서 흑인의 경험이 아니며 백인이 남부에서 흑인 체험을 한 것이라고 말할 것이다.

그러나 이런 지적은 자잘한 문제를 놓고 시비를 거는 태도로밖에 보이지 않는다. 더 이상 이런 것이나 따지고 있을 시간이 없다. 원칙을 잘게 세분하면서 현안을 회피할 시간이 없다. 우리는 지면의 여백까지 빼곡히 채우면서 시시한 사항에 관해 논쟁을 벌이고 결국 논점을 흐릴 때가 많다.

흑인. 남부. 이런 것은 세부적인 문제일 뿐이다. 여기에 담긴 이야기는 다른 사람의 영혼과 육체를 파괴하는 (그리고 이 과정에서 자기 자신마저 파괴되는) 사람들에 관한, 그리고 여러 가지 이유로 서로 상대방을 이해하지 못하는 사람들에 관한 보편적인 이야기

블랙 라이크 미

다. 또한 이 이야기는 박해받고, 빼앗기고, 미움 받고, 두려움의 대상이 된 사람들에 관한 이야기다. 나는 독일에 있는 유대인일 수도 있고, 미국 내 흩어져 사는 멕시코 사람일 수도 있으며, 그 어떤 '열등한' 집단에 속한 어느 누구일 수도 있다. 세부적인 것만 다를 뿐, 결국은 같은 이야기다.

이 일은 원래, 미국 남부 지역에 거주하는 흑인에 관한 분석 자료를 꼼꼼하게 수집하여 과학적 연구 작업을 수행하기 위해 시작되었다. 하지만 나는 자료를 정리해서, 흑인으로 살았던 내 경험을 적은 일기를 여기 이렇게 책으로 펴낸다. 아무런 가감 없이 날것 그대로 세상에 내놓는다. 이 일기는, 이른바 일등 시민이 이등 시민이라는 넝마 더미 속에 내던져졌을 때 마음과 몸과 지적인 능력에 어떤 변화가 일어나는지를 추적해 나간다.

존 하워드 그리핀(John Howard Griffin)

1961년

창백한 저녁의 휴식

높이 솟은 앙상한 나무

부드러운 손길로 다가오는

나처럼 검은 밤.

− 랭스턴 휴즈(Langston Hughes)

〈꿈의 변주곡(Dream Variation)〉 중에서

남부 여행

1959년

∽

Black Like Me

1959년 10월 28일

오랫동안 내 머릿속에 맴돌던 생각 하나가 오늘 밤 다시 떠올랐다. 이번에는 전에 느껴보지 못한 강렬한 느낌으로 내 머릿속을 휘저었다.

백인이 남부에서 흑인으로 살아가려면 어떤 준비가 필요할까? 자기 힘으로 어떻게 할 수도 없는 피부색 때문에 차별을 받는다는 것은 어떤 것일까?

이런 생각이 불현듯 다시 내 머릿속에 떠오른 것은 사무실로 쓰는 헛간에서 책상 위에 놓인 기사를 보고 난 뒤였다. 남부 흑인의 자살이 늘고 있다는 기사였다. 이는 남부 흑인이 스스로 목숨을 끊었다는 의미보다는 흑인이 자신이 살든 죽든 더 이상 관심이 없는 단계에 이르렀다는 의미가 더 강했다.

상황이 몹시 좋지 않았다. 그런데도 남부 백인 국회의원 중에는 자신이 흑인과 '놀라울 만큼 조화로운 관계'를 맺고 있다고 떠드는 이들이 있다. 나는 이곳 사무실에서 어슬렁거리고 있다. 여기는 텍사스 주 맨스필드에 위치한 우리 부모 집 창고로, 아내와 아이들이 잠들어 있는 집에서 8킬로미터 정도 떨어져 있다. 창문 너머로 가을 향기가 밀려드는데 나는 자리에서 일어나지도, 잠들지도 못한 채 그저 가만히 앉아 있다.

흑인이 되는 것 말고 백인이 진실을 알 수 있는 다른 방법은 없을까? 백인과 흑인은 남부 지역에서 함께 살아가긴 하지만, 두 인종 사이에는 대화가 전혀 이뤄지지 않는다. 양쪽 모두 상대방이 어떤 삶을 사는지 알지 못한다. 남부 지역에 사는 흑인은 백인에게 진실을 말하지 않을 것이다. 백인에게 기분 나쁜 진실을 말할 경우, 그로 인해 흑인의 삶은 더 불행해질 뿐이라는 것을 오래전에 깨달았기 때문이다.

흑인과 백인 사이의 거리를 좁힐 수 있는 유일한 길은 내가 흑인이 되는 것이다. 나는 그러기로 결심했다.

나는 새로운 삶 속으로 들어가기 위한 준비를 했다. 이 삶은 어느 날 갑자기 신비하고 두려운 모습으로 다가올 것이다. 흑인이 되기로 결심하는 순간, 인종 문제 전문가라고 생각했던 내 자신이 흑인의 진정한 문제에 대해 아무것도 알지 못한다는 것을 깨달았다.

10월 29일

오후에 나는 차를 몰고 오랜 친구 조지에게 이 계획을 의논하러 포트워스(Fort Worth)로 향했다. 조지는 잡지 「세피아(Sepia)」의 발행인이었다. 이 잡지는 전 세계에 배포되는 흑인 잡지로, 판형은 「룩(Look)」과 비슷하다. 중년 나이에 몸집이 큰 조지는 오래 전부터 모든 인종에게 동등하게 일할 기회를 제공하고 각자가 적성과 잠재력에 맞는 일을 선택하게끔 배려했다. 나는 이 일에 감동을 받아 그를 존경하게 되었다. 조지는 실무 연수 훈련 프로그램을 이용해서 「세피아」를 하나의 모범적인 사례로 정착시켰고, 백만 달러짜리 포트워스 공장에서 이 잡지의 편집, 인쇄, 배포 등 모든 과정이 이뤄졌다.

아름다운 가을 날씨였다. 나는 서너 시쯤 조지의 집에 도착했다. 조지의 집 문은 언제나 열려 있었기 때문에 나는 집 안으로 들어가 조지를 불렀다.

조지가 나를 다정하게 끌어안았고, 커피를 내놓으며 앉으라고 권했다. 유리창 너머로 보이는 수영장 물 위에 낙엽이 떠다니고 있었다.

내가 계획을 설명하는 동안 조지는 두 뺨에 주먹을 댄 채 귀를 기울였다.

"미친 짓이야. 그곳에서 하릴없이 빈둥거리기만 할 걸세." 그러면서도 조지는 흥분을 감추지 못했다. 나는 남부의 인종 상황이야말로 우리 나라 전체를 더럽히는 오명이며, 해외에서 우리에게 반감을 품는 원인이라고 말했다. 또한 정말 이등 시민이 있는지, 그들이 어떤 상황에 처했는지 알아보기 위해서는 직접 그들이 되어 보는 것이 가장 좋은 방법이라고 덧붙였다.

"하지만 정말 무서울 거야. 우리 나라에서 가장 무지하다고 할 수 있는 어중이떠중이의 목표물이 될 거야. 그들에게 붙잡히기라도 하면 그들은 분명 자네를 본보기로 삼으려 들 거야."

조지는 창밖을 응시했다. 생각을 집중하느라 숨을 머금은 두 볼이 불룩해졌다.

"그런데 말이야, 멋진 생각이긴 해. 자네가 끝까지 해내리라는 생각이 들어. 지금도 말이야. 그래, 내가 뭐 도울 일은 없나?"

"비용을 부담해 줘. 「세피아」에 내 기사를 실을게. 아니면 앞으로 쓰게 될 책 내용을 일부 가져다가 잡지에 실어도 되고."

조지는 내 제안에 동의했지만, 최종 계획을 세우기 전에 「세피아」 편집장 아델 잭슨(Adelle Jackson) 여사와 의논하라고 했다. 우리 두 사람은 아델 잭슨 여사의 판단을 매우 존중했다. 그녀는 비서에서 시작해서 전국적으로 유명한 편집자가 된, 입지전적 인물이었다.

나는 조지의 집을 나와 잭슨 편집장을 방문했다. 내 이야기를 들은 잭슨 편집장의 첫 반응은 한마디로 불가능하다는 것이었다. "지금 시작하려는 일이 장차 어떤 식으로 발전할지 잘 모르시는

군요, 존."

잭슨 편집장은 장차 내 책이 출간되면 증오에 사로잡힌 온갖 집단으로부터 거친 비난이 빗발칠 것이라고 했다. 이들은 나를 모략하는 일이라면 무엇이든 서슴지 않고 저지를 것이며, 점잖은 백인이라도 다른 사람이 지켜보는 자리에서는 두려워서 내게 조그만 호의도 보이지 않을 것이라고 했다. 또한 선한 의도를 가진 남부 사람 사이에서조차도 백인이 흑인으로 가장한 것이 괜스레 자세를 낮추는 역겨운 행동이라고 받아들일 경향이 있으며 또 다른 쪽에서는 "자꾸 시끄럽게 휘젓지 말고 모든 일을 평화로운 상태로 놔두자."는 의견도 있다.

그리고 나서 나는 집에 들러서 아내에게 이 계획을 알렸다. 아내는 놀란 마음을 다소 진정시킨 뒤, 내가 이 일을 꼭 해야 한다면 그렇게 하라고 흔쾌히 동의해 주었다. 내 계획에서 아내가 맡아 주어야 할 몫도 있었다. 아내는 내가 없는 동안 아버지와 남편 자리가 비어 가정생활이 만족스럽지 못하더라도 세 아이와 함께 잘 이끌어나갈 것이라고 했다.

나는 밤늦게 내 창고 사무실로 돌아왔다. 열린 유리창 너머로 들리는 개구리와 귀뚜라미 울음소리에 밤의 정적이 더욱 깊어갔다. 차가운 바람이 불어와 숲속에서는 낙엽이 바스락거렸다. 어디선가 금방 뒤엎은 땅 냄새가 풍겨 왔다. 불과 몇 시간 전까지 트랙터가 땅을 일구었던 모양이다. 고요한 밤의 정적 속에서 향긋한 땅 냄새가 사방으로 퍼지는 것을 느꼈다. 밭도랑 사이에서는 지렁이가 다시 땅속으로 기어들어가느라 땅을 파고 있을 것이고, 숲속에서는 동물들이 어슬렁거리며 밤 시간 먹을거리를 찾거나 발정 난 암컷을 찾아다닐 것이다. 외로움이 몰려오기 시작했다. 내가 정말 그 일을 해낼 수 있을까? 내가 결심한 일에 대한 두려움도 몰려왔다.

10월 30일

나는 잭슨 편집장, 조지 레비탄, 댈러스 사무실에서 온 FBI 요원 세 사람과 함께 점심식사를 했다. 내 계획이 그들의 관할구역에서 진행될 것도 아니고, 그들이 어떤 식으로든 도움을 줄 수 있을 것이라고도 생각하지 않았지만 그들이 사전에 내 계획을 아는 것이 좋겠다고 판단했다. 우리는 이 계획에 대해 상당히 깊이 의논했다. 나는 이름도 신분도 바꾸지 않을 생각이었다. 내가 누구인지, 직업이 무엇인지 질문을 받으면 사실대로 대답할 것이다.

　　나는 그들에게 물었다. "내 피부색에 관계없이 존 하워드 그리핀으로 대해 줄까요? 아니면 내가 여전히 같은 사람인데도 어느 이름 없는 흑인으로 대할까요?"

　　"지금 농담하십니까? 아무도 당신한테 질문 같은 건 하지 않을 겁니다. 당신을 보는 순간 바로 '아, 흑인이구나.' 할 것이고,

그러고 나면 당신에 대해 더 이상 알고 싶은 것도 없을 겁니다."
그들 중 하나가 이렇게 말했다.

11월 1일

뉴올리언스

밤이 시작될 무렵 나는 비행기에서 내렸다. 프렌치쿼터(French Quarter, 뉴올리언스의 구 시가지—옮긴이)에 있는 몬텔레온(Montele-one) 호텔에 짐을 푼 뒤 바로 거리로 나섰다.

낯설었다. 내가 앞을 보지 못했을 때 이곳에 온 적이 있었고 이 프렌치쿼터에서 지팡이 보행법을 배웠다. 앞을 보지 못했던 시절에 찾았던 바로 그곳을 두 눈으로 보니 강렬한 흥분이 내 몸을 휘감았다. 나는 몇 킬로미터나 되는 거리를 걸어 다녔다. 한때 냄새와 소리로 알았던 그 모든 것을 눈으로 직접 확인하려고 애썼다. 거리는 관광객으로 붐볐다. 나는 이들 속에 섞여 걸었다. 좁다란 길, 철 그물망으로 장식한 발코니, 얼핏 보이는 안뜰의 풍경, 넓은 돌이 깔려 있는 뜰 위로 환한 조명이 비치고 초록빛 식물과 넝쿨이 어우러진 아름다운 광경이 펼쳐졌다. 나는 눈앞의 모든 광경에 넋을 잃은 채 매료되었다. 가로등만 휑뎅그렁한 채 인적이 끊긴 길모퉁이도, 네온사인이 번쩍이는 로열 스트리트도 모두 마법 같았다.

나는 화려한 술집 앞을 지나갔다. 호객꾼이 내 팔을 잡아끌었다. 안에 들어가면 '끝내주는 여자'가 엉덩이를 흔들면서 멋진 춤을 선보일 거라고 유혹했다. 그러면서 문을 열어 내부 풍경을 보여주었다. 푸른 연기가 자욱한 가운데 핑크빛 스포트라이트가 길게 선을 그리며 희뿌연 실내를 어지러이 가로지르고, 거의 벗다시피 한 여자들이 꽃 같은 맨살을 드러내고 있었다. 나는 술집을 그대로 지나쳐 계속 어슬렁거리며 걸었다. 여기저기 술집에서 재즈 음악이 울려 퍼졌다. 거리에는 온통 오래된 돌 냄새, 크리올(서인도 제도, 중남미로 이주한 백인을 가리키며 주로 프랑스와 스페인 사람의 자손이다-옮긴이) 요리와 커피 향기가 가득했다.

나는 브루사드(Broussard) 식당의 멋진 안뜰에서 저녁식사를 했다. 하늘에서 수많은 별이 쏟아지는 가운데 위트르 바리에(huîtres variées, 프랑스 굴 요리의 일종-옮긴이), 그린 샐러드, 화이트와인, 커피가 어우러진 맛있는 식사를 했다. 과거 몇 년 동안 이 식당에 올 때면 늘 먹던 메뉴였다. 나는 식당 안에 있는 모든 것에 눈길을 주었다. 조명, 나무, 촛불을 밝힌 식탁, 작은 연못, 이 모든 것을 마치 섬세한 카메라 렌즈로 들여다보듯 하나씩 음미했다. 잘 차려입은 웨이터와 손님, 멋진 음식에 둘러싸인 채 나는 앞으로 며칠 후면 살게 될 이 도시의 다른 지역을 생각했다. 뉴올리언스에서 흑인이 위트르 바리에를 먹을 수 있는 곳이 있을까?

나는 10시에 식사를 마치고 뉴올리언스에 사는 오랜 친구에게 전화를 걸었다. 그는 자꾸 자기 집에 와서 머물라고 했다. 나는 마음이 놓였다. 내가 흑인으로 변신하는 동안 호텔에 머문다면 어떤 어려움을 겪을지 내다보였기 때문이다.

11월 2일

아침에 일어나 의료정보 서비스에 전화를 걸어 몇몇 유명한 피부과 전문의 이름을 문의했다. 의사 세 명의 이름을 알려주었다. 처음 전화를 건 의사와 바로 약속을 잡을 수 있었다. 나는 전차를 타고 이 의사를 찾아가 용건을 말했다. 이런 일을 해 본 경험이 없는 의사였지만 내 계획에 기꺼이 참여해서 도움을 주려고 했다. 의사는 내 의료기록을 검토한 뒤 잠시 기다려 달라고 하면서, 피부를 검게 만드는 가장 좋은 방법에 대해 동료 몇 명과 전화상으로 의논해 보겠다고 했다.

얼마 후 그가 다시 돌아와 동료들과 의논한 결과를 알렸다. 내복약을 먹은 뒤 자외선을 쐬는 방안이 가장 좋겠다는 게 모두의 공통된 의견이라고 했다. 의사 설명에 따르면 이 방법은 얼굴과 몸에 흰 반점이 생기는 백반증 환자에게 주로 사용된다. 이 약이 나오기 전까지 백반증 환자는 사람들 앞에 나설 때 팬케이크 화장을 해야 했다. 그러나 이 치료법은 위험 가능성이 있었다. 피부 색소를 검게 만들기까지 대략 6주에서 3개월 정도가 필요했다. 나는 그렇게 많은 시간적 여유가 없다고 했다. 결국 우리는 치료

속도를 높이기로 결정했고, 내 몸이 약을 견뎌 내는지 피 검사를 통해 계속 상태를 확인하기로 했다.

나는 처방전을 받아서 집으로 돌아와 알약을 삼켰다. 두 시간 후 치료용 태양등 아래 온몸을 내놓고 자외선을 쏘였다.

내 오랜 친구인 이 집 주인은 대부분의 시간을 밖에서 보냈다. 나는 이 친구에게 말할 수 없는 특별한 용무가 있다고 밝혔고, 설령 내가 작별 인사도 없이 어느 날 홀연히 이 집을 떠나더라도 놀라지 말라고 일러두었다. 그가 어떤 편견을 가졌다고는 생각하지 않는다. 그러나 나는 그가 어떤 식으로든 내 일에 개입되는 것을 원치 않았다. 앞으로 내 이야기가 공개되고 그가 내게 장소를 제공한 사실이 알려지면 이를 불쾌하게 여긴 편협한 사람이나 주위 동료에게 보복을 당할지도 모르기 때문이다. 그는 내게 집 열쇠를 넘겨주었고, 설령 주인과 손님의 일반적인 관계 양상과 같지 않더라도 걱정하지 말고 서로 각자의 일정대로 움직이자고 합의했다.

나는 저녁식사 후 전차를 이용해서 시내로 나갔다. 사우스 램퍼트(South Rampart) 스트리트와 드리아데스(Dryades) 스트리트에 걸쳐 있는 흑인 구역 몇 군데를 걸어 다녔다. 너저분한 주택을 따라 카페와 술집, 온갖 종류의 가게가 뒤섞인 빈민가였다. 나는 어딘가 틈바구니가 있지 않을까 이리저리 찾아다녔다. 흑인의 세계로 이어지는 입구, 어쩌면 흑인과 직접 만날 수 있는 그런 틈이 없는지 찾았다. 아직까지는 내게 그런 곳이 허용되지 않았다. 장차 내가 '거쳐 지나야 할' 그 흑인으로의 이행의 순간이야말로 가장 큰 관심사였다. 나는 어느 지점에서, 어떤 방식으로 다른 세계로 옮겨가게 될까? 백인 세계에서 흑인 세계로 들어가는 것은 매우 복잡한 문제다. 아무도 눈치 채지 못하게 장벽을 넘어 이 세계에서 저 세계로 넘어가기 위해 나는 틈바구니를 찾아다녔다.

11월 6일

지난 나흘 동안 나는 병원 진료실이나 내 방에 틀어박혀 눈에 면 패드를 덮은 채 태양등을 켜 놓고 그 아래서 시간을 보냈다. 두 차례 피 검사를 실시한 결과 간에 손상을 줄 만한 특별한 징후가 발견되지 않았다. 그러나 약 때문에 항상 몸이 축 늘어지면서 나른했고 토할 것처럼 속이 울렁거렸다.

마음씨 착한 의사는 내가 흑인과 어울리는 동안 생길 수 있는 많은 위험성에 대해 염려하는 말을 들려주었다. 그동안 시간을 갖고 생각하면서 의사는 이런 시도가 과연 현명한 것인지 의심하기 시작했고, 어쩌면 이번 일에 강한 책임감을 느끼는 것 같았다. 그는 가족들이 때때로 내 안전을 점검할 수 있도록 어떠한 경우에도 대도시를 벗어나지 말라고 당부했다.

"난 사람에게 인류애가 있다고 믿어요. 흑인도 존중하고요. 하지만 인턴 시절 봉합 수술을 하러 사우스 램퍼트 스트리트에 갔던 일을 잊을 수가 없어요. 서너 명이 아마 술집이나 한 친구 집에 함께 앉아 있었을 겁니다. 이들은 1분 전까지 분명 친구였을 테고, 그러다가 무슨 일이 벌어져 그중 한 사람이 칼에 찔렸겠지요. 우리는 그들을 위해 기꺼이 뭐든 하려 하지만 자기네들끼리 서로를 그렇게 공격해 대기 때문에 우리 입장에서도 어려움이 있어요. 그들에게 정의감이 너무 없기 때문에 어쩌면 당신에게 해를 끼칠지도 모른다는 두려움이 드는데 어떻게 그들에게 정의로운 도리를 다할 수 있을까 하는 생각이 들어요."

이 얘기를 하는 의사의 얼굴이 정말 슬퍼보였다. 나는 그동안 흑인을 만나본 결과 그들 스스로도 이러한 딜레마를 알고 있다고 그에게 말했다. 또 그들은 자기 인종을 단결시키는 한편 그들 인종 전체에 나쁜 영향을 미칠 폭력이나 전술 또는 어떤 부정도 옳지 않은 것으로 정리하기 위해 무진 애를 쓰는 중이라고 말했다.

"그렇다니 정말 다행이네요." 의사는 이렇게 말하기는 했지만 분명하게 확신하는 것으로 보이지는 않았다.

그리고 의사는 어떤 흑인이 자신에게 들려준 얘기를 내게 들려주었다. 흑인 중에서도 피부색이 밝은 사람일수록 훨씬 믿을 만한 사람이라고 했다. 나는 지성을 갖춘 사람이 이러한 통념을 그대로 믿는다는 게 놀라웠으며 흑인이 그런 말을 입에 올린다는 점도 놀라웠다. 이런 얘기는 결과적으로 피부색이 검은 흑인을 더욱 열등한 지위로 떨어뜨리고 피부색으로 사람을 판단하는 인

　　　　　　　　　　　　　　　　블랙 라이크 미

종주의적 사고에 더욱 힘을 실어주기 때문이다.

　태양등 아래 누워 있지 않을 때에는 뉴올리언스의 지리를 익힐 겸 거리를 돌아다녔다. 나는 매일 프렌치 마켓 부근 인도에 있는 구두닦이 노점에 찾았다. 나이가 제법 많은 그 구두닦이는 덩치가 크고 머리가 좋았으며, 말솜씨도 아주 좋았다. 그는 제1차 세계대전에 참전했다가 다리 한쪽을 잃었다. 그에게서는 남부 흑인의 비굴한 모습이 보이지 않았다. 그러나 매우 공손했으며, 어떤 성격의 사람인지 잘 알 수 있었다(그렇다고 내가 그를 잘 안다는 환상을 품지는 않았다. 그는 매우 똑똑한 사람이었기 때문에 어떤 백인에게도 그런 특권을 허용하지 않았다). 내가 글을 쓰는 작가라는 것과 딥 사우스 지역의 생생한 상황과 인권을 조사하기 위해 다니는 중이라고 그에게 말했다. 그러나 내가 흑인이 되어 이 모든 작업을 진행할 계획이라는 건 밝히지 않았다. 우리는 통성명을 나누었다. 그의 이름은 스털링 윌리엄스(Sterling Williams)였다. 어쩌면 그와의 인연이 내가 흑인 사회로 들어가기 위한 연줄이 될지도 모른다는 생각이 들었다.

11월 7일

아침에 의사를 찾아갔다. 오늘이 마지막 만남이다. 지금까지 진행 상황을 보면 우리가 기대했던 것만큼 완벽하지도 않고, 변화

속도도 빠르지 않았다. 그러나 바탕 색조를 칠할 검은색 염료가 있었고, 이를 이용해서 얼룩진 부분을 완벽하게 마무리할 수 있었다. 또한 내 머리는 전혀 곱슬곱슬하지 않기 때문에 완전히 삭발하는 편이 좋겠다고 결정했다. 약 복용법도 정했다. 시간이 지나면 내 피부는 점점 더 검은색을 띨 것이다. 이제 여기서부터는 나 혼자 가야 했다.

의사는 여러 가지로 미심쩍어 하면서 마음을 놓지 못했고, 어쩌면 내가 흑인으로 변신하는 일을 괜스레 도왔다고 후회하는지도 몰랐다. 그는 여러 가지 당부의 말을 재차 확인하며 내게 다짐을 받았고 낮이든 밤이든 가리지 말고 곤란한 일이 생기면 바로 연락하라고 했다. 내가 진료실을 나서자 의사는 내 손을 잡으면서 심각하게 말했다. "이제 사람들에게서 잊히겠군요."

뉴올리언스에 한바탕 차가운 바람이 몰아쳤다. 그 덕분에 오늘은 태양등 아래에 누워 있는 시간이 한결 기분 좋았다. 오늘 밤 머리를 삭발하고 여행을 시작하리라 마음먹었다.

오후에 친구가 내 모습을 보고는 무척 놀랐다. 그러나 따뜻한 배려를 잊지 않았다. "네가 무엇을 하려는지 모르지만, 솔직히 걱정돼."

나는 그에게 걱정하지 말라고 말한 뒤 오늘 밤 안으로 떠날 거라고 말했다. 친구는 외출 약속이 있지만 취소하겠다고 했다. 나는 그러지 말라고 했다. "내가 떠날 때 네가 집에 없었으면 해."

"뭘 하려는 거야? 푸에르토리코 사람이 되려는 거야? 아니면 다른 거?"

"그 비슷한 거라고 할 수 있어. 여러 갈래 길이 있을 테니까. 이번 일에 대해서 넌 아무것도 몰랐으면 해. 네가 이 일에 관련되는 걸 원치 않아."

친구는 5시에 집을 나섰다. 나는 저녁식사를 간단히 때운 뒤 커피를 여러 잔 마셨다. 조금이라도 시간을 미루고 싶었다. 머리를 삭발하고 얼굴에 검은 칠을 하고 흑인이 되어 뉴올리언스 밤거리를 나서야 하는 순간을 조금이라도 늦추고 싶었다.

나는 집에 전화를 걸었다. 아무도 전화를 받지 않았다. 공포감이 밀려왔고 온 신경이 터져버릴 것만 같았다. 마침내 나는 머리를 자르고 면도를 시작했다. 몇 시간이 흐르고 많은 면도날을 허비한 뒤에야 매끈둥한 머리통이 내 손에 느껴졌다. 집 안에는 정적만이 감돌았다. 밤이 깊어가면서 드문드문 덜커덩거리는 전차 소리가 들려왔다. 나는 한 겹 한 겹 염료를 칠하기 시작했다. 한 번 칠할 때마다 미처 스며들지 않고 겉에 남은 염료를 닦아냈다. 그런 다음 샤워를 하면서 찌꺼기를 말끔히 씻어냈다. 그동안 절대로 거울을 보지 않았다. 옷을 다 차려입고 짐을 꾸리기 전까지는 거울을 보지 않았다.

나는 집 안의 불을 모두 끄고 욕실로 들어가 문을 닫았다. 깜깜한 어둠 속에서 거울을 마주하고 섰다. 내 손을 서서히 전기 스위치로 가져갔다. 나는 일부러 더 힘껏 스위치를 켰다.

흰 타일 위로 빛이 쏟아졌고 거울 속에서 웬 낯선 남자가 나를 쳐다보았다. 대머리에 인상이 사나운 시커먼 흑인이 거울 속에 있었다. 나와는 한 군데도 닮은 데가 없었다.

완벽한 변신이었다. 하지만 충격적이었다. 나는 그저 변장하는 정도라고 생각했는데, 전혀 그게 아니었다. 나는 전혀 알지 못하는 낯선 사람의 육체 속에 갇혀 버렸다. 나랑은 조금도 비슷한 구석이 없고 아무런 친밀함을 느끼지 못하는 다른 존재 속에 갇혀 버린 것이다. 과거의 존 그리핀은 존재의 흔적조차 남지 않고 완전히 지워져 버렸다. 게다가 마음속 깊은 곳까지 의식의 변화가 일어나면서 나를 고통 속으로 몰아넣었다. 나는 거울을 응시했다. 백인 존 그리핀의 과거는 어디에서도 찾을 수 없었다. 오히려 그 모습은 저 먼 아프리카로, 빈민가로, 판잣집으로 이어졌고, 흑인이라는 낙인에 맞서 아무 소용도 없이 싸우던 일과 연결되었다. 정말 갑작스러웠다. 마음의 준비도 없이, 사전에 어떤 예고도 없이 한순간에 이 모든 것이 선명하게 떠올랐고, 내 모든 존재 속으로 스며들었다. 이에 맞서야 한다고 여겼다. 그러나 너무 멀리 와 버렸다. 검은 색이 벗겨지지 않는 한 변장한 백인 같은 건 어디에도 없음을 알았다. 피부가 검은 사람은 이전에 어떤 존재였든 상관없이 그대로 흑인이 되는 것이다. 나는 흑인으로 새로 태어났으며, 이제 저 문 밖으로 나가 낯선 세계에서 살아가야 한다.

소름이 돋을 정도로 너무도 완벽한 변신이었다. 이는 내가 전혀 상상하지 못한 일이었다. 나는 두 사람이 되었다. 한 사람은 관찰하는 이고, 다른 한 사람은 공황상태에 빠져 뼛속 깊은 곳까지 흑인을 느끼는 이였다. 엄청난 외로움이 몰려왔다. 내가 흑인이 되었기 때문이 아니라 한때 나였던 존재, 내가 아는 자아가 다른 이의 육체 속에 가려 보이지 않았기 때문이다. 아내와 아이들이 있는 집으로 돌아가더라도 가족은 나를 알아보지 못할 것이다. 문을 열어주고는 나를 멀뚱히 바라볼 것이다. 아이들은 이 덩치 큰 대머리가 누군지 궁금해할 것이다. 친구들 앞으로 걸어가더라도 그들 중 누구 하나 눈을 깜박거리면서 나를 알아보는 기색을 보이지 않을 것이다.

나는 존재의 비밀을 건드렸고 내 존재감을 잃었다. 이 때문에 내 자신이 황폐해졌다. 그리핀이었던 존재가 사라져 버렸다.

무엇보다도 끔찍한 것은 이 낯선 존재에 대해 내가 어떤 동료의식도 느낄 수 없다는 점이었다. 나는 이 낯선 존재의 생김새가 마음에 들지 않았다. 어쩌면 처음이라서 충격적으로 받아들이는 것일 뿐이라고 생각했다. 그러나 이미 일은 벌어졌고, 되돌릴 수 없었다. 앞으로 몇 주일 동안 나는 이 늙은 대머리 흑인으로 살아야 한다. 내 얼굴색과 피부에 적대감을 품은 땅 위를 걸어 다녀야 한다.

어떻게 시작해야 할까? 저 바깥에는 밤이 나를 기다리고 있다. 수많은 질문이 떠올랐다. 또 다시 낯선 상황이 충격으로 다가왔다. 이 밤중에 나는 나이든 사람으로 새로 태어났으며, 이제 새로운 삶 속으로 들어가야 한다. 이런 사람이라면 어떻게 행동할까? 먹을 것과 마실 물은 어디서 구하며, 잠자리는 어디서 찾을까?

전화벨이 울렸다. 온 신경이 전율하면서 경련을 일으켰다. 나는 전화를 받아, 집 주인이 저녁 약속에 나갔다고 말했다. 또 다시 낯선 느낌, 비밀스런 자각이 생겼다. 전화기 저편에 있던 사람은 자신이 흑인과 통화했다는 사실을 알지 못할 것이다. 아래층에서 오래된 시계로부터 종소리가 부드럽게 울려 퍼졌다. 세어보지 않았지만 12시라는 걸 알았다. 떠나야 할 시간이었다.

나는 누가 보지 않을까 다른 사람의 이목을 엄청 의식하면서 집 밖으로 나왔다. 사방이 깜깜했고, 아무도 보이지 않았다. 나는 길모퉁이 쪽으로 걸어갔다. 가로등 아래에 발길을 멈추고 전차를 기다렸다.

저편에서 발자국 소리가 들렸다. 어둠 속에서 서서히 백인 한 명이 모습을 드러냈다. 그는 내 옆에 와서 섰다. 이런 일은 내게 처음이었다. 내가 먼저 고개를 끄덕이면서 인사를 건네야 할까, 아니면 그냥 이대로 있어야 할까? 그는 나를 뚫어지게 바라보았다. 나는 그 자리에 조각처럼 굳은 채, 행여 이 사람이 말을 걸어오지 않을까, 혹시 나를 의심하지는 않을까 속으로 생각했다.

밤 공기가 차가운데도 온몸에 축축하게 땀이 뱄다. 이 역시 난

블랙 라이크 미

생 처음이었다. 이런 모습을 한 성인 흑인이 처음으로 흘리는 땀이었다. 흑인 그리핀이 흘리는 땀은 예전에 백인 그리핀이 흘리던 땀과 똑같은 느낌을 내 몸에 전할까? 어렴풋이 그런 생각이 들었고 마치 어린애가 새로운 것을 경험하기라도 한 듯 신기한 발견처럼 다가왔다.

전차가 유리창 사이로 창백한 빛을 쏟아내며 서서히 다가와 멈췄다. 나는 백인부터 타야 한다는 사실을 떠올렸다. 그는 요금을 지불하고, 나를 전혀 개의치 않은 채 빈 자리로 걸어갔다. 성공이다. 나는 첫 승리를 거두었다. 백인이 나를 전혀 의심하지 않은 것이다. 내가 요금을 지불하자 전차 승무원이 친절하게 고개를 숙였다. 뉴올리언스의 전차는 백인과 흑인의 좌석을 구분하지 않지만 나는 뒤쪽 자리에 가서 앉았다. 전차 안에 있는 흑인이 흘긋 나를 쳐다보았지만 그들의 눈길에서는 아무런 의혹도 관심도 느낄 수 없었다. 자신감이 생기기 시작했다. 나는 한 사람에게 어디 가면 좋은 호텔이 있는지 물었다. 램퍼트에 있는 버틀러(Butler) 호텔이 꽤 괜찮다고 말하면서, 중심가에서 어떤 버스를 타면 되는지 알려주었다.

나는 중심가에서 내렸다. 도심 한복판을 가로지르는 카날 스트리트(Canal Street)를 따라 양손에 작은 가방을 하나씩 들고 걸었다. 얼마 전 호객꾼이 내 팔을 잡고 끌어가던 선술집과 유흥시설 앞을 지나갔다. 호객꾼은 여전히 바쁘게 움직이며 들어와 여자를 구경하라고 백인들을 유혹했다. 반쯤 열린 문 사이로 담배 연기와 술 냄새, 뭔가 축축한 냄새가 확 풍겼다. 예전과 똑같은 냄새였다. 오늘 밤에는 호객꾼이 내 팔을 잡지 않았다. 내 모습이 보이긴하지만 전혀 눈에 들어오지 않는 모양이었다.

나는 드러그스토어(미국에서는 약품류 이외에 일용 잡화·화장품·담배·책 등도 팔고 소다수·커피 등도 판다-옮긴이)에 들어갔다. 이곳에 온 뒤 단골로 다니던 곳이었다. 나는 담배 코너로 향했다. 매일밤 보곤 하던 여자애가 그 자리에 서서 내 주문을 받았다.

"피카윤 한 갑 줘요." 멍하니 쳐다보는 여자애에게 대꾸하듯말했다.

여자애는 내게 피카윤을 건넨 다음 내 손에 든 지폐를 받고 거스름돈을 건넸다. 나를 전혀 알아보지 못하는 눈치였고, 예전에주고받던 농담 같은 것도 당연히 없었다.

이번에도 어린애 같은 반응이 나왔다. 거리 냄새며, 드러그스토어 특유의 향수와 아르니카 팅크 냄새는 예전 백인이었을 때에나 흑인일 때에나 똑같다는 생각이 들었다. 다만 흑인이 된 지금은 소다수 판매대 쪽으로 갈 수 없으며, 라임수를 주문하거나 물한 잔을 얻어먹을 수 없었다.

나는 버스를 타고 사우스 램퍼트 스트리트로 갔다. 선술집 근처에만 사람이 보일 뿐 거리에는 인적이 끊긴 채 아무도 오가는사람이 없었다. 나는 버틀러 호텔에 들어갔다. 카운터 너머에 한 남자가 여자 손님을 위해 바비큐 샌드위치를 만드는 중이었다. 곧 끝나는 대로 방을 마련해 주겠다면서 잠시만 기다리라고 했다. 나는 한쪽 탁자에 앉아 기다렸다.

덩치 큰 흑인 한 명이 즐거운 표정으로 들어와 카운터 앞에 앉았다. 그는 나를 보고 살짝 웃으면서 말을 건넸다. "머리는 정말 면도기로 민 거요?"

"네, 별로인가요?"

"아니, 반들반들 하네요. 아주 멋져요." 여자들이 대머리 남자라면 사족을 못 쓰는 것으로 알고 있다고 했다. "대머리야말로 대단한 섹스 능력을 증명하는 표시라고 하더라고요." 그 남자는 내가 그런 이유 때문에 머리를 밀었다고 생각하는 모양이었다. 그렇게 생각하도록 내버려두었다. 우리는 격의 없이 이야기를 나누었다. 나는 그에게 이 부근에서 가장 좋은 호텔이 어디인지 물었다. 길 아래쪽에 있는 선셋(Sunset) 호텔이 좀더 나을 거라고 했다.

나는 가방을 들고 문 쪽으로 걸어갔다.

"또 봐요, 대머리." 그가 등 뒤에서 소리쳤다.

저편에 보이는 오렌지색 네온사인을 따라 선셋 호텔까지 걸어갔다. 호텔은 술집 옆에 붙어 있었다. 로비는 작고 칙칙한 분위기였다. 나는 데스크 앞에서 잠시 기다렸다가 벨을 눌렀다. 필시 자다가 일어난 게 분명한 한 남자가 바지 단추를 채우며 속옷 바람으로 나왔다. 숙박료는 선불로 내야 하며 방에 여자들을 끌어들이는 것은 허용되지 않는다고 했다. 나는 2달러 85센트를 지불했다. 남자는 나를 2층으로 안내했다. 계단은 좁고 삐거덕거렸다. 남자가 내 방 문을 여는 동안 나는 뒤에서 어깨 너머로 방 안을 들여다보았다. 창문조차 없는 휑뎅그렁한 방이었다. 나는 그냥 나가버릴 뻔했다. 그러나 이보다 더 나은 곳을 찾지 못할 것이라는 생각이 들었다.

우리는 안으로 들어갔다. 방은 깨끗했다.

"욕실은 아래층 홀에 있습니다." 남자가 방을 나간 뒤 나는 문을 잠그고 침대에 걸터앉았다. 팅 하고 침대 스프링 소리가 났다. 깊은 우울 속으로 빠져들었다. 아래층 술집에서 들리는 말소리, 웃음소리, 주크박스 재즈 음악에 더욱 우울했다. 방은 더블 침대 크기 정도밖에 되지 않았다. 방문 위쪽으로 작은 창문이 나 있었고 이 방에서 유일하게 공기가 통하는 통풍구 구실을 했다. 그렇다고 신선한 공기가 들어오는 것도 아니었다. 다른 방의 공기까지 한데 뒤섞여 들어왔다. 침대 옆에는 작은 가스난로와 다 쓰러져 가는 침대탁자가 있었다. 탁자 위에는 얇은 수건 두 장과 반으로 자른 아이보리 비누가 있었다.

이제 1시가 지났다. 불빛이 너무 희미해서 글을 쓸 수도 없었다. 창문이 없으니 상자 안에 갇힌 것처럼 숨이 탁 막혔다.

나는 불을 끄고 잠을 청했다. 그러나 너무 시끄러웠다. 방문 위 작은 창문 틈으로 불빛이 들어와 천장에 걸린 팬을 비추었다. 지금은 멈춰 있는 팬의 날개 네 개가 반대편 벽에 길게 찌그러진 그림자를 드리웠다.

부근에서 개 짖는 소리가 들렸다. 주크박스에서는 다른 음악이 흘러나와 내 방의 리놀륨 마룻바닥을 타고 쿵쿵 울려댔고, 그에 따라 개 짖는 소리도 더 크게 들렸다. 이 모든 것이 자아내는, 깊은 절망과도 같은 슬픔을 떨쳐 낼 수 없었다. 소리가 사람의 영혼을 이렇게 침체시킬 수 있다는 사실이 놀랍기만 했다.

나는 바지를 걸치고 맨발로 방을 나섰다. 불빛이 희미한 좁은 홀을 따라가니 서툰 솜씨로 '남자'라고 적힌 문이 나왔다. 안으로 들어서자 물줄기 소리가 쩌렁쩌렁 울렸다. 금속 샤워기에서 뿜어져 나온 물줄기가 벽면을 사정없이 때리고 있었고, 차갑게 식은 땀과 비누 냄새가 풍겨왔다. 한 사람이 샤워하는 중이었고, 또 다른 사람은 벌거벗은 채 차례를 기다리고 있었다. 커다란 덩치에 피부색이 검은 남자는 두 다리를 앞으로 길게 뻗은 채 벽면에 기대 있었다. 비록 옷도 걸치지 않은 상태였지만 남자에게서는 위엄이 느껴졌다. 우리는 서로 눈길이 마주쳤고, 그는 고개를 숙이며 정중하게 인사를 건넸다.

"날씨가 많이 추워졌지요?" 남자가 물었다.

"네, 정말 춥네요."

"지금 나한테 뭐라고 하셨나요?" 샤워하던 남자가 타닥거리는 물소리 너머로 소리쳤다.

"아니요. 또 한 분이 왔어요."

"그렇게 오래 걸리지 않을 겁니다."

"서두를 것 없어요. 샤워할 생각이 없으신 모양인데."

욕실 시설은 낡고 녹슬었지만, 상태는 깨끗했다.

"방에 난로는 있습니까?" 욕실 바닥에 앉은 남자가 물었다. 우리는 서로 눈길이 마주쳤다. 얘깃거리를 찾아보려는 그에게서 친절함이 느껴졌다.

"네. 하지만 아직 난로를 켜 보지는 않았어요."

"정말 샤워 생각은 없으신 거죠?"

"네, 없어요. 너무 추워서요. 그렇게 옷도 걸치지 않고 맨 바닥에 앉아 계시면 몸이 얼겠어요."

남자의 갈색 눈에서 무거운 위엄 같은 게 사라졌다. "얼마 전까지 너무 더웠지요. 추워지니까 오히려 기분이 좋군요."

나는 손을 씻으러 구석 세면대 쪽으로 갔다.

"거기는 못 써요. 물이 죄다 바닥으로 쏟아질 겁니다." 나는 그가 가리키는 대로 아래를 보았다. 배수관이 없었다.

남자는 옆으로 손을 뻗더니 젖은 샤워 커튼을 확 젖혔다. "이 봐요, 잠깐 이 분 손 좀 씻게 비켜주면 안 될까요?"

"전 괜찮습니다. 기다릴 수 있어요." 내가 말했다.

"그냥 먼저 쓰세요." 남자가 고개를 끄덕였다.

"얼른 와요." 샤워 중인 남자가 말했다. 그는 샤워 물줄기를 줄

　　　　　　　　　　　블랙 라이크 미

여 졸졸 흐르게 조정했다. 샤워 커튼 안은 온통 희뿌연 수증기가 가득해서, 그의 모습이라고는 시커먼 그림자와 하얗게 빛나는 치아밖에 보이지 않았다. 나는 바닥에 앉은 사람의 다리를 타넘고 샤워기 쪽으로 가서 얼른 손을 씻었다. 샤워기 아래 있는 남자가 내 손에 비누를 얹어주어, 그 비누를 사용했다. 나는 손을 다 씻은 뒤 그 남자에게 고맙다고 했다.

"뭘요. 저도 좋습니다." 남자는 이렇게 말하고는 다시 샤워 물줄기를 강하게 틀었다.

바닥에 앉은 남자는 내게 손을 닦으라며 수건을 내밀었다. 창문도 없는 좁은 욕실 안 희미한 불빛 아래서 나는 흑인이 된 뒤 처음으로 다른 흑인과 오랫동안 접촉을 가졌다. 이런 상황에서 극적 요소가 없다는 데 바로 극적 요소가 있었다. 서로가 서로에게 예의를 갖춰야 한다고 느끼는 정중한 태도 속에, 평화로운 느낌 속에 바로 극적 요소가 있었다. 외부 세계가 우리에게 너무 모질게 굴기 때문에 우리는 서로에게 친절을 베풀어 아픔을 달래는 식으로 외부 세계에 맞서는가 하는 생각이 들었다.

"담배 필요하세요?" 내가 물었다.

"네, 그럴 것 같네요." 남자는 담배를 받으려고 몸을 앞으로 내밀었다. 머리 위에 갓도 없이 매달린 알 전구의 흐릿한 빛이 그의 검은 몸뚱이를 비췄다. 나는 바지 주머니에서 성냥을 꺼내 담배 불을 붙였다. 우리는 이 지역 정치 얘기를 나눴다. 나는 이곳에 처음 왔으며 아는 게 없다고 말했다. 그는 질문을 삼가면서도 모리슨(Morrison) 시장이 공정한 활동으로 좋은 평판을 얻었으며 흑인은 그가 주지사에 당선되기를 바란다고 설명했다. 우리 사이에 대화 자체는 별로 중요한 게 아니라는 느낌이 들었다. 우리는 잠시나마 외부 세계를 염려하지 않아도 되는 편안한 분위기를 즐겼으며, 만남을 끝내고 각자 방으로 돌아가고 싶은 마음이 없었다. 서로 격식을 차리고 존중하는 마음을 지키는 자리였지만 그래도 따스함이 전해져 왔고 즐거운 시간이었다. 이 남자는 내 이름이 무엇인지, 어디서 왔는지 한 번도 묻지 않았다.

샤워를 마친 남자가 물방울을 뚝뚝 떨어뜨리며 밖으로 나오자 바닥에 있던 남자가 몸을 일으켰다. 손에 들고 있던 담배를 변기 안으로 던져 넣고 샤워기 쪽으로 갔다. 나는 두 사람에게 인사를 한 뒤 방으로 돌아왔다. 외로웠던 마음이 다소 채워졌고 따뜻해졌다. 눈빛에서 어떤 의심도, 미움도 보이지 않을 거라고 믿으면서 마음 푹 놓고 안심하고 싶어하는, 나와 같은 처지에 있는 사람과 잠시나마 만난 덕분이었다.

11월 8일

어두운 방. 방문 위 작은 창문 틈으로 스며드는 창백한 한줄기 빛. 나는 몇 번이나 잠에서 깨어 이 빛을 보았고, 밤이 길다고 생각했다. 그때 문득 이 방에는 창문이 없다는 생각이 났다. 어쩌면 밖은 벌써 환한 낮인지도 모른다.

나는 옷을 입은 뒤 가방을 챙겨 들고 계단을 내려갔다. 램퍼트 스트리트 위로 햇빛이 눈부시게 빛났다. 로비 유리창 너머로 지나가는 차량이 보였다.

"그리핀 씨, 오늘 밤에 여기서 묵으실 건가요?" 데스크에 있는 남자가 기분 좋은 소리로 물었다.

"확실치 않아요."

"원하신다면 가방을 맡겨 놓으실 수 있습니다."

"고맙습니다. 하지만 이 안에 필요한 물건이 들어서요."

"밤에 잠은 잘 주무셨나요?"

"네, 잘 잤어요. 지금 몇 시죠?"

"11시 30분 조금 지났어요."

"어휴, 그냥 자고 일어났다고 생각했는데."

유리창 너머로 세상은 부옇게 보였다. 잠시 서서 눈이 햇빛에 익숙해지기를 기다렸다. 뭘 할까, 어디로 가지? 내가 가진 것은 갈아입을 셔츠 몇 벌, 속옷, 손수건, 200달러짜리 여행자 수표와 현금 20달러였다. 여기에다 몇 가지 약과 한 달치 염색 캡슐이 있었다.

나는 거리로 나서서, 어디 가면 먹을 것이 있을지 찾아다녔다.

아무도 나를 눈여겨보는 이가 없었다. 거리에는 온통 흑인들이 가득했다. 나는 길을 따라 어슬렁어슬렁 걸으면서 상점 유리창 안을 들여다보았다. 흑인만을 상대로 장사하는 백인 상점 주인이 출입구에 서서 내게 호객행위를 했다.

"들어와 봐요. 오늘 아주 괜찮은 특별한 구두가 들어왔는데."

"잠깐만 들렀다 가요. 안 사도 돼요. 새로 들어온 모자 하나 보여주고 싶어서 그러는 거지."

얼굴 가득 거짓 웃음을 지으면서 온갖 감언이설로 굽실거렸다.

여기는 빈민가다. 예전에 나는 이들을 본 일이 있다. 그때에는 위에서 내려다보면서 동정하는 자의 위치에서 이들을 보았다. 지금 나는 이곳에 속해 있고, 그때와는 다른 것이 보였다. 척 보기만 해도 한눈에 모든 것이 보였다. 돈 몇 푼, 어지러운 난장판, 연석에 뱉어놓은 침. 이곳 사람은 돈 몇 푼을 속이려고, 거래를 하려고, 또는 값싼 간이나 너무 많이 익은 토마토를 구하려고 바삐 걸었다. 뭐라 설명하기 힘든 절망의 악취가 풍겼다. 이곳에서는 소박한 삶이 사치였다. 사람들은 그런 삶을 누리려고 안간힘을 썼다. 나는 먹을 곳을 찾으러 거리를 지나가는 동안 단박에 이해했다. 머리를 빡빡 민 젊은 남자가 자기보다 나이 많은 여자에게 큰소리로 욕설을 퍼부었다. 여자는 웃으면서 이 남자의 얼굴에다 대고 똑같이 욕설을 퍼부었다. 두 사람은 서로에게 고래고래 고함을 질렀다. 그들 옆을 지나치는 사람은 눈을 내리깔고 입술을 다문 채 못 본 척하려고 애썼다.

이곳에서 관능성은 도피구다. 다른 방법으로는 남자다움을 증명할 길 없는 사람들이 호색을 통해 남자다움을 증명한다. 이곳에서는 정오가 되면 주크박스에서 재즈 음악이 울려 퍼졌고, 어두컴컴한 술집은 살덩어리와 와인과 맥주가 뒤섞인 시원한 냄새를 햇빛 속으로 뱉어냈다. 이곳에서는 엉덩이가 사람들의 눈길을 붙잡고, 희롱하며, 눈 속에 욕망이나 웃음을 불러일으켰다. 빈민가보다는 엉덩이를 쳐다보는 게 훨씬 기분 좋았다. 젊은 남자 한 명이 내 눈에 띄었다. 몸에는 신성한 성인의 물건을 장식했고, 눈은 유리 의안이었다. 젊은 남자는 어두컴컴한 술집에서 비틀거리며 걸어 나와 인도 가장자리 연석 위에 걸터앉았다. 곧 두 다리 사이로 음식물을 토하기 시작했다.

"어이, 키가 커서 아예 주체하지도 못하는군." 어디선가 비아냥거리는 소리가 들렸다.

남자의 고개가 앞으로 푹 꺾였고, 땀으로 번들거리는 뒤편 목덜미 주름 위로 햇빛이 쏟아졌다.

"괜찮아요?" 나는 젊은 남자 쪽으로 몸을 숙이며 물었다.

남자는 귀찮다는 듯이 고개만 끄덕였다.

"빌어먹을, 그냥 술 취한 거라고. 별일 아니야." 누군가가 말하는 소리가 들렸다.

어디선가 풍겨오는 크리올 요리 냄새에 이끌려 가다 보니 길모퉁이에 카페가 나왔다. 크지 않은 곳이었지만 실내가 밝고 부드러운 푸른색이어서 기분 좋았다. 탁자 위에는 빨간색 체크 식탁보가 깔려 있었다. 카페 안으로 들어서자 카운터 뒤에 있는 남자가 고개를 숙이며 인사했다. 나 말고는 손님이 없었다. 젊은 흑인 여자가 즐거운 표정으로 다가와 주문을 받아갔다. 곧 식사가 나왔다. 메뉴는 달걀, 거칠게 간 옥수수, 빵, 커피였고, 가격은 49센트였다. 버터도 주지 않았고, 냅킨도 없었다.

카운터 뒤에 있는 남자가 나를 보고는 웃음을 지었다. 뭔가 할 얘기가 있는 듯했다. 나는 사람을 만날 때 처음에는 되도록 말을 하지 않기로 규칙을 정했다. 남자는 내 가방에 눈길을 주면서 이곳에서 일거리를 찾는 중이냐고 물었다. 나는 그렇다고 대답한 뒤 이 도시에서 방을 얻으려면 어디가 제일 좋은지 물었다.

"여기가 끔찍하지 않은가요?" 남자는 얼굴을 찡그리며 내 탁자 쪽으로 걸어왔다.

"이곳에 사세요?"

"그렇소만." 남자는 지친 듯 두 눈을 감았다. 문 쪽에서 들어온 햇빛이 그의 관자놀이를 비추며 희끗희끗한 회색 머리카락 위에서 부서졌다.

"저쪽 드리아데스 거리의 YMCA가 아마 가장 좋을 게요. 동네도 깨끗하고 사람들도 좋지요."

남자는 내게 무슨 일을 하는 사람인지 물었다. 나는 작가라고 대답했다.

블랙 라이크 미

남자는 종종 버스를 타고 백인이 사는 좋은 동네에 가곤 한다고 말했다. "그냥 여기서 벗어나고 싶어서 가는 거지요. 그곳에 가서 거리를 걸으면서 집도 보고…… 뭐든지 보죠. 그냥 고상한 곳으로 가는 거지요. 깨끗한 공기 냄새도 맡고."

"그 기분 알아요." 나는 공감을 표시했다.

나는 남자에게 커피를 권했다. 남자는 이 도시에 관해 이런저런 얘기를 하면서, 어디 가면 일자리를 얻을 수 있는지도 알려주었다.

"이 부근에 성당이 있나요?" 잠시 후 내가 물었다.

"예, 저쪽 두 블록만 가면 드리아데스 쪽에 있지요."

"그럼 가장 가까운 화장실은 어딘가요?" 내가 물었다.

"으음, 지금은 무슨 볼일을 보시려는데? 소변 아니면 기도?" 남자는 혼자서 킬킬거렸다. 우리가 큰 소리로 말하지 않았는데도 웨이트리스가 우리 얘기를 들었는지 부엌 쪽에서 높은 웃음소리가 터져 나왔다.

"남자라면 두 가지를 함께 다 하더라도 그렇게 나쁘지는 않을 것 같네요." 내가 말했다.

"맞는 말이오. 정말 맞는 얘기예요. 이 도시에서 계속 지내다 보면 결국 제발 좀 소변 볼 곳 좀 찾게 해 달라고 기도드리다가 볼장 다 볼 겁니다. 내 말해 두지만 정말 쉽지 않소. 근처 가게에 들어갈 수도 있겠지. 하지만 화장실 좀 쓸 수 있겠느냐고 물어보기 전에 먼저 가게에서 뭐라도 사야 할 거요. 술집에는 화장실이 있지. 아니면 저 편에 기차역이나 버스 정류장, 뭐 그런 곳에 갈 수도 있지요. 그런 곳은 그냥 찾기만 하면 돼요. 하지만 그런 곳도 우리가 갈 만한 곳은 많지 않아요. 가장 좋은 것은 집 근처에서만 지내는 겁니다. 그렇지 않으면 볼일 볼 곳을 찾느라 도시를 반이나 헤집고 다녀야 하는 경우도 가끔 있다오."

그와 헤어져 나온 나는 시내로 가기 위해 버스를 탔다. 버스 중간쯤 좌석에 앉았는데 카날 부근에 오자 백인 승객 수가 갑자기 늘어나더니 버스가 가득 찼다. 이들은 백인 옆 자리가 아니면 그냥 통로에 서 있었다.

머리가 희끗희끗한 중년 여자가 내 자리 옆에 서 있었다. 깨끗한 옷이었지만 색이 바랜 홈웨어 차림이었고, 머리 위에 있는 손잡이를 붙들고 있느라 옷 한쪽이 치켜 올라갔다. 얼굴에 피곤한 기색이 역력해서, 자리에 앉은 내가 불편했다. 버스가 움직일 때마다 중년 여자는 비틀거렸고 나는 용기가 부족한 탓에 속만 끓였다. 마침내 중년 여자에게 자리를 양보하기 위해 막 자리에서 일어서려는데 뒷자리에 앉은 흑인 한 명이 그러지 말라는 듯 얼굴을 찡그렸다. 이러는 것은 '흑인의 뜻에 어긋난다.'는 것을 깨달았고, 곧 이어 미묘한 신경전이 벌어졌다. 백인이 굳이 흑인 옆에 앉지 않으려 한다면 그냥 서 있게 둬라. 너무 피곤하거나 불편하다 싶으면 백인도 결국 흑인 옆에 앉을 것이고 그러면 그게 그렇게 해

　　　　　　　　　　　　　　블랙 라이크 미

로운 것은 아니라는 사실을 알 것이다. 하지만 흑인 쪽에서 먼저 자리를 내주면 신경전에서 백인이 이기게 된다. 나는 사람들의 따가운 시선을 받으면서 다시 의자 깊숙이 몸을 파묻고 앉았다.

그러나 내가 자리를 양보할 기색을 보이며 의자에서 반쯤 일어났을 때 중년 여자가 나를 쳐다보았고, 순간적으로 우리 두 사람의 눈이 마주쳤다. 나는 그 여자에게 공감을 느꼈고 그녀 눈빛에서도 공감을 읽을 수 있었다. 이러한 교감을 주고받은 뒤 (내게는 너무 낯설기만 한) 인종 장벽이 흐물흐물해졌기 때문에 나는 얼굴에 웃음을 띠며 애매하게 내 옆 자리를 가리키고, 앉아도 좋다는 뜻을 전했다.

조금 전까지 피곤한 기색이 감돌던 파란 눈에 날카로운 빛이 번득이더니 중년 여자가 버럭 화를 냈다. "왜 나를 '그런' 눈으로 쳐다보는 거죠?"

나는 얼굴이 화끈거렸다. 다른 백인들이 목을 길게 빼고 나를 쳐다보았다. 누구도 뭐라 하는 이는 없었지만 다들 적대감으로 이글거리는 눈으로 나를 쳐다보는 바람에 나는 흠칫 놀랐다.

"죄송합니다. 이곳은 처음이라서요." 나는 눈을 내리깔고 무릎을 쳐다보면서 말했다. 치마에 그려진 무늬가 갑자기 휙 방향을 틀었다. 중년 여자가 몸을 앞쪽으로 돌린 것이다.

"나날이 뻔뻔스러워진다니까." 중년 여자가 큰 소리로 말했다. 다른 여자도 맞장구를 치면서 곧 자기들끼리 이야기를 나누었다.

나는 수치심 때문에 온몸이 따끔거리는 느낌이었다. 그처럼 기분 나쁜 이목을 끈 데 대해 흑인이 마땅히 분노를 느낄 거라고 생각했기 때문이다. 나는 예전에 보았던 흑인들처럼, 아무 생각도 없는 척하면서 스핑크스처럼 앉아 있었다. 차츰 사람들의 관심이 멀어졌다. 적대감은 서서히 가라앉았고 어느덧 지루한 권태감으로 바뀌었다. 불쌍한 중년 여자는 사람들의 관심에서 멀어지는 게 싫은지 계속 뭐라고 떠들었다.

나는 낯선 사실 하나를 깨달았다. 잘 알아들을 수도 없는 두서없는 얘기 속에 '검둥이'라는 단어가 찌르르 전율을 일으키며 또렷하게 튀어나왔다. 늘 듣는 단어고, 늘 마음 깊이 아프게 박히는 말이었다. 또한 이 말을 하는 순간 그 사람은 야만적인 무식꾼으로 내동댕이쳐진다. 이 두 여자들이 스스로 본색을 드러내는 바람에 자신들이 이 버스에 탄 모든 흑인에게 어떤 모습으로 비치는지 조금이라도 알았다면 몹시 분개했을 것이다.

나는 카날 스트리트에서 내렸다. 예상과 달리, 같은 버스에 탔던 흑인들은 화난 눈으로 나를 쳐다보지는 않았다. 그러나 대체 어떤 흑인이 그토록 어리석은 행동을 할 수 있는지 놀라서 어안이 벙벙한 눈치였다.

나는 프렌치쿼터 끝자락 부근에서 한 시간 동안 아무 목적도 없이 거리를 어슬렁거리며 돌아다녔다. 어디 가나 사람이 많았고, 어디 가나 햇빛이 쏟아졌다. 나는 더비그니 스트리트(Derbigny

Street)에 있는 어느 작은 흑인 카페에서 커피를 마셨다. 투시스터즈 레스토랑(Two Sisters Restaurant)이라는 이름의 카페였다. 벽에 붙은 커다란 포스터가 내 눈길을 끌었다.

다음 일곱 가지 주의 사항을 지켜 버스에서 인종차별을 폐지하자!

1. 인도하심을 기도한다.
2. 예의바르고 친절한 사람이 된다.
3. 단정하고 깨끗한 차림새로 다닌다.
4. 큰 소리로 이야기하지 않는다.
5. 논쟁을 벌이지 않는다.
6. 사고가 나면 곧바로 알린다.
7. 선으로 악을 물리친다.

후원
초교파 성직자 연맹(Interdenominational Ministerial Alliance)
회장 A. L. 데이비스(Davis) 목사
사무국장 J. E. 포인덱스터(Poindexter) 목사

예전에 백인이었을 때 찾아갔던 구두닦이 노점을 다시 찾았다. 내 친구 스털링 윌리엄스는 아무도 없는 노점에 혼자 앉아 있었다. 그는 눈을 들어 나를 쳐다보았다. 전혀 알아보지 못하는 눈치였다.

"구두 닦을 건가요?"

"네." 나는 의자에 앉아 발을 스탠드에 올려놓으며 말했다.

윌리엄스는 목발을 짚으며 힘겹게 몸을 일으키고는 절룩거리면서 일을 시작했다. 내 신발은 특이하게 생겼다. 윌리엄스가 전에 여러 번 내 구두를 닦았고 나는 그가 분명 내 구두를 알아볼 것이라고 여겼다.

"오늘도 날씨가 좋네요." 윌리엄스가 말했다.

"네, 그러네요."

내 발가락 위로 그의 구둣솔이 경쾌한 리듬을 타면서 움직이는 느낌이 전해졌다.

"이곳은 처음인가 봐요."

내 시선이 그의 뒤통수로 향했다. 검은색 캔버스 천으로 된 선장 모자 테두리 아래로 희끗희끗한 머리카락이 꼬불거리며 내려와 있었다.

"네, 며칠 전에 왔어요." 내가 말했다.

"이 부근에서 전에 못 보던 분 같아서요. 뉴올리언스는 아주 멋진 곳이지요."

"멋진 곳 같아요. 사람들도 예의바르고요."

"으음…… 그렇죠. 다른 사람에게 관심을 보이지 않고 자기 볼일만 보면 아무도 괴롭히지 않지요. 그렇다고 인사를 하지 말라든가 싸우지 말라든가 하는 얘기가 아닙니다. 그저 당신도 존

　　　　　　　　　　　　　블랙 라이크 미

엄한 존재라는 것만 보여줘요."

그는 눈을 들어 내 얼굴을 보면서 웃었다. 지혜로움이 느껴지는 웃음이었다.

"무슨 얘기인지 알아요." 내가 말했다.

그가 구두를 거의 다 닦았을 때쯤 내가 물었다. "이 구두에서 뭐가 낯익은 느낌 같은 거 없어요?"

"네, 전에 이런 구두를 닦은 적이 있지요. 그 구두 주인은 백인 남자였어요."

"그리핀이라는 사람이었나요?"

"네. 그 사람을 아세요?" 윌리엄스가 허리를 펴며 말했다.

"바로 나요."

그는 어안이 벙벙한 얼굴로 나를 쳐다보았다. 나는 전에 함께 나눴던 여러 주제의 이야기를 거론하면서 그의 기억을 되살리려고 했다. 마침내 내가 그 그리핀이라고 확신한 윌리엄이 흥분해서 손바닥으로 내 다리를 툭 치더니 고개를 숙였다. 그는 어깨까지 들썩일 정도로 웃었다.

"으음. 내가 못난 놈이지……. 도대체 어떻게 한 거요?"

나는 간단하게 설명해 주었다. 처음에는 그의 얼굴이 무거워 보였지만 내가 무엇을 했는지 알고는 기뻐서 환해졌고, 내가 자기에게 비밀을 털어놓은 것을 매우 기뻐했다. 그는 절대 빈틈을 보이지 않고 신중하게 처신하겠다고 다짐했고, 열심히 나를 코치하기 시작했다. 그러면서도 조심스럽게 목소리를 내리깔고 혹시 누가 엿듣지 않는지 계속 둘러보았다.

나는 그에게 이 노점에서 같이 지내면서 구두 닦는 일을 도와도 되는지 물었다. 그는 이 노점이 사실은 동업자 소유며, 지금은 동업자가 이 지역 포도주 애호가들에게 팔 땅콩을 알아보러 외출 중이라고 했다. 그에게 허락을 받아야 하지만 아마 잘 될 거라고 했다. "그런데 구두닦이치고는 옷차림이 너무 좋아."

우리는 노점 옆 상자 위에 앉았다. 나는 그에게 나를 꼼꼼히 점검해 보고 어디 이상한 점이 없는지 알려 달라고 했다.

"그냥 나 하는 걸 지켜보면서 내가 어떻게 말하는지 잘 들어보면 돼. 금방 알 수 있을 거야. 자, 우선 이 손부터 어떻게 해야겠구먼." 그가 들뜬 소리로 말했다.

내 손 위로 햇빛이 비쳤고, 바탕 피부가 검은 탓에 밝은 색 털이 유난히 반짝거렸다.

"이런. 어떻게 해야 되지?" 신음소리 같은 긴 한숨이 내 입에서 배어 나왔다.

"깎아야지." 윌리엄스가 커다란 주먹을 들어보였다. 그의 손에는 털이 하나도 없었다. "면도기는 있소?"

"응."

"서둘러야겠어. 누가 알아보기 전에." 그의 목소리가 들떴지만 그러면서도 남들이 듣지 못하도록 조심하는 느낌이 들었다. "저기 골목으로 내려가면 돼. 하나도 남김없이 깨끗이 깎아야 해. 거기 화장실이 있으니까 얼른 면도할 수 있을 거야."

그가 얼굴을 찌푸리며 골목길에 아무도 없는 것을 확인했고, 나는 가방을 들고 일어섰다. 구두닦이 노점이 위치한 이곳은 하층 빈민가였다. 낡은 건물이 늘어서 있었고, 주로 하숙집과 술집이 많았다.

나는 서둘러 골목 쪽으로 향했고 길을 따라 내려갔다. 지저분하게 어질러진 어두컴컴한 마당이 나왔다. 백인 술집에 들어가지 못한 흑인 몇 명이 뒷마당에서 술을 마시는 중이었다. 나무탁자에 앉은 사람도 있었고, 탁자 주변에 서서 술을 마시는 사람도 있었다. 저편에 간판이 보였다.

신사용

내가 막 문 앞까지 갔을 때 몇 사람이 큰 소리로 외쳤다.

"이봐, 거기 들어가면 안 돼."

나는 뒤돌아 소리 나는 쪽을 쳐다보았다. 이런 빈민가 으슥한 곳까지 '격리된 시설(separate facilities)'을 두고 있다니 적잖이 놀랐다.

"나는 어디로 가야 돼요?" 내가 물었다.

"깨끗해. 저기 뒤, 뒤쪽으로 가봐." 덩치 큰 술 취한 흑인 한 명이 팔을 휘휘 내두르며 방향을 가리켰다. 팔을 너무 크게 휘젓는 바람에 균형을 잃고 쓰러질 뻔했다.

나는 아래쪽으로 15미터쯤 내려갔다. 그곳에 목재 구조물이 서 있었고, 나는 안으로 들어갔다. 이상할 정도로 깨끗했다. 문고리가 가까스로 걸렸다. 나는 손등에 면도크림을 바르고 물도 없이 면도를 했다.

스틸링은 내 손등을 확인하더니 그 정도면 됐다고 고개를 끄덕였다. 그는 안도의 웃음을 지었다. 마치 무시무시한 위험이라도 피한 사람 같았다. 내 공모자가 되고 나서부터 스틸링의 태도에서는 매번 과장된 분위기가 느껴졌다.

"이제 아무것도 걸릴 게 없네, 친구. 다들 짐작도 못할 거야."

정말 이상한 일이었다. 얼마 되지도 않았는데 스틸링은 나를 매우 친근한 사람처럼 대했고, 내가 한때 백인이라는 것도 모두 잊었다. 그는 '우리'라는 단어를 사용했고 '우리 처지'를 이야기했다. 내 자신이 흑인이라고 철저하게 믿는 바람에 나도 말하는 것이나 생각하는 것이 같아졌다. 처음으로 친밀함을 느끼는 순간이었다. 우리는 흑인이며, 우리의 걱정거리는 백인이다. 어떻게 그들과 지낼지, 어떻게 백인 앞에 머리 숙이지 않으면서 그들에게 존중받고 당당히 설 수 있을지, 어떻게 백인이 우리에게 없는 자기만의 특별한 권리를 하나님이 자기들에게만 주었다고 단 한 순간도 생각하지 않도록 할 수 있을지, 우리의 관심은 온통 그 문제로 향했다.

흰색 유니폼 차림에 멋있게 생긴 중년 흑인 여자가 저편 문에서 나와 인도 쪽으로 걸어오면서 나를 쳐다보았다.

스털링이 팔꿈치로 내 옆구리를 쿡쿡 찔렀다. "저 과부가 당신한테 관심 있나 봐. 그냥 보고 있어. 조금 있으면 이리로 올 핑계거리를 생각해 낼 거야." 스털링이 웃었다.

나는 스털링에게 그 여자가 누구인지 물었다.

여자는 저쪽 술집에서 일하는 사람이며, 겉모습만큼이나 좋은 여자라고 했다. "당신이 누구인지 알아내기 전까지는 아마 마음 편히 있지 못할걸."

나는 갈증이 나기 시작했다. 스털링에게 어디 가면 물을 먹을 수 있는지 물었다.

"이제부터는 미리 계획을 세워야 해. 예전에 백인이었을 때처럼 행동할 수는 없어. 아무 데나 들어가서 물을 달라고 할 수도 없고, 화장실을 쓰자고 할 수도 없어. 여기서 두 블록 정도 올라가면 프렌치 마켓 안에 흑인 카페가 있어. 그곳에 가면 물 먹는 데가 있을 거야. 가장 가까운 화장실은 좀 전에 다녀온 거기고. 그런데 여기, 나한테 물이 있지."

스털링은 노점 뒤편으로 팔을 뻗어 돼지기름 통 하나를 꺼냈다. 양편으로 구멍이 뚫려 있고, 그 사이로 고리 모양의 철사 줄이 달려서 손잡이 구실을 했다. 물 위에 작은 재 조각 하나가 둥둥 떠 있었다. 나는 통을 기울여 물을 마셨다.

"자, 곧 손님이 올 거야. 그 멋진 여자가 이쪽으로 오는 중이거든." 스털링이 말했다.

나는 길 아래쪽을 보았다. 구두를 올려놓는 높다란 금속 선반 너머로 그 여자가 우아하게 걸어오는 모습이 보였다. 그녀는 길 건너편을 주의 깊게 살폈다.

여자는 내게 눈길조차 주지 않고 스털링에게 땅콩이 있는지 물었다.

"어쩌지요, 조가 지금 땅콩 찾으러 나갔는데, 이맘때는 땅콩 구하기가 정말 힘들어요." 스털링은 그 여자가 왜 이쪽으로 왔는지 전혀 알지 못한다는 듯이 유들유들하게 말했다. 그러나 우리 세 사람 모두 그가 알고 있음을 알고 있으며, 우리 모두 그렇게 생각한다는 것까지도 잘 안다. 그러나 게임은 계속되어야 했다.

그러고 나서 여자가 고개를 돌려 나를 보았다. 어쨌든 처음 쳐다보는 것이라고 할 수 있었다. 여자는 짐짓 놀란 표정을 짓더니 곧 환하게 웃었다. "그런데, 처음 뵙겠습니다." 여자가 활짝 웃었다. 여자 얼굴만이 아니라 거리 전체가 다 환하게 빛나는 것 같았다.

나는 고개 숙여 인사했고, 답례로 같이 웃어주었다. 그녀 얼굴에서 환한 빛이 나는 바람에 나도 모르게 깜짝 놀랐다. "아, 네. 안녕하세요?"

"네. 이렇게 뵙게 되어 반가워요." 여자가 고개 숙여 인사했다.

나 역시 당황스러워서 같이 인사를 했다. "고맙습니다."

　　　　　　　　　　　　　블랙 라이크 미

말없이 그저 씽긋 웃기만 하는 어색한 시간이 흐른 뒤 여자가 뒤돌아 저편으로 걸어갔다.

"또 봐요." 여자가 크게 외치는 소리가 어깨 너머로 들렸다.

나는 놀라서 아무 말도 하지 못한 채 스털링을 쳐다보았다. 그는 모자를 벗더니 희끗거리는 머리카락 속으로 손가락을 넣어 빗어 넘겼다. 그가 다 안다는 듯이 재미있어 하면서 눈을 크게 떴다.

"눈치 챘지? 당신이 마음에 드나 봐. 곤란하게 됐다. 이런 일이 있을 거라는 생각은 전혀 안 했지?"

"생각지도 못했지."

"행실이 나쁜 여자는 아냐. 혼자 사는 과부인데, 남자를 구하는 중이지. 게다가 당신 옷차림이 꽤 좋잖아. 이런 기회를 그냥 지나칠 리가 없지."

"어떡하지, 일이 복잡하게 됐네. 내가 유부남이라고 말 좀 해줘." 내가 괴로워하며 말했다.

"음, 나도 몰라. 하지만 그 얘기를 하고 나면 재미가 없어지겠는걸. 당신도 혼자 산다고 말할 생각이야. 뉴올리언스에 잠깐 다니러 온 목사라고. 아마 목사 아내가 된다면 좋아할 여자야."

"이봐. 알잖아. 내가 그런 일에 시간을 허비할 순 없어. 장차 이 계획이 사람들에게 알려지고 내가 백인이라는 걸 알게 되면 그 여자도 전혀 재미있지 않을 거야."

백인, 흑인, 라틴아메리카인 등 다양한 손님이 구두닦이 노점을 찾았다. 그리고 잘 차려입은 관광객이 이 지역의 하류 인생과 한데 섞였다. 우리는 구두를 닦는 동안 이야기를 나누었다. 백인, 그중에서도 특히 관광객은 우리 앞에서 전혀 말조심 하는 기색이 없었고, 수치심도 없는 것 같았다. 아마 우리가 흑인이기 때문일 것이다. 어떤 이는 노골적으로 어디 가면 여자를 구할 수 있는지 묻기도 했고, 우리에게 흑인 여자를 구해 달라고 하는 사람도 있었다. 이런 손님은 의자에 앉는 순간 바로 알 수 있었다. 이들은 노점으로 들어서는 순간부터 다정하게 굴면서 따뜻한 호의를 보이고 동등한 사람으로서의 예의를 갖추었다. 이런 사실을 스털링에게 말했다.

"맞아, 백인은 나쁜 짓을 하고 싶은 때면 아주 민주적인 태도로 바뀌지."

그런 부류의 사람이라고 모두들 원하는 목적을 그대로 솔직하게 드러내지는 않지만 다들 흑인을 어떻게 생각하는지 우리 앞에다 보여준다. 그들은 흑인이 도덕성이 몹시 낮은 사람이기 때문에 어떤 짓을 해도 기분이 상하지 않을 거라고 여겼다. 그러나 이런 부류는 젊은 사람이든 나이 든 사람이든 흑인을 기계처럼 대하는 사람에 비하면 덜 불쾌한 편이다. 흑인은 인간 존재가 아닌 것처럼 여기는 이들도 있었다. 이들은 내게 돈을 지불할 때 마치 돌이나 기둥을 쳐다보는 듯한 눈길로 바라보았다. 눈을 뜨고 보기는 하지만 내 모습이 전혀 보이지 않는 것이다.

땅콩을 구하러 나갔던 스틸링의 동업자 조가 2시쯤 돌아왔다. 내가 이 노점에 함께 있을 것이라고 사정을 설명하자, 조는 흔쾌히 그러라고 했다. 중년의 나이에 호리호리한 조는 예리해 보이면서도 편안한 사람이라는 인상을 주었다. 그는 땅콩이 없다면서 투덜거렸다. 스틸링은 많은 술꾼이 땅콩을 사러 왔었다면서, 제때 땅콩을 대 줄 수 있었다면 제법 잔돈푼이나 모을 수 있었을 것이라고 했다.

　　조는 인도 위에서 점심식사를 준비하기 시작했다. 3.75리터짜리 깡통 속에 오렌지 바구니와 종이를 불쏘시개 감으로 넣고 불을 붙였다. 불꽃이 확 올랐다가 숯으로 변하자 그 위에 구부러진 코트 행거를 그릴 대용으로 얹고 그 위에 팬을 놓았다. 조는 쪼그린 자세로 음식이 데워지는 동안 숟가락으로 저었다. 옥수수, 순무, 쌀을 섞어 만든 요리로, 백리향과 월계수 잎, 피망으로 양념을 했다. 조는 전날 밤 집에서 미리 요리를 만들어 우유 팩에 담아 왔다. 요리가 데워지자 조는 윗부분을 자른 우유 팩에 음식을 담아 스틸링과 내게 주고, 자기는 팬 채로 들고 식사를 했다. 음식에서 약간 상한 냄새가 풍기기는 했지만 꽤 맛있었다.

　　조가 내 쪽으로 몸을 기울이더니 길 건너편에 있는 웬 남자를 숟가락으로 가리켰다. "저기 포도주 중독자 좀 봐. 곧 그 자리에 주저앉을 거야. 이 음식을 먹고 싶어하지만 내가 와서 먹으라고 하기 전까지는 건너오지 않을 거야."

길 건너편에 있던 남자는 도로 옆 연석 위에 앉아 우리를 뚫어지게 쳐다보았다. 온몸이 잔뜩 긴장한 상태였고 이쪽에서 부르면 바로 달려올 태세였다. 검은 얼굴 위로 두 눈이 불타는 듯했고, 불끈 쥔 주먹은 평소보다 두 배는 더 단단해 보였다. 길 건너편으로 돌진해서 음식을 덥석 잡고 싶은 마음을 꾹 억누르는 것처럼 보였다.

이 남자가 지켜보는 동안 우리는 천천히 식사를 했다. 이상한 게임이었다. 우리 역시 인도 위에서 식사하는 처지였지만 이 남자의 불행 덕분에 갑자기 지위가 상승한 듯했다. 우리는 귀족이고 저 남자는 거지였다. 기분이 우쭐해졌다. 우리는 저 남자보다 한참 위에 있으며, 이런 코미디 덕분에 생긴 착각으로 인해 자신이 대단한 인물이라도 된 듯한 의식을 갖게 되었다. 잠시 후 부자의 넉넉한 아량을 베풀면 이 풍경의 대단원이 장식될 것이다. 우리는 먹다 남은 음식을 가난한 사람에게 나눠줄 것이다.

음식은 충분했다. 어느 정도 배가 차자 우리는 남은 음식을 숟가락으로 끌어 담아 조의 팬 위에 부었다.

조가 숟가락으로 천천히 음식을 휘젓는 동안 남자는 기대에 부풀어 온몸을 부들부들 떨었다. 조는 가련한 남자에게 눈길조차 주지 않은 채 그냥 팬만 앞으로 쭉 내밀었다. 이상하리만치 친절한 어조로 조가 말했다. "좋아. 와서 먹어."

남자가 쏜살같이 길을 건너와 팬을 덥석 잡았다.

"달려오는 차라도 있었으면 바로 죽었을 거야." 스털링이 한마디 했다.

"이봐, 잘 들어. 이 팬이 원래대로 깨끗해졌으면 좋겠다는 게 내 생각이야. 알아들었어?" 조가 말했다.

거지의 시선은 음식에 그대로 못 박힌 듯 다른 곳은 쳐다보지도 않았고 얼굴은 마치 울음이라도 터뜨릴 것처럼 우거지상으로 구겨졌다. 남자는 한 마디 대답도 없이 골목 쪽으로 급히 달려갔다.

"매일 이곳에 와. 언제나 똑같지. 아마 조가 없었다면 굶어죽었을 거야." 스털링이 말했다.

하루 업무가 끝났다. 우리는 상자 위에 앉아 벽에 등을 기대고, 프렌치 마켓을 들락날락하는 차량 행렬을 쳐다보았다. 우리 위로 햇빛이 쏟아졌다. 나는 길 건너편에 쓸쓸하게 서 있는 석조 건물을 응시했다. 스털링이 드르렁거리며 큰 소리로 코를 골더니, 갑자기 숨이 막히는 듯 콧김을 내뿜으며 잠에서 깼다.

거지가 팬을 들고 돌아와, 아직 물기도 마르지 않은 팬을 조에게 건넸다.

"됐어." 조가 말했다.

남자는 한 마디 말도 없이 어디론가 떠났다.

조는 인도를 지나다니는 동네 남자와 스스럼없이 저속한 말을 주고받았으며, 나는 가만히 앉아 이들이 주고받는 소리에 귀 기울였다.

"어이, 뭐가 그리 바빠?"

"응, 볼일이 좀 있어."

"무슨 볼일인데? 이봐, 땅콩 좀 구할 데 없을까?"

"이 도시 전체에 땅콩이라곤 씨가 말랐어. 나도 안 돌아다닌 데가 없어."

"나도 그래." 조가 말했다.

땀 냄새, 담배 냄새, 축축한 돌 냄새, 커피 냄새가 주변에 가득했고, 그 밑바닥에는 늘 생선 냄새와 짠 바다 내음이 짙게 배어 있었다.

등을 기댄 벽이 따뜻했고, 살포시 졸음이 밀려왔다. 흑인이 되어 처음 맞는 오후였다. 지루한 시간이었지만 그런대로 만족스러웠다.

잠시 후 조가 초록색 옷감으로 된 군대 셔츠에서 포켓 성경을 꺼내 혼잣소리로 시편을 읽기 시작했다. 두 눈은 내리깐 채 소리 없이 입술만 움직였다. 오랫동안 몸에 밴 습관 탓인지 사람이 지나갈 때마다 고개도 들지 않은 채 "구두 안 닦아요?"라고 말했다.

비둘기 두 마리가 날아와 우리 발 아래 내려앉았다. 조가 비둘기에게 빵 부스러기를 던져주었다. 비둘기가 빵 조각을 쪼아 먹을 때마다 자줏빛 목덜미가 움직이면서 무지갯빛으로 빛났다. 비둘기는 우리 삶에 깊은 즐거움을 안겨주었다. 모든 게 엉망진창이고 지저분한 이 거리를 잠시나마 잊을 수 있도록 진통제 구실을 했다.

조가 자리에서 일어나, 앉았던 자리를 털더니 생선 시장 쪽으로 어슬렁거리며 걸어갔다. 시장에서 돌아오는 조의 손에는 메기

대가리 한 자루와 푸르스름한 바나나가 들려 있었다. 메기 대가리는 공짜로 얻었고, 내일 점심에 먹을 것이라고 조가 말했다. 스파게티 위에 메기 스튜를 얹어 먹을 것이라고 했다.

"맛있겠다." 나는 자루 안을 들여다보며 말했다. 그 안에는 수십 개의 생선 눈깔이 반짝반짝 빛나고 있었다.

우리는 조가 시장 쓰레기통에서 주워온 바나나를 신문으로 쌌다. "2~3일 지나면 먹기 좋게 익을 거야." 조가 말했다.

4시쯤 되자 거리에는 그림자가 드리워졌다. 햇빛은 머리 위 건물 윤곽선을 따라 가물거렸고, 갑자기 공기가 싸늘해졌다. 나는 오늘 밤에 묵을 방을 찾으러 가야겠다고 생각했다. 스털링은 내게 드리아데스에 있는 흑인 YMCA에 가보라고 했다. 시내를 가로질러 조금 더 가면 된다고 했다.

"길을 나서기 전에 물을 마셔 두는 게 좋을 거야. 드리아데스까지 가는 동안 마땅히 물 마실 만한 곳이 없을지도 몰라."

나는 깡통을 거꾸로 기울였다. 맑은 물 속으로 밑바닥에 청동색깔 동그라미가 점점이 박혀 있는 게 보였다.

프렌치쿼터는 길이 좁았고 푸르스름한 안개가 자욱했다. 커피 볶는 냄새가 사방을 뒤덮는 바람에 다른 냄새는 전혀 맡을 수 없었다. 이 장면과 커피 향에 이끌려 나도 모르게 프랑스에서 보낸 학창 시절을 떠올렸다. 투르(Tours)의 오래된 거리가 꼭 이렇게 생겼다. 그곳에서도 매일 오후가 되면 향신료 가게에서 커피를 볶았다.

카날 스트리트로 나가자 좀더 현대적인 풍경으로 바뀌었다. 말하자면 복잡한 인파로 가득한 풍경이 펼쳐졌다. 나는 백인을 만나면 그들의 반응을 살피기 위해 일부러 드리아데스까지 가는 길을 묻곤 했다. 모두들 한결같이 정중하게 길을 알려주었다.

드리아데스에 이르자 길거리에는 백인이 듬성듬성 보였고 흑인이 훨씬 더 많이 늘었다. 오른편에 성당이 보였다. 차량이 줄줄이 늘어서 있는 다리 위로 성당 탑이 우뚝 솟아 있었다. 세례자 성요한 가톨릭 성당(St. John the Baptist Catholic Church)이라고 적힌 표지가 보였다. 뉴올리언스에서 가장 오래된 성당이었다. 나는 계단으로 올라가 무거운 문을 열고 들어갔다. 문을 닫자 거리의 소음이 들리지 않았다.

깊은 정적 속에 어디선가 희미하게 향료 냄새가 났다. 예배당의 높다란 스테인드글라스 유리창을 통과하는 동안 한결 따뜻하고 부드러워진 햇살이 예배당 안으로 스며들었다. 저 멀리 앞쪽 십자가의 길〔그리스도의 수난을 그린 14개의 상(像)이 차례로 걸려 있다. 신자는 그 상 앞을 하나씩 지나면서 기도하고 묵상한다-옮긴이〕에 한 흑인 여자의 모습이 희미하게 보였다. 커다란 건물 안 여기저기에 무릎을 꿇고 있는 사람들도 몇 명 보였다. 성 요셉과 성모 마리아 상 앞에는 빨강 파랑의 봉헌 촛불이 희미하게 타고 있었다. 나는 의자에 앉았다. 몸을 숙인 채 앞 의자에 이마를 대고 두 손은 무릎에 얹었다. 집에서는 아마 아내와 아이들이 저녁 목욕을 즐기고 있을 것이다. 밖은 차갑고 어둑어둑하지만 따뜻한 집 안에서 안전하게 보호받고 있을 것이다. 환한 불빛 아래에서 즐거운 대화를 나누고 있을 집 풍경을 생각했다. 지금쯤 저녁을 먹었을까? 어쩌면 아직도 부엌 화덕 위에는 수프가 부글부글 끓고 있을지도 모른다. 나는 눈을 뜨고 무릎 위에 놓인 손을 쳐다보았다. 털하나 없는 손등은 땀구멍 하나까지, 주름 하나까지 모두 검은색이었다. 검은 손을 보고 있으니 아내와 아이들의 이미지가 더욱하얀 빛을 띠며 선명한 대조를 이루었다. 그들의 얼굴, 살갗이 흰색으로 가물거렸다. 전혀 다른 삶에 속한 사람이었고 지금의 나와는 너무도 동떨어진 느낌이었다. 외로움이 한꺼번에 몰려왔다. 어디선가 예배당 의자에 로사리오 묵주가 부딪히는 소리가 들렸다. 유리창으로 들어오는 빛이 눈에 띄게 희미해졌고 대신에 촛불이 더 밝게 보였다.

YMCA에서 방을 구하지 못하면 오늘밤도 싸구려 호텔에서 보내야 한다고 생각하니, 겁이 나서 차라리 여기 성당에 숨어 의자에서 잠을 잘까 하는 생각이 들었다. 이 생각이 너무도 강렬하게 마음속으로 파고드는 바람에 나는 애써 이 생각을 떨쳐내야 했다. 결국 자리에서 일어나 밖으로 나갔다. 밖은 어두웠고 사방에서 차량 불빛이 돌진해 왔다.

YMCA는 벌써 다 찼다. 하지만 데스크에 있는 젊은이가 주변에서 방을 빌릴 만한 좋은 집 목록이 있다면서 이중 몇 군데 전화 번호를 찾아보겠다고 했다. 나는 기다리는 동안 YMCA 커피숍에서 커피를 마셨다. 현대적인 분위기에 멋진 장소였다. 커피숍 주인은 나이가 많았고, 이야기할 때 우아한 기품과 정중한 예의가 느껴졌다. 데스크에 있던 젊은이가 커피숍으로 들어왔다. YMCA 옆에 있는 개인 집에 방을 하나 잡아두었다고 했다. 아주 좋은 곳이며, 집 주인은 혼자 사는 여자로 모든 점에서 믿을 만한 사람이라고 나를 안심시켜 주었다.

나는 가방을 들고 그 집을 찾아가 데이비스 부인을 만났다. 나이는 중년쯤 되었고, 매우 친절했다. 부인은 나를 2층 뒤편에 있는 방으로 안내했다. 얼룩 하나 없이 깨끗한 방이었으며, 가구나 시설도 편안해 보였다. 나는 작업을 할 수 있도록 조명을 좀더 밝게 해 달라고 했다. 부인은 이 방에 다른 손님이 한 명 더 있다고 했다. 말수가 적은 조용한 신사며, 밤에 나가기 때문에 서로 마주칠 일이 없다고 했다. 방 옆에는 부엌이 딸려 있었고, 그 위쪽으로 욕실이 있었다. 나는 선불로 3달러를 낸 뒤 짐을 풀고 다시 YMCA 커피숍으로 갔다. 나중에 알게 되었지만 이곳은 시의 중요인사들이 모임 장소로 이용하는 곳이었다. 나는 이곳에서 교육 수준이 좀더 높고 유복한, 나이 든 계층을 만났다. 이들은 나를 대화에 끼워주었다. 우리는 U자 모양 테이블에 앉아 커피를 마셨다. 대화 내용은 오로지 한 가지 '문제점'과 다가오는 선거에 관한 것이었

블랙 라이크 미

다. 커피숍 주인이 내게 사람들을 소개시켜 주었다. A.L. 데이비스(Davis) 목사를 소개받았고 그의 동료이자 시의 지도자고 서점을 경영하는 게일(Gayle) 씨도 소개받았다. 그 밖에도 여러 명을 소개받았다.

방향 감각을 상실한 듯한 느낌을, 이 자리에 어울리는 동안 잠시 잊을 수 있었다.

내 직업을 묻는 질문에 글을 쓰는 작가라고 대답했고, 현재 남부 지역을 조사하기 위해 여행하는 중이라고 했다.

"그래, 어떻습니까?" 데이비스 목사가 물었다.

"이제 막 시작입니다. 하지만 지금까지 돌아다닌 결과로는, 전에 예상했던 것보다 훨씬 상황이 좋습니다. 백인들도 친절하게 대해 주고요."

"아, 많이 나아졌지요. 하지만 해야 할 일이 많습니다. 그리고 뉴올리언스는 우리 주 다른 지역에 비해 의식이 많이 깨었지요. 아마 남부 지역 전체와 비교해도 상대적으로 의식 수준이 높을 겁니다."

"왜 그렇죠? 궁금하네요." 내가 물었다.

"글쎄요, 한 가지 이유라고 볼 수 있는 건, 훨씬 세계적이라는 점이지요. 게다가 주민이 가톨릭 성향이 강하고요. 당신한테 예의 바른 태도를 보일 때 혹시 '검둥이를 두둔하는 사람'으로 비치지 않을까 두려워하지 않아도 되지요. 다른 지역이라면 그런 격

정들을 하지요."

"그리핀 씨, 우리한테 가장 큰 문제가 뭐라고 보십니까?" 게일 씨가 물었다.

"하나로 단결하지 못한다는 점이겠지요."

"맞아요, 그거예요." 나이 든 카페 주인이 내 말에 호응하고 나섰다. 그는 계속해서 말했다. "우리가 한 인종으로 단결해서 함께 일어서기 전까지는 아무것도 얻지 못할 거예요. 그게 바로 우리의 문제점이죠. 우리는 함께 나아가는 게 아니라 서로에게 맞서고 있어요. 그리핀 씨, 나나 당신처럼 피부색이 검은 흑인이 있다고 합시다. 우리는 아무리 많은 교육을 받고 도덕 수준이 높아도 우리 쪽 사람들에게 그저 늙은 엉클 톰이지요. 아니, 당신은 거의 흑백 혼혈처럼 보여요 머리도 모두 밀어 반들거리고, 발렌티노처럼 보여요. 흑인은 그런 당신을 우러러보겠지요. 그러면 당신 '계급'이 달라지지요. 정말 한심스런 형태의 영웅상 아닌가요?"

"백인도 이 점을 알고 있지요." 데이비스 씨가 말했다.

"맞아요." 카페 주인이 다시 말을 이어받았다. "백인은 이런 사실을 '적절히 이용하지요.' 우리 중 몇 명의 기분을 띄워주고 우리는 다른 흑인과는 다르다고, 그들보다 훨씬 훌륭한 사람이라고 치켜세워요. 우리는 너무 어리석게도 이 말에 속아 넘어가고, 우리끼리 맞서지요. 백인이 관심을 가져주는 데 우쭐해서 그들의 기분을 맞추려고 노력하는 것의 반만큼만 열심히 우리 인종을 위

블랙 라이크 미

해 노력한다면 정말 성과를 얻을 겁니다."

한 남자가 들어와 자기 이름을 J.P. 길로리(Guillory)라고 소개했다. 잘 생긴 외모에 분별력이 있어 보였고, 직업이 보험설계사라고 했다. 다른 사람들이 자리를 뜨고 카페 문을 닫을 때쯤 길로리 씨가 내 쪽으로 와서 자기는 종종 이곳에 체스를 두러 온다면서 내게 같이 두지 않겠느냐고 물었다. 그러나 나는 해야 할 일이 있었다.

"당신 이름을 어디선가 들어본 것 같아요, 그리핀 씨. 나는 책을 무척 좋아하거든요. 분명 당신이 쓴 글을 읽었을 거예요. 어떤 책을 쓰셨는지, 제목을 알려 주실 수 있어요?"

나는 책 제목을 말했다. 남자가 놀라 멍한 얼굴로 쳐다보았다.

"그게, 내가 요즘 막 읽기 시작한 책인데. 내 변호사 친구가 빌려줬거든요." 남자는 나를 뚫어지게 바라보았다. 틀림없이 남자는 내가 백인 저자를 사칭하고 다니는 대단한 거짓말쟁이라고 생각하거나 아니면 내가 자기에게 뭔가 특별한 사실을 털어놓는 것이라고 여겼을 것이다.

"내가 그 책을 썼다는 것은 확실하게 약속드릴 수 있습니다. 더 이상은 말씀드릴 수 없고요. 그 책을 읽어보십시오. 그리고 지난 9월호 「리더스다이제스트(Reader's Digest)」에 실린 기사도 함께 보시기 바랍니다. 그러면 내가 진짜 누구인지 아실 겁니다."

나는 방으로 돌아와 일기를 썼다. 주인 여자는 내가 밤샘 작업을 할 수 있도록 불을 지피고 마실 물을 가져다주었다. 고맙다는 인사를 하기 위해 고개를 들었을 때 커다란 옷장 거울에 비친 모습을 보았다. 나이 든 흑인 남자가 흑인 여자에게 말을 하기 위해 고개를 들고 있었고, 흑인 남자의 머리에서 빛이 났다. 또다시 충격을 받았다. 나는 이 방 안에 모습을 숨긴 채 자기와 상관없는 장면을 관찰하는 기분이었다.

나는 잠시 선잠이 들었고 전화벨 소리에 잠을 깼다. 벨 소리는 여러 번 들렸다. 그러나 잠시 후 내게 걸려온 전화일 리가 없다는 것을 깨달았다. 어느 누구도 내가 여기 있는 걸 알 리가 없었다. 다른 누군가가 전화를 받았다.

소음과 웃음소리가 들렸다. 나는 어둠 속에서 일어나 창문 쪽으로 걸어갔다. 내 방 창문에서 YMCA 건물의 창문이 내려다보였다. 흑인 야구팀이 경기를 벌이는 중이었으며 양쪽 관중이 서로 번갈아가며 우우 하고 야유를 퍼붓거나 자기 팀을 응원했다. 나는 창가에 앉아, 배고파서 더 이상 버틸 수 없을 때까지 경기를 지켜보았다.

식사할 만한 곳을 찾으러 부엌 옆을 지나는데 부엌 시계가 7시 30분을 가리켰다. 나는 카페를 찾으러 사우스 램퍼트까지 걸어갔다. 모퉁이를 도는데 길 건너편 어느 집 앞 계단 위에 백인 남자애 두 명이 큰 대자로 몸을 쭉 뻗고 기대앉아 있는 모습이 보였다. 둘 중 한 명이 내게 휘파람을 불었다. 체격이 좋고 근육질이었으며

　　　　　　　　　　　　　　블랙 라이크 미

카키색 바지에 흰색 셔츠를 입었다. 나는 못들은 척 무시하고 계속 걸었다. 곁눈질로 그 남자애를 쳐다보니 자리에서 천천히 일어나 내 쪽으로 비스듬히 길을 가로질러 오고 있었다.

"이봐 대머리." 남자애가 부드러운 소리로 불렀다.

나는 앞만 보면서 발걸음을 더 빨리 옮겼다.

"이봐, 머리털 없는 아저씨." 남자애가 불렀다. 남자애는 내 뒤쪽으로 20미터쯤 떨어져서 나를 따라왔다. 남자애는 아무렇지도 않은 말투로 말했고, 어쩌면 기분 좋게 말하는 것 같기도 했다. 아무도 없는 거리에 목소리가 또렷하게 들렸다.

"이봐 머리털 없는 아저씨. 내가 아저씨를 덮칠 건데. 지금 쫓아가고 있거든. 어디를 가든 내 손아귀를 벗어나지는 못해. 밤새도록이라도 내가 아저씨를 잡고 말 거야. 그러니까 내 말 들어."

극심한 공포감이 몰려왔다. 뛰어가고 싶은 마음이 굴뚝같았지만 억지로 참으면서 그냥 걸음걸이만 빨리했다. 남자애는 젊고 강했다. 추격전이 펼쳐진다면 남자애는 나를 손쉽게 따라잡을 것이다.

허공을 가르며 또다시 남자애 목소리가 내 귀까지 흘러왔다. 둘 사이 간격은 아직 변함없었다. 부드러우면서 섬뜩한 목소리였다. "나한테서 벗어날 수 없다니까 그러네, 이 멍청이 아저씨야. 거기 그냥 서 있으라니까."

나는 대답하지 않았고, 뒤돌아보지도 않았다. 남자애는 고양이처럼 살금살금 몰래 내 뒤를 쫓아왔다.

가끔씩 자동차가 지나갔다. 나는 순찰차가 이쪽 길로 오게 해 달라고 빌었다. 내가 발걸음을 늦추면 남자애도 발걸음을 늦추었고, 내가 속도를 높이면 남자애도 속도를 높였다. 어딘가 문이 열린 곳이 없는지 불빛을 찾았다. 가게는 모두 닫혀 있었다. 길게 뻗은 인도에는 아무도 다니는 사람 없이 드문드문 틈새로 풀만 자라 있고 가로등만 차례로 덩그러니 서 있었다.

다행스럽게도 길모퉁이에 버스를 기다리는 나이든 부부가 보였다. 나는 그들 쪽으로 다가갔다. 부부는 뻣뻣하게 굳은 채 경계의 빛을 보였다. 이곳은 밤에는 안전한 곳이 아니었기 때문이다.

나는 뒤돌아보았다. 남자애는 거리 중간쯤 멈춰 선 채 벽에 기대 있었다.

"좀 도와주십시오." 내가 부부에게 말했다.

부부는 내 말을 듣지 못한 척하며 무시했다.

"부탁드립니다. 누가 나를 쫓고 있어요. 대체 뭘 원하는 건지 저도 잘 모릅니다. 하지만 날 덮칠 거라고 했어요. 주변에 어딘가 경찰을 부를 만한 곳이 없을까요?"

남자가 주위를 둘러보았다. "누가 쫓아온다는 겁니까?" 남자가 짜증스런 소리로 말했다.

"저 뒤쪽에 남자애……." 나는 뒤돌아보며 손으로 가리켰지만 아무도 없었다. 남자애는 어디론가 사라졌다.

남자는 투덜거리며 불만을 표시했고 나를 술 취한 사람으로 여기는 눈치였다.

나는 잠시 시간을 가지면서 이대로 버스를 타고 갈까 생각했다. 그러나 그저 못된 장난이었나 보다 하고 생각하면서 길을 따라 드리아데스 쪽으로 걸어갔다. 그곳은 불빛이 환했다. 거기라면 안전할 거라고 생각했다.

반 블록 정도 걸어갔을까, 또다시 남자애 목소리가 들렸다.

"이봐, 멍청이 아저씨." 남자애가 조용히 말했다.

입안에 가득 짠 소금을 문 것처럼 두려움과 절망감이 진하게 느껴졌다.

"거기 아무 데나 서도 돼요, 아저씨."

우리는 조용히 걷기만 했고, 내 발걸음 속도에 맞춰 남자애도 따라왔다.

"거기 멈추라고요. 이 길에는 아저씨를 숨겨 줄 착한 사람도 없잖아요."

무슨 해결책이 없을까 궁리해 보았지만 별 달리 생각나는 게 없었다. 남자애가 쫓아온다는 사실 자체보다도 이 때문에 생긴 뭔가 악몽과도 같은 두려움이 더 무서웠다. 가족 생각이 났다. 남자애가 내 머리를 내리친다면, 아니 그보다 더 나쁜 일이 벌어진다면 어떻게 될까? 남자애의 목소리가 악마처럼 느껴졌다. 만일 경찰이 내 검은 사체에서 신분증이라도 보게 되면 어떤 표정을 지을까.

존 하워드 그리핀
텍사스, 맨스필드

성별 : 남자
키 : 187cm
몸무게 : 89kg
머리 : 갈색
인종 : 백인

그저 내가 백인 남자의 신분증을 훔친 거라고 생각하지 않을까?

"내가 멈추라고 하는데도 그렇게 계속 가는 이유가 뭐야, 아저씨?"

내가 위협하지 않는 한 저 불량배를 쫓아낼 수 없을 것이라는 생각이 들었다. 오래전 유도를 배운 적이 있었다. 운이 좋아 첫 공격만 잘 된다면 승산이 있을지도 모른다. 희미한 불빛 속에 골목길이 보였다. 나는 깊게 울리는 소리로 으르렁대며 말했다.

"이리 와." 나는 뒤돌아보지 않은 채 말했다.

"날 따라오라고. 저 아래 골목길로 들어갈 거니까."

우리는 계속 걸었다.

"됐어. 내가 원하는 그대로 잘 따라하네."

나는 골목길 입구로 다가갔다. "난 골목길로 들어갈 거니까, 잘 따라와."

"난 아저씨 안 찔렀어요."

"얼른 따라오기나 해. 이 철주먹으로 그 수다스런 입을 한방 먹여 주고 싶어 몸이 근질근질하니까." 나는 당당하게 소리치면서 마지막 말을 했다.

나는 골목 안으로 들어가 벽을 등지고 섰다. 몹시 겁이 났다. 골목 안에는 쓰레기 악취와 소변 지린내가 진동했다. 시커먼 건물 실루엣 위로 밤하늘에 별이 빛났다. 남자애가 걸어오는 발자국 소리가 들렸다. 내 도전에 응해 골목길로 들어온다면 쏜살처럼 달려들리라고 단단히 마음의 준비를 했다.

"성스러운 성 유다, 저 녀석을 멀리 쫓아 보내 주세요." 내 입에서 속삭이는 소리가 들렸다. 대체 내 안에서 어떻게 그런 기도가 저절로 튀어나오는지 나도 의아했다.

제법 긴 시간이 흘렀다고 생각될 무렵 나는 골목 모퉁이 밖으로 고개를 살짝 내밀고 거리를 살폈다. 거리는 텅 비었고, 저 멀리 가로등뿐이었다.

나는 서둘러 드리아데스로 향했다. 오후에 들렀던 성당 앞 계단에는 불이 환하게 밝혀져 있었다. 나는 맨 아래 계단에 걸터앉아 무릎 위에 양 팔을 엇갈려 놓은 뒤 그 위로 고개를 숙였다. 잠시 이런 자세로 앉아 차분히 신경을 가라앉혔다. 탑 위에서 종소리가 천천히 8시를 알렸다. 쨍그랑 쨍그랑 금속성 종소리가 지붕을 타고 서서히 울려 퍼지는 소리를 들었다.

종소리의 여운이 길게 이어지면서 '검둥이'라는 단어가 한데 뒤섞여 들렸고, 내 머릿속에서 계속 되풀이되었다.

'이봐, 검둥이, 거기 들어가면 안 돼.'

'이봐, 검둥이, 여기서 마시면 안 돼.'

'검둥이에게는 음식을 팔지 않습니다.'

아까 그 남자애 소리도 들렸다. '이봐, 머리털 없는 아저씨, 대머리, 멍청이 아저씨.' (내가 백인이라면 이런 소리를 했을까?)

어제 진료실을 나설 때 의사가 들려준 말도 생각났다. '이제 사람들에게서 잊히겠군요.'

나는 오늘 밤 성당 계단에 앉아 의사는 과연 자신이 한 말이 정말 사실 그대로며 사람들에게 정말 완전하게 잊힌 느낌이라는 걸알고 있었을까 하는 의문이 들었다.

순찰차가 천천히 지나갔다. 석고처럼 새하얀 얼굴의 경찰이 창문 너머로 나를 뚫어지게 쳐다보았다. 나도 경찰을 바라보았다. 차가 오른쪽으로 돌아 오래된 성당 사제관 너머로 모습을 감출 때까지 우리는 서로에게서 눈을 떼지 않았다. 나는 경찰이 블록을 한 바퀴 돌아 틀림없이 다시 나를 살피러 올 것이라고 확신했다. 내가 앉은 계단 시멘트가 갑자기 딱딱하게 느껴졌다. 나는 자리에서 일어나 다음 블록에 있는 작은 흑인 카페로 향했다.

내가 가게 문을 열고 들어서자 흑인 여자가 노래하듯 소리쳤다. "다 떨어지고 남은 건 콩과 쌀뿐입니다, 손님."

"좋아요. 수북이 한 접시 갖다 줘요." 나는 이렇게 말하고 의자

깊숙이 몸을 기댔다.

"맥주는요?"

"아니, 됐습니다. 혹시 우유 있나요?"

"맥주는 싫어하세요, 손님?"

"좋아하긴 하지만 당뇨병이 있어서요."

"아…… 그럼, 돼지 꼬리 두 개 남은 거 있는데 콩이랑 같이 요리해 드릴까요?"

"네."

여자가 큰 접시에 음식을 담아 우유와 함께 내왔다. 이 지역 흑인은 주로 콩과 쌀을 주식으로 먹지만 별 지장은 없었다. 맛이 좋고 영양가도 있었다. 나는 돼지 꼬리를 먹어보려 했지만, 닭 목 부위처럼 살은 별로 없고 뼈만 있었다.

나는 다시 내 방으로 돌아와 옷을 벗고 침대로 들어갔다. 옆 YMCA에서는 여전히 게임 소리가 시끄럽게 들렸다. 큰 집은 조용했지만 반대편 어딘가에 있는 데이비스 부인 방에서 텔레비전 소리가 들렸다.

백인은 저쪽 그들 구역에 있을 것이고, 나와는 너무 먼 존재처럼 느껴졌다. 그들과 나 사이에 가로놓인 몇 킬로미터라는 물리적인 거리에 비해 훨씬 더 멀게 느껴졌다. 이곳은 그들이 알 수 없는 영역이었다. 과연 둘 사이를 연결할 수 있을지 의문이 들었다.

11월 10 ~ 12일

이틀 동안 줄곧 걸어 다녔다. 주로 일자리를 구하러 다닌 길이었다. 교육 수준이 높고 차림새가 좋은 흑인은 어떤 종류의 일자리를 구할 수 있는지 알고 싶었다. 아무도 내 면전에서 퇴짜를 놓은 사람은 없었다. 언제나 점잖게 나를 타이피스트나 경리사원으로 쓸 수 없다는 말만 했다.

똑같은 나날이 반복되었다. 날마다 구두닦이 노점에 나가 같은 손님을 받았다. 매일 인도에서 음식을 요리하고 식사를 했다. 매일 거지에게 남은 음식을 주고 비둘기에게 빵조각을 던져 주었다.

흑인 과부는 이틀에 한 번꼴로 들렀다. 여자가 기분 상하지 않도록 조심하면서 내가 유부남이라는 사실을 알렸다. 여자는 스틸링에게 나에 관해 물었고 일요일 저녁 자기 집으로 나를 초대하고 싶다는 뜻을 스틸링을 통해 전했다. 내가 노점에 머무는 시간이 점점 줄었다.

흑인과 함께 있는 동안 그들은 나에게 정말 예의 바르게 대했고, 심지어는 처음 보는 사람조차도 내 앞에서 예의를 갖췄다.

어느 날 밤 나는 흑인 극장에 가기로 했다. 나는 드리아데스까지 걸어갔고, 도중에 젊은 사람에게 길을 알려 달라고 부탁했다.

"잠시만 기다리시면 제가 길을 알려 드릴게요." 젊은 남자가 말했다.

나는 길모퉁이에서 기다렸고, 잠시 후 젊은 남자가 돌아왔다.

우리는 함께 걷기 시작했다. 젊은 남자는 딜러드(Dillard) 대학 1학년에 재학중이었고 장차 사회학자가 되어 "우리 인종을 위해 뭔가 일을 하는 게" 꿈이라고 했다. 길은 가도 가도 끝이 없었다. 적어도 3킬로미터 넘게 걸었다고 생각한 나는 이렇게 물었다. "이쪽 방향에 사나요?"

"아니요, 아까 우리가 만났던 곳에서 반대 방향에 있는 집에 삽니다."

"그러면 지금 학생은 반대 방향으로 가고 있는 거 아닙니까?"

"괜찮습니다. 이렇게 이야기를 나누는 게 좋습니다."

극장 앞에 이르렀을 때 젊은 남자가 물었다. "돌아오실 때 길을 찾을 수 있겠습니까?"

"아, 네. 별 문제 없을 거요."

"자신이 없으시면 제가 영화 끝나는 시간을 알아보고 이쪽으로 선생님을 데리러 올게요."

처음 보는 사람을 위해 이렇게 몇 킬로미터씩이나 걸어왔다는 사실에 놀라 어안이 벙벙한 나는 그에게 극장표를 사주겠다고 했다. 그러면 돌아가는 길에 함께 걸어갈 수 있기 때문이다.

"아닙니다. 해야 할 공부가 있어서요. 하지만 선생님을 데리러 다시 올 수 있습니다."

"그 생각은 미처 못 했군요. 돈이라도 줬으면 하는데. 여기까지 와 주어서 정말 고마웠거든요."

젊은이는 끝내 돈을 받지 않았다.

다음날 아침 나는 옆에 있는 YMCA 카페에 가서 아침식사로 거칠게 간 옥수수와 달걀 요리를 먹었다. 카페를 경영하는 나이든 남자가 내게로 와 말을 시켰다. 아니, 정확히 말하면 내 쪽에서 그 남자 말을 들었다. 그는 흑인에게 새 날이 열릴 거라고 했다. 커다란 걸음을 내디뎠지만 여전히 더 큰 걸음을 내디딜 것이라고 했다. 나는 그에게 일자리 잡기가 쉽지 않다는 얘기를 했다. 그는 이 모든 게 되풀이되는 경제 패턴, 즉 경제적 불평등이라고 말했다.

"백인 아이가 있다고 합시다. 이 아이는 실제적인 동기를 가지고 학교도 다니고 대학에도 진학할 겁니다. 사회에 나가면 어떤 직업이든 선택해서 돈을 벌 수 있으니까요. 하지만 흑인도 그럴 수 있을까요? 이 남부 지방에서? 아닙니다. 나는 대학에 다니는 똑똑한 학생들을 많이 봤어요. 하지만 여름 방학이 되어 집에 와서 푼돈이나마 벌려고 하면 아주 시시한 일밖에 할 수 없어요. 심지어는 대학 졸업 후에도 이런 상황은 한동안 끈질기게 이어져요. 대개는 우체국 일이나 설교자, 교사 자리를 얻지요. '그래도 이건 가장 잘 나가는 상층부 얘기예요.' 다른 사람들은 어떤 줄 아십니까, 그리핀 씨? 아무리 열심히 일해도 간신히 버텨 내는 것조차 힘들다고 다들 알고 있지요. 버는 것보다 세금이나 물가 인상으로 나가는 돈이 더 많아요. 결혼해서 아내와 자식을 둘 엄두조차 내지 못합니다. 가난 속에서 하층민으로 살아갈 각오를 하고 아내도 돈벌이를 하러 내보내지 않는 한, 이런 경제구조에서는 아내도, 자식도 허용되지 않아요. 이 역시 일부분일 뿐이지요. 흑인은 교육 수준이 낮아요. 자녀를 교육시킬 만한 경제적 여유가 없기 때문이거나 아니면 흑인은 교육을 받아도 백인과 같은 직업을 얻을 수 없다는 걸 알기 때문이지요. 가정생활이니 고상한 생활수준이니 하는 것은 애초부터 불가능하다고 생각해요. 그래서 많은 사람이 이유조차 알지 못한 채 그냥 포기해 버립니다. 다들 가질 수 있는 것에만 손을 대지요. 대개는 쾌락에 빠지고요. 그리고 행동거지도 거칩니다. 어느 날 차 사고로, 또는 칼부림이나 그 비슷한 어리석은 짓으로 죽어도 별달리 잃을 게 없기 때문이지요."

"그래요. 백인이 우리더러 일등 시민이 될 자격이 없다고 말하는 것은 이런 것 때문이지요."

"아아······." 그는 절망감에 팔을 옆으로 축 늘어뜨리더니 이어서 말했다. "그렇지 않은가요? 저들은 우리가 돈을 벌 수 없도록 만들어놓고는, 결국 수입이 없어서 세금을 많이 낼 수도 없게 하지요. 그리고는 자기들이 거의 모든 세금을 내니까 자기들이 원하는 대로 일을 처리할 권리가 있다고 말합니다. 악순환이지요. 그리핀 씨, 이 악순환을 어떻게 끊을 수 있는지 방법을 모르겠어요. 저들은 우리를 낮은 곳으로 밀어놓고는 우리가 저 아래 뒤처져 있는 게 우리 탓이라고 비난합니다. 그리고는 이렇게 말하지요. 우리는 열등한 존재이므로 권리를 누릴 자격이 없다고요."

다른 사람들이 식당으로 들어왔다. 아침식사를 주문하고는 우리 대화에 동참했다.

게일 씨가 말했다. "평등한 일자리 기회가 보장되어야지요. 그렇게만 되면 우리 젊은 사람이 겪는 비극의 대부분이 해결될 겁니다."

내가 물었다. "어떻게 해야 할까요? 어떤 지혜를 동원해야 인종차별주의자나 증오 집단의 엄청난 선전 공세를 물리칠 수 있을까요? 사람들은 이들이 쓴 악의적인 글을 읽지요. 게다가 겉으로 보면 아주 호의적이며 친절하기까지 한 어조로 이런 악담을 퍼뜨리기도 합니다. 흑인은 바로 그 흑인종의 특성 자체 때문에 업무 수행 능력에서 백인의 표준 수준에 미치지 못한다고 믿는 사람이 많습니다. 최근 어디선가 읽은 글에서는 교육과 일자리의 평등은 오히려 우리 흑인에게 더 심각한 비극을 몰고 올 거라고 하더군요. 그 사람 말로는 그렇게 될 경우 우리 스스로 능력이 되지 않는다는 사실을 바로 증명할 거라고 합니다. 우리가 정말 열등하다는 사실이 드러남으로써 스스로 착각에서 깨어날 거라고 했어요."

"그런 친절한 영혼들이 그렇게 보호적인 자세로 나오지 않았으면 좋겠어요. '착각을 깨기 위한' 기회라도 언제든지 기꺼이 받아들일 사람들을 수도 없이 알고 있어요." 카페 주인이 웃으며 말했다.

나이 든 사람이 말했다. "그런 이들은 50년 정도 시대에 뒤떨어졌지요. 이들의 견해가 틀렸다는 건 사회과학자들의 연구에서 밝혀졌지요. 우리 흑인은 모든 분야에서 자기 실력을 입증해 왔어요. 몇몇 소수가 아니라 수천 명이나 되지요. 인종차별주의자는 어떻게 이런 증거를 부정할 수 있지요?"

"그들은 이런 증거를 굳이 찾아보려고 하지 않지." 게일 씨가 단호한 어조로 말했다.

나이 든 사람이 다시 말했다. "도덕 개조가 필요해요. 겉으로만이 아니라 근원적인 데까지 개조되어야 해요. 우리도 백인도 둘 다 개조되어야지요. 위대한 성인이 필요해요. 현명한 상식을 가진 인물이요. 그렇지 않을 경우 인종차별주의자든 광신적 애국주의자든 명칭을 뭐라고 하든 간에 이런 압력단체들이 인종 평등을 위한 모든 움직임에 공산주의니 시온주의니 광명파니, 심지어는 사탄이니 하는 딱지를 붙이면서 기독교 문명을 전복하려는 무슨 비밀 결사라도 되는 것처럼 몰아붙일 때 우리 쪽에서 아무 대답도 하지 못할 겁니다."

"그러니까 훌륭한 기독교도가 되려면 그런 행동을 해서는 안 되는 거네요. 그런 말이잖아요." 게일 씨가 말했다.

"저들이 주장하는 게 바로 그거지요. 세금을 내는 우리에게 투표권을 주고 괜찮은 직장과 괜찮은 가정, 괜찮은 교육을 누릴 권리를 주는 순간 곧바로 '인종 혼합'으로 나아가는 첫걸음이 시작되고, 그렇게 되면 문명을 파괴하고 미국을 망치는 거대한 비밀 결사의 일부가 된다고 여겨요."

"그러니까 훌륭한 미국인이 되고자 한다면 나쁜 미국정신을 실천해야 하는 거군요. 그런 말이잖아요. 이런 엄청난 혼란을 바로잡으려면 결국 성인이 나와야 한다니까요." 게일 씨가 한숨을 쉬며 말했다.

"존경스럽고 올바른 일을 하는 것이 곧 공산주의 음모를 돕는 일이라고 두려워할 만큼 형편없는 지경에까지 이른 거지요. 바로 이런 지점에서 움찔 하며 망설이는 사람이 많다고 생각해요." 카페 주인이 말했다.

나이 든 사람이 결론을 내리는 듯한 어조로 이렇게 말했다. "당신이 이 문제를 어떤 방식으로 바라보든 우리는 중도적인 위치에 있어요. 괜찮은 직장을 가짐으로써 내 아이를 좀더 좋은 집에서 기르고 그들에게 더 나은 교육을 제공하는 것이 어떻게 조국의 적을 이롭게 하는 건지 나로서는 이해하기 힘들어요……."

나는 빈민가를 거쳐 드리아데스까지 걸어가는 동안 한 가지 사실을 깨달았다. 내가 지금까지 같은 유색인종이라는 친밀한 연대감 속에서 자유롭게 이야기를 나누었던 지식 계층 사람들은 흑인에게 이중적인 문제가 있다고 다들 인정한다는 점이다. 첫째는 흑인에게 가해지는 차별이며, 둘째는 더 슬픈 현실이지만, 흑인 스스로 가하는 차별이다. 자신의 힘든 고통을 흑인의 특성과 연관지으면서 이 특성을 경멸하고, 자신이 그토록 고통스러워하는 흑인의 특성을 마찬가지로 가지고 있다는 이유로 동료 흑인을 방해하려 든다.

"뭘 찾으세요?" 상점 앞을 지나는데 백인 상인이 말을 걸었다. 나는 소리 나는 쪽을 흘깃 보았다. 잡동사니로 지저분한 가게 입구에 남자가 앉아 있었다. "어서 들어오세요." 백인 남자가 알랑거리는 소리로 말했다. 진열대에 놓인 구두의 짝이라도 찾아주려고 뚜쟁이 노릇을 하는 것 같았다.

내가 가게 앞을 지나 3미터도 채 가기 전에 역시 똑같이 알랑거리는 말투로 누군가에게 호객행위를 하는 소리가 들렸다. "뭘 찾으세요?"

"응, 당신은 내 타입이 아냐." 내 뒤쪽에 있는 남자가 기분 나쁜 소리로 말했다.

프렌치쿼터에 있는 샤르트르 스트리트(Chartres Street)에 이르렀다. 나는 뉴올리언스에서 유명한 식당으로 꼽히는 브레넌스 레스토랑 쪽으로 가는 중이었다. 잠시 내 신분을 잊고 레스토랑 앞에 멈춰 쇼윈도 안에 우아하게 펼쳐진 메뉴를 들여다보았다. 메뉴를 읽는 동안 얼마 전이었다면 이 안으로 들어가 메뉴에 적힌 어떤 음식이든 주문할 수 있었을 텐데 하는 생각을 했다. 그러나 지금 나는 비록 그때와 다름없는 식욕과 미각을 지녔고, 심지어는 지갑 사정까지도 똑같지만 이 지구상에 아무리 힘 있는 자가 와도 나를 이 안으로 들여보내 식사를 하도록 해 줄 수는 없다. 예전에 한 흑인이 하던 말이 생각났다. "당신은 여기서 평생 살 수는 있지만 주방 잡일꾼이 되기 전에는 절대로 멋진 식당 안으로 들어가지 못할 겁니다." 흑인은 겨우 문 하나를 사이에 두고 갈 수 없는 저 너머의 것을 꿈꾸며, 자신은 영원히 그런 것을 경험하지 못할 것이라고 생각한다.

흑인은 식당 앞에서 메뉴를 읽는 행동 같은 것은 해서는 안 된다는 사실을 잊은 채 나는 메뉴를 꼼꼼하게 읽었다. 가슴 한편이 너무 아팠다. 마치 작은 소년이 사탕가게 유리창을 들여다보는 기분이었다. 이런 풍경이 관광객에게 나쁜 인상을 줄 수도 있었다.

고개를 들어 보니 못마땅해하면서 찌푸린 얼굴이 보였다. 비록 말은 없었지만 단호하면서도 분명한 표현이 담겨 있었다. 흑인은 이런 무언의 언어를 자연스럽게 익힌다. 백인 얼굴에 못마땅한 표정이나 언짢은 기색이 보이면 이 표정을 보고 지금 저 사람이 내게 자리를 뜨라고 하는구나, 내게 "여기서 나가달라."고 하는구나 하는 걸 안다.

이날은 온종일 일자리를 알아보러 다니면서 우아한 웃음을 건넸다가 우아하게 퇴짜 맞은 하루였다.

나는 결국 포기하고 구두닦이 노점으로 갔다. 그곳에 있다가 어둑어둑해질 무렵 드리아데스로 돌아왔다. 그러나 너무 오랫동안 걸어서 다리에 힘이 다 빠졌다. 공공 공원인 잭슨 광장(Jackson Square)에 이르렀을 때 곡선형의 긴 벤치를 발견했다. 나는 잠시

쉬었다 가기 위해 벤치에 앉았다. 공원에는 사람도 별로 없었다. 덤불 너머로 뭔가 움직이는 게 보였다. 공원 건너편에 백인 중년 남자가 읽고 있던 신문을 천천히 접더니 자리에서 일어나 내 쪽으로 걸어왔다. 맨 먼저 파이프 담배를 물고 있는 모습이 눈에 띄었다. 인종차별주의자는 파이프 담배를 잘 피우지 않는다는 생각이 들었다. 마음이 놓였다.

남자는 깍듯하게 예의를 차리면서 말했다. "여기 말고 다른 곳에 가서 쉬실 곳을 찾아보는 게 좋겠습니다."

나는 이 말을 호의로 받아들였다. 내가 누군가에게 모욕을 당하기 전에 자리를 비키도록 귀띔을 해 주는 것이라고 여겼다. "감사합니다. 이곳에 들어오면 안 된다는 걸 몰랐습니다."

나중에 이 이야기를 YMCA에서 하고 나서야 잭슨 광장은 흑인도 들어갈 수 있는 곳이라는 걸 알았다. 그 남자는 내가 거기 있는 게 그냥 싫었던 것이다.

그러나 그 당시에는 이런 사실을 몰랐다. 나는 몹시 피곤했지만 자리에서 일어나 그 자리를 떠나면서 대체 흑인이 쉴 만한 곳은 어디 있을까 생각했다. 버스를 타기 전까지는 계속 걸어야 했다. 그러나 설령 특별한 용무가 없더라도 계속 움직여야 했다. 인도 연석 위에 앉아 있으면 순찰차가 지나면서 거기서 뭘 하고 있느냐고 묻는다. 경찰이 괴롭힌다는 얘기는 어느 흑인에게도 들어본 적이 없다. 그러나 흑인은 내게 주의를 주면서, 흑인이 할 일

없이 빈둥거리는 모습을 볼 때, 특히 잘 알지 못하는 흑인이 그러고 있는 것을 볼 때면 틀림없이 경찰이 신문할 것이라고 했다. 이는 성가신 일이며 어느 흑인이든 이런 일은 피하고 싶어한다.

나는 클레본(Claiborne)까지 걸어가서 맨 처음 지나가는 버스를 무작정 탔다. 이 버스는 나를 딜러드 대학까지 데려다 주었다. 정말 아름다운 캠퍼스였다. 그러나 캠퍼스 안을 둘러보기에는 너무 피곤했다. 나는 그냥 벤치에 앉아 시내까지 가는 다른 버스를 기다렸다. 버스는 별로 비싸지 않으면서 자리에 앉아 쉴 수 있는 좋은 공간을 제공했다.

밤이 다 되어서야 마침내 나는 시내로 가는 버스를 탔다. 카날에서 두 블록 못 미친 곳에 왔을 때 버스가 좌회전을 하면서 클레본 쪽으로 향했다. 나는 이번 정류장에서 내리기 위해 벨을 눌렀다. 운전사가 버스를 세우고 문을 열었다. 운전사는 내가 문에 도착할 때까지 계속 문을 열어두었다. 내가 막 내리려고 할 때 내 얼굴 바로 앞에서 문이 닫혔다. 교통이 막혀 버스가 가지 못하고 기다리는 동안 나는 운전사에게 내려달라고 했다.

"밤새도록 문을 열어놓을 수는 없잖소." 운전사가 짜증스런 소리로 말했다.

그러고도 1분이나 차가 움직이지 못했지만 운전사는 버스 문을 열어주지 않았다.

"그럼 다음 모퉁이에서 내려주실래요?" 나는 이 지역 흑인의

블랙 라이크 미

상황을 위태롭게 할지도 모르는 행동이나 말은 하지 않으려고 조심하면서 성질을 참고 말했다.

운전사는 아무 대답도 하지 않았다. 나는 내 자리로 돌아갔다. 여자 승객 한 명이 이런 식의 대우는 결코 참을 수 없다는 분노를 담은 공감의 눈빛으로 나를 바라보았다. 그러나 그녀 역시 아무 말을 하지 않았다.

나는 정류장마다 벨을 눌렀지만 운전사는 다음 두 정류장도 그냥 지나쳤다. 원래 내가 내렸어야 할 곳에서 여덟 블록이나 더 지났다. 그때 몇몇 백인 승객이 버스에서 내리려고 하니까 운전사가 그제야 버스를 세웠다. 나는 백인 뒤를 따라 앞쪽으로 갔다. 운전사가 두 손을 레버 위에 얹은 채 차를 바라보았다. 레버를 당기기만 하면 바로 문이 닫힐 것이다.

"지금 내려도 될까요?" 백인 승객이 버스 발판에 내려섰을 때 내가 운전사에게 물었다.

"얼른 내려요." 마침내 운전사가 대답했고, '고양이-쥐 게임'에 지친 듯이 보였다. 나는 버스에서 내렸다. 몸이 아파왔다. 내가 원래 내렸어야 하는 지점까지 여덟 블록을 어떻게 걸어가야 할지 막막했다.

공정을 기하기 위해 한 가지 밝혀 둘 게 있다. 이 일은 뉴올리언스 도시 버스에서 내가 유일하게 겪은 고의적인 학대 사례라는 점이다. 나는 화가 치밀기는 했지만 그가 내게 이런 모욕을 퍼부은 게 아니라 내 검은 피부와 얼굴색에 모욕을 준 것이라고 여겼다. 이 일은 전형적인 사례라기보다는 한 개인이 저지른 개별적 행위일 뿐이다.

11월 14일
미시시피

일주일 동안 계속되는 거절에 지치고 나니 새로운 느낌마저 빛이 바래고 너덜너덜해졌다. 생각했던 것보다 그렇게 상황이 나쁘지 않다는 호의적인 첫인상은 뉴올리언스의 백인이 흑인을 예의바르게 대하는 데서 비롯되었다. 그러나 이런 예의는 겉치레에 지나지 않았다. 이 세상의 모든 예의를 다 동원해도 한 가지 치명적이고 커다란 무례함이 덮어지지는 않는다. 흑인은 이등 시민조차도 되지 못한 채 거의 10등 시민과 같은 대우를 받았다. 흑인의 하루 일상은 온통 자신의 열등한 지위를 계속 확인받는 일로 이뤄져 있다. 아무리 여러 번 겪어도 좀처럼 무감각해지지 않는 일이 있다. 더 나은 직장을 찾아보려고 하지만 계속 거절당할 때, 누군가 자신을 가리켜 경멸적인 어조로 검둥이니, 쿤(coon)이니 지가부(jigaboo)라고 부를 때, 주변에 화장실이나 음식점이 있는데도 흑인용으로 지정된 곳이 아니면 그냥 지나쳐야 할 때, 이런 일은 아무리 여러 번 겪어도 신경이 전혀 무뎌지지 않는다. 아픔을 일깨우는 새로운 상황이 쓰린 상처 위에 또 다시 상처를 입히고, 상처는 더욱 깊어만 간다. 나 개인의 반응만 놓고 이런 얘기를 하는 게 아니다. 다른 사람에게 이런 일이 벌어지는 것을 지켜보면서, 또 그들의 반응을 확인하면서 내린 결론이다.

흑인이 깜깜한 절망 속에서 유일하게 구원받는 길은 이 모든 일이 자기 개인을 향한 것이 아니라 자기가 속한 인종, 자기 피부 속에 들어 있는 색소 때문이라고 믿는 것이다. 이는 오래전 선조 때부터 내려오는 믿음이다. 어머니, 이모, 선생님은 오래전부터 세심한 손길로 아이들에게 마음의 준비를 시켰고, 비록 흑인일 때는 그럴 수 없지만 개인으로 있을 때에는 얼마든지 존엄성을 지키며 살 수 있다고 아이들에게 설명해 주었다. "저들은 네가 조니기 때문에 네게 그런 행동을 하는 게 아니야. 저들은 널 알지도 못해. 네가 흑인이니까 흑인 전체를 상대로 그런 행동을 하는 거야."

그러나 '유색인종'이라고 적힌 표시를 찾을 때까지 방광을 움켜쥐고 돌아다닐 때처럼 개인과 무관한 거절을 당하는 경우에도, 흑인은 그 일을 합리화할 수 없다. 그 모든 것이 자기 개인을 향한 것이라고 느끼게 되고, 화가 치밀어 오른다. 이런 경험 때문에 흑인은 백인에 대해 일정한 견해를 갖게 되며, 백인은 흑인이 왜 자기를 이런 식으로 생각하는지 도저히 이해하지 못한다. 흑인이 전체 흑인집단에 속하는 존재라면, 백인은 항상 개인으로 존재하고 백인은 절대로 자신이 '그러한 식으로' 행동했을 리 없다고 부정하며 지금까지도 항상 흑인을 공정하고 친절하게 대하려고 노력해 왔기 때문이다. 이런 백인은 흑인이 자기들을 믿지 못한다는 걸 알면 몹시 화를 낸다. 이들은 자신이 흑인에게 전혀 이해받지 못하는 대목이 있다는 것을 알지 못한다. 개인으로는 흑인을 점잖고 '착하게' 대하던 백인이 집단으로는 어떻게 공모자가 되어, 흑인의 인격적 자존감을 파괴하고 인간적 존엄성을 훼손하며 존재의 섬세한 결을 모두 뭉그러뜨리는지 전혀 이해하지 못한다.

존재하는 일 자체가 힘겨운 노력의 연속이다. 너저분한 현실을 잊기 위해 의식을 다른 데로 돌려 쾌락을 추구하고 섹스나 술, 약물, 폭식, 터무니없는 거짓말 따위에 자신을 던져버리는 자포자기식 욕망과 뱃속 깊은 곳에서 느껴지는 허기가 존재의 모든 과정을 규정한다. 어떤 경우에는 음악, 미술, 문학과 같은 수준 높은 쾌락에 빠지기도 한다. 그러나 이런 쾌락은 대개 흑인의 의식을 무뎌지게 하기보다는 더욱 날카롭게 만들며, 참을 수 없는 지경으로 몰고 간다. 이들은 질서와 절제와 건전한 사고로 가득한 세상에 더할 나위 없는 아름다움을 선사하지만 이런 세계와 이들이 속한 세계는 너무도 극심한 대조를 이루기 때문에 이들의 고통은 점점 커져 간다.

아침에 외출했을 때 흑인들의 얼굴은 침울한 분노로 가득했다.

구두닦이 노점에 도착하니, 스털링은 평소와 달리 따뜻한 인사조차 건네지 않았다. 그의 눈이 유난히 노란 빛을 띠었다.

"소식 들었어?" 스털링이 물었다.

"아니, 아무 소식도 못 들었는데."

스털링은 미시시피 배심원이 파커(Parker) 린치 사건을 기소하지 않기로 결정한 소식을 전했다. 이 소식은 산을 끼얹기라도 한 듯 순식간에 지역 전체에 퍼지면서 사람들의 마음을 쓰라리게 했다. 다들 이 얘기를 했다. 내가 유럽에 머물렀던 1939년에 독·소 불가침 조약이 체결된 일 이후 나는 그토록 쓰라린 고통과 절망감을 안겨주는 소식을 접한 적이 없었다.

스털링은 이 날짜 혹인 조간신문인 「루이지애나 위클리(The Louisiana Weekly)」를 내게 건넸다. 배심원의 결정을 비난하는 사설이 다음과 같이 실렸다.

이번에 큰 반향을 일으킨 맥 파커(Mack Parker) 납치 린치 살인 사건과 관련해서 펄 리버(Pearl River) 군 대배심원단에서 기소도 하지 못하고 심지어는 FBI가 정리한 방대한 자료조차 제대로 검토하지 못하는 사태가 벌어졌을 때, '남부의 정의'가 미시시피 주에서는 어떻게 실현되는지 조금이라도 불확실한 점이 있었다면 이번 기회에 모두 확실해졌을 것이다. ……법원에서 유죄판결을 받기 전까지는 피고를 무죄로 추정한다는 원칙은 미시시피 주에서 또 다시 잔인하게 짓밟혔다. 피고인이 공정한 재판을 받을 권리를 빼앗긴 채 미시시피 주 감옥에 모인 린치 집단에게 납치, 살해되었다는 사실조차 대배심원단의 사고에 아무런 영향을 미치지 못했다. 이 일을 조용히 처리하는 것은 법절차를 무시하고 제멋대로 제재를 가한 군중의 행위를 승인하는 일일 뿐이다. 미시시피 주에서는 흑인에게 범죄행위를 가한 죄목으로 고소된 백인이 절대 처벌받지 않는 것으로 오래전부터 알려져 왔다. 이는 미시시피 주 특유의 방식이다. 미시시피 주는 이런 방식을 통해 흑인이 민주적 절차에 '만족하고 행복을 느끼게' 만든다. 그리고 미시시피 주는 바로 이런 방식을 통해 흑인이 미국 시민으로서 누려야 할 권리를 얼마나 우호적으로 존중받고 있는지를 전 세계에 알린다.

가장 커다란 문제가 되는 것은 FBI가 린치를 가한 사람들의 신원 확인 서류를 모두 제공했으며 펄 리버 대배심원단은 이 서류를 일절 검토하지 않기로 결정했다는 점이다.

나는 스털링에게 신문을 돌려주었다. 스털링은 신문을 펼치고는 분노로 무겁게 가라앉은 소리로 읽었다. "미시시피 주에서 고의적으로 법과 질서를 무시함으로써 그곳은 협박과 테러, 잔인한 폭력이 난무하는 명실상부한 정글이며 적자(適者)만이 살아남는 곳이 되었다. 더욱이 이로써 미국은 전 세계가 지켜보는 가운데 망신을 당했고 남부 지역의 수치심은 더욱 커졌다. 남부에서는 법보다 위에 있는 백인 군중 통치가 민주주의를 대신하는 일이 종종 있었기 때문에 벌써부터 인종 간에 팽팽한 긴장과 일촉즉발의 위기감이 감지되고 있다 ……."

스털링은 신문을 내려놓으며 말했다. "저게 나를 화나게 한다니까. 저들은 이 나라가 남부 지역 백인들에게 얼마나 분노하는지 떠들지만, 빌어먹을, 그게 무슨 도움이 되냐고? 그저 또 한 번 보여준 것뿐이지. 우리가 백인의 정의에서 기대할 수 있는 것은 여기까지지. 백인 배심원은 린치를 가한 무리에 불리한 증거는 '보려고도 하지' 않는데 대체 뭘 바랄 수 있겠어?"

나는 아무 할 말이 없었다.

"차라리 남부의 정의라는 것에서 '아무것도' 기대하지 않는 법을 배우는 게 낫겠어. 저들은 매번 우리에게 불리하도록 부정한 수단을 쓸 거야."

흑인 사회에 속하지 않은 사람은 이번 조치가 흑인의 희망을 말살하고 그들이 사기를 파괴하는 데 얼마나 지대한 영향을 미쳤는지 상상도 못 할 것이다.

나는 흑인이 그토록 두려워하는 미시시피 주로 직접 들어갈 때가 되었다고 판단했다.

조가 땅콩을 구해서 돌아왔다. 나는 두 사람에게 미시시피 주로 가겠다는 결심을 알렸다.

두 사람은 이 말에 거의 화를 내듯이 펄펄 뛰었다. "대체 뭐 하러 거길 가겠다는 거요? 거긴 흑인이 갈 곳이 못 되요. 게다가 지금처럼 파커 사건으로 뒤숭숭한 때에."

"그들은 흑인이라면 무조건 개처럼 취급할 거야. 가지 않는 게 좋아." 스털링이 말했다.

"이것도 내가 해야 할 일이야."

"내가 말해 두겠는데, 예전에 그곳에 한번 갔다가 그냥 서둘러 나와 버린 적이 있지요. 지금보다는 나은 상황이었는데도 말이지요." 조가 말했다.

"알아요. 하지만 미시시피 사람은 자신들이 흑인과 아주 좋은 관계를 유지하고 있다고 전 세계를 향해 말해요. 서로 이해하며 서로 좋아한다고 말이지요. 외부인은 이해하지 못할 거라고도 하고요. 그래서 내가 직접 가서 내 눈으로 보고 이해할 수 있는지 확인해 봐야겠어요."

"고집불통이구먼. 하지만 선생이 그러는 걸 보고 싶진 않군요." 조가 말했다.

"가끔 우리를 만나러 올 거지?" 스털링이 말했다.

"물론이지." 나는 이렇게 말하면서 노점을 나왔다. 작별인사치고는 어설펐다.

돈이 다 떨어져 갔기 때문에 나는 출발하기 전에 여행자 수표를 현찰로 바꾸기로 했다. 토요일 정오가 지났기 때문에 은행 문이 닫히긴 했지만 큰 상점에 들어가면 여행자 수표를 사용하는데 별 문제가 없을 것이라고 여겼다. 게다가 드리아데스 쪽으로 가면 내가 몇 번 거래한 적이 있는 상점이 있어서 나를 단골 고객으로 여겨줄 것이다.

나는 드리아데스까지 버스를 타고 가서 내린 뒤 길을 따라 걸었다. 내가 일상용품을 구입하곤 했던 작은 가게 앞에 이르러 안으로 들어갔다. 젊은 백인 여자가 앞으로 와서 내 주문을 받았다.

"여행자 수표를 바꾸고 싶은데요." 내가 웃으며 말했다.

"여기서는 어떤 수표도 바꿔주지 않아요." 젊은 여자가 단호한 어조로 말했다.

"이봐요, 날 알잖아요. 전에도 당신에게 물건을 산 적이 있잖아요. 현찰이 필요해서 그래요."

"그런 문제라면 은행으로 가셨어야죠."

"은행 문이 닫힌 다음에야 갑자기 돈이 필요한 일이 생겨서요."

내가 폐를 끼치고 있다는 건 알았다. 그러나 내가 물건을 사러 온 게 아니라는 걸 알자마자 친절한 여자가 이렇게 인정 없고 무례하게 나올 것이라고는 미처 생각하지 못했다.

"그럼 물건 몇 가지를 살게요." 내가 말했다.

젊은 여자는 장부 정리실로 쓰이는 중간 2층 트인 공간을 올려보면서 소리쳤다. "여기서 여행자 수표도 받나요?"

"아니!" 백인 여자가 큰 소리로 답했다.

"감사합니다." 나는 이렇게 말하고 가게를 나왔다.

나는 다른 가게를 계속 찾아다녔다. 드리아데스를 지나 램퍼트

스트리트까지 계속 돌아다녔다. 들어가는 가게마다 처음에는 웃음으로 맞이하다가, 내가 물건을 살 생각은 없고 수표를 바꾸러 왔다는 걸 알고 나면 이내 오만상을 찌푸렸다. 거절은 이해할 수 있었다. 하지만 그들이 보여준 불친절한 태도는 납득할 수 없었다. 깊은 절망과 함께 분노가 치밀었다. 아마 백인이었다면 망설이지 않고 여행자 수표를 현금으로 바꿔 주었을 것이다. 그들이 거절의사를 밝힐 때마다 그 태도 속에는 내가 부정직한 방법으로 이 수표를 우연히 손에 넣었을 것이라는 그들 나름의 판단이 들어 있었고 나나 이 수표에 얽히고 싶지 않는 마음이 분명히 들어 있었다.

결국 나는 수표를 교환해 보겠다는 생각을 접고 월요일에 은행 문을 열 때까지 뉴올리언스에 머물기로 생각을 정리한 뒤 시내 방향으로 걸었다. 어느 가게 유리창 위 작은 금색 글자가 내 시선을 끌었다. '가톨릭 서점.' 가톨릭이 인종차별주의에 어떤 입장을 취하는지 알고 있던 나는 이 상점에서 흑인 소유의 여행자 수표를 현금으로 바꿔 줄까 하는 궁금한 생각이 들었다. 나는 잠시 망설인 뒤 가게 문을 열고 들어갔다. 실망할지도 모른다고 단단히 마음을 다졌다.

"혹시 20달러짜리 여행자 수표를 바꿔 주실 수 있나요?" 내가 가게 여주인에게 물었다.

"당연히 바꿔 드려야죠." 주인 여자는 조금도 망설이는 기색

블랙 라이크 미

없이 대답했다. 두말할 것도 없이 너무도 당연한 일이라는 말투였다. 주인 여자는 내 얼굴을 찬찬히 살펴지도 않았다.

나는 너무 고마워서 문고판 책 몇 권을 샀다. 자크 마리탱, 성 토마스 아퀴나스(St. Thomas Aquinas), 크리스토퍼 도슨(Christopher Dawson)의 책이었다. 나는 이 책을 재킷에 넣고 서둘러 그레이하운드 버스 터미널로 향했다.

버스 터미널 로비에 도착한 나는 흑인 대기실이라고 적힌 표시판을 찾았지만 아무데도 보이지 않았다. 매표소 쪽으로 걸어갔다. 내가 자기 쪽으로 걸어오는 것을 본 매표소 여직원은 매력적인 얼굴을 볼썽사납게 찌푸렸다. 그런 표정을 지으리라고는 전혀 예상하지 못한데다 그럴 만한 이유도 없었기 때문에 나는 깜짝 놀랐다.

"무슨 일이죠?" 여자가 톡 쏘아붙였다.

나는 최대한 정중하게 들리도록 주의하면서 해티즈버그(Hattiesburg)로 가는 다음 버스가 어떻게 되는지 물었다.

여자는 예의 없이 아무렇게나 답하고는 매우 혐오스런 눈빛으로 나를 쳐다보았다. 내가 지금 흑인이 흔히 '증오의 시선'이라 일컫는 시선을 받고 있는 것을 알 수 있었다. 직접 이런 시선을 마주친 일은 처음이었다. 흔히 보는 불만스런 표정과는 완전히 달랐다. 지나친 과장으로 여겨질 만큼 증오로 가득했기 때문에 만일 내가 그렇게 놀라지만 않았다면 어쩌면 웃음이 나왔을지도 모르겠다.

나는 머릿속으로 단어를 조심스레 하나씩 골라내며 말했다.

"죄송합니다만 제가 뭐 기분 상하게 한 일이라도 있습니까?" 하지만 생각해 보니 나는 아무것도 한 것이 없었다. 내 피부색이 여자의 기분을 상하게 한 것이다.

"해티즈버그 행 편도 버스표 한 장 주세요." 나는 이렇게 말한 뒤 카운터에 10달러 지폐를 내밀었다.

"이렇게 큰돈은 바꿔 줄 수 없어요." 여자가 무뚝뚝하게 답하고는 볼일이 끝났다는 듯이 고개를 옆으로 돌렸다. 나는 창구 앞에 계속 서 있었다. 이상하게도 버려진 느낌이 들었고 뭘 어떻게 해야 할지 생각나지 않았다. 잠시 후 여자는 벌겋게 상기된 얼굴을 내 쪽으로 홱 돌리더니 크게 소리쳤다.

"내가 '말했잖아요.' 그렇게 큰돈은 바꿀 수 없다고요."

나는 뻣뻣하게 말했다. "그렇군요. 그레이하운드 시스템 전체를 알아보면 10달러 지폐를 바꿀 방법이 있겠지요, 매니저라면 어쩌면 방법이……."

여자는 내 손에서 지폐를 홱 낚아채더니 창구에서 일어나 어딘가로 갔다. 잠시 후 여자가 돌아와 카운터 위에 거스름돈과 표를 내던지다시피 했다. 어찌나 힘껏 거칠게 내동댕이쳤는지 거스름돈이 모두 발 아래 바닥으로 쏟아져 내렸다. 여자가 나를 쳐다볼 때마다 너무도 강렬한 분노를 쏟아내는 바람에 나는 얼떨떨했다. 여자가 가엾게 느껴졌다. 여자의 얼굴이 벌겋게 달아오른 것으로 보아 아마도 내 마음이 표정에까지 나타났던 모양이다. 흑인 주제에 감히 백인을 가엾게 여기다니 이보다 더 무례할 수는 없다고 여기는 모양이었다.

나는 허리를 숙여 바닥에 떨어진 거스름돈과 표를 집었다. 여자가 이렇게 무례한 행동을 저지르는 상대가 사실은 흑인이 아니라 백인이었다는 것을 나중에 알면 어떤 느낌일지 궁금했다.

버스가 출발하기까지는 한 시간 가까이 남았기 때문에 나는 어디 앉을 자리가 없는지 찾았다. 크고 멋있는 방이 있었지만 텅 비어 있었다. 그 안에는 흑인이 전혀 보이지 않았다. 누군가 다른 흑인이 자리에 앉는 것을 보지 않는 한 내가 먼저 자리에 앉을 엄두가 나지 않았다.

어디선가 또 다른 '증오의 시선'이 날아왔고, 자석에 이끌리듯 내 관심이 그쪽으로 향했다. 중년의 나이에 체격이 좋고 옷을 잘 차려입은 백인 남자였다. 그는 내게서 3미터 정도 떨어진 곳에 앉아 나를 뚫어지게 바라보았다. 어떤 말로도 이처럼 오금이 저릴 만큼 무시무시한 공포를 다 표현할 수는 없을 것이다. 이처럼 노골적인 증오 앞에 서면 마음이 아파서 어찌할 바를 모를 것이다. 이런 증오가 위협을 안겨주기 때문이 아니라 이런 증오가 인간에게 너무도 비인간적인 모습으로 나타나기 때문이다. 이 속에서 어떤 광기 같은 것을 보게 된다. 너무도 역겨워서 (광기에서 느껴지는 위협보다) 이 광기의 역겨움 그 자체가 더 무섭게 느껴질 것이다. 너무도 낯선 느낌이었기 때문에 나는 이 남자 얼굴에서 시선을 떼지 못했다. 대체 무슨 짓을 하고 있는 거냐고 물어보고 싶었다.

한 흑인 짐꾼이 옆걸음질 치며 내 쪽으로 다가왔다. 나는 얼핏 그 남자가 흰 가운을 입고 있는 걸 보고는 고개를 돌렸다. 남자와 시선이 마주쳤고, 우리는 눈빛을 통해 서로에게 슬픔과 이해를 전했다.

"내가 어느 쪽으로 가야 하나요?" 내가 흑인 남자에게 물었다.

남자는 내 팔을 잡았다. 위기의 순간을 공유한 사람이 말없이 위안을 전하는 그런 손길이었다. "밖으로 나가서 건물을 돌아가면 대기실이 보일 겁니다."

좀전의 백인 남자는 내가 밖으로 나갈 때까지 눈길을 떼지 않은 채 고개까지 돌리며 계속 나를 노려보았고, 참을 수 없는 혐오감에 입술까지 일그러뜨렸다.

아마 주간(州間) 여행 규정 때문이었겠지만 흑인 대기실에는 그런 표지가 붙어 있지 않았고 대신 흑인 카페라고 적혀 있었다. 대기실에는 딱 한 자리가 남아 있었다. 대기실 안에는 온통 기운 빠진 얼굴, 열정이라고는 조금도 찾아볼 수 없는 얼굴, 기다림이 가득한 얼굴뿐이었다.

가톨릭 서점에서 구입한 문고판 책이 주머니에 묵직하게 느껴졌다. 그중 한 권을 꺼내 제목도 보지 않고 그냥 무릎 위에 펴고 읽기 시작했다.

'…… 우리가 사람의 가치 또는 무가치를 분명하게 판단할 수

있는 것은 정의를 통해서다. 정의가 없다면 바로 사람을 사람 되게 하는 것이 없는 것이다. ─플라톤.'

이 말이 금언의 형태로 달리 표현된 것을 언젠가 본 적이 있다. '공평하지 않은 사람은 인간이라고 할 수 없다.'

나는 작은 메모장에 이 말을 적어 넣었다. 한 흑인 여자가 이 모습을 지켜보았다. 얼굴은 아무 표정도 없이 축 처져 있었고, 온통 땀으로 번들거렸다. 메모장을 바지 뒷주머니에 넣으려고 몸을 살짝 비트는데 여자의 입가에 희미하게 웃음이 번지는 게 보였다.

버스가 왔다고 알리는 소리가 들렸다. 우리는 지붕이 높은 차고 안으로 줄지어 들어갔다. 백인은 앞줄에, 흑인은 뒷줄에 줄맞춰 섰다. 버스가 천천히 시동을 걸자 숨 막히는 배기가스가 공기 중에 가득 찼다. 한 군인 장교가 백인 줄 맨 뒤쪽으로 급히 뛰어들어왔다. 나는 그가 내 앞에 설 수 있도록 뒤로 물러섰다. 그러나 남자는 내 앞에 서지 않고 흑인 줄 맨 뒤로 갔다. 모든 흑인이 길게 목을 빼고 이 풍경을 바라보았다. 군복을 입은 사람, 특히 장교는 군대 내의 인종통합정책 때문에 절대로 차별을 드러내지 않는다고 예전에 배운 적이 있었다.

흑인이 버스에 탈 차례가 되었다. 우리는 겉옷에 배어날 정도로 땀을 많이 흘렸고, 나는 다음 버스를 탈 생각까지 했다. 비록 명목상으로는 주간 버스에서 인종차별이 허용되지 않지만 미시시피 주로 들어가는 버스에서 뒷좌석이 아닌 다른 곳에 앉으려는 바보 같은 흑인은 없을 것이다. 나 역시 뒤쪽에서 그리 멀지 않은 곳에 자리 잡았다. 부근 어디선가 숨죽인 대화소리가 들렸다.

"이제 미시시피로 들어가는 거네. 그들 주장으로는 화합된 주라지만, 그거야말로 가장 심한 거짓말이잖아." 내 뒤에 있는 남자가 말했다.

"사실이야. 모든 게 거짓말인 곳은 미시시피뿐이지."

하늘에는 구름이 짙게 깔려 있고 우리가 탄 버스는 뉴올리언스를 빠져 나가고 있었다. 버스에는 에어컨이 설치되어 있어서 실내 공기가 쾌적했다. 폰처트레인 호(Lake Pontchartrain) 위로 다리를 건너는 동안 회색 구름이 호수 수면 위에 가득 비쳤고, 드문드문 흰 물살이 회색빛 수면을 갈랐다.

버스가 도시 교외지역에 정차해서 승객을 더 태웠다. 그중에 눈에 띄는 흑인이 있었다. 쭉 뻗은 늘씬한 몸매에 옷차림도 멋있었다. '발렌티노' 같은 타입이었다. 코 밑에는 수염을 길렀고, 끝이 뾰족한 반다이크 턱수염은 깔끔하게 정리되어 있었다. 그는 뒤쪽으로 걸어오면서 백인들에게 아양이라도 떨듯 부드러운 웃음을 지어보였다. 남자는 뒤쪽까지 들어오자 흑인들을 둘러보았다. 그의 얼굴이 살짝 비틀리더니 비웃음이 배어나왔다.

남자는 통로를 사이에 두고 내 건너편에 보이는 빈 의자에 비스듬히 걸터앉더니 뒤에 앉은 두 형제에게 장광설을 늘어놓기 시작했다. "여긴 냄새가 고약해. 거지 같은 검둥이 같으니라고. 더

블랙 라이크 미

러운 거지 무리 좀 보라고. 하나같이 옷 입을 줄도 모르고 말이야. '마인 캄프(Mein Kampf, 히틀러의 자서전 제목으로 나의 투쟁이라는 뜻-옮긴이)!' 당신들 독일어 알아? 알 리가 없지. 무식하니까. 그래서 내가 미치겠다니까."

이 남자는 독설을 내뿜으며 계속 자기 인종을 비난했다. 중간 중간에 프랑스어, 스페인어, 일본어를 섞어가며 말했다.

나는 고개를 창 쪽으로 돌리고 바깥 풍경을 보았다. 버스는 눈부신 햇빛 속을 통과하고 있었고, 창문으로는 시골 풍경이 빠르게 스쳐 지나갔다. 나는 이 이상한 남자가 쏟아놓는 얘기 속에 연루되고 싶지 않았다. 남자는 뒤에 앉은 형제 중 한 명과 격렬한 논쟁을 벌이는 중이었다. 후아레스(Juárez)가 올드 멕시코에 있는지 뉴 멕시코에 있는지를 놓고 서로 고래고래 고함을 지르면서 싸웠다.

우아하게 생긴 남자가 소리쳤다. "네가 크리스토프한테 거짓말을 할 수는 없어. 크리스토프는 머리가 좋으니까. 너처럼 무식한 거지는 절대로 그를 속일 수 없어. 너, 후아레스 가본 적 없지?"

남자가 갑자기 자리에서 벌떡 일어났다. 나는 이 남자가 행여 폭력을 휘두르는 건 아닌지 걱정스런 얼굴로 남자 쪽으로 고개를 돌렸다. 남자는 선 채로 곧 상대방을 한 대 칠 것 같은 기세였고 증오심에 가득 찬 눈으로 째려보았다.

"당신이 날 친다 해도 제대로 맞히진 못할 거야." 초라한 옷차림의 흑인이 이렇게 말하면서 크리스토프를 가만히 올려다보았다. 그의 옆 자리에 앉은 동료가 조용히 웃으면서 한마디 덧붙였다. "우린 형제야. 당연히 한편이지."

"지금 날 협박하는 거야?" 크리스토프가 나지막이 말했다.

"아니, 그러지 말고 두 사람 모두 지금부터 한 마디도 안 하는 게 어때?" 옆 자리 동료가 진정시키려고 했다.

"저 사람이 나한테 한 마디도 안 할 거라고? 당신 장담할 수 있어?" 크리스토프는 이렇게 말한 뒤 주먹 쥔 팔을 내렸다. 그러나 표정에는 여전히 긴장의 빛이 감돌았다.

"안 할 거야. 너 안 할 거지?"

초라한 옷차림을 한 흑인이 상관없다는 표정으로 어깨를 으쓱했다. "그럴 수 있을 거야."

"말하지 마! 말하지 말라고!" 크리스토프가 상대방 얼굴을 향해 소리쳤다.

"알았어…… 그러지……." 초라한 옷차림을 한 흑인이 이렇게 말하면서 내 쪽을 쳐다보았다. 우아한 크리스토프가 제정신이 아닌 게 틀림없다는 걸 내게 말해 주려는 듯했다.

크리스토프는 한동안 그 남자를 쏘아보다가 내 옆 좌석으로 옮겨왔다. 그가 내 옆으로 오니 신경이 곤두섰다. 그는 교활하며 사악한 사람인 게 분명했다. 그가 또 어떤 일을 벌일지 알 수 없었다. 나는 고개를 돌리고 창문 밖을 쳐다보았다. 고개를 완전히 옆으로 젖혔기 때문에 아마 그에게는 내 머리 뒤통수만 보였을 것이다.

그는 의자 깊숙이 앉아 구부정한 자세를 취하더니, 허공 속에서 기타라도 치듯 손가락을 거칠게 놀리기 시작하면서 블루스를 부르기 시작했다. 저속한 단어가 나올 때는 소리를 낮추면서 감미롭고 애절하게 노래를 불렀다. 그에게서 묘한 달콤한 향이 나는 듯했다. 마리화나 냄새일 것이라고 추측되었지만 어디까지나 짐작일 뿐이었다.

그가 내 옆구리를 쿡쿡 찔렀다. "어때요? 괜찮아요, 아저씨?"

나는 고개를 끄덕이며 최대한 정중하게 애매한 태도를 취했다. 그는 모자를 눈 위까지 푹 눌러 쓰고는 담배에 불을 붙이고 입술 사이에 문 뒤 아래로 툭 늘어뜨렸다. 나는 그가 나를 혼자 있게 내버려 두었으면 좋겠다는 생각을 하면서 고개를 창문 쪽으로 돌렸다.

그가 다시 팔꿈치로 내 옆구리를 찌르는 바람에 돌아보았다. 그는 고개를 뒤로 젖히고는 모자 테두리 아래로 비스듬히 쳐다보았다.

"블루스 잘 알아요, 아저씨?"

"잘 몰라요."

그는 눈을 가느다랗게 뜨면서 나를 자세히 쳐다보았다. 그러고 나서 뭔가 해답을 알아낸 사람처럼 나를 보고 환하게 웃더니 내 쪽으로 몸을 착 밀착시키고 속삭였다. "장담하는데 분명히 아저씨도 이거 잘 알 거예요."

그는 모자를 뒤로 제치더니, 정신을 모으고 손바닥을 위로 빳빳하게 펴고 간절히 애원하는 자세를 취했다. 남자는 곧 부드러운 소리로 '탄툼 에르고 사크라멘툼, 베네레무르 세르누이(Tantum ergo sacramentum, Veneremur cernui)'를 더할 나위 없이 아름다운 라틴어로 노래하기 시작했다. 나는 그가 이 유명한 그레고리오 성가를 부르는 동안 멍한 얼굴로 그를 쳐다보았다.

그는 나를 부드럽게 쳐다보았다. 그의 얼굴은 부드러웠고 곧 울음을 터뜨릴 것 같은 표정이었다. "감동했지요, 아저씨?"

"그래요." 내가 말했다.

그는 커다랗게 십자가를 그리고는 고개를 떨군 채 완벽한 라틴어 발음으로 고백의 기도 '콘피테오르'를 암송했다. 도로 위를 윙윙거리며 달리는 버스 바퀴 소리 위로 조용한 침묵이 내려앉으며 우리를 감쌌다. 누구도 입을 여는 사람이 없었다. 이 이상한 장면을 우리 옆에서 가까이 지켜본 사람이라면 누구라도 당혹감을 느꼈을 것이다.

"내 짐작에 당신은 복사였을 게요." 내가 말했다.

그는 고개를 들지 않은 채 대답했다. "네. 그랬지요. 신부가 되고 싶었어요." 그의 복잡미묘한 표정 속에 모든 감정이 담겨 있었다. 그의 눈은 후회의 빛으로 어두워졌다.

통로 건너편에 있는 남자가 싱긋 웃으며 말했다. "그가 당신에게 무슨 얘기를 하든 믿지 마세요."

크리스토프의 잘생긴 얼굴이 경직되면서 증오의 표정으로 바뀌었다.

"내가 말했지. 나한테 말하지 말라고!"

형제 중 한 사람이 끼어들었다. "잊어 먹은 거지." 그러더니 초라한 옷차림을 한 사람 쪽을 보며 이렇게 말했다. "그에게 아무말도 하지 마, 그는 네가 말하는 걸 참지 못하잖아."

"나는 다른 사람한테 말한 거라고. 저기 검은 안경 쓴 사람."

"조용히 해! 넌 내 얘기를 했잖아. 그런 것도 듣고 싶지 않다고." 크리스토프가 소리쳤다.

"그냥 잠자코 있어. 네가 무슨 말을 하기만 하면 그가 제정신이 아니잖아." 다른 형제가 말했다.

"뭐야, 여기는 빌어먹을 자유 국가라고. 나는 그가 하나도 안무서워." 다른 쪽이 작은 소리로 말했지만 얼굴에는 여전히 웃음을 띠고 있었다.

"제발 조용히 해. 저 사람에게 굳이 말해야 할 필요도 없잖아." 그의 형제가 간절하게 부탁했다.

"당신이 저 사람을 입 다물게 해. 그러지 않으면 말이지." 크리스토프가 거만하게 말했다.

나는 속이 불편해서 딴딴하게 뭉치는 느낌이 들었다. 아마 그곳에서도 싸움이 벌어지는 모양이었다. 크리스토프가 내 쪽으로 눈을 돌려 은밀히 재미라도 즐기는 듯 윙크를 하는 바람에 나는 너무 놀랐다. 그는 '적'을 한동안 내려다보더니 내 쪽으로 다시 고개를 돌렸다. "내가 당신 옆자리로 앉은 이유는 이 버스 안에 당신 말고는 아무도 지적인 대화를 나눌 만한 의식 있는 사람이 없기 때문이랍니다."

"고맙습니다." 내가 말했다.

"나는 순수 흑인이 아니에요. 어머니는 프랑스 인이고 아버지는 인디언이지요." 그가 자랑스럽게 말했다.

"네, 그렇군요⋯⋯."

"엄마는 포르투갈 출신이었어요. 정말 예뻤어요." 크리스토프가 한숨 쉬며 말했다.

"네."

통로 건너편에 앉은 남자는 크리스토프가 거짓말을 하고 있다는 의미로 입을 크게 벌리며 소리 없이 웃었다. 나는 그에게 그러지 말라고 눈치를 주었고, 그는 우리 친구의 프랑스계–포르투갈계–인디언계 혈통에 시비를 걸지 않았다.

"한번 봅시다." 크리스토프가 호기심 어린 시선으로 나를 쳐다보더니 다시 말을 이었다.

"어떤 혈통을 물려받았을지. 잠깐만 시간을 줘요. 크리스토프는 절대 틀리지 않아요. 누구든 그 속에 어떤 피가 흐르는지 항상 알아볼 수 있어요." 그는 두 손으로 내 얼굴을 감싸 쥐더니 나를 찬찬히 뜯어보았다. 나는 이 이상한 남자가 내 본색을 알아볼 것이라고 확신하며 기다렸다. 마침내 그는 내 혈통을 알아냈다는 듯 심각하게 고개를 끄덕였다. "좋아요. 이제 알아냈어요."

그의 눈에서 빛이 났다. 그는 세상에 극적 사실을 알리기 위해 잠시 뜸을 들였다. 나는 뭐라고 설명할지 속으로 준비하면서 그 앞에서 움츠리다가, 그의 입을 통해 내 본래 모습이 폭로되는 것은 막아야겠다고 생각했다.

"기다려요. 내가 먼저……."

"플로리다 나바호 족이에요. 당신 어머니에게는 플로리다 나바호 족의 피가 흘러요. 맞죠?" 그는 내 말을 중간에 끊고 의기양양하게 말했다. 우선 안도감이 밀려왔고 곧 이어 네덜란드-아일랜드계 어머니도 플로리다 나바호 족만큼이나 이국적이라는 생각이 들어 웃음이 나올 뻔했다. 한편으로는 크리스토프가 나머지 사람보다 더 똑똑하지 않다는 사실에 다소 실망했다.

그는 내 대답을 기다렸다.

"정말 대단하군요." 내가 말했다.

"하아! 난 절대 안 틀린다니까." 그러더니 그의 표정에 점점 사악한 빛이 떠오르면서 이렇게 말했다. "나는 우리가 싫답니다, 신부님."

"난 신부님이 아니에요."

"아, 당신은 크리스토프를 속일 수 없어요. 당신이 비록 일반인 복장을 하고 있긴 하지만 신부라는 걸 나는 알아요. 이 별 볼일 없는 사람들을 봐요, 신부님. 멍청하고 무식한 놈들. 자기들이 그런 사실도 모른다고요. 나는 이 나라를 벗어날 거예요."

그의 분노는 모두 가라앉았다. 그는 내 쪽으로 몸을 기울이더니 갑자기 비굴한 목소리로 이렇게 속삭였다. "내가 사실 하나 알려줄게요. 나는 방금 감옥에서 나왔어요. 4년 있었지요. 지금은 아내를 만나러 가는 길이에요. 아내는 내 앞으로 새 차도 한 대 사놓고 슬리델(Slidell)에서 나를 기다리는 중이에요. 그리고 오 하나님…… 우린 멋진 재결합을 이룰 겁니다!"

그의 표정이 서서히 구겨지더니 내 가슴에 머리를 묻고 소리 없이 울었다.

"울지 마요. 괜찮을 거예요. 울지 마요." 내가 속삭였다.

그는 고개를 들더니 고통스러운 듯 눈을 들어 버스 천장을 바라보았다. 그의 얼굴은 온통 눈물로 젖었고, 거만하게 방어적 태세를 취하는 표정도 모두 사라졌다. 그가 입을 열었다.

"신부님, 미사를 볼 때 가끔씩 흰 성체를 크리스토프라고 생각해 줄래요?"

"잘못 봤어요. 나는 신부가 아니에요. 하지만 다음번 미사에 갈 때 당신을 기억할게요." 내가 말했다.

"아, 미사는 유일한 평화지요. 내 영혼이 갈구하는 평화예요. 나도 집으로 돌아가 미사를 보고 싶어요. 지난 17년간 성당에 가본 일이 없어요."

"언제든지 돌아갈 수 있어요." 내가 말했다.

이 말에 그는 코웃음을 쳤다. "아뇨. 내가 총으로 쏴 죽여야 할

블랙 라이크 미

놈이 두 명 있어요."

내 얼굴에 놀라는 빛이 드러났던 모양이다. 그의 얼굴에 한줄기 기쁨의 웃음이 환하게 번졌다. "걱정 마세요, 아저씨. 조심할게요. 나랑 같이 내려서 이 도시를 함께 날려 버려요."

나는 그에게 그럴 수 없다고 말했다. 버스가 천천히 슬리델로 들어섰다. 크리스토프는 자리에서 일어나 타이를 단정하게 맸다. 통로 건너편에 앉은 남자를 잠시 화난 눈으로 응시하더니 내게 인사를 하고 버스에서 내렸다. 그가 가버리자 우리는 안도감을 느꼈다. 그러나 나는 그가 흑인이라는 자신의 존재에 좌절해서 저토록 괴로워하며 마음이 찢겨지지 않았다면 어떤 삶을 살았을까 자꾸 생각이 들었다.

슬리델에서 우리는 다른 그레이하운드 버스로 갈아탔고, 운전사도 다른 사람으로 바뀌었다. 이번 운전사는 중년의 나이에 배가 불룩 나왔으며 아래턱이 툭 처지고 뺨에는 가느다란 붉은 혈관이 겉으로 드러나 이리저리 뒤얽혀 있었다.

땅딸막한 체격의 젊은 흑인이 자기 이름을 빌 윌리엄스라고 소개하면서 내 옆자리에 앉아도 되겠냐고 물었다.

크리스토프가 내리고 나니 흑인 구역에 긴장감이 사라졌다. 우리가 나눈 대화를 종합해 보고선, 다들 내가 이곳에 처음 오는 사람이라는 걸 알았다. 편안한 대화가 오갔고 그들은 나를 따뜻하게 감싸주었다.

빌이 말했다. "이곳에 온 사람들은 미시시피가 이 세상에서 가장 나쁜 곳이라고들 하지요. 하지만 우리 모두가 북부에서 살 수는 없어요."

"당연하겠지요. 풍경이 정말 아름다워요." 나는 창밖으로 커다란 소나무를 쳐다보며 말했다.

내가 사람들과 잘 어울리는 성격이라고 생각한 젊은 남자는 내게 충고를 해 주었다. "미시시피 물정에 익숙지 않으면 잘 알 때까지 조심하면서 자제해야 해요."

다른 사람도 이 얘기를 듣고는 다들 동의하면서 고개를 끄덕였다.

나는 그에게 뭘 조심해야 하는지 잘 모른다고 말했다.

"그러니까 백인 여자는 쳐다보고 싶지도 않다고 생각해야 해요. 사실 땅바닥을 보거나 다른 데를 봐야죠."

통로 건너편에 덩치가 크고 밝은 표정의 흑인 여자가 나를 보고 웃으며 말했다. "백인들은 이 문제에서는 정말 까다로워요. 당신은 백인 여자가 있는 방향으로 쳐다보고 있는 줄 모를 수도 있지만, 백인들은 거기에서 다른 뭔가를 끄집어내려고 해요."

"영화관 앞을 지나다 보면 바깥에 포스터를 붙여놓잖아요. 그것도 쳐다보면 안 돼요."

"그게 그렇게 나쁜 짓인가요?"

그가 그렇다고 답하자, 또 다른 남자가 말했다. "분명 누군가 당신한테 이런 식으로 말할 거예요. '이봐 거기, 대체 뭐 때문에 그 백인 여자를 그런 식으로 쳐다보는 건데?'"

나는 뉴올리언스에서 버스에 탔던 여자가 그와 비슷한 표정을 지었던 일이 생각났다.

"그런데 당신 옷차림이 상당히 좋은 편이야." 빌이 집중하느라 이맛살을 조금 찌푸리면서 말을 이었다. "골목을 지날 때에는 반드시 길 가운데로 걸어요. 여기서는 백인이든 흑인이든 당신이 돈이 제법 있어 보이면 머리를 내리칠 사람이 한두 명이 아니거든요. 백인 아이들이 큰 소리로 부르거든 그냥 계속 걸어요. 절대 걸음을 멈춰서 그 애들이 당신한테 질문을 던지게 해서는 안 돼요."

나는 그에게 충고해 줘서 고맙다고 말했다.

"다른 얘기 해 줄 사람 또 없어요?" 젊은 남자가 다른 사람들을 보며 물었다.

"그 정도면 대충 나온 거예요." 한 사람이 말했다.

"내가 당신이 사는 곳으로 가게 되었다면 누군가 내게 이런 얘기를 해 주기를 바랐을 거예요." 빌이 말했다.

빌은 트럭 운전수로 일하며 해티즈버그에서 물건을 실어 나른다고 했다. 뉴올리언스까지 짐을 가져간 뒤 그곳에 트럭을 정비해 달라고 맡기고 자신은 해티즈버그까지 버스를 타고 오는 길이라고 했다. 빌은 내게 머물 곳이 있는지 물었다. 나는 없다고 대답했다. 그는 영향력 있는 사람을 만나는 것이 가장 좋은 방법이라고 했다. 그러면 그가 내게 믿을 만한 사람을 연결해 줄 테고, 그에게서 안전하고 괜찮은 곳을 구할 수 있을 것이라고 했다.

버스가 어느 작은 도시에서 정차했다. 땅거미가 제법 어둡게 지고 있었다.

"여기서 10분 정도 있을 겁니다. 잠깐 내려서 다리라도 펴고 옵시다. 나가면 화장실도 있어요." 빌이 말했다.

운전사가 자리에서 일어나더니 승객 쪽으로 몸을 돌리고 말했다. "10분간 정차합니다."

백인들이 일어나 천천히 내렸다. 빌과 내가 맨 앞에 서서 버스 문 쪽으로 향했다. 운전사가 우리를 보고는 길을 막아섰다. 빌이 운전사의 팔 아래로 빠져 나가 희미한 불빛이 켜진 빌딩 쪽으로 걸어갔다.

"이봐, 당신 어디 가는 거야?" 운전사는 빌에게 소리치면서 양팔을 벌려 내가 버스 문으로 내려가지 못하도록 가로막았다. "이봐, 내가 말하고 있잖아." 빌은 서두는 기색도 없이 자갈길 위로 자박자박 걸어갔다.

나는 버스 맨 밑 계단에 서서 기다렸다. 운전사가 내 쪽으로 고개를 돌렸다.

"당신은 어디를 갈 생각인 거요?" 운전사가 한마디 할 때마다 무겁게 처진 뺨이 출렁거렸다.

"화장실에 가려고요." 나는 웃으면서 계단을 내려섰다.

블랙 라이크 미

운전사는 문을 단단히 잡으며 어깨를 내 쪽으로 밀착시켜 내 앞을 막았다. "여기서 내리라고 버스표에 쓰여 있던가?" 운전사가 물었다.

"아뇨. 하지만 다른 사람들은……."

"그럼 내가 말한 대로 어서 엉덩이를 다시 제자리로 갖다놓으시지. 떠날 채비가 되었을 때 니들을 모두 일일이 귀찮게 모으러 다닐 수 없으니까." 운전수가 언성을 높였다.

"당신 입으로 직접 10분간 정차한다고 말했잖아요. 백인도 다 내렸고요." 나는 이렇게 말했다. 운전수가 정말로 우리에게서 화장실 갈 권리마저 빼앗으려 한다는 게 믿기지 않았다.

운전수는 발뒤꿈치를 들어 올려 발끝으로 서더니 얼굴을 내 앞으로 바싹 들이밀었다. 그의 콧구멍이 벌렁거렸다. 콧구멍 밖으로 구부러져 나온 코털이 조명을 받아 은색으로 빛났다. 운전사는 천천히 협박조로 말했다. "지금 나하고 말싸움 하자는 거야?"

"아닙니다, 선생님……." 나는 한숨 섞인 소리로 말했다.

"그럼 내가 말한 대로 해."

우리는 적은 무리의 소떼처럼 뒤돌아 자기 자리로 천천히 돌아갔다. 너무 불공평하다고 불평하는 이들도 있었다. 덩치 큰 흑인 여자는 미안해했다. 낯선 사람에게 미시시피의 더러운 모습을 보이게 되어 당혹스러운 듯 보였다.

"운전사가 저런 행동을 할 권리는 없어요. 보통은 버스에서 내리게 해 줬거든요."

나는 땅거미가 드리우는 흑백 모노톤 어둠 속에 앉아 있었다. 이런 자유의 시대에 갈증을 채우고 화장실을 다녀오는 가장 기본적인 욕구마저 빼앗길 수 있다는 현실이 믿기지 않았다. 이곳에서는 미국 분위기가 느껴지지 않았다. 추한 모습을 드러낸 어떤 이상한 나라에 온 기분이었다. 손가락 하나 까딱하지 않는데도 공기 속에는 긴장감이 떠돌고 어딜 가나 위협이 도사렸다.

내 뒤에 앉은 남자가 부드러우면서도 단호한 어조로 말하는 소리가 들렸다. "좋아. 내가 저기 나갈 수 없다면 여기서 해결하는 수밖에. 여기 앉아서 오줌보가 터질 순 없지."

나는 뒤돌아보았다. 전에 크리스토프를 화나게 했던 그 초라한 차림의 남자였다. 그는 반쯤 웅크린 자세로 맨 뒷좌석 뒤에 작은 공간으로 걸어가더니, 바닥에다 대고 소리도 우렁차게 오줌을 누었다. 누가 누군지는 알 수 없지만 여기저기서 잘한다는 소리도 들리고, 조용히 웃는 소리도 들리고 헛기침을 하는 소리, 자그맣게 속삭이는 소리도 들렸다.

"이럴 게 아니라 우리 다 같이 동참합시다." 어떤 남자가 외쳤다.

"맞아요, 이 버스를 아예 푹 담가 버리고 이런 말도 안 되는 어리석은 짓을 끝장냅시다."

버스 운전사에게도, 이 버스에도 그에 합당한 대우를 해 주자는 제안에 다들 기뻐하느라 마음의 상처도 어느덧 다 씻겨갔다.

　　　　　　　　　　　　　　블랙 라이크 미

사람들이 움직이는가 싶더니 누군가 제지하는 소리가 들렸다. "아니요, 그만둡시다. 이래봐야 저들에게 우리를 억누를 구실만 주게 되요."

목소리의 주인공은 나이 든 사람이었다. 다른 여자 한 명도 이 말이 맞다고 동의했다. 다들 눈앞에 상황이 그려졌다. 백인은 우리에게 문제가 있다고 떠들 것이다. 흑인은 화장실에 가서 볼일을 해결해야 한다는 의식조차 없이 버스 뒤에다가 그냥 볼일을 보았다고 말하면서, 운전사가 우리를 내리지 못하게 한 사실은 언급조차 하지 않을 것이다.

운전수가 황소 같은 목소리로 소리 지르는 바람에 우리 모두 관심이 그쪽으로 쏠렸다.

"내가 당신 부르는 소리 못 들었어?" 운전수는 빌이 계단으로 올라서는 것을 보고는 이렇게 소리쳤다.

"못 들었는데요." 빌이 기분 좋은 소리로 말했다.

"당신 귀머거리야?"

"아닌데요. 선생님."

"거기 그렇게 서서 내가 당신 부르는 소리를 못 들었다고 계속 말할 셈인가?"

"아, 날 불렀습니까? '보이'〔흑인 하인을 부를 때 쓰는 호칭으로 지금은 쓰이지 않는 무례한 호칭이다. 이와 대칭되는 여자의 호칭은 걸(girl)이다-옮긴이〕 하고 부르는 소리를 듣긴 했지만 내 이름도 아니고

해서 나를 부르는 거라고는 생각지 못했지요." 빌이 순진한 얼굴로 말했다.

빌은 자리로 돌아와 내 옆에 앉았다. 여기저기서 잘했다며 한 마디씩 했다. 팽팽한 줄다리기 시합에서 그처럼 도전적인 행동을 보여준 덕분에 그는 영웅이 되었다.

미시시피 안으로 점점 더 들어갈수록 나는 흑인이 서로에게서 더욱 많은 위안을 얻는다는 사실을 발견했다. 뉴올리언스에 있을 때에는 흑인끼리 별반 관심을 보이지 않았지만 미시시피에서는 작은 도시를 여러 곳 거쳐 갈 때마다 버스에 오르는 승객에게 모두 웃어주고 서로 인사를 주고받았다. 보이지 않는 위협으로부터 보호받기 위한 완충장치로서 서로 정을 쌓을 필요가 있다는 걸 강하게 느꼈다. 난파선에 함께 타고 있는 사람들처럼, 순수하고 애처롭게 따뜻함과 예의로 서로를 감싸 안았다.

미시시피 주의 중심지로 깊이 들어갈수록 위협은 점점 더 커졌다. 밤이 깊어지고 버스 전등이 켜지면서 우리는 백인의 뒤통수와 어깨 뒤편, 그들이 내뿜는 연기와 모자만 보고 있었지만 백인과 흑인 사이의 거리감은 눈에 띌 정도로 점점 커졌다. 백인은 아무 말도 하지 않았고 뒤도 돌아보지 않았지만 그들에게서 적대감이 내뿜어져 나오는 걸 확실히 알 수 있었다.

우리는 백인이 내뿜는 적대감에 맞서 서로 따뜻하게 친절을 베풀었다. 낯선 사람들이 일반적으로 그러는 것에 비해 훨씬 더 많

블랙 라이크 미

은 정을 나누었다. 여자들은 지키지 못할 약속인 걸 알면서도 서로 사는 곳을 확인하고 언젠가 꼭 방문하겠다고 약속했다.

파플라빌(Poplarville)에 가까이 오자 버스 안이 한바탕 술렁거렸다. 모두들 파커 청년의 린치 사건을 떠올렸고, 린치를 가한 사람들에게 불리한 내용이 담긴 FBI 자료를 배심원이 검토조차 하지 않은 일도 떠올렸다.

"파플라빌 얘기 알아요?" 빌이 속삭이듯 말했다.

"네."

백인 몇 명이 뒤돌아보았다. 생기 있던 흑인들의 얼굴이 돌처럼 굳었다.

빌은 무덤덤한 어조로 조용히 몇 가지 얘기를 해 주었다. "저들이 파커한테 덤벼든 곳은 감옥이었죠. 그놈들이 파커 방으로 올라가서 그의 발을 붙잡고는 질질 끌면서 아래층으로 내려왔죠. 계단을 내려오는 동안 파커는 계속 머리를 계단에 찧었어요. 계단에 피가 흘러 맨 아래 바닥까지 피가 홍건했지요. 아마 그놈들이 자기한테 무슨 짓을 저지르려는 건지 알았을 거예요. 정말 무서웠을 거예요."

버스는 남부의 어느 작은 도시를 거쳐 가는 중이었다. 겉으로 보기에는 친절한 도시로 보였다. 나는 주위를 둘러보았다. 내 동포들에게는 너무도 사실적이고 너무도 생생한 이야기였다. 그들은 얼굴이 일그러진 채 숨도 쉬지 못하는 것처럼 보였다. 마치 자기 자신이 감옥 계단 밑으로 질질 끌려가는 것처럼, 자기 머리가 계단을 쿵쿵 찧는 것처럼, 자기에게 직접 테러가 가해지는 것처럼 느끼는 것 같았다.

빌의 목소리가 가슴 속으로 아프게 파고들었다. "그런 결정을 내린 곳이 법원이지요." 무슨 결정인지 내가 알고 있는가를 확인하려는 듯 빌은 나를 쳐다보았다. 나는 고개를 끄덕였다.

"그런 결정을 내린다는 건 백인에게 이렇게 말하는 거지요. '앞으로 계속 이런 식으로 해. 흑인한테 린치를 가해도 좋아. 그렇게 해도 별 문제 없을 거야.'라고 말이지요."

나는 앞쪽에 앉은 백인이 무슨 생각을 하고 있을지 궁금했다. 린치 사건과 펄 리버 대배심원단의 냉담한 결정을 생각하고 있을 것이다. 어쩌면 이런 불의가 내 주위 흑인에게 악몽으로 받아들여지듯이 그들 역시 이를 악몽으로 여길지도 모른다.

버스는 깊은 밤 속으로 달렸다. 주변은 숲이 우거진 시골길이었다. 빌은 내 옆에서 잠들었고 버스 바퀴가 윙윙대는 소리에 맞춰 코를 골았다. 아무도 말을 하는 사람이 없었다. 잠시 후 빌이 잠에서 깨어 창밖을 가리키며 말했다. "바로 저기 개울이에요. 저기서 사람들이 파커의 시체를 건져냈어요."

나는 두 손을 망원경처럼 오므려 창밖을 보았지만 어두운 하늘 아래 시커먼 나뭇잎만 우거져 있었다.

우리는 8시 30분쯤 해티즈버그에 도착했다. 흑인들 대부분이

블랙 라이크 미

서둘러 화장실을 찾았다. 빌이 걱정스런 충고를 너무 많이 하는 바람에 나는 겁을 먹었다. 실제 위험이 없다면 그가 왜 이렇게 일일이 챙기면서 내가 위험에 빠지지 않도록 도우려는 걸까? 마음속에 불안한 의혹이 일었다. 빌은 내가 가장 먼저 어디를 가야 하는지, 누구를 만나보러 가야 하는지 말해 주었다.

"거기까지 가는 가장 좋은 방법은 뭐지요?" 내가 물었다.

"돈 가진 거 있으세요?"

"네."

"택시를 타세요."

"택시는 어디서 타나요?"

"저 밖에 있는 아무 택시나 타시면 되요." 빌이 가리키는 손끝에 택시가 길게 늘어서 있었다. 모두 백인이 운전하는 택시였다.

"백인 운전수가 흑인 승객을 태워 준다는 말인가요?" 내가 물었다.

"예."

"뉴올리언스에서는 그러지 않던데……. 그곳에선 백인 택시 기사가 흑인을 태우면 안 되는 것으로 되어 있거든요."

"여기서는 당신 주머니에서 돈만 꺼낼 수 있다면 뭐든지 해도 되요."

빌과 내가 택시 쪽으로 걸어갔다.

"어서 오세요. 어디까지 가십니까?" 택시 기사가 물었다. 나는 유리창 너머로 택시 기사를 보았다. 택시 기사는 젊고 표정이 밝았으며 얼굴에 어떤 적대감도 찾아볼 수 없었다.

빌은 택시 기사에게 나를 어디까지 데려다 주어야 하는지 주소를 말해 주었다.

"잠깐만 기다려 주실 수 있나요?" 빌이 택시 기사에게 말했다. 빌은 내 팔을 잡고는 저편으로 끌고 갔다.

"어디에 머무시는지 내가 알아낼 수 있을 거예요. 밤새 별일 없으신지 내일 정오쯤 찾아가서 확인할게요."

처음 보는 사이에 이렇게 많은 수고를 해 준다는 사실에 나는 다시 한 번 큰 감동을 받았다.

나는 빌에게 고맙다고 인사했다. 빌은 잠시 망설이더니 말했다. "자꾸 간섭하려는 건 아닌데요. 혹시 여자를 구할 생각이시라면, 마음에 쏙 드는 그런 여자는 얻지 않으시는 게 좋아요."

"그런 일은 없을 겁니다." 라퐁텐(La Fontaine)의 「두 친구(Les Deux Amis)」가 떠올랐다. 이 작품에서 친구는 주인공의 슬픔을 덜어주려고 애쓰며, 심지어는 주인공에게 여자까지 구해다 준다. 빌이 말하는 어조로 보나 태도로 볼 때 그에게서 어떤 음탕함 같은 것은 보이지 않았고, 포주 노릇 하려는 기색도 전혀 없었다. 오히려 빌은 어떻게든 나를 보호하려고 애쓰는 중이었다.

"혹시라도 그럴 생각이시면 제게 도움을 구하세요. 그럼 좋은 사람을 찾아드릴게요."

블랙 라이크 미

"빌, 난 완전 녹초가 되었어요. 오늘 밤은 그냥 지나갈 듯 싶네요."

"그럼 됐고요. 나는 그저 선생님이 복잡한 일에 휘말리지 않았으면 해서요."

"정말 고마워요."

택시 기사는 빌이 알려준 주소까지 나를 데려다 주었다. 흑인 구역의 중심가인 모빌 스트리트(Mobile Street)였다. 그곳은 비좁고 지저분하며 가게와 카페, 술집들이 길게 늘어서 있었다. 택시 기사는 매우 정중했다. 너무나 진심어린 태도로 나를 대해 주었기 때문에 나는 그가 천성이 그런 사람이라고 여겼다. 뉴올리언스 상점에서 만났던 백인들처럼 고객 비위나 맞추자고 가식적인 친절을 베푸는 것으로 보이지 않았다.

"저쪽은 아주 거친 곳 같아 보여요." 나는 택시 기사에게 돈을 지불하면서 물었다. 주크박스에서 꽝꽝대며 흘러나오는 로큰롤 음악과 거리의 고함 소리 때문에 나는 택시 기사가 들을 수 있도록 큰 소리로 말해야 했다.

"이 지역을 잘 모르시면, 아무데나 가장 먼저 눈에 띄는 곳에 바로 들어가는 게 좋아요." 택시 기사가 말했다.

내부 연락책 한 사람이 이 지역에 있는 다른 사람을 알려주며 그에게 가보라고 했다. 나는 모빌 스트리트를 걸어 내려갔다. 차 한 대가 빠른 속력으로 내 옆을 지나갔다. 차에는 백인 남자와 소년이 가득 타고 있었다. 그들은 내게 욕설을 퍼부었다. 내 얼굴 쪽으로 탕헤르 오렌지가 날아 왔다. 오렌지는 내 얼굴 옆을 스쳐 건물 벽에 부딪혔다. 거리는 시끄럽고 거칠었다. 짙은 안개처럼 사방에 긴장이 깔려 있었다.

나는 거리에 미친 공포가 활개 치는 걸 느꼈다. 두 번째 연락책이 있는 가게로 들어갔다. 우리는 소리 낮춰 말했다. 그러나 연락책은 이 지역을 급습한 불량배 얘기를 하면서 노골적으로 경멸감을 드러냈고, 특별히 조심하거나 몸을 사리는 기색은 없었다.

"그놈들이 한 아이를 패서 완전히 피범벅을 만들었지요. 그 아이는 길을 걸어가던 중이었고, 거리에는 아무도 없었답니다. 그놈들이 갑자기 차에서 내려 달려들더니, 아무도 눈치 채지 못하게 얼른 아이를 끌고 사라졌어요. 또 한 사람한테는 차에 위스키를 갖고 다녔다고 엉터리 죄를 날조하여 덮어씌웠지요. 술은 입에 대지도 않는 사람인데 말입니다."

연락책은 너무도 마음 아파했고, 내 진짜 모습을 그에게 드러낼 경우 어쩌면 나를 백인을 위해 봉사하는 스파이로 여길지도 모르겠다는 생각이 들었다.

차 한 대가 크게 부르릉거리며 지나갔다. 갑자기 거리가 휑하니 비더니 다시 흑인들 모습이 보였다. 나는 얼른 흑인 상점으로 몸을 피했고, 그곳에 머물 핑계를 만들기 위해 밀크셰이크를 주문했다.

블랙 라이크 미

잘 차려입은 남자가 내 옆으로 오더니 내게 그리펀 씨냐고 물었다. 나는 그렇다고 대답했다. 내가 묵을 만한 방이 있으니 언제든지 내 쪽에서 그럴 생각만 있으면 갈 수 있다고 알려주었다.

나는 다시 거리로 나와 어둠 속으로 걸어갔다. 불빛이 비치고 사람들이 오가는 가운데 어둠은 살아 움직이는 듯했다. 길 건너편 술집에서 블루스 음악이 울려 퍼졌다. 등유와 바비큐 냄새가 뒤엉켜 지옥의 서커스를 연상하게 했다.

방은 초라한 목재 건물 2층에 있었다. 페인트칠이라고는 한 번도 해 본 적이 없는 것 같았다. 노후된 건물이었다. 그러나 나를 안내한 흑인은 건물이 안전하며 또한 내게 별일이 일어나지 않도록 지켜줄 거라고 했다. 나는 방으로 들어가 불도 켜지 않은 채 곧장 침대로 가서 앉았다. 거리의 불빛이 스며들어 방 안이 노란 빛으로 환했다.

아래쪽 술집에서 한 남자가 즉흥곡 형식으로 발라드 노래를 불렀다.

"불쌍한 맥 파커…… 열정에 휩싸여…… 개울 속에 잠긴 그의 몸뚱이."

"오 주여." 여자의 나지막한 탄식 소리가 이어졌다. 목소리에 슬픔과 두려움이 가득했다.

"저런…… 저런……." 달래는 듯한 남자 목소리도 들렸다. 더 이상 할 말을 잃은 듯했다.

거리에는 녹음된 재즈 음악 소리가 기괴하고 거드름을 피우는 리듬을 울리며 사람들의 애간장을 끊어놓았다. 발밑 마룻바닥에서 삐거덕거리는 소리가 났다. 나는 전깃불을 켜고 거울을 들여다보았다. 거울은 한쪽이 깨졌고, 벽에 삐죽이 튀어나온 구부러진 못에 걸려 있었다. 거울 속에서 대머리 흑인이 얼룩얼룩한 광채 속에서 나를 뚫어지게 쳐다보고 있었다. 나는 지옥에 와 있다고 생각했다. 아니, 지옥도 이보다 더 외롭고 절망스럽지는 않을 것이다. 이곳은 질서 있고 조화로운 세계와는 어디 한구석도 닮은 곳이 없었고, 사람의 마음을 아프게 갈기갈기 찢어놓았다.

내 목소리도 다른 사람이 말하는 것처럼 텅 빈 방안에 공허하게 울렸다. "검둥이, 뭐 때문에 거기 서서 울고 있는 거야?"

그의 뺨 위로 한 줄기 눈물이 흘렀고, 노란 불빛이 그 위에서 반짝거렸다.

그때 내 입에서 한마디 말이 흘러 나왔다. 지금까지 사람들에게서 너무 많이 들었던 소리였다. "옳지 않아. 정말 옳지 않아."

강한 반감이 갑자기 확 치밀어 올랐고 이 모든 일에 어느 정도 책임이 있는 백인에게 맹목적인 증오심이 순간적으로 터져 나왔다. 오래전부터 당혹감을 안겨주었던 의문도 함께 터져 나왔다. "왜 그런 짓을 하는 거야? 왜 계속 우리를 이런 처지로 몰고 가는 거야? 대체 어떤 악이 사로잡은 거야?" (흑인이라면 "무슨 병에 걸린 거야?"라고 말할 거다.) 반감은 슬픔으로 바뀌었다. 내가 속한 백인

블랙 라이크 미

들이 증오의 시선을 보낼 수 있고 사람들의 영혼을 시들게 할 수 있다는 점이 슬펐다. 또한 자기들이 키우는 가축에게는 주저 없이 권리를 인정해 주면서도 인간에게서는 이 권리를 함부로 빼앗는 점이 슬펐다.

나는 거울에서 시선을 떼고 고개를 돌렸다. 마루 구석에 못 쓰게 된 전구가 보였다. 천장 불빛이 투명한 유리에 작은 반점처럼 박혀 있었다. 그 주위에는 사진 필름 여섯 개가 낙엽처럼 나뒹굴었다. 그중 하나를 집어 들고 전등 불빛에 비춰 보았다. 야릇한 흥분이 밀려오면서 전에 이 방에 묵었던 사람이 어떤 그림을 사진 속에 담았는지 호기심이 일었다.

필름 속에는 아무것도 들어 있지 않았다.

나는 한 남자의 모습을 떠올렸다. 그는 상점에서 사진 필름을 집어 들고 급히 이 누추한 방으로 와서는 아내, 아이들, 부모, 여자친구…… 누군지는 알 수 없지만 보고 싶은 이의 모습을 떠올리며 마음을 달래려 했을 것이다. 그는 여기 이렇게 빈 필름을 들고 앉아서 인간 발명품의 걸작을 허비했을 것이다.

나는 그 남자가 그랬을 것처럼 필름을 방구석으로 툭 던졌다. 필름이 벽면에 부딪혀 메마른 소리를 내더니 바닥으로 툭 떨어졌다. 그중 하나가 망가진 전구 위로 떨어졌다. 전구 속 필라멘트에서 이상한 소리가 났다. 바깥 소음이 배경음처럼 깔리면서 그 위로 가늘고 높은 필라멘트 소리가 찌르르 울렸다.

주크박스에서 흘러나오는 음악이 삐거덕거리는 리듬을 타고 마치 물수제비라도 뜨듯 거리 위로 통통 튀었다.

행티

행티　　　　　　행티　　　　　　움프

해랭티　　　　　　　　　　　움프　　　　　　움프

바비큐 냄새가 풍기는 통에 빈 뱃속이 요동을 쳤다. 그러나 이 방을 나가 다시 지옥 속으로 돌아가고 싶지 않았다.

나는 공책을 꺼내 침대에 배를 깔고 누운 다음 글을 썼다. 저 바깥 미시시피의 밤 속에 펼쳐지는 죽음의 향연에서 벗어날 수 있는 것이라면 무엇이든 상관없었다. 그러나 만족감이 들지 않았다. 나는 아내에게 편지를 쓰기로 했다. 아내에게 소식도 전해야 했기 때문에 편지를 쓰긴 해야 했다. 그러나 아내에게 아무 말도 할 수 없었다. 단어 하나 생각나지 않았다. 아내는 이곳의 삶과 아무 관계가 없었다. 해티즈버그에 있는 방과도, 이 방에 묵고 있는 흑인과도 아무 상관이 없는 사람이었다. 미칠 것만 같았다. 내 본능은 온힘을 다해 이 낯선 느낌과 맞서 싸웠다. 라이오넬 트릴링(Lionel Trilling)이 문화는 감옥이라고 했던 말의 의미가 이해되기 시작했다. 그는 학습된 행동 양태가 너무 깊이 몸에 배어 무심결에 반응이 나오는 것을 문화라고 보았다. 흑인으로 길들여진데다 인종차별주의자가 흑인에게 퍼부어대는 온갖 성적 암시가 떠오르면서 나는 심지어 가장 친밀한 존재인 나 자신과도 격리된 채 아내와 맞닿은 모든 끈을 잃어버리고 말았다.

나는 편지지를 뚫어지게 바라보았다. '해티즈버그, 11월 14일, 사랑하는 아내에게.' 이 말만 적힌 채 백지 그대로였다.

아내와 나 사이에 얼마나 높은 벽이 가로놓였는지 하얀 백지가 모든 것을 시각적으로 말해 주었다. 관찰하는 자아가 한 흑인이 시끄럽고 냄새 나는 빈민가에 틀어박혀 백인 여자에게 '사랑하는 아내'라고 글을 쓰는 모습을 지켜보고 있었다. 흑인 존재의 굴레에 묶여 더 이상 글이 씌어지지 않았다. 지금 내게 일어나는 일을 모두 이해하고 있었고 이를 분석할 수도 있었지만, 이 상황을 뚫고 나아갈 수는 없었다.

'백인 여자는 절대로 쳐다보면 안 돼. 눈을 내리고 아래를 보거나 다른 데를 봐.'

'백인 여자더러 '사랑하는 아내'라고 부르다니, 대체 무슨 생각인 거야?'

나는 바비큐를 먹으러 밖으로 나갔다. 바깥 계단으로 내려서면서 손으로 낡은 난간을 잡았다. 손바닥에 시원한 느낌이 전해졌다. 옆으로 한 남자의 모습이 보였다. 남자는 벽에 한 손을 댄 채 그 위에 이마를 대고 컴컴한 그림자 속에 오줌을 누고는 어딘가 문 속으로 사라졌다. 저편에 희미한 불빛과 간판이 보였다. '음란 행위 금지' 그리고 '뜨거운 소시지 25센트.'

두 뺨이 땀에 젖어 노랗게 반짝거리는, 동그란 얼굴의 여자가 내게 바비큐 쇠고기 샌드위치를 건넸다. 나의 검은 손이 여자의 검은 손에서 샌드위치를 받아들었다. 여자가 빵을 쥐었던 곳에 살짝 엄지손가락 자국이 남았다. 이렇게 가까이 서 있으니 흰 가운 너머로 여자 몸에서 냄새가 확 풍겨왔다. 히코리 나무에 구운 훈제 고기 냄새, 치자 분 향내와 땀 냄새가 한데 뒤섞여 있었다. 나를 바라보는 여자의 표정이 내 마음속으로 파고들었다. 여자의 눈은 분명 이렇게 말하고 있었다. "세상에…… 무섭지 않아요?" 여자는 내게서 돈을 받은 다음 주방으로 들어갔다. 주방 안이 밖에서도 훤히 다 보였다. 여자는 구덩이 입구를 막아놓은 커다란 뚜껑을 들어 올리고 큼지막한 고기 덩어리를 꺼냈다. 흰 연기가 훅 올라오면서 여자의 얼굴을 가리자 검은 얼굴이 회색으로 보였다.

샌드위치 안에 든 고기 때문에 손까지 따뜻해졌다. 나는 샌드위치를 들고 내가 묵고 있는 건물까지 왔다. 내 방으로 통하는 뒤편 계단에 앉아 샌드위치를 먹었다. 건물 앞에 켜놓은 한 줄기 불빛이 흙먼지 내려앉은 잡초와 잡동사니를 환하게 비추었고 내 옆을 지나 건물 뒤쪽까지 꽤 멀리 비추었다. 살짝 가려진 이 뒤편 계단까지 고함소리와 부엉이 울음소리가 퍼져와 내 주위를 감쌌다.

행지티

행지티   행지티

하랑지티   ……

시끄럽게 꽝꽝대는 음악 소리에 다른 모든 리듬 소리가, 심지어는 내 심장의 리듬 소리마저 잡아먹혔다. 우연히 이곳을 들른 관찰자나 아니면 자기 집에서 쉬고 있는 백인에게는 이 모든 게 어떻게 보일까? "오늘 밤 모빌 스트리트에서 검둥이들이 한바탕 시끌벅적하게 떠들어대는구먼."이라고 말하는 사람도 있겠고 "행복하게 사네."라고 말하는 사람도 있을 것이다. 아니면 어느 학자가 말했듯이 "흑인은 지위가 낮으면서도 환희에 넘치는 삶을 사는 능력이 있다."고 하는 이도 있을 것이다. 지독한 우울이 이 지역을 뒤덮고 있는 게 그들 눈에도 보일까? 가슴을 짓누르는 우울 때문에 이를 떨쳐내려고 안간힘을 쓰면서, 시끄러운 소음이나 포도주, 섹스, 폭식으로 감각을 무디게 해 잠재울 수밖에 없다는 걸 그들도 알까? 웃음소리는 커질 수밖에 없다. 그렇지 않을 경우 웃음소리는 흐느낌으로 바뀌고, 흐느껴 울면 깨닫는 게 있고, 깨달으면 절망으로 떨어진다. 그러므로 시끄러운 소리를 활기 넘치는 푸가처럼 크게 더 크게 쏟아내어 모든 이의 영혼 속에서 속삭이는 "넌 흑인이야. 넌 쓰레기야."라는 소리를 덮어버린다. 백인이 '활기찬 삶'이라고 여기는 것, '한바탕 시끌벅적하게 떠들어대는 것'이라고 말하는 삶의 진짜 정체는 이런 것이다. 이리하여 백인은 "저들은 개처럼 살아."라고 말한다. 그들이 왜 그래야 하는지, 왜 자신을 구하기 위해 소리치고, 술에 취하고, 엉덩이를 흔들고, 행복을 빼앗긴 뱃속에 쾌락을 쏟아 붓는지 결코 이해하지 못한다. 그렇지 않았다면 이 지역의 모든 소리는 질서와 리듬을 잃고 울부짖음으로 바뀌었을 것이다.

나는 재앙의 기운을 느꼈다. 밤의 미래로 가면 어느 지점에선가 긴장이 폭발하여 폭력을 일으킬 것이다. 백인 아이들이 거리를 빠르게 질주할 것이다. 이들 눈에 누군가 혼자 길에 서 있는 게 보일 것이다. 남자일 수도 있고, 남자아이나 여자일 수도 있다. 이를 구타하거나 죽이고 싶은 욕구가 백인 아이들의 마음속으로 밀려들 것이다. 무서운 일이 일어나고, 점점 절정으로 치달으면서 미친 광기가 한바탕 휩쓸고 갈 것이다.

주가(州歌) 가사가 내 머릿속에서 흘러나왔다.

저 아래 남쪽 지방 미시시피,

태양 아래 목화가 하얗게 피어나는 곳,

우리가 사는 미시시피 주를 모두가 사랑하네.

우리는 이곳, 삶이 재미있는 곳에 앞으로도 계속 머물겠지.

밤하늘엔 별이 더 밝게 빛나고,

이슬 맺힌 아침은 기쁨 속에 밝아오네.

블랙 라이크 미

저 아래 남쪽 지방 미시시피,

사람들은 태어날 때 그랬듯이 지금도 행복하네.

책이나 영화에서 봤던 장면이 떠올랐다. 레이스 장식, 하얀 기둥 아래 그림자가 드리워진 베란다, 예쁜 유니폼 차림의 '흑인'이 내온 박하 칵테일, 명예, 매그놀리아 향기, '행복 속에 만족하며 살아가는' 흑인들이 낮이면 목화밭에서 일하는 모습, 저녁식사가 끝난 뒤에는 저택에 와서 사랑하는 백인을 위해 흑인 영가로 노래를 불러주는 모습……. 이 모든 것은 흑인이 자유를 찾아 떠날 수 있을 때까지 지속된다.

오늘 밤 이곳에서 나는 나무판자 위에 앉아서 입술에는 바비큐 기름을 번들거리면서, 백인들의 경멸로 변질된 눈을 피해야 한다. '삶이 재미있는 곳'이라는 땅에서.

미시시피에서 하나님은 사랑이고,

가정과 하나님의 백성, 교회는 소중하게 지켜진다.

나는 자리에서 일어났다. 갑자기 아까 그 방으로 돌아갈 수 없다는 생각이 들었다. 깨진 거울이 걸려 있는 방, 망가진 전구와 필름이 나뒹구는 방으로 돌아갈 수 없었다.

해티즈버그에 아는 백인이 한 명 있었다. 그러면 내가 도움을 구할 수 있을 것이다. 신문기자며 이름은 P.D. 이스트(East)였다. 하지만 그에게 연락하기가 망설여졌다. 이스트는 인종 정의를 구현하느라 애써오는 과정에서 많은 박해를 받았다. 그와 가까운 곳에 내가 있다는 사실만으로도 그가 위험해질지 모른다는 걱정이 들었다.

나는 바깥 수도에서 손과 입을 씻은 뒤 전화를 찾으러 거리로 나섰다.

P.D.는 집에 없었다. 나는 그의 아내 빌리(Billie)에게 상황을 설명했다. 빌리는 충격에 익숙해진 지 오래라면서 P.D.에게 나를 구해 주라고 하겠다고 말했다.

"당신네 식구들을 더욱 곤경에 빠뜨리는 건 안 됩니다. 정말 무서워 죽겠지만 당신 식구들을 더 이상 깊이 끌어들이느니 여기에 있는 게 나아요."

"그러기엔 늦었어요. P.D.에게 연락할 거예요. 그이는 아무에게도 눈에 띄지 않고 당신을 여기로 데려올 수 있어요. 상점 앞에 서 있으면 그이가 당신을 태워 올 거예요. 한 가지만 주의하면 돼요. 이 부근에서는 절대로 조사 활동을 하지 않는다는 것만 지키면 돼요. 괜찮죠?"

"물론입니다."

"그러니까 제 말은 그렇게 될 경우 우리가 정말 난처해질 거라는 얘기예요."

블랙 라이크 미

"당연히 조사 활동은 하지 않을 겁니다. 그런 생각도 하지 않을 겁니다."

나는 불 켜진 상점 앞에서 기다렸다. 밤에는 문을 열지 않는 상점이었다. 자동차가 지나갈 때마다 신경이 곤두섰다. 어쩌면 탕헤르 오렌지가 또 날아올 수도 있고, 누군가 지나가면서 한바탕 욕지거리를 퍼부을지도 몰랐다. 다른 문 앞에 흑인 몇몇이 서 있었다. 불 켜진 곳에 서 있는 내가 미쳤다고 생각하는 것 같았다. 생각이 있는 사람이라면 어두운 곳에서 기다릴 것이다.

얼마 뒤 스테이션왜건이 천천히 지나가는가 싶더니 저 아래 몇 미터 앞에 멈춰 섰다. 분명 P.D.라고 생각했으며, 왜 저렇게 어리석은 행동을 하는지 이해되지 않았다. 저렇게 떨어진 곳에 차를 세우면 내 쪽으로 얼마간 걸어 와야 하며 게다가 흑인들이 서 있는 곤란한 지역을 통과해야 한다. 이 흑인들은 그를 알아보지 못할 것이며 오늘 밤 같으면 어느 백인이라도 화풀이 상대로 삼고도 남을 것이다.

P.D.는 차에서 내리더니 편안한 걸음걸이로 내 쪽으로 걸어왔다. 희미한 불빛 속에서 덩치가 크게 보였다. 나는 한 마디도 할 수 없었다. P.D.는 거리의 모든 사람이 지켜보는 가운데 흑인 손으로 변장된 내 손을 잡고 악수하더니, 부드럽고 교양 있는 목소리로 이렇게 말했다. "갈 준비는 다 끝난 건가요?"

나는 고개를 끄덕였다. 우리는 함께 차 있는 곳으로 왔다. P.D.

는 내가 차에 올라탈 때까지 문을 잡아주었고, 그런 다음 차를 출발시켰다.

"정말 놀랐네." 잠시 어색한 침묵이 흐른 뒤 그의 입에서 처음 나온 말이었다.

우리는 어두운 거리를 지나 그의 집으로 향했다. 대화가 어딘지 모르게 딱딱하게 느껴졌다. 나는 왜 그런지 이유를 생각했다. 그리고는 깨달았다. 내가 이미 흑인으로 살아가는 데, 다시 말해 경멸의 대상으로 취급받는 데 너무 익숙해져서 경계의 마음을 풀 수 없었던 것이다. 이렇게 백인 차 앞좌석에 앉아, 그것도 그의 집으로 향하고 있다는 사실이 당혹스러웠다. 이것은 어떤 점에서 '남부의 규정'을 어기는 것이다. 또한 이 상황에서 내가 '벗어나려 한다'는 것을 우리 두 사람 모두 느끼고 있었다.

나를 집에 데려가서 행여 그의 아내나 아이들에게 당혹스런 일이나 위험한 일이 벌어진다면 그러지 말라고 몇 번이고 부탁했다. 그는 내 말을 들어주지 않았다.

우리는 그의 집 간이 차고로 들어갔다. 집 옆 어두운 그림자 속에 그의 아내가 서 있었다.

"안녕하셨어요, 엉클 톰?" 빌리가 말했다.

또다시 끔찍한 진실이 내 머릿속을 스치고 지나갔다. 이곳 미국에서 요즘 같은 시대에 백인이 흑인을 맞아들이는 간단한 행동조차 밤에 이뤄져야 하며, 그 불편한 기분을 떨쳐내려고 일부러

블랙 라이크 미

심한 농담을 해야 한다는 사실 말이다.

우리는 무엇이 두려웠던 것일까? 정확히 꼬집어 말할 수는 없었다. KKK단(Ku Klux Klan, 큐 클럭스 클랜 또는 3K단이라고도 하는, 백인우월주의를 내세우는 미국의 극우비밀결사다 – 옮긴이)이 우리를 급습할 리도 없었다. 우리는 그저 이 미시시피 주에 팽배해 있는 두려움 속에 빠졌던 것이다. 뭐라고 규정할 수 없지만 끔찍한 두려움 속에 빠진 것이다. 예전에 히틀러가 진군하기 시작했을 때 유럽에서 느꼈던 공포, 뚜렷한 대상도 없으면서 절대로 지워지지 않는 공포, 유대인과 대화를 나누는 것에 대한 공포(그리고 이런 공포에 대한 깊은 수치심)가 떠올랐다. 적어도 흑인은 지금도 남부 지방에서 이런 공포를 느끼고 있으며, 마찬가지로 많은 점잖은 백인 역시 이를 지켜보고 기다리면서 이에 깊은 수치심을 느끼고 있다.

일단 집으로 들어가자 점차 어색함이 사라졌다. 그러나 나는 여전히 고통스러웠다. 내가 '동등한 존재'로 이들과 거실에 앉아 있다는 사실에 좀처럼 익숙해지지 않았다.

집 안은 수수하게 꾸며져 있었지만 내가 최근 얼마간 머물렀던 곳에 비하면 궁궐 같았다. 그러나 이보다 더 놀라운 것은 이곳에는 편안한 분위기가 있었고, 신뢰와 따스함이 느껴진다는 점이었다. 내게는 매우 신선한 충격으로 다가왔다. 한 가정에서 즐거움을 만끽하며 편안하고 여유 있는 기분을 느낄 수 있다는 단순한 사실이 너무 새롭기만 했다. 대부분의 사람에게는 그저 평범한 일이겠지만 내가 흑인으로 지내는 동안에는 전혀 알지 못했던 커다란 사치였다.

이스트는 나를 방으로 안내하면서 좀 씻고 나면 기분이 나아질 것이라고 했다. 빌리는 나를 위해 검은색 손님용 수건과 커다란 목욕타월을 꺼내놓았고, 나는 이 역시 어색함을 감추는 짓궂은 농담이라고 여겼다.

우리는 밤늦도록 이야기를 나누었다. 우리 둘 다 아는 친구인 문학사 연구가 맥스웰 지스마(Maxwell Geismar)에 대해 이야기했다. 지스마는 1년 전 편지 왕래를 통해 알게 된 친구였다. 최근 P.D.는 지스마 집을 방문한 적이 있다고 했다. 맥스웰과 앤 지스마가 전국을 돌아다니며 P.D.를 위해 많은 도움을 이끌어내 주었다고 말했다.

그 다음 P.D.는 자서전 『매그놀리아 정글(The Magnolia Jungle)』 원고를 내게 가져왔다. 이 책은 사이먼 앤 슈스터 출판사에서 출간할 예정이었다. 자정 무렵이 되자 나는 이 원고를 잠들기 전에 한번 훑어보려고 내 방으로 가져왔다.

나는 이 원고를 손에서 놓을 수 없었다. 밤새도록 이 남부 토박이 백인의 이야기를 읽었다. 대중을 따라가려 했던 사람, 「페탈 페이퍼(The Petal Paper)」라는 악의 없는 작은 신문을 발간하는 사람, 사람들의 비위를 맞추고, 지역 시민 클럽에 참여해서 '대중

블랙 라이크 미

의 여론'과 함께 발맞춰 온 사람의 이야기를 읽었다. 여기서 말하는 '대중의 여론'이란 '대중의 편견'이고, 물론 기독교인의 방식으로 100퍼센트 미국식 페어플레이 정신으로 '흑인에게 자기 분수를 알게 하는 것'이었다.

그는 자서전에서 이렇게 썼다. "나는 친구를 사귀고 사람들을 속이면서 철저하게 비위를 맞추었다." 그는 "미국의 모성을 사랑하고 죄를 미워하며" 남부 생활방식에 어울리는 방식이 아니면 절대로 흑인을 언급하지 않는다는 남부 신문 편집방침을 채택했다. 「페탈 페이퍼」는 '이 주의 시민', '기도와 명상' 등과 같은 짧은 특집 기사와 함께 주로 지역 소식을 전했다. 이중 '기도와 명상'은 지역 목사가 기고하는 글로, "예수에 대해 어떤 인쇄 글도 읽기를 두려워하는 기독교인을 대상으로" 했다.

신문 발간 첫해 동안 이스트는 모든 사람을 즐겁게 하고 어느 누구의 성미도 건드리지 않았다. 신문은 번창했다. 이스트는 돈을 벌었고 지역 주민 사이에 이름도 알려졌다.

이스트는 주요 쟁점이 생길 때마다 이를 언급하긴 했지만 확실한 태도를 취하지는 않았다. 밤잠을 제대로 이루지 못하는 날이 점차 늘기 시작했고, 자신의 양심과 기자의 책임감을 팔아먹고 있다는 생각이 들었다. "내 정신 상태를 깨달을 때면 소스라치게 놀랐다가 다시 건강한 웃음과 친절한 악수로 얼른 제자리로 돌아가곤 했다. 돈의 향기로운 냄새에 취하면 그렇게 된다."

이스트는 점점 힘들어하면서 자신의 양심, 존엄성과 본격적인 갈등을 벌이기 시작했다. 비록 독자가 읽고 싶어하는 글을 신문에 쓰지만 그런 글이 항상 진실은 아니라는 사실이 그에게 점점 더 분명해졌다. 1954년 연방대법원에서 인종차별 정책에 대한 판결을 내린 이후 남부 상황이 점차 악화되면서 이스트는 선택의 기로에 섰다. 앞으로도 계속 이런 식으로 사람들의 편안한 삶에 맞춰 진실을 왜곡할 것인지, 아니면 사람들이 진실에 맞추어 자신들의 편안한 삶을 바꿔 나가야 한다는 희미한 희망을 안고 진실을 써야 할 것인지 한쪽을 선택해야 했다.

이스트의 사설은 남부의 '올바른' 태도와 조금씩 어긋나기 시작했다. 새로운 신문 편집방침을 설명하기 위해 '공정하다'는 단어를 썼다. "좀처럼 없는 일이지만, 변화를 꾀하면서 자신의 상업적이고 불행한 영혼을 정직하고 품위 있는 쪽으로 발전시켜 나가려는 신문 발행인이라면 보복을 두려워하지 않고 예외 없이 자신이 바라는 것을 말할 수 있어야 한다는 게 나의 정직하고 진심어린 생각이었다." '공정한' 태도를 취하겠다는 그의 결정은 남부의 '올바른' 태도와 나란히 발맞춰 갈 수 없었다.

이스트는 계속해서 군건하게 정의를 설교해 나갔다. 그의 주장에 따르면 우리는 흑인에게 자유를 누릴 권리가 없다는 것을 보여주기 위해 우리 자신의 영혼을 지켜주는 원칙을 무너뜨리고 있으며 우리가 어느 인종이고 어떤 신조를 가졌든 우리 자신을 위험 속으로 몰고 간다고 했다.

본질적으로 이스트는 윤리적이고 공정한 사회적 행위를 요구했다. 우리가 정의를 세우려면 먼저 진실을 알아야 한다고 말했으며, 자신에게는 진실을 알려야 할 권리와 의무가 있다고 주장했다. 이런 주장은 엄청난 배신으로 간주되었다.

나는 침대에 누워 전등불 아래서 담배를 피우며 그의 글을 읽었다. 방 저편에서 P.D.가 코 고는 소리가 들렸다. 그러나 이쪽 방에서는 그가 페이지마다 깨어 있었다.

익명의 사람들이 그에게 전화를 걸어 위협하고 못살게 굴었다. 시민 평의회에서는 그를 요주의 인물로 지목했고, 이런 이유 때문에 지역 기고자와 광고가 대부분 떨어져 나갔다. 언론 자유 국가에서 그들은 이스트가 자신들의 편견에 맞지 않는 입장을 표명했다는 이유로 그를 굶겨죽일 작정이었다.

예를 들어 이스트는 백인 시민 평의회를 지원하기 위한 세금 집행을 허가하는 주 의회 법안에 이의를 제기하기도 했다. 흑인에게서 세금을 징수해서, 흑인 탄압을 공공연한 목적으로 내세우는 기구에 세금을 집행하는 것이 과연 공정한지 그는 물었다.

예배 의식에 인종차별을 두지 않는 교회에 벌금을 부과하는 법안이 제출되었을 때 그는 이 법안이 미국 헌법 수정조항 제1조에 정면으로 위배된다고 주장했다.

그는 이런 것들이 오래전부터 내려오는 합법화된 불의라고 주장했다. (헌법과 배치되게도) 지역의 주 의회는 주 의회가 결정한 사항은 무엇이든 정당하며, 참과 거짓 판단 사이의 모든 구별보다 우선하는 지위를 갖는다고 주장했다. 버크(Burke)는 이런 말을 했다. "판결에 따라 법이 만들어지고 법이 판결을 이끌어 내지 않는다면, 애초에 불법적인 판결 같은 것은 있을 수 없다." 단지 의회에서 법을 만들기로 했다는 이유만으로 법이 훌륭한 것은 아니다. 그러나 의회는 훌륭한 법만 만들어야 하는 도덕적 의무를 가진다.

올바른 법보다는 편리한 법이나 이익이 되는 법을 제정하려는 경향이 남부 주 의회들 사이에 급속히 퍼졌다. 문명화된 사회에서는 거의 믿기 힘들 정도로 냉소적인 법이 남부 주 의회에서 제정되었다. 이런 법안이 연방 법원의 심판대에 올라 불법이라는 판결을 받더라도 남부 의회에서는 계속해서 이런 법을 시행하는 경우가 많았다. 왜냐하면 "이런 법이 재판 기록에서 제거된 적이 없기 때문이다."

신문 구독이 취소되었고, 광고도 끊겼다. 오로지 공정함 또는 이스트 말대로라면 '품위'만을 위해 운동을 벌인 결과 오랜 친구들조차 사회 압력에 동요되어 그와 반대편에 섰다. "빌어먹을 검둥이를 사랑하고 유대인을 사랑하는 공산주의자 개새끼" 운운하는 전화가 이스트 앞으로 걸려오기 시작했다. 그는 어디를 가든 꼭 총을 소지하고 다녔다.

블랙 라이크 미

"나는 예전처럼 반응했으며 앞으로도 계속 그럴 것이다. 너무 의기소침하고 낙담해서 내 방 침대 옆에 앉아 아이처럼 울기도 했다."

정말 이상한 원고였다. 참담한 개인적 비극을 겪고 경제적 파멸에 빠지면서도 그는 아주 재미있는 글을 남겼다. 그의 주된 공격 대상은 '진정한 남부인'의 관점이고, 겉으로는 이를 변호하고 설명하는 것으로 보이지만 결국은 이것이 얼마나 불합리한지를 보여준다. 비극을 겪는 동안 그는 문필계에서 가장 예민하고 날카로운 풍자객으로 바뀌었다. 『매그놀리아 정글』에는 극심한 공포를 배경으로 한가운데 이런 좋은 글이 놓여 있어서 뚜렷한 대비효과를 이루었다. 삶은 밑바닥 수준으로 떨어졌는데 글은 아주 높은 수준을 보였다. 큰 슬픔에 젖은 사람이 이상할 정도로 재미있는 글을 내놓은 것이다. 모노클루스(Monoculus)처럼 그는 재미있는 글로 악마를 찔렀다.

호딩 카터(Hodding Carter), 이스턴 킹(Easton King), 랄프 맥길(Ralph McGill), 마크 에스리지(Mark Ethridge) 등과 같은 다른 '남부 배신자'와 함께 이스트의 사례에서도 존경스러울 정도로 인종편견을 배격한 '진정한 남부인'의 모습이 잘 나타나 있다. 그는 자신의 '지식'을 의심하는 백인뿐 아니라 흑인도 공격했다.

나는 원고를 한쪽으로 치워놓고 잠을 청했다. 그러나 이미 창문이 환하게 밝았다. 나는 밤새도록 원고를 읽은 것이다.

11월 15일

제대로는 한숨도 자지 못했는데 이스트가 쟁반에 커피를 받쳐 들고 내 방으로 왔다. 나는 비몽사몽간에 그에게 몇 시인지 물었다. 7시 30분이었다. 내 몸은 제발 잠 좀 자게 해 달라고 성화였지만 나는 그가 원고에 대해 얘기하고 싶어한다는 걸 알았다.

고단하고 묘한 하루였다. 우리는 하루 종일 집 안에 마련된 그의 사무실에 있었다. 나는 커피 몇 잔을 마셨고 모차르트 오중주곡을 들으며 이스트가 원고에서 삭제한 부분을 읽었다. 삭제한 부분 중에서 많은 부분을 그대로 살리는 게 더 좋겠다고 했다. 하지만 제정신이 아니었다. 나는 졸렸고 웅장한 음악에 취해 있었으며, 내가 글을 읽는 동안 이스트가 옆에서 계속 이야기했다. 이스트는 혼자서 매우 재미있는 얘기를 길게 늘어놓으면서 5분마다 한 번씩 중간에 이런 말도 섞었다.

"아, 이젠 진짜 아무 말도 하지 않고 당신이 글에 집중할 수 있도록 할게요. …… 그런데 말이지요 맥스가 전에 당신한테 이 얘기는 했나요? ……" 그러고 나면 또다시 새로운 이야기가 길게 이어졌다.

"원래 월요일에 딜러드에서 강연이 잡혀 있었어요." 이스트가 힘없이 말했다.

"가야 해요?"

"아니……. 간디(Gandy) 총장이 와달라고 부탁했는데, 내가 조금만 연기해 달라고 총장한테 부탁했지요. 책 작업 때문에 바쁘다고 했어요. 그런데 그 이해심 많은 빌어먹을 총장이 '동의'했지요. 더 붙잡지 않았다니까요. '그럼요, P.D. 책이 먼저지요. 강연은 나중에도 할 수 있고요.' 그 말이 내겐 상처였어요."

"저런, 그냥 친절한 사람인가 보다 하고 넘겨요."

"친절하긴 하지…… 흠." 이스트는 마음이 아픈 듯 얼굴을 찡그리고는 계속 말했다. "내가 자기 부탁을 들어주지 않았기 때문에 당황하는 기색 같은 것도 없었어요. 그러니까 당신은 월요일까지 여기 그냥 있으면 돼요. 내가 뉴올리언스까지 태워다 줄게요. 나는 중간에 딜러드에 들러서 총장에게 그가 한 번 더 붙드는 기본적인 예의라도 보였다면 나도 할 수 있었을 거라는 걸 보여줄 생각이에요."

우리는 하루 종일 이스트가 모아놓은 파일을 검토했다. 그는 내가 밤에 읽어볼 수 있도록 각종 조사 자료, 비난 팸플릿, 신문 스크랩, 편지, 기타 자료를 내 침대 위에 수북이 쌓아놓았다. 중간에 이스트의 아내 빌리와 딸 카렌이 찾아와 이런저런 대화를 나누느라 작업이 중단되곤 했다. 빌리와 카렌은 내가 텍사스에서 왔으며 농장에 살고 있다는 사실을 알고는 나를 '대머리 부자 목장주'라고 불렀다. 이들 가족은 유대인 집안 두 곳 말고는 이곳 해티즈버그에서 아무와도 교류를 갖지 않았다. 빌리는 늘 오후 시간이면 부근 저수지에 나가 낚시질을 하면서 시간을 보낸다고 했다. 정말 외로운 삶이었다. 딸 카렌은 매우 아름다운 금발머리 소녀로, 내 딸과 나이가 같고 생김새도 많이 닮았다. 카렌은 총명하며 외향적이고 다정했다. 카렌과 이스트는 늘 텔레비전 프로그램을 놓고 전쟁을 벌였다. 말싸움이 꽤 길게 이어지고 서로를 비난하는 거친 말로 가득하다는 것만 알 뿐, 무슨 말을 하는지 거의 알아듣지 못했다. 하지만 전통적인 역할이 뒤바뀐 건 확실했다. 카렌은 아버지가 서부 영화와 어린이 프로그램을 열광하며 시청하는 걸 인정할 수 없었고 이스트는 '좋아하는 프로그램'을 시청할 권리는 하나님도 허락한 것이라고 우겼다.

나는 11시쯤 자리를 떴다. 내 방 침대 속으로 얼른 들어갈 생각이었다. 그러나 이스트가 침대 옆 탁자 두 개 위에 가득 쌓아놓은 자료에 나도 모르게 손이 가는 바람에 새벽까지 잠도 자지 않고 자료를 검토하면서 메모를 작성했다. 이스트의 표현을 빌면 남부 지역의 '더러운 치부(assdom)'에 해당하는 사실을 수집해 놓은 정말 방대한 자료였다. 이 자료를 바탕으로 볼 때 가장 더러운 세력은 무식하게 떠드는 인종차별주의자가 아니라 그들을 대신해 앞장서서 법안 제안서의 '초안'과 선전 내용을 작성해 주는 법률가들이었다. 이들은 사실을 확인해 볼 생각조차 하지 않는 사람들을 상대로 언제나 애국주의라는 가면 뒤에 숨어서 고의적으로 사실을 왜곡했다. 이들은 항상 지역의 이익을 바탕으로 주장을 펴면서, 양심의 자유를 철저하게 경멸하고 이 땅의 오랜 전통으로 내

블랙 라이크 미

려오는 지고의 가치를 깨뜨리고 무너뜨리는 데 앞장섰다.

11월 16일

뉴올리언스

뉴올리언스에서 해티즈버그까지는 버스로 지루하게 가야 했지만 뉴올리언스로 돌아가는 길은 이스트의 차를 이용했기 때문에 얼마 걸리지 않았다. 이스트는 나를 딜러드 대학으로 데려다 주었다. 뉴올리언스에는 흑인 대학이 두 곳 있는데 그중 하나였다. 드넓은 초록색 캠퍼스에 흰 건물이 서 있었고, 커다란 나무에는 소나무겨우살이이끼가 찬뜩 덮여 있었다. 우리는 차를 천천히 몰았다. 일부러 속도를 늦춘 게 아니라 어쩔 수 없이 천천히 가야 했다. 12미터나 15미터마다 둔덕이 설치되어 조금이라도 속도를 내면 차가 심하게 부딪쳤다. 이스트는 한바탕 욕을 해 대면서, 전형적인 '남부 백인' 어투로 이렇게 말했다. "깜둥이가 다니는 학교 중에서 이렇게 아름다운 빌어먹을 캠퍼스 본 적 있어? 검둥이가 점점 주제넘은 짓을 한다니까."

이스트는 캠퍼스 안쪽으로 한참 들어가 교직원에게 제공된 작은 별채 앞에 차를 세웠다. 우리는 안으로 들어가 샘 간디 총장을 만났다. 잘생긴 외모에 교양과 유머감각까지 갖춘 총장은 방금 여행을 마치고 돌아온 길이었다. 소개도 제대로 마치기 전에 이스트는 바로 불평을 털어놓기 시작했다. 이스트는 총장이 왜 자기에게 꼭 오늘 강연을 해야 한다고 강하게 요구하지 않았는지 이유를 알고 싶어했다.

"하지만 선생님께서 너무 바쁘다고 하셔서요. 우리야 당연히 선생님이 그렇게 해 주시면 좋지요, 하지만……."

화가 누그러진 이스트와 나는 총장과 그의 아름다운 아내 앞에서 현재 내가 진행중인 프로젝트 내용을 은밀히 털어놓았다. 이 프로젝트와 연관시켜 이런저런 논의를 할 만한 시간도 없긴 했지만 총장이 다른 약속 때문에 사무실을 비울 수 없는 처지였기 때문에 나중에 다시 만나 내가 겪은 일을 함께 얘기하기로 했다. 우리는 차 있는 곳으로 갔다. 이스트는 과장된 몸짓으로 조심스레 차 문을 여는 척했다.

"아니, 이스트 씨, 도대체 이런 한적한 곳에서 뭐 때문에 차 문을 잠그셨습니까?" 간디 총장이 물었다.

이스트는 의뭉스런 눈길로 얼굴 가득 의심스런 표정을 짓고는 무대에서 독백이라도 하듯 큰 소리로 말했다. "온 천지에 빌어먹을 깜둥이가 득실대는데, 알잖소……."

간디 총장은 배꼽을 잡으며 웃다가 화내다가 했다. 총장은 이스트에게 미시시피의 선거 상황이 어떻게 돌아가는지 물었다. 이스트는 투표 등록하러 갔던 흑인 얘기를 들려주었다. 흑인의 서류를 받은 백인은 기본적인 문맹 검사를 실시했다고 한다.

"미국 헌법 제32항의 첫 행에 뭐라고 쓰였습니까?" 백인 접수원이 물었다.

서류를 제출한 흑인이 정확하게 대답했다.

"미국 제11대 대통령과 그 내각에 들어간 장관 이름을 모두 대시오."

흑인이 정확하게 대답했다.

결국 흑인의 허점을 찾아내지 못한 백인이 이렇게 물었다. "글을 읽고 쓸 수 있습니까?"

흑인이 자기 이름을 적자, 이번에는 그의 읽기 실력을 점검하기 위해 중국어 신문을 그의 앞에 내놓았다.

"읽을 수 있습니까?"

"네, 헤드라인은 읽을 수 있지만 본문은 읽을 수 없습니다."

백인이 믿을 수 없다는 표정으로 물었다. "이 헤드라인을 읽을 수 있다고요?"

"네, 뜻도 정확하게 알지요."

"뭐라고 쓰였습니까?"

"'이 사람이 바로 올해 미시시피 주에서 투표하러 가지 않은 흑인입니다.'라고 적혀 있네요."

이스트는 나를 뉴올리언스 중심가 카날 스트리트에 내려주었다. 나는 근처 흑인 카페에서 콩과 쌀로 만든 요리를 산 다음, 미시시피 주로 돌아갈 버스표를 사기 위해 터미널로 향했다. 이번에는 해안 쪽에 위치한 도시 빌록시(Biloxi)에 갈 계획이었다. 며칠 전 내게 증오의 시선을 보냈던 여자는 보이지 않았다. 버스가 출발하려면 세 시간 정도 남아 있어서 나는 카날 스트리트를 돌아다니면서 쇼윈도 너머로 물건 구경을 했다. 거리에는 크리스마스 장식이 화려했고, 나는 많은 인파 속에서 길을 잃었다. 시원한 날씨에 햇빛이 화사했다. 아이들이 상점 안으로 들어가고 나오는 모습을 지켜보았다. 모두들 산타클로스 할아버지를 만날 생각에 흥분해 있었다. 내 아이가 너무 보고 싶었다.

나는 계속해서 길에서 만난 사람을 붙들고 프렌치 마켓이나 교회로 가는 길을 물었고, 만나는 사람 모두 내게 정중하게 길을 일러주었다. 비록 불평등이 만연해 있는 곳이었지만 나는 뉴올리언스가 좋았다. 어쩌면 이곳을 떠나 다시 딥 사우스로 들어가야 한다는 생각에 무서웠기 때문일지도 몰랐다. 아니면 어쨌든 이곳 뉴올리언스의 상황이 미시시피보다 훨씬 더 낫기 때문일 것이다. 하지만 이곳을 제외한 루이지애나 주의 다른 지역이 결코 나을 것도 없다는 것은 알고 있었다.

예수회 성당에 도착한 나는 소책자 하나를 집어 들었다. 로버트 구스트(Robert Guste) 신부가 쓴 『선한 의지를 가진 사람들(For Men of Good Will)』이라는 소책자로, 간디 총장의 커피 탁자 위에서 본 적이 있었다. 표지에 붉은 글씨로 '인종 정의'라고

　　　　　　　　　　　　블랙 라이크 미

적혀 있었다. 나는 성당 밖으로 나와 햇빛이 쏟아지는 길 위에 서 있었다. 사람들은 성당 앞을 지날 때마다 모자를 살짝 들어올리기도 하고 가슴에 십자가를 긋기도 했다. 소책자를 휘리릭 넘겨보는데, 헌사가 눈에 띄었다.

> 나의 어머니와 아버지, 그리고 아이와 학생의 가슴속에 모든 인간을 향한 사랑을 불어넣고 모든 사람이 마땅히 받아야 할 존엄성에 대한 존중을 심어주기 위해 진심으로 애썼던 남부의 수많은 부모와 교육자에게 바칩니다.

남부 지역에서 태어나고 자라서 뉴올리언스의 아치디오세스 (Archdiocese)에서 교구 신부를 지낸 구스트 신부는 '문제' 상황에 큰 충격을 받을, '선한 의지를 가진 사람들'에게 인종 정의 문제를 분명하게 전달하기 위해 이 책자를 썼다.

나는 일단 대충 훑어보면서 꼭 다시 한 번 꼼꼼하게 정독하리라 다짐했다. 그러다 문득 생각이 미쳤다. 나는 지금 매우 이상하면서도 너무 두드러지는 장면을 연출한 것이다. 덩치 큰 흑인이 성당 앞에 서서 인종 정의에 관한 소책자를 정신없이 읽었던 것이다. 나는 얼른 소책자를 재킷 안으로 찔러 넣고 버스를 기다리기 위해 그레이하운드 터미널로 향했다.

화장실에 들어간 나는 쓰레기통 옆 바닥에 먹다 남은 프랑스

빵 한 덩이가 놓여 있는 것을 보았다. 이 빵은 어떤 한 가련한 녀석 이야기를 해 주고 있었다. 이 녀석은 이곳에 와서 화장실 작은 칸 속에 틀어박혀 빵을 반쯤 먹었을 것이다. 화장실 안은 문 뒤에 붙어 있는 게시물 말고는 아무것도 없이 깨끗했다. '알림!'이라고 깨끗하게 타이핑해 놓은 게시물을 읽어 내려갔다. 말하자면 결국은 가격표였다. 백인이 여러 연령층의 흑인 여자와 다양한 성관계를 즐기려면 얼마를 내야 하는지 가격을 적어놓았다. 백인은 흑인용 화장실에 자주 들어와 이런 광고물을 벽에 붙이곤 했다. 이 사람은 20세가 넘은 흑인 여자는 무료 서비스 대상이라고 제안했다. 19살 여자애는 2달러며, 여기서부터 단계적으로 가격이 올라가면서 14살 여자애는 7달러 50센트, 성도착적 관계를 원할 때에는 더 많은 돈을 내야 했다. 밤늦은 시간에는 어디로 연락해야 하는지도 알려주었고, 5달러를 낼 용의가 있는 흑인이라면 이 가격 범위 내에서 적당한 데이트를 골라보라고 권유했다. 내 시선이 먹다 남은 빵 쪽을 향했고, 어쩌면 이런 권유가 먹혀들었는지도 모르겠다는 생각이 들었다. 겨우 빵 한 개로 식사를 해결하거나 잘하면 여기에 치즈 조각 하나 곁들일 정도밖에 되지 않는 남자에게 5달러는 엄청난 큰돈이었다. 이렇게 자기가 지나간 흔적을 남겨둔 흑인은 어떤 사람일지 생각했다. 어떤 부류의 사람일까? 노숙자? 아니, 노숙자라면 빈 와인 병 같은 것을 남겨 두었을 것이다. 일자리를 찾지 못한 누군가가 너무 배가 고파서 더 나

158   블랙 라이크 미

은 식사를 기다릴 만한 여유도 없었던 걸까? 아마도 그럴 가능성이 컸다. 가톨릭 서점 여자가 내 여행자 수표를 현금으로 바꿔주지 않았다면 나도 이런 신세가 되었을지 모른다. 또 한 가지 놀라운 것은 나머지 빵을 가져가지 않았다는 점이다. 아마도 그 역시 문 뒤쪽에 붙은 광고물을 보고는, 5달러라면 괜찮은 식사를 할 수 있는 돈이라고 셈해 보았을 것이다.

내가 손을 말리고 있을 때 젊은 남자 한 명이 들어왔다. 그는 고개를 숙여 정중하게 인사를 건넸다. 똑똑해 보이는 표정으로 얼른 광고물을 훑어보더니, 재미있어하기도 하고 조롱하기도 하면서 코웃음을 쳤다. 이런 사항에 관한 한 흑인은 백인의 어두운 이면을 오래전부터 봐 왔기 때문에 전혀 놀랄 일도 아니다. 백인의 취약한 모습을 보여주는 이런 증거를 볼 때마다 너그러운 우월감을 느낄 것이다. 흑인을 열등한 존재로 대할 때 화가 나는 이유 속에는 이런 사정도 들어 있다. 백인은 자기 본성의 가장 품위 없는 측면을 이렇게 내보이면서 어떻게 자기가 원래부터 우월한 존재인 것처럼 자기 자신을 속일 수 있는지 흑인의 입장에서는 도저히 이해되지 않는다.

백인 남자의 이런 본성을 낱낱이 봐버린 흑인이라면 백인 남자가 흑인의 '비도덕성' 운운하는 소리가 얼마나 미친 소리처럼 공허하게 들릴까. 게다가 흑인은 다른 누구보다 백인의 이런 본성을 더 자주 접한다.

11월 19일

미시시피 – 앨라배마

나는 버스를 타고 빌록시에 도착했다. 시간이 너무 늦어서 주변에 흑인이라고는 찾아볼 수 없었다. 결국 나는 내륙 쪽으로 걸어가서, 어느 헛간에서 오들오들 떨며 잠을 잤다. 양철 지붕을 얹은 헛간은 남쪽 정면이 뚫려 있었다. 아침이 되자 작은 카페로 들어가 커피와 토스트로 아침 식사를 했다. 그런 다음 고속도로를 따라 걸어가면서 히치하이크를 시도했다. 고속도로는 수 킬로미터나 뻗어 있었고, 그 옆으로 지금까지 내가 본 것 중에서 가장 장엄한 해변이 펼쳐졌다. 하얀 모래와 아름다운 절경이 잘 어우러졌다. 해안가 반대편으로는 멋진 집들이 보였다. 햇볕이 내 몸속 깊은 곳까지 따뜻하게 비추었다. 나는 여유를 즐기면서 잠시 멈추어 길을 따라 늘어선 역사적 표지들을 찬찬히 살펴보았다.

나는 길가 상점에서 점심식사로 우유 0.5리터와 포장되어 나온 볼로냐 소시지 샌드위치를 샀다. 얕은 방파제를 따라 산책로가 나 있었고, 나는 이 산책로를 걸으면서 상점에서 사온 샌드위치와 우유를 먹었다. 이 지역 흑인이 내 앞에서 걸음을 멈추고 이야기를 걸었다. 나는 이곳에서 수영을 해도 되는지 그에게 물었다. 너무 멋진 바닷가였기 때문이다. 그는 이곳이 '인공' 바닷가며 사람들이 모래를 운반해 와서 만들었다고 했다. 그러나 흑인은 사람들이 찾지 않는 고립된 곳으로 몰래 들어가지 않는 한, 물이 어떤 상태

블랙 라이크 미

인지 결코 알지 못한다. 흑인은 바닷가에서 즐기지 못하도록 되어 있기 때문이다. 그는 이런 방침이 불공평하다고 지적했다. 이 바닷가의 유지 보수비용은 유류세로 충당되기 때문이다.

"다시 말해서 우리는 기름을 살 때마다 1페니씩 돈을 내어, 백인이 이 바닷가에서 즐길 수 있도록 이 바닷가를 보수, 유지하는 거죠." 그가 말했다.

현재 이 지역 흑인 시민들은 자신이 구입한 기름의 연간 총량을 계산해서 그해 말 시 원로에게 유류세를 환급해 줄 것인지 아니면 자신들이 정당하게 지불한 대가로 바닷가를 사용할 수 있는 권리를 줄 것인지 요구할 프로젝트를 고려 중이라고 했다.

얼마간 걷고 나자 다리가 지쳐 힘이 빠졌다. 차 한 대가 내 옆으로 와서 섰다. 젊고 머리카락이 붉은 백인 남자가 내게 차 안으로 '뛰어 오르라'고 했다. 눈빛이 다정했고, 태도도 정중했으며, 은혜를 베푸는 듯한 오만한 기색이 느껴지지 않았다. 내가 미시시피 사람을 잘못 본 것이기를 바랐다. 이런 간절한 마음으로 나는 좋은 보고 내용을 얻기를 바라면서 백인이 베푸는 한 점의 친절도 놓치지 않았다.

"아름다운 곳이지요?" 그가 말했다.

"감탄이 절로 나올 정도예요."

"그냥 지나쳐 가시는 길이었나요?"

"아, 예. 모빌까지 가는 길입니다."

"어디서 오셨는데요?"

"텍사스에서 왔어요."

"나는 매사추세츠 출신이에요." 이 남자는 내가 자신을 미시시피 사람으로 보지 않기를 간절히 바라는 듯했다. 커다란 실망이 몰려왔다. 흑인을 차에 태워 준 미시시피 사람의 친절한 태도를 묘사하기 위해 머릿속에 여러 문장을 구상해 두었는데 이 문장을 모두 지웠다. 이 남자는 '남부의 태도'에 전혀 공감하지 않는다고 말했다.

"그렇게 보여요." 내가 말했다.

"그런데요, 이들은 다른 모든 점에서는 세상에서 가장 훌륭한 사람들이죠."

"분명 그럴 거예요."

"선생님은 절대로 믿지 않으시겠지만, 사실이에요. 나는 그들에게 절대로 인종문제를 얘기하지 않아요."

"당신 태도를 보면 그러는 게 이해가 되요." 내가 웃으며 말했다.

"그들은 인종문제를 얘기할 수 없어요. 그건 수치니까요. 하지만 그들은 당신이 이 문제를 거론할 때마다 고작해야 거칠게 화를 내는 게 다죠. 저는 이곳에서 5년 넘게 살았어요. 다들 좋은 이웃이죠. 하지만 내가 흑인을 조금이라도 동정하는 식으로 인종을 거론하면 저들은 나더러 '외부인'이라고 하면서 흑인에 대해 잘 모른다고 말하지요. 대체 뭘 알아야 하죠?"

차에서 내린 후 16킬로미터쯤 걸었나, 아니면 그보다 훨씬 많이 24킬로미터를 걸었나? 나는 계속 걸었다. 고속도로 변에 앉은 사람이 한 사람도 없었기 때문이기도 하지만 걷는 것 말고는 달리 할 일이 없었던 것도 한 가지 이유였다.

늦은 오후가 되자 정신이 흐릿해지면서 피곤이 몰려왔다. 한 발자국 한 발자국 오로지 발을 내딛는 데만 온 신경을 쏟았다. 땀이 쏟아지면서 눈 속에까지 땀이 흘러들어왔다. 옷도 젖었고, 도로의 뜨거운 열기가 신발 바닥을 통해 온몸으로 전해졌다. 작은 커스터드 노점 앞에 멈춰, 오로지 나무 아래 탁자에서 쉬었다가 갈 목적으로 아이스크림을 샀다. 아무도 탁자에 앉은 사람은 없었다. 그러나 내가 아이스크림을 들고 막 탁자 쪽으로 가려는데 백인 10대 아이들 몇몇이 와서 자리에 앉았다. 나는 그들이 앉은 곳에서 멀리 떨어진 탁자에도 앉을 엄두를 못 냈다. 실망스러운 나머지 비참한 기분에 젖은 나는 나무에 기대어 아이스크림을 먹었다.

커스터드 노점 뒤편으로 오래된 옥외 화장실이 있었다. 페인트 칠도 하지 않은데다 한쪽으로 많이 기울었다. 나는 노점 창구로 갔다.

"어서 오세요. 뭐 더 필요한 거 있으세요?" 백인 남자가 기분 좋은 소리로 말했다.

"여기서 가장 가까운 곳에 내가 사용할 수 있는 화장실이 어디 있나요?" 내가 물었다.

백인 남자는 테두리가 없는 하얀 모자를 뒤로 살짝 넘기더니 집게손가락으로 이마의 땀을 문질렀다. "그러니까 저 위쪽 다리까지 계속 가세요. 거기서 왼쪽으로 꺾어, 계속 길을 따라 가면 작은 부락이 나올 거예요. 거기에 상점도 있고 주유소도 있어요."

"얼마나 먼가요?" 나는 약간 과장되게 참기 힘든 표정을 지으며 물었다.

"별로 멀지 않아요. 13블록, 아니면 14블록쯤 될 거예요."

근처 오크나무에서 메뚜기가 느긋하게 울어대는 소리가 톱날처럼 공기를 갈랐다.

"좀더 가까운 곳은 없을까요?" 나는 이 백인 남자가 다 쓰러져 가는 옥외 화장실을 내게 쓰라고 내주지 않을까 확인해 볼 생각이었다.

그의 일그러진 얼굴에 걱정과 동정심이 나타났다. 사람이라면 누구나 이해할 수 있는 곤경에 처한 다른 인간에게 한 인간이 보내는 걱정과 동정심이었다. "딱히 생각나는 곳이 없는데……." 그가 천천히 대답했다.

나는 주위를 돌아보고는 눈으로 옥외 화장실 쪽을 가리켰다. "저기에 잠깐만 들어갈 수는 없을까요?"

"안 됩니다." 그의 대답은 짧았고, 최종적인 의미를 담았는데, 그러면서도 부드러웠다. 유감스러워하는 눈치였지만 그로서는 결코 그러한 일을 허용할 수 없었던 것이다. "죄송합니다." 그가

블랙 라이크 미

이렇게 덧붙이고는 고개를 돌렸다.

"그래도 고맙습니다." 내가 말했다.

어둑어둑해질 무렵 나는 해안가에서 제법 벗어나 외곽 시골로 빠졌다. 이상하게도 차를 계속 얻어 탈 수 있었다. 낮에는 그냥 지나치더니 어두워지고 나서는 차를 태워 주었다.

그날 저녁에는 열두 번 정도 차를 얻어 탔다. 이번 경우나 저번 경우나 서로 구별이 되지 않을 정도로 모두 비슷하게 하나의 악몽으로 흐릿하기만 했다.

이들이 나를 차에 태워준 이유는 얼마 안 가서 분명해졌다. 두 사람만 제외하고는 모두 포르노 사진이나 책을 집어 들듯 나를 차에 태웠다. 단 이 경우는 말로 하는 포르노라는 것만 달랐다. 겉치레일망정 흑인에게는 자존감이나 인격 같은 것도 보일 필요가 없다는 식이었다. 시각적인 요소가 개입되었다. 우선 밤이고 차 안이었기 때문에 잘 보이지 않았다. 사람은 어둠 속에서 자기를 드러내는 법이다. 어둠은 마치 익명성이 보장되는 것 같은 착각을 안겨주며 밝은 대낮에 비해 자기를 드러내기 쉽다. 부끄러운 줄도 모르고 모든 것을 툭 털어놓고 말하는 사람이 있는가 하면 수치심도 없이 미묘하게 접근해 오는 이도 있었다. 모든 이가 흑인의 성 생활에 대해 병적인 호기심을 드러냈으며 흑인에 대해 정형화된 이미지를 갖고 있었다. 흑인은 성기가 엄청나게 크고,

매우 다양한 성적 경험을 가졌으며 지칠 줄 모르는 섹스 머신이라고 여겼다. 백인들은 감히 엄두도 내지 못한 '특별한' 행위를 흑인은 모두 다 경험한다고 여기는 듯했다. 이들과 대화를 나누다 보면 저 깊은 퇴폐의 늪에 빠져 허우적거리게 된다.

이런 사실이 내 관심을 끈 이유가 있다. 가장 밑바닥 인생을 살아가는 백인에게는 비록 존경심까지는 아니더라도 최소한 말을 삼가는 조심성을 보여주는데 비해, 점잖게 생긴 어른이나 젊은 남자가 상대가 흑인이라는 이유 때문에 이런 정도의 예의를 차릴 필요도 없다고 여기는 것이 너무 마음 아팠기 때문이다. 또 다른 이유는 백인들 여럿이 모여 '한바탕 법석'을 떨며 시끌벅적하게 노는 관습과는 전혀 달랐기 때문이다. 한바탕 법석을 떨 때면 다들 솔직한 자기 모습을 드러내지만 그래도 최소한 인간의 품위라는 선을 넘지는 않았다. "우리는 인간이야. 이건 어디까지나 즐기자고 하는 일이지만 서로에 대해 기본적인 존경심을 결코 잊지 않아. 우리의 인간성을 왜곡시키지도 않지." 이런 공통의 밑바탕이 깔려 있었다. 비록 겉으로 볼 때 노는 모습이 거칠기는 하지만 그 안에는 활기와 본질적인 기쁨이 들어 있으며, 이런 것들이 병적인 요소를 날려 보냈다. 여기에는 함께 있는 사람을 존중한다는 의미가 내포되어 있다. 그러나 지금 내가 차 안에서 보는 모습은 자기 자신에게도, 함께하는 상대에게도 아무런 존중의식을 보이지 않는 그런 식의 모습이었다.

블랙 라이크 미

나는 지친데다 의식까지 몽롱했으며, 대화는 점점 엽기적인 양상으로 나아갔다. 매번 차에서 내릴 때마다 다음번에는 제발 숨을 헐떡거리는 소리라도 듣지 않기를 바랐다. 나는 아무 말도 하지 않은 채 가만히 있었고 잠을 못 잔데다 너무 피곤하다며 변명을 둘러댔다.

"너무 피곤해서 아무 생각도 나지 않아요." 나는 이렇게 말하곤 했다.

쾌락을 즐겨보리라 기대했던 사람들이라 그런지 좀처럼 쾌락을 빼앗기지 않으려 했다. 정말 이상야릇한 방식으로 사람을 끈덕지게 괴롭히면서 내 머릿속에 들어 있는 성적 추억을 어떻게라도 끄집어 내보려고 머릿속을 헤집어놓곤 했다.

"이러이러한 거 해 봤어요?"

"잘 모르는데요." 내가 괴로운 듯이 말했다.

"어떻게 된 일인가요? 당신에게도 남자다운 뭔가가 있을 거 아녜요? 나이 든 사람이 말하기를 이러이러한 걸 해 보기 전까지는 진정한 남자가 아니라고 했어요."

나이가 많은 사람은 음탕한 면에서 더 완고하고 냉소적인 모습을 보였다. "자, 나를 속이려고 하지 마요. 난 살 만큼 산 사람이에요. 나도 그랬듯이 당신도 이러이러한 것 해 본 적이 있을 거예요. 저런, 얼마나 좋다고. 말해 봐요, 백인 여자랑 해 본 적 있죠?"

"정신 나간 사람인 줄 아세요?" 나는 인종차별주의자의 주장을 조용히 부정했다. 이 사람은 장차 이곳저곳에서 대화를 나누는 과정에서 조금도 망설이지 않은 채 이런 사실을 흑인에 대한 불리한 자료로 이용하면서 말할 것이기 때문이다. "글쎄, 흑인 한 놈이 지난밤 내게 털어놨다니까. 백인 여자랑 한번 해 보고 싶다고."

"당신에게 정신 나간 사람이냐고 물은 게 아니에요. 나는 그저 그런 것 해 본 적 있는지, 아니면 정말 해 보고 싶은 마음은 있는지 그걸 물은 거지요." 그런 다음 은밀한 일이라도 공모하듯 유혹적인 어조로 이렇게 말했다. "멋진 흑인 남자랑 한번 해 보고 싶어하는 백인 여자가 많답니다."

"흑인이 백인 여자와 얽힌다는 건 스스로 교수형을 청하는 일이지요."

"말은 그렇게 하지만 내가 장담하건대, 속마음은 다를 거요."

"이곳은 정말 아름다운 고장이에요. 주요 산물이 뭐지요?"

"정말 말하지 않을 거요? 나한테는 말해도 돼요. 나는 아무 상관 안 해요."

"그러지 마세요, 선생님." 내가 한숨을 쉬며 말했다.

"지금 대놓고 거짓말하잖아요. 당신이 알잖소."

침묵이 흘렀다. 곧이어 남자는 갑자기 차를 세우고는 이렇게 말했다. "좋아요. 여기까지밖에 못 가겠네요. 방향이 달라서요." 내가 말로 즐기는 이런 이상한 성적 쾌락을 자기에게 허용하지 않고 비협조적인 태도를 보이는 데 화가 난 것처럼 말했다.

블랙 라이크 미

나는 태워 줘서 고맙다고 말하고 고속도로에 내렸다. 남자는 차를 출발시켰다. 내가 가는 쪽과 같은 방향이었다.

얼마 뒤 또 다른 사람이 나를 차에 태워 주었다. 20대 후반으로 보이는 젊은 남자로, 성향으로 보아 교육받은 사람이었다. 그는 정보를 수집하는 학자인 양 고상한 척했지만 사실 그가 얻고 싶어 하는 정보는 모두 성적인 것이었다. 또한 빈민가 흑인은 여러 명의 상대를 바꿔 가며, 모두가 지켜보는 가운데 줄기차게 성행위를 할 것이라고 추측했다. 한마디로 말해서 부부간의 정절을 지키고, 사랑하는 사람과의 완벽한 결합으로서 섹스를 하는 것은 오로지 백인만이 누릴 수 있는 권리라고 여겼다. 그는 인종차별적인 우월감 같은 것은 초월한 척하면서 진심으로 따뜻하게 말했지만 전체 문맥으로는 이와 반대되는 통념의 악취가 강하게 풍겼다.

"흑인은 그런 문제에서 편견이 없다고 생각해요." 그가 다정한 목소리로 말했다.

"잘 모르겠어요."

"섹스를 통해서 우리보다는 훨씬 많은 예술을 이룬다고 생각해요. 어쩌면 취미일 수도 있고요."

"글쎄요. 그렇지는 않을 거예요."

"당신네 사람은 우리와 달리 억압이 없는 것으로 보여요. 백인은 기본적으로 모두 청교도들이죠. 제가 보기에 흑인은 백인보다 훨씬 많은 걸 누려요. 그러니까 훨씬 다양한 성행위를 즐기는 거죠. 아, 오해는 하지 마세요. 나는 그런 태도를 존경해요. 기본적으로 백인보다 훨씬 건강한 태도라고 생각해요. 흑인은 그 많은 갈등을 하지 않잖아요. 노이로제 증상도 많지 않고요. 그러니까 제 말은 성에 관한 한 흑인이 훨씬 현실적인 전통을 가졌다는 거죠. 우리와는 달리 성을 그렇게 감추려고 하지 않잖아요."

그가 정말로 하고 싶은 말은 흑인이 어릴 때부터 성행위를 보면서 자라왔다는 말일 것이다. 아마 방 한 칸에서 아이와 부부가 같이 산다는 둥, 아버지는 술에 취해 집에 와서 어린아이들이 지켜보는 가운데 엄마를 강제로 침대로 끌고 간다는 둥, 사회사업가들이 들려주는 비슷비슷한 보고서와 이야기를 어디선가 읽었을 것이다. 내가 흑인이 되고 난 뒤 거리에서, 빈민가에서 만난 남자와 주부들 생각이 났고, 아울러 자녀가 '바르게 자라기'를 염려하는 그들의 마음도 생각났다. 이런 생각을 하자 그의 면전에 대고 크게 웃어주고 싶었다.

"당신네 사람들은 섹스를 '총체적인' 경험으로 생각하지요. 사실 그래야 하고요. 기분을 좋게 하는 것이라면 뭐든지 도덕적으로 정당한 거지요. 커다란 차이 아닙니까?"

"내 생각엔 아무 차이가 없어요." 나는 조심스럽게 답했다. 흑인이 자기 의견에 동의하지 않을 때 백인이 정말 화를 내는지 가능성을 시험하고 싶은 마음은 없었다.

"정말 그렇게 생각하세요?" 그의 목소리에서 흥분과 열정이

블랙 라이크 미

느껴졌다. 화를 내는 기색은 아니었다.

"당신네 목사와 마찬가지로 흑인 목사들도 죄악과 지옥에 대해 설교해요. 우리 역시 당신들과 똑같이 청교도적인 배경을 갖고 있지요. 흑인 아이들이 순결을 잃고 타락하는 데 대해 백인만큼이나 우리도 걱정이 많아요. 또한 성적 능력과 관련해서도 우리 역시 똑같이 불행하고 사소한 걱정거리와 문제를 안고 있고, 똑같은 죄의식을 느껴요."

그의 얼굴이 한편으로는 적잖이 놀라면서도 밝게 빛났다. 내가 말한 내용 때문이 아니라 내 입에서 그런 말이 나올 수 있다는 사실 자체에 놀란 듯 보였다. 열광하는 그의 태도는 사실상 "정말 '지적으로' 말하네요!"라고 흥분해서 외치는 소리나 다름없었다. 그는 매우 둔한 사람이었기 때문에, 흑인이 '네, 선생님' 소리나 웅얼대는 비속어 말고도 다른 얘기를 할 수 있다는 데 이렇게 놀라는 것이 상대방 흑인에게 모욕일 수 있다는 것을 전혀 깨닫지 못했다.

그는 다시 질문을 던지기 시작했다. 백인 스스로 자문하던 질문과 크게 다르지 않은 내용이며, 특히 객관적인 입장에서 문화적 차이를 논의하는 학자들의 질문과 거의 같았다. 그러나 이 자리에서 던진 질문의 어투에는 어딘가 엉큼한 구석이 있었다. 그는 공손하게 연구하는 자세를 보였지만 마음속에 들어 있는 진짜 관심사를 숨기지는 못했다. 젊은이는 흑인의 성기 크기와 성생활의 자세한 내용에 대해 물었다. 전에 나를 차에 태워 주었던 호기심꾼들과 차이점이 있다면 다른 용어를 사용한다는 점이었다. 본질은 같았다. 또 한 가지 차이는 내가 여기서 그의 의견에 동의하지 않더라도 나한테 욕설을 퍼붓거나 무례하게 굴지 않을 것이라는 점이다. 그는 킨제이를 비롯한 다른 사람들의 말을 인용했다. 이 젊은이가 아는 게 많은 것은 분명했다. 그러나 진실을 알지는 못했다. 이번에도 이런 건 중요하지 않았고, 한 가지 점만 빼면 특기할 만한 사항도 없었다. 내가 백인이었을 때 이런 부류의 사람과는 여러 번 이야기를 나누었고 그들은 이 젊은이와는 달리 얼굴에 외설스런 빛이 보이지 않았다. 내가 흑인이라는 점, 그리고 이런 사실 속에 함축된 것과 관련하여 그가 갖고 있던 생각이 결국 이런 식으로 그 자신을 드러내게 만든 것이다. 그의 눈에 흑인은 자기와 다른 종족이었다. 그 자신은 인정하지 않겠지만 인간 존엄성에 대한 의식을 지키지 않아도 된다고 여긴 점에서 그는 나를 동물과 비슷한 그 무엇으로 취급했다.

나는 지금 매우 피곤한 상태이므로 이런 상태에서는 나를 태워 주고 그 대가로 그들 가슴 깊이 숨은 판타지의 늪으로 나를 끌어들이는 이 남자를 판단해서는 안 된다고 생각했다. 그들은 대부분 사람이 마음속에 갖고 있지만 건강한 삶을 추구하느라 차마 겉으로 드러내지 못한 뭔가를 내게 보여준 것이다. 이 젊은 남자는 지금까지 흑인의 벗은 몸을 한 번도 본 적이 없다면서 끝내 내가 벗은 모습을 보고 싶다고 했다. 나는 숨조차 제대로 쉬지 못한 채 아무 대답도 하지 않고 말문을 닫았다. 둘 사이에 삐거덕거리는 침묵이 흘렀다. 나의 침묵은 그에게 점점 더 커다란 질책으로 다가갈 것이고 이런 점에서 그에게 미안했다. 그에게 이렇게 모질게 굴고 싶은 마음은 없었다. 밤인데다 상황이 상황인 만큼 특수한 경우로서 그는 자기 본성의 일면을 내게 보여준 것이다. 일상 상황에서는 이런 면을 좀처럼 드러내지 않았을 것이다. 나는 희미하게 빛나는 계기판을 응시했다. 내 옆에 앉은 남자가 친척 장례식에 다녀오고, 부모와 일요일 저녁식사를 나누고, 친절한 성격 탓에 친구에게도 호의를 베푸는 모습을 떠올렸다. 지금 이 순간에도 이 남자를 존중하고 있으며, 이런 한순간의 실수만 보고 그를 나쁘게 판단하지 않는다는 사실을 어떻게 그에게 전할 수 있을까? 이런 상황 속에서 그는 이 모든 게 인간적 자비심이 부족해서 생긴 일이라고 여기지 않고 대신 흑인은 성적 일탈을 민감한 문제로 받아들이지 않으며 대수롭지 않게 여긴다는 확증으로 해석할 것이다. 그리하여 이제껏 흑인을 그렇게 불리한 쪽으로 몰고 갔던 전설 위에 또다시 이런 판단을 쌓아올릴 것이다.

"무슨 짓을 하려던 건 아니었어요. 동성연애자나 뭐 이상한 사람은 아니거든요." 그가 수치스러워 하며 풀 죽은 소리로 말했다.

"당연히 아닐 거예요. 괜찮아요." 내가 말했다.

"교육받은 흑인과 얘기할 수 있는 기회는 없거든요. 질문에 대답할 수 있는 사람이요."

"문제를 점점 복잡하게 만드는군요. 흑인의 성 도덕, 그러니까 실제와 이상 같은 걸 알고 싶다면 말이지요. 그건 신비한 미스터리 같은 게 아닙니다. 이건 사람 사는 문제이고 흑인 역시 백인과 같은 사람이에요. 백인이라면 어떨지 그냥 자기 자신에게 물어봐요. 그러면 대답이 나올 거예요. 흑인 중에 쓰레기 같은 인간은 백인 중에 쓰레기인 인간과 같고요. 점잖은 흑인 역시 점잖은 백인과 같아요."

"하지만 다른 점이 있어요. 내가 읽은 사회학 연구에 따르면……."

"흑인과 백인이 인간 본성 면에서 어떤 기본적 차이가 있는지에 대해서는 다루지 않아요. 그저 환경이 인간 본성에 미치는 영향을 연구해 놓은 것뿐이지요. 백인을 빈민가에 데려다놓고 교육의 혜택을 빼앗은 다음 자기존중의식의 본능을 만족시키기 위해서 갖은 노력을 해야 하도록 주변 여건을 만들어놓고, 개인의 신체적인 사생활이나 여가 생활 같은 걸 전혀 허락하지 않는다면 이들 역시 시간이 흐른 뒤에는 지금 당신이 흑인의 특성이라고 여기는 것과 똑같은 특성을 보일 겁니다. 이런 특성은 흑인 존재나 백인 존재에서 오는 게 아니라 인간의 조건에서 비롯되지요."

"하지만 흑인의 경우 사생아도 많고 일찍부터 순결을 잃고 범죄율도 높지 않습니까? 이건 기정사실이에요." 그의 말투가 그다

블랙 라이크 미

지 냉랭하지는 않았다.

"백인 역시 이와 같은 문제를 지니지요. 그런 사실로 볼 때 이건 흑인의 특성이라기보다는 우리가 인간으로서 처해 있는 조건의 산물이지요. 사람을 강제적으로 비인간적인 존재 양식 속으로 밀어 넣으면 늘 이런 문제가 생깁니다. 영혼의 기쁨을 맛볼 수 있는 모든 연결점을 박탈하면 어쩔 수 없이 육체의 쾌락 속에 빠지게 되지요."

"하지만 우리는 당신네 흑인에게서 '영혼의 기쁨'을 박탈하지 않아요."

"대부분의 경우 우리는 콘서트에도, 극장에도, 박물관에도 갈 수 없어요. 심지어는 도서관조차 가지 못하지요. 남부에 있는 흑인 학교는 아주 형편없는 백인 학교와 비교도 되지 않아요. 당신들 때문에 교육 기회를 빼앗긴 사람은 예술, 역사, 문학, 철학 등 교양을 길러주는 멋진 지식을 알지 못할 거예요. 이런 것이 있다는 사실조차 알지 못하는 흑인이 너무 많아요. 정신을 고양시키고 영혼을 갈고닦을 만한 실질적인 아무것도 갖지 못한 사람이라면 최악의 수준으로 떨어지지요. 잔인한 일이에요. 비극이기도 하고요."

"어떤 상황인지 상상이 되지 않아요. 공평하지 않다고 생각해요. 하지만 마찬가지로 백인 중에도 이런 것들, 예술, 역사, 문학, 철학 같은 것을 접하지 못하는 사람이 많아요. 내가 아는 몇몇 훌륭한 분 중에는 박물관이나 콘서트에 결코 갈 수 없는 시골 지역에 사는 분도 있어요."

"시골에 사는 사람은 자연의 박물관과 콘서트에 둘러싸여 있지요. 게다가 자연은 문이 항상 열려 있어요. 흑인도 시골에 사는 사람은 훨씬 잘 지내지요. 하지만 대개는 교육을 받지 못해요. 무지는 그들에게 가난을 안겨주고 도시에 거주하는 가난한 흑인은 빈민가에 살지요. 아내는 늘 일을 해야 하고 이 때문에 아이는 방치된 채 늘 부모 없이 지내지요. 거의 대부분의 시간을 그저 생존하는 데 쏟아 부어야 하는 그런 곳에서 그들은 훌륭한 책을 읽는다는 게 무엇인지 알지 못해요. 이렇게 자라서 다음에는 자기 아이들이 비참하게 살아가는 것을 지켜보죠. 대개는 남편보다 아내 벌이가 더 좋은 편이죠. 그는 한 가정의 가장이 되어야 하는 현실 속에서 좌절해요. 아이와 가정을 둘러보면서 그들에게 더 나은 것을 해 주지 못하는 데 대해 죄의식을 느껴요. 그에게 유일한 구원은 걱정을 하지 않는 거예요. 그렇지 않으면 절망에 빠질 거예요. 절망에 빠진 사람은 미덕 의식이 무뎌져요. 더 이상 개의치 않는 거죠. 거기서 벗어날 수만 있다면 뭐든 할 거예요. 남의 것을 훔치든, 폭력적인 행동을 저지르든 상관없지요. 어쩌면 감각적인 쾌락 속에 몸을 던져 버릴 수도 있지요. 대개 경우 섹스광은 자신의 존재 상황에서는 도저히 남자다움을 보여줄 수 없는 가련한 녀석들이죠. 그저 섹스를 통해서 자신의 남자다움을 증명해 보이려고 애쓰는 거예요. 이것이 바로 백인들이 말하는 이른바 '딱한

　　　　　블랙 라이크 미

깜둥이'지요. 머지않아 스스로 가정을 버리거나 아니면 더 이상 견딜 수 없는 지경에 이르러 가족들에게 쫓겨날 거예요. 이제 아이들을 기르는 일은 오로지 어머니 혼자 몫으로 남겨져요. 어머니는 가족의 배를 채우기 위해 일을 해야 하고, 거의 대부분의 시간을 가족과 떨어져 지내야 해요. 이 때문에 아이들은 거리로 내몰리고, 아이들의 삶을 보다 재미있고 쾌락적으로 만들어주는 것이라면 어떤 장면이나 대화, 성적 경험도 상관하지 않고 먹잇감이 되지요. 아무것도 가진 게 없고, 아무것도 아는 게 없는 어린 소녀는 아이가 장난감에 넘어가듯이 겉만 번지르르한 시시한 것에 넘어가 성인 남자나 어린 남자에게 섹스를 허용하지요. 선물이나 돈에 넘어갈 때도 있고 노골적인 애정 같은 것에 넘어갈 때도 있어요. 그러다가 임신을 하고 악순환은 더욱 심해져요. 어떤 경우는 엄마의 벌이만으로 끼니를 해결할 수 없어서 어린 딸이 몸을 팔기도 해요. 이런 일은 점점 더 쉬워지고 그러다가 결국 또 다른 아이를 임신해서 낙태하거나 키우지요. 하지만 이 모든 게 흑인의 특성은 아니에요."

"잘 모르겠어요. 더 나은 삶을 살 수도 있었을 것 같은데."

"당신에게는 그렇게 보이겠지요. 무엇이 더 나은 삶인지 아니까요. 흑인의 경우에는 뭔가 매우 잘못되었다는 걸 알지만 늘 그런 식으로 살아왔기 때문에 일과 공부 저 너머에 더 나은 삶이 실제로 존재한다는 걸 알지 못해요. 우리는 모두 빈손으로 태어났어요. 이건 흑인이든 백인이든 다른 어느 인종이든 똑같지요. 자라면서 이 빈손이 채워지는 거예요. 빈민가에서 더럽고 가난한 삶을 보면서 자란 아이와 백인 아이의 빈손은 매우 다른 내용으로 채워져요."

젊은 남자는 아무 말 없이 운전만 했다. 폭우가 쏟아지고 있었다. 빗줄기가 시끄럽게 차 유리창을 때렸고 자동차 바퀴에서 들리는 소리도 한 옥타브 높아졌다.

얼마 뒤 내가 말했다. "하지만 상황이 변하고 있어요. 어떻게 해야 할지 정확한 방법은 아직 모르지만 한 가지 사실은 알고 있지요. 이 비극에서 벗어나는 유일한 방법은 교육이나 기술훈련밖에 없다는 사실이지요. 많은 사람이 모든 것을 희생해 가면서까지 교육을 받고, 흑인의 학습 능력이나 재능도 다른 어느 사람과 똑같다는 것을 확실하게 보여주고 있습니다. 피부색은 지능이나 재능, 미덕과 아무 상관없다는 것을 모두에게 보여주지요. 그저 소망 섞인 생각만은 아니에요. 모든 영역에서 확실하게 입증되고 있지요."

"우리는 그런 얘기를 들어본 적이 없어요." 그가 말했다.

"알아요. 남부 신문은 강간, 강간 미수, 강간 혐의, '강간 의혹' 같은 일은 하나도 빼놓지 않고 모두 보도하지만 뛰어난 재능에 대한 소식은 신문에 실을 가치가 없다고 여기는 모양이에요. 심지어는 남부 흑인조차 이런 사실을 접할 기회가 거의 없어요. 이들 역시 신문에서 편향된 보도만 접하기 때문이에요."

젊은 남자는 속도를 차츰 줄이더니 작은 부락 앞에서 나를 내려주었다. "좀 전의 일은 죄송해요. 대체 뭣에 씌어서 그랬는지 저도 모르겠어요." 그가 말했다.

"벌써 다 잊었어요."

"기분 나쁘지 않으세요?"

"아니요."

"다행이네요. 그럼 행운이 있기를 빌어요."

나는 젊은 남자에게 고맙다고 말한 뒤 차에서 내렸다. 발 아래 웅덩이에는 거리의 네온사인이 반사되어 화려하게 빛나고 있었다. 자욱한 안개 속에 시원한 공기가 상쾌하게 내 몸을 감쌌다. 젊은 남자의 자동차가 저 멀리 빨간 후미등을 반짝거리며 안개 속으로 사라지는 것을 지켜보았다.

어디서 앉아 쉴지, 어디서 샌드위치를 먹을지 걱정할 시간조차 없었다. 구형 자동차 하나가 빵빵 경적을 울리더니 몇 미터 앞에 가서 미끄러지며 섰다. 비 내리는 앨라배마 밤의 냄새가 확 풍기는데다 연속되는 너저분한 일의 기억 때문에 나는 이번 사람은 내게 무엇을 원할지 두려웠고 속이 메스꺼웠다. 그러나 내게는 다른 대안이 없었다. 이곳에는 잠잘 만한 곳이 없었다.

"어디로 가십니까?" 남자가 물었다.

"모빌이요." 남자는 내게 차를 타라고 했다. 나는 유리창 너머로 차 안을 들여다보았다. 남자는 젊었다. 체격이 좋고 얼굴은 둥글었으며 터프하게 생겼다.

함께 차를 타고 가는 동안 긴장감이 완전히 사라졌다. 그는 매우 떠들썩하고 악의가 없는 사람이었다. 아마 색맹일 것이라고 판단할 수밖에 없었다. 내가 흑인이라는 것조차 전혀 의식하지 않는 듯했다. 그는 사람과 어울리는 걸 좋아했고, 그저 그뿐이었다. 그는 건설 노동자며 오늘 밤 아내와 어린 아들이 있는 집으로 밤늦게 돌아가는 중이라고 했다. "이 거지같은 고물차로 대체 어딜 갈 수가 있어야죠. 좋은 차가 있긴 한데 아내에게 쓰라고 집에 놔두었지요."

한 시간 가량 우리는 아이들 이야기를 하며 즐거운 시간을 보냈다. 아이 키우는 경험담이 나오자 그는 몹시 흥분하면서 자기 아이가 얼마나 대단한지 자랑이 한도 끝도 없이 늘어졌고 내 입에서도 우리 아이 애기가 나오도록 만들었다.

"나는 먹을 것 없이는 아무것도 하지 못할 거예요. 대개는 6시면 집에 가는데 아내는 식탁 위에 저녁을 차려놓지요. 식사하셨어요?"

"아니요, 아직."

"햄버거 좋아하세요?"

"근처에 내가 들어가서 햄버거 먹을 만한 데가 없을 텐데요."

"제기랄. 그럼 내가 가서 사 가지고 올게요. 운전하는 동안 차 안에서 먹어요."

나는 남자가 차에서 내려 길가 카페 안으로 들어가는 것을 지켜

블랙 라이크 미

보았다. 남자는 젊게 보였다. 20살도 넘지 않은 것 같았다. 남부 지역 어디를 가든 백인과 흑인 사이에 늘 버티고 있는 감시 울타리의 환경에서 이 남자는 어떻게 빠져 나올 수 있었는지 의아한 생각이 들었다. 흑인이든 백인이든 내가 만난 사람 중에서 처음으로 사물의 통속적인 이미지와 사물 자체를 혼동하지 않는 사람이었다.

이 남자가 어떻게 이런 태도를 갖게 되었는지 궁금했고, 모빌까지 차를 타고 가는 동안 그 배경을 알아보려고 했다. 자라온 환경이며, 교육, 가정은 모두 평범했다. 자동차 라디오에는 트왕트왕(twang-twang) 블루스 타입의 음악을 틀어놓았고 좋아하는 텔레비전 프로그램은 서부 영화였다.

"아, 오래된 무거운 드라마 같은 것은 절대 못 봐요." 그는 이렇게 말했다.

그렇다면 종교는?

"아내가 장로교회 회원인데 가끔 아내를 따라 가곤 해요. 하지만 그렇게 좋아하지는 않아요."

그럼 독서는 어떨까?

내가 물었다. "모빌에 좋은 도서관 아는 곳 있어요?"

"솔직히 잘 몰라요. 아마 잘 되어 있을 거예요. 아내가 책을 많이 읽어요."

나는 그의 태도가 아이에 대한 넘치는 사랑에서 비롯되었다고 결론 내릴 수밖에 없었다. 아이를 향한 사랑이 너무 깊어서 이 사랑이 인류 전체로 흘러넘치는 것이라고 생각했다. 이런 능력이 어떻게 사람의 마음을 치유해 주는지 그 남자 자신은 전혀 의식하지 않았다. 비 내리는 앨라배마의 밤, 타인에게 수없이 상처받고 지친 나 같은 사람에게 이런 사랑이 얼마나 큰 축복인지 그는 전혀 알지 못했다.

인간이 가진 문제를 해결할 수 있는 유일한 방안은 자비심(말하자면 '카리타스' 말이다. 그것도 오늘날 우리 언어에서 쓰이는 인색한 사전적 의미가 아니라 예전에 쓰이던 포괄적인 의미의 카리타스를 나는 말한다)과 형이상학의 회복이라고 했던 자크 마리탱의 주장이 생각났다. 아니, 보다 단순한 것으로는 성 아우구스티누스의 격언이 있다. "사랑하라, 그리고 너희가 하고자 하는 것을 하라."

사랑 없는 사람들이 사는 곳, 서로를 속이고 서로에게 냉담한 곳에서 살다 보면 점점 더 깊이 죽음에 사로잡히며 미덕 이외에는 어떤 것도 무의미하다는 것을 깨닫는다. 주 경계선을 넘어 미시시피 주에서 앨라배마 주로 넘어 가면서 나는 공동묘지를 빠져나오는 기분이었다.

최근의 모빌에 대해서 나는 아무것도 몰랐기 때문에 젊은 친구는 나를 버스 터미널 부근 번화가에 내려주었다. 터미널 건너편으로 인도 부근 현관 계단에 나이 든 흑인 남자가 앉아 있는 모습이 보였다. 나는 길을 건너 흑인 남자 옆에 앉았다. 우리는 잠시 이런저런 얘기를 나누었다. 그는 부근에 있는 거리 선교단에서

블랙 라이크 미

설교를 한다고 했다. 나는 어디에 가면 잠잘 만한 곳이 있는지 물었다. 그는 내 앞으로 얼굴을 바싹 들이밀더니 가로등불 아래에서 두꺼운 안경 너머로 나를 뚫어지게 쳐다보았다. '착한 사람'이냐고 묻더니 자기와 함께 자도 좋다고 했다. 남자는 딸 가족이 사는 집에 얹혀 살면서 현관 쪽 방 두 개를 쓰고 있다고 했다.

우리는 저녁식사로 햄버거를 사서 그의 집까지 버스를 타고 가는 동안 차 안에서 먹었다.

"썩 좋은 곳은 아니지만 여기서 함께 지내도 좋소." 남자는 방문을 열고 전깃불을 켜면서 이렇게 말했다. 그가 사용하는 방 두 개에 가구라고는 업라이트 피아노 한 대, 등 받침대가 똑바로 서 있는 의자 한 개, 작은 탁자 하나, 어질러진 더블 침대 하나가 다였다. 그는 소박하고 편안한 사람이었다. 더러운 옷과 신문을 집어 들면서도 별 달리 변명을 늘어놓지 않았다. 그러더니 내가 가방의 짐을 풀자 밖으로 나갔다가 커다란 금속 욕조를 들고 다시 들어왔다. 내가 도와주겠다고 하는 것도 거절하더니 집 뒤쪽에서 양동이로 물을 길어 와 욕조 가득 물을 채웠다. 남자는 내게 목욕을 하라고 했지만, 물을 길어 오는 일이 얼마나 힘든지 알기 때문에 거절했다.

그가 목욕하는 동안 나는 다른 방 침대에 누워 메모를 했다. 벽은 올이 성긴 면으로 덮여 있었지만 도배는 하지 않은 상태였다. 얇은 천 사이로 회색 널빤지가 보였다. 침대 위쪽에는 달력의 복사본 그림 〈성전에 있는 그리스도(Christ in the Temple)〉가 걸려 있었다. 문틀에는 가족사진을 압정으로 눌러 놓았다. 벽에는 여분의 옷이 못에 걸려 있었다. 바닥에는 베이지색 복슬복슬한 새 욕실매트 한 장만 달랑 침대 옆에 깔려 있었다. 초라한 살림살이지만 방 안에는 꾸밈없이 밝은 분위기가 감돌았다. 다른 흑인들과 달리 이 방 주인은 낮은 와트의 전구를 사용하지 않았고 방 안을 환하게 밝혀 놓았다. 그가 욕조 밖으로 나와 물을 뚝뚝 떨어뜨리며 걸어 다니는 발자국 소리가 들렸다.

나는 그가 욕조를 끌고 가는 소리가 들리기 시작할 때까지 가만히 앉아 기다렸다. 내가 그를 돕기 위해 나갔을 때 그는 꾸깃꾸깃한 카키색 바지 하나만 겨우 걸치고 있었다. 우리는 함께 욕조를 끌고 밖으로 나가 옆 마당에 있는 멀구슬나무 아래에 물을 부었다.

우리는 옷을 벗고 속옷 차림으로 잠자리에 들었다. 그는 코트 주머니에서 작은 검은색 성경책을 꺼내더니 무의식중에 입을 맞추고는 탁자 뒤쪽에 엎어놓았다. 눈에 띄는 책, 아니 읽을거리라고는 피아노 위 동양식 북엔드 사이에 똑바로 세워놓은 추리소설 문고판 한 권이 고작이었다.

남자는 내가 침대 안으로 들어갈 때까지 기다렸다가 전깃불 스위치를 껐다. 그가 맨발로 마룻바닥 위를 걷는 소리가 들렸고, 침대로 들어와 내 옆자리에 누울 때에는 침대가 묵직하게 내려앉는 걸 느꼈다. 얼마 안 있어 그가 자리에서 다시 일어났다. 추운 밤인데도 그는 신선한 공기가 들어오도록 앞문을 열었다. 저 멀리 라디오에서는 댄스 악단이 연주하는 처량한 음악 소리가 흘러 나왔다.

"나랑 얘기 좀 할래요? 아니면 그냥 잘래요?" 남자가 침대로 돌아와 물었다. 내 귀가 저 바깥에 있는 라디오 음악소리에 익숙해진 뒤라서 그런지 어둠 속에서 그의 목소리가 아주 가깝게 들렸다.

"그럼 잠깐 얘기를 나눌까요?" 한밤의 울적한 기분과 초라한 결핍감이 방 안으로 서서히 밀려드는 느낌이었다.

그러나 이야기를 나누다 보니 우울한 기분이 사라졌다. 남자는 예수 얘기를 재미있게 들려주었다. 우리는 어둠 속에 이불을 덮은 채 가만히 누워, 우리 둘이 나누는 이야기 소리가 벽면 위로 통통 튀어 다니는 소리를 들었다. 우리는 킬킬거리며 웃기도 했고 기적에 대해 이야기하면서 함께 멋진 시간을 가졌다. 나사로를 일으켜 세운 얘기에서는 놀라움을 금치 못했다.

"매일 일어나는 일은 아니에요, 그죠, 그리핀 씨?" 남자가 팔꿈치로 내 팔을 툭툭 치고는 다시 계속해서 말했다. "죽은 사람이 다시 일어났을 때 그 자리에 있던 사람들이 어떤 표정을 지었을지 보고 싶다고 생각한 적 없어요?" 남자는 이 말을 한 뒤 갑자기 큰 웃음을 터뜨렸다. "죽은 지 4일이나 지났는데 말이지요. 전능하신 하나님!"

그런 다음에는 남부 지역 얘기를 했다. 그에게는 법률 공부를 하러 멀리 간 두 아들이 있었는데, 그 후로 돌아오지 않는다고 했다. "상황이 어떻게 돌아갈지 내다볼 수 있는 능력이 10년 전에 있었다면 나 역시 모두 정리했을 거예요. 지금은 너무 늙었지요. 게다가 이곳에 딸도 생기고 손자 녀석도 생겼어요."

"하지만 아드님들이 분명히 당신을 보러 다시 찾아올 거예요."

"내가 그걸 원치 않아요. 아들들은 내 장례식 때 돌아올 겁니다. 이 악마 같은 곳에서 그게 가장 고약한 노릇이죠. 젊은 사람들이 품위 있는 삶을 살려면 여기 말고 다른 데로 가야 해요. 모든 가족이 흩어져서 지내는 거죠. 부끄러운 노릇이에요."

우리는 백인에 대해서도 얘기했다. "그들 역시 우리처럼 하나님의 자식이지요. 저들이 더 이상 하나님과 같은 삶을 살지 않더라도 말이지요. 하나님은 우리에게 단도직입적으로 말해요. 우리가 그들을 사랑해야 한다고요. 그 문제에 관한 어떤 조건도 없고, 덧붙일 것도 없으며, 단서 조항도 없다고요. 그러니까 우리가 그들을 미워하면 우리 역시 그들과 같은 수준으로 떨어질 거예요. 그런 사람들도 많지만 말이에요."

"지금까지 내가 이야기해 본 많은 사람은 우리가 너무 오랫동안 다른 뺨을 내주었다고 생각해요." 내가 말했다.

"그러나 옳은 것을 피해갈 수는 없어요. 우리가 더 이상 그들을 사랑하지 않는다면 그때야말로 그들이 이기는 거예요."

"어떻게 그렇게 되지요?"

"그렇게 되면 그들은 우리 흑인을 철저하게 망가뜨리게 되니까요. 우리를 끌어내려 저 밑바닥까지 곤두박질치게 할 거예요."

"그럼 저들이 계속 그렇게 하도록 내버려 둘 건가요?"

"아니요. 더 이상 그렇게 할 수는 없어요. 우리는 아주 온당한 방법으로 권리를 얻어야 해요. 그리고 저들 역시 과거의 방식을 변화시키는 데 어려움을 겪는 거라고 이해해 주려 해요. 우리 중에는 백인들 못지않게 변화를 원치 않는 과거의 엉클 톰이 많이 있어요. 그들에게 2달러를 주면 그들은 우리 모두를 지옥으로 보내 버릴 수 있는 끈을 당길 거예요. 그들은 우리 흑인의 수치지요. 또한 똑똑한 체하는 젊은 사람 중에는 오로지 백인에게 '앙갚음할' 기회만 노리는 사람도 많아요. ……그들은 미움과 분노로 가득 차 있는데 이는 하나님의 수치지요. 그들 역시 엉클 톰만큼이나 배신자예요."

늘 그렇듯이, "그 어떤 것도 정말 말이 안 돼요."라는 말과 함께 대화가 갑자기 교착상태에 빠졌다.

11월 21일

모빌

모빌에서는 3일간 머물렀다. 3일 내내 시내를 걸어 다니고, 일자리를 찾는 데 거의 대부분의 시간을 썼다. 그러나 밤이 되면 매일 버스 터미널 반대편 길모퉁이에서 내 방 주인을 만나 그의 집으로 가서 잠을 잤다.

　이번에도 내 일상생활에서 중요한 부분을 차지한 것은 모든 백인이 당연하게 여기는 기본적인 것, 예를 들어 식사할 만한 곳, 물을 마실 수 있는 곳, 화장실, 손 씻을 곳을 찾아다니는 일이었다. 소다 음료 서비스를 제외한 다른 물건이나 담배 정도를 살 수 있는 상점을 찾아 들어간 적이 여러 번이었다. 나는 상점에 들어가 어디 가면 물을 먹을 수 있는지 정중하게 물었다. 3~4미터 떨어진 곳에 물 먹는 곳이 있는데도 사람들은 부근에서 가장 가까운 흑인 카페로 가보라고 길을 가르쳐 주었다. 직접 대놓고 물을 달라고 부탁했다면 물을 주었을지도 모른다. 하지만 나는 한 번도 그런 부탁을 하지 않았다. 흑인은 거절당하는 걸 두려워할뿐더러, 나는 그들이 내게 물을 주기를 기다렸다. 아무도 내게 물을 주는 사람이 없었다. 어디든 가장 가까운 흑인 카페라도 항상 멀리 있었다. 내게는 그렇게 느껴졌다. 편의가 제공되고 먹을 수 있을 때 양껏 먹어두는 법을 알게 되었다. 다음에 배가 고프더라도 음식이 제공되지 않거나 먹을 수 없는 경우가 있기 때문이다. 직업상 남부 지역으로 오게 된 많은 유명 흑인들도 비슷한 어려움에 부딪힌다는 얘기를 들었다. 세계적인 유명인사도 가장 저급한 싸구려 가게에서 커피 한 잔 살 수 없다. 이들이 흑인 카페가 아닌 백인 카페에서 서비스를 받고 싶어했기 때문이 아니다. 번화하지 않은 한적한 지역에는 흑인 카페가 없고, 상점이 빼곡히 들어선

　　　　　　　　　　　　　블랙 라이크 미

지역에서조차 때로는 물 한 잔을 먹으러 다른 읍까지 가야 하는 경우가 있다. 백인 가게에서 필요한 물품을 모두 구입했는데 소다수 공급기도 이용하지 못하고 화장실도 쓸 수 없다고 거절당하면 가슴이 쓰릴 정도로 비참한 기분이 들었다.

아니, 정말 말도 안 되는 일이지만 흑인에 관한 한 말이 안 되는 일이라는 건 없다. 비단 물이나 화장실 문제뿐 아니라 일자리를 구할 때에도 어처구니없는 일을 당한다.

모빌에 있는 어느 공장을 찾아갔을 때 덩치가 크고 험악하게 생긴 작업 감독 앞에서 내가 할 줄 아는 게 무엇인지 말한 적이 있다. 그는 내 얼굴을 빤히 쳐다보면서 이렇게 말했다. "이 공장에서 그런 종류의 일은 구할 수 없어요."

불친절한 말투는 아니었다. 어디서나 자주 들을 수 있는 그저 무덤덤한 목소리였다. 어떻게 해서든지 비집고 들어갈 틈이 있는지 알아보리라고 마음먹고는 이렇게 말했다. "하지만 내가 보다 능력 있는 일을 하면서도 백인보다 월급을 적게 받는다면……."

"내가 하려는 말은…… 우리가 당신네 사람을 원치 않는다고요. 무슨 말인지 이해가 안 돼요?"

"알아요. 하지만 적어도 시도해 보는 거까지 탓하지는 마세요." 내가 정말 서글픈 말투로 말했다.

"여기서는 시도 같은 것도 하지 마요. 이 공장에서는 당신네 같은 사람을 좋은 자리에서 차츰 솎아내는 중이에요. 아주 천천히 이뤄지지만, 어쨌든 계속할 거요. 조만간 다 해낼 테고 그러면 당신네 같은 사람한테는 백인이 하지 않으려는 일만 주어질 거예요."

"그럼 우리는 어떻게 살라고요?" 나는 가급적 주장을 내세우는 인상을 주지 않으려고 애쓰면서 절망적인 어투로 말했다.

"바로 그거지요." 백인 남자가 내 얼굴을 똑바로 쳐다보면서 말했다. 그러나 이런 말을 하는 것이 몹시 유감스러운 듯 얼굴에 희미한 동정심이 비쳤다. "당신네들을 우리 주에서 몰아내기 위해서라면 아마 물불을 가리지 않을 거요."

백인 남자는 솔직하면서 거친 의도를 그대로 드러냈지만 그럼에도 나는 그의 속마음에서는 이렇게 말하는 듯한 인상을 받았다. "미안해요. 개인적으로 당신에게 반감은 없습니다. 그러나 당신은 흑인이고, 평등이니 뭐니 하면서 이렇게 시끄러운 판국에 당신네 사람이 주변에 어른대는 걸 원치 않아요. 학교, 카페 등지에서 당신네들을 쫓아낼 수 있는 방법이라고는 당신네들 삶을 점점 고달프게 만들어서 평등이 오기 전에 당신들 스스로 나가도록 하는 거지요."

이런 태도를 심심찮게 만날 수 있었다. 다른 점에서는 존경받을 만한 사람인데도 이런 태도 말고는 다른 해결책을 전혀 알지 못하는 경우가 많았다. 이들은 전통적인 노동자의 지위가 향상되지 않도록 막는 일이라면 스스로를 저 밑바닥 수준까지 떨어뜨려서라도 그 일을 했을 것이다, 아니, 좀더 솔직하게 드러내놓고 말해서 이들 노동자가 쟁취한 것이 원래 그가 인간으로 태어나는 순간부터 그의 것이었더라도 그들이 이를 '쟁취하지' 못하도록 막았을 것이다.

나는 오후 내내 모빌 거리를 돌아다녔다. 나는 어릴 때 이곳에서 배를 타고 프랑스까지 간 일이 있어서 이 도시를 잘 알고 있었다. 그때에는 특권을 가진 백인의 위치에서 이 도시를 보았다. 남부의 아름다운 항구도시로 따뜻하고 조용한 곳이라는 인상을 받았다. 웃통을 벗어젖힌 채 짐을 실어 나르는 흑인 부두 노동자의 모습도 보았다. 온몸이 땀으로 번들거렸다. 어린 시절 그 모습을 보고 오싹하게 소름이 돋았고, 짐을 실어 나르는 짐승과 너무 닮아서 깊은 연민을 느꼈다. 그러나 그때는 이 모든 것이 그저 자연스런 질서려니 하고 넘겨 버렸다. 내가 아는 남부 백인은 친절하고 현명했다. 그들이 이런 일을 허용했다면 분명 옳은 일이려니 하고 생각했다.

이제 흑인이 되어 그때 걸었던 그 길을 걷노라니 내가 예전에 알던 모빌의 모습은 흔적조차 찾아볼 수 없었다. 내게는 모든 것이 낯설었다. 노동자들은 여전히 황소 같은 삶을 이어갔지만 자애로운 남부 사람, 현명한 남부 사람, 친절한 남부 사람은 어디에도 보이지 않았다. 내가 백인이라면 그런 남부 사람을 찾을 수 있을 것이다. 그들의 다른 모습은 백인이 볼 수 있는 곳에 있기 때문이다. 그렇다고 그런 모습이 거짓된 것은 아니었다. 다만 흑인 눈에 보이는 모습과 다를 뿐이었다. 흑인 눈에 비친 백인의 모습은 모두 감정 줄이 단단하고 무딘 사람이며, 짐을 실어 나르는 짐승 이외에 다른 흑인은 모두 몰아내고 싶어하는 그런 사람이다.

다른 모든 것이 그랬듯, 장소 분위기도 흑인과 백인에게 각기 다른 색깔로 느껴진다고 결론지었다. 흑인이 백인과 다르게 보고 다르게 반응하는 것은 그들이 흑인이기 때문이 아니라 억압받는 자이기 때문이다. 두려움에 가려지면 햇빛마저도 희미하게 보이는 법이다.

11월 24일

나는 모빌에서 몽고메리 사이에 걸쳐 있는 늪지대 방향으로 걸어 가면서 히치하이크를 했다. 시원하고 화창한 날이었다.

몇 킬로미터 정도 걸었을까, 덩치가 크고 유쾌해 보이는 남자 가 트럭을 세우고 내게 타라고 했다. 차 문을 여는데 그의 무릎 옆 으로 총 한 자루가 비스듬히 좌석 옆에 놓인 게 눈에 띄었다. 앨라 배마에서는 몇몇 집단들 사이에서 '검둥이' 사냥을 스포츠처럼 즐긴다는 얘기가 생각나서 나도 모르게 움찔하며 뒤로 물러섰다.

"얼른 타요. 이건 사슴 사냥하는 총이에요." 그가 웃으며 말했다.

나는 그의 얼굴을 다시 한 번 슬쩍 쳐다보았다. 얼굴이 불그스 레하니 혈색이 좋았고 점잖은 사람처럼 보였다. 나는 차에 올라

192   블랙 라이크 미

타 그의 옆 가죽 의자에 앉았다.

"이 길을 지나가면서 혹시 운 좋게 차 얻어 탄 일 있어요?" 그가 물었다.

"아니요, 선생님. 그런 적 없습니다. 모빌을 벗어난 뒤로는 처음 차를 얻어 타는 거예요."

남자는 나이가 53세며, 결혼하여 슬하에 장성한 자식과 손주 두 명까지 두고 있었다. 말투로 보건대 분명히 활동적인 시민 지도자였으며 지역의 존경받는 구성원이었다. 내가 만난 이 남자가 점잖은 백인이었으면 하는 마음이 조금씩 들기 시작했다.

"결혼했어요?" 그가 물었다.

"네, 했습니다."

"그럼, 애는 있고?"

"네, 세 명 있습니다."

"예쁜 아내도 있고요?"

"네."

그는 잠시 뜸을 들이더니 남자끼리 재미 삼아 하는 말이라는 듯 가벼운 말투로 물었다. "당신 아내도 백인 남자랑 해 본 적 있답디까?"

나는 검은 손을 쳐다보았다. 손가락에 끼어 있는 결혼 금반지를 보면서 별 의미도 없는 말을 중얼거리며 말했다. 내가 과묵한 사람으로 보이기를 바랐다. 그는 내 감정 따위는 아랑곳없이 점점 음탕한 대화를 이어갔다. 그의 말에 따르면 이 지역의 모든 백인 남자는 흑인 소녀를 무척 밝힌다고 한다. 그 역시 집안일이나 회사 일로 흑인을 고용한 적이 많았다고 했다.

"확실히 말해 두지만 나는 그럴 때마다 꼭 그 여자들하고 잠자리를 한 다음에야 일자리를 줘요."

잠시 아무 말이 없었다. 고요한 침묵 속에 뜨거운 아스팔트 위를 달리는 자동차 바퀴 소리만 들렸다. 남자가 먼저 물었다. "어떻게 생각해요?"

"거절하는 사람도 있겠지요." 나는 조심스레 말했다.

"밥 먹고 살려면 그럴 수 없지. 먹여 살려야 할 자식이 있는 경우도 있고. 몸을 내주지 않으면 일자리를 못 얻을걸." 그가 코웃음 치며 말했다.

나는 창밖을 보았다. 고속도로 옆으로 커다란 소나무가 늘어서 있었다. 남자의 카키색 사냥복에서 풍기는 비누 냄새와 송진 냄새가 뒤섞였다.

"끔찍하다고 생각되지 않나?" 그가 물었다.

이쯤에서 나는 싱긋 웃으며 아니라고, 그게 순리라고 말해야 할 것이다. 아니면 그의 화를 돋우지 않도록, 분위기를 누그러뜨리는 다른 말이라도 해야 했다.

"그렇게 생각하지?" 그가 기분 좋은 소리로 강하게 몰아붙였다.

"그럴 거 같습니다."

"거봐, 다들 그런다니까. 당신도 알지 않나?"

"무슨 말씀이신지."

"빌어먹을 분명히 그런다고. 우리 백인은 호의를 베푸는 거라고 생각하지. 당신네 아이들에게 백인 피를 조금씩 나눠 주니까 말이야."

일자리를 주지 않겠다고 협박하면서 강제로 강간하는 것과, 칼이나 총으로 위협하면서 강제로 강간하는 것 사이에 대체 어떤 도덕적 윤리적 차이가 있을까 하는 생각이 들었다. 흑인이 백인 여자를 강간하려는 일이 있을 때마다 신문에서는 이를 떠들썩하게 보도한다. 그러나 이처럼 백인이 흑인 여자를 강간하는 것은 다른 문제라고 여긴다. 그러나 이 역시 강간이며 아주 널리 자행되고 있어서 이에 비하면 흑인의 비행은 아무것도 아닐 정도다.

다른 흑인들이 그렇듯이 나 역시 이런 기괴한 위선에 한 대 얻어맞은 느낌이었다. 흑인은 성 도덕이 결여되었다느니, 혼혈이 늘어나서 끔찍하다느니 하는 말을 하는 백인 앞에서, 또는 혈통 순수를 지켜야 한다고 열변을 토하는 백인 앞에서 이런 사실을 떠올릴 필요가 있다. 혼혈은 이미 남부 전역에서 현실로 널리 나타나고 있다. 이는 전적으로 백인 남자가 남부 생활방식에 기여한 바다. '혈통 순수'를 지켜야 한다는 백인들의 지대한 관심은 모든 인종에게 해당되지 않는다.

(훗날 내가 만난 백인 중에서는 지금 이 동행인이 말한 것과 같은 관례

를 솔직히 인정하는 사람이 많았다. 그러나 공평하게 볼 때 다른 남부 백인은 이런 관례를 거칠게 비난하며, 내 정보 제공자의 주장과는 달리 이런 관계가 그렇게 일반적이지 않다고 주장했다. 그러나 그런 일이 널리 퍼져 있는 것은 아무도 부정하지 않았다.)

남부의 이런 모습은 신문 지면에 잘 실리지 않는다. 그 이유에 대해 내 동행인은 이런 말을 했다. "앨라배마 검둥이 여자는 이 문제에서는 아주 착하지. 절대로 경찰을 찾아가는 일도 없고. 당신한테 털어놓지도 않을걸."

만일 흑인 여자 중에 이런 일을 시도하는 사람이 있다면 무슨 일이 벌어질지 분명했다.

내가 이런 염려를 하는 동안 운전사는 내가 '협조적인' 태도를 보이지 않는 데 화가 났다. 그는 내가 아무 말도 하지 않는 것은 자기 말에 동의하지 않기 때문이라고 보았고, 사실 제대로 보았다.

"어디 출신이지?" 그가 물었다.

"텍사스입니다."

"여기서 뭐 하는 거요?"

"돌아다니는 중입니다. 일자리나 찾아볼까 하고요."

"무슨 말썽이라도 일으키려고 여기 온 건 아니겠지?"

"아닙니다. 절대로 아니에요."

"여기서 검둥이를 조금이라도 선동하는 날에는 당신 같은 사람을 어떻게 다룰지 우린 확실히 알고 있지."

　　　　　　　　　　　블랙 라이크 미

"그럴 생각은 전혀 없습니다."

"이곳에서 우리가 말썽쟁이를 어떻게 다루는지 아나?"

"모릅니다. 선생님."

"감옥에 처넣거나 죽여 버리지."

아무렇지도 않은 듯 잔인하게 내뱉는 그의 말투에 구역질이 났다. 나는 그를 쳐다보았다. 점잖게 생긴 파란 눈이 누르스름하게 보였다. 흑인에게 따끔하게 '교훈을 가르쳐야겠다'고 마음먹으면 그 어떤 것으로도 그의 마음을 바꾸어 자비심을 이끌어낼 수 없을 것이다. 따끔한 가르침이란 게 너무 살벌해서 소름이 끼쳤다. 그러나 지금은 따끔하게 가르쳐야 한다는 생각이 갈망처럼 그를 사로잡고 있다. 그는 이것을 즐기고 있으며 그의 목소리에는 쾌락과 잔인함이 번지르르 흘렀다. 늪지대의 숲을 가로질러 달리는 고속도로는 황량하기 그지없었다. 차창 옆으로 빠르게 스쳐지나가는 덤불숲의 장벽을 보면서 남자가 고개를 끄덕였다.

"흑인 하나 죽여서 저 늪지대에 던져도 아무도 모를 거야."

"네. 선생님……."

내 입에서 아무 말도 나오지 않도록 애써 꾹꾹 눌렀고, 이 남자가 다른 역할 속에서 보여주는 모습을 떠올리려고 애썼다. 손자와 노는 모습, 교회에서 찬송가를 펼쳐 든 모습, 아침에 커피를 마시고 면도를 하고 아내와 마주 앉아 별것도 아닌 일을 놓고 유쾌한 대화를 나누는 모습, 일요일 오후 친구 집을 방문하느라 현관 앞에 서 있는 모습을 떠올렸다. 내가 맨 처음 이 트럭에 탔을 때 그의 얼굴에서 본 것이 바로 이런 모습이었다. 그의 생김새 하나하나에 이런 다정하고 점잖은 미국인의 모습이 있었다. 이런 모습은 모든 사람의 뱃속, 즉 병들고 차갑고 무자비한 특성이 들어 있는 곳, 내재적인 힘 때문에 고통과 두려움을 불러일으키는 갈망과 맞닿아 있다. 분명히 그의 아내나 가장 가까운 친구조차 이런 그의 모습을 본 적이 없을 것이다. 이런 일면은 오로지 그에게 희생되는 피해자에게만, 아니면 함께 나쁜 짓을 저지르는 공모자에게만 보일 것이다. 다른 측면, 즉 그가 남편으로, 헌신적인 아버지로, 존경받은 지역 구성원으로 지낼 때 어떤 모습일지 떠올리려면 상상력을 동원해야만 했다. 그는 내게 가장 밑바닥 모습을 보였고, 나는 그가 가장 높은 수준에 있을 때 어떤 모습일지 그저 짐작으로 알아내야 했다.

남자는 고속도로 큰 길에서 벗어나 숲으로 통하는 비포장 도로 위에 차를 세웠다. 평정을 되찾으려 애쓰느라 얼굴 표정이 굳었다. 우리는 이제껏 미묘한 신경전을 벌였지만, 백인 남자는 그제야 이를 알아챘다. 그는 여기서 빠져나와야 했다. "난 여기서 다른 데로 가요. 당신은 고속도로를 따라 계속 갈 거잖소."

나는 남자에게 태워줘서 고맙다고 말한 뒤 차 문을 열었다. 내가 아직 차에서 내리기도 전에 그가 한마디 덧붙였다. "여기가 어떤 곳인지 한마디 더 해 주지. 우린 당신네 사람들과 거래를 할 거

블랙 라이크 미

고, 또 당신네 여자들을 건드릴 거요. 이것 말고 또 한 가지, 우리 문제에 관해서는 한 마디도 발설하지 말아야 할 거요. 그리고 머릿속에서 빨리 지워 버릴수록 지내기가 훨씬 편할 거요."

"네, 알겠습니다." 나는 차에서 내려 문을 닫았다. 그의 차가 고속도로 옆길을 달리기 시작했고 바퀴가 지나간 길에는 자잘한 돌멩이들이 튀었다. 나는 그의 차 소리가 저 멀리 사라질 때까지 가만히 귀 기울였다. 늪지대의 썩은 냄새가 뒤섞인 무거운 밤공기에서 향기로운 냄새가 났다. 나는 고속도로를 가로질러 건너갔다. 길가에 가방을 내려놓고 그 위에 걸터앉아 다른 차가 오기를 기다렸다. 차는 한 대도 오지 않았다. 숲에서는 아무 소리도 나지 않았다. 나는 땅거미가 점점 짙어가는 정적 속에 홀로 외로이 앉아 있으면서도 이상하게 안전하다는 느낌이 들었다. 어두워지는 하늘이 여전히 창백한 빛을 띠는 동안 저녁별이 하나 둘 보이기 시작했고, 지면의 열기가 차츰 식어갔다.

입안이 바싹 말랐고, 배가 너무 고팠다. 하루 종일 아무것도 먹은 게 없었고, 물 한 모금 먹지 못했다는 생각이 들었다. 갑자기 추위가 엄습해 왔다. 나는 자리에서 일어나 고속도로를 따라 어둠 속으로 걷기 시작했다. 얼어 죽는 것보다는 걷는 게 훨씬 나았다. 가방을 든 팔이 자꾸 축축 늘어졌다. 먹을 것과 휴식을 구하지 못하면 멀리까지 가지 못할 것이다.

앨라배마 고속도로에는 왜 이렇게 차량이 없는지 의아한 생각이 들었다. 한 대도 지나다니는 차가 없었다. 도로변 자갈길 위를 걸어가는 내 발자국 소리가 나무와 덤불 장벽에서 들려오는 메아리 속으로 푹푹 빠져 들었다.

얼마쯤 걸었을까, 나뭇잎 사이로 불빛이 깜박거리는 게 보였다. 나는 고속도로 커브 길을 돌아 서둘러 걸어갔다. 불빛은 언덕 위 외딴 주유소에서 나왔다. 주유소 건너편에 도착한 나는 얼마간 그 자리에서 서서 주유소를 살폈다. 주유소에는 나이 든 백인 부부가 앉아 있었다. 상점 진열대에는 일상잡화와 각종 자동차 부품이 놓여 있었고, 이밖에 청량음료 판매기, 담배 자판기 등이 보였다. 백인 부부는 친절한 사람으로 보였고, 인상도 부드러웠다. 한밤중 불쑥 나타난 덩치 큰 흑인을 보고 이들 부부가 놀랄 수도 있겠다는 생각이 들었다. 이들이 무서워하지 않고 내게 음식과 음료를 팔도록 하려면 어떻게 말하는 것이 좋은지 미리 머릿속으로 할 말을 생각해 보았다. 어쩌면 이들 부부에게 하룻밤 바닥에서라도 잠을 재워 줄 수 없는지 부탁할 수도 있을 것이다.

석유등이 환하게 밝혀진 아래를 지나갈 때 쯤 백인 부인이 나를 발견했다. 나는 사전에 예고하는 의미에서 휘파람을 불었다. 부인은 입구 문에서 나를 맞았다. 실내의 따뜻한 공기가 포근하게 밀려나왔고 라디오에서는 컨트리 음악이 흐르고 있었다. 나는 유리창 너머로 백인 남자를 쳐다보았다. 남자는 의자에 앉아 귀를 라디오 쪽으로 가까이 대고 있었다.

　　　　　　　　　　　　　　　　블랙 라이크 미

나는 가볍게 고개를 숙여 인사한 뒤 말했다. "죄송합니다, 부인, 저는 몽고메리까지 가는 중인데, 차를 얻어 타지 못해서 고속도로 한복판에서 오도 가도 못하는 처지가 되었습니다. 먹을 것과 마실 것을 좀 살 수 있을까요?"

부인은 눈가의 주름까지 찌푸려 가면서 나를 의심의 눈초리로 뚫어지게 쳐다보았다.

"영업이 끝났어요." 부인은 이렇게 말하고 뒷걸음질 치며 가게 문을 닫으려 했다.

"부탁드립니다. 하루 종일 먹지도 못하고 물도 마시지 못했어요." 억지로 비굴한 태도를 보일 필요는 없었지만 그래도 나는 간곡하게 부탁했다.

한편으로는 반감이 들고 경계심도 늦출 수 없지만 다른 한편으로는 상식적인 수준의 예의 본능도 무시할 수 없는 부인이 마음속으로 갈등하는 것을 느낄 수 있었다. 분명 내 부탁을 거절하고 싶을 것이다. 내가 두려운 것도 있지만 나를 손님으로 받아 대접하는 동안 혹시라도 차에 기름을 넣으러 온 다른 손님 눈에 띄는 것도 두려웠을 것이다. 그러나 나는 좀 전에 만난 백인 남자의 말을 떠올렸다. "우리는 당신네 사람과 거래를 할 거요." 나는 가만히 기다렸다. 밤공기가 싸늘했고 주위가 적막했다. 동물조차도 음식을 먹고 물을 마셔야 한다.

"좋아요. 괜찮겠지요." 목소리에 혐오감이 배어 있었다. 부인은 뒤돌아 가게 안으로 들어갔다. 나도 가게 안으로 발을 들여놓은 뒤 문을 닫았다. 우리 중 아무도 입을 열지 않았다. 늙은 남자가 무표정한 얼굴로 나를 올려다보았다. 깡마른 여윈 얼굴에는 주름이 쭈글쭈글했다.

나는 오렌지 주스와 크래커 샌드위치 세트를 샀다. 분위기가 하도 냉랭해서 먹을 것을 들고 밖으로 나와 그들이 내 모습을 지켜볼 수 있는 곳에서 허기를 채웠다. 식사를 마친 나는 빈 병을 돌려준 뒤 얼른 또 한 병을 구입했다. 가게 안에는 내가 먹을 수 있는 음식이 거의 없었다. 정어리 통조림이 딱 두 개 있었지만 통조림 따개가 붙어 있지 않았고, 부인에게 혹시 캔 따개가 있는지 물어보았지만 고개만 저은 뒤 시선을 밑으로 내리깔았다. 나는 구운 파이 한 개와 빵 한 개, 밀키웨이 초코바 다섯 개를 샀다.

부인은 가스난로 앞에 서서 엄지손톱 밑에 낀 때를 반대편 중지손톱으로 파내고 있었다. 내가 고맙다는 인사를 건넸을 때 부인은 여전히 하던 일에 온 신경을 쏟으며 손에서 시선도 떼지 않았다. 그저 이맛살을 좀더 찌푸리는 것으로 내게 가도 좋다는 뜻을 표시했다. 남편은 셔츠 주머니에 돈을 찔러 넣었다.

나는 또다시 고속도로를 따라 어둠 속을 걸었다. 가방 두 개를 모두 왼손에 들고 오른손으로는 주린 배를 달래기 위해 맛도 없는 파인애플 파이를 먹었다.

블랙 라이크 미

저 멀리 뒤쪽에서 자동차 소리가 들려 고개를 돌렸다. 지평선 저 멀리 노란 빛이 반짝였다. 빛은 점점 뚜렷해지더니 곧 헤드라이트가 모습을 드러냈다. 또다시 백인 남자와 함께 차를 타고 가기가 무서웠지만 밤새도록 고속도로에 있을 생각을 하니 너무 두려웠다. 내 모습이 보이도록 고속도로 쪽으로 다가가 팔을 흔들었다. 낡은 차 한 대가 끼익 하더니 내 앞에 와서 멈췄다. 나는 차쪽으로 달려갔다. 너무 다행스럽게도 자동차 계기판 빛 속에 보이는 것은 젊은 흑인 남자의 얼굴이었다.

우리는 내가 처한 어려움을 함께 의논했다. 흑인 남자는 저 뒤쪽 숲에 산다고 했다. 그러나 아이가 여섯 명인데다 방이 두 칸뿐이었다. 게다가 빈 침대도 없었다. 부근에 혹시 내가 침대를 빌릴 만한 다른 집이 없는지 물었다. 다들 자기와 비슷한 형편이라고 했다.

그러나 다른 해결책이 있는 것도 아니었다.

"고속도로에서 밤을 보낼 수는 없어요. 바닥에서 자도 괜찮다면 우리 집으로 가요." 결국 남자가 이렇게 말했다.

"바닥에서 자도 괜찮아요. 당신에게 폐를 끼치고 싶은 마음은 조금도 없습니다."

우리는 숲속 샛길로 접어들어 몇 킬로미터 정도 내려갔다. 남자는 제재소 노동자로 일하지만 벌이가 좋지 않아서 늘 빚에 시달린다고 했다. 수표를 들고 가게에 가면 언제나 지출이 초과된다고 했다. 비단 자기뿐만 아니라 다른 사람도 모두 같은 처지라고 했다. 그리고 나 역시 남부 지역 전체에서 이런 삶이 반복되는 것을 확인한 바 있다. 흑인이 빚에 묶여 여기를 떠나지 못하도록 하는 게 남부 백인의 전략이었다.

"사는 게 힘들어요, 그죠?" 내가 말했다.

"예, 하지만 멈출 수는 없지요. 공장에 있는 사람에게 늘 이렇게 말하지요. 그냥 가만히 앉아 있으려는 사람도 있거든요. 나는 그들에게 이렇게 말해요. '좋아, 그건 빵에 바를 버터를 얻을 수 없다고 다 포기하려는 거야. 그건 방법이 아니야. 계속 나아가면서 빵을 먹자고. 하지만 일을 해야 해. 그러다 보면 언젠가 빵과 함께 버터를 먹을 날이 올 거야.'라고요. 그거 말고는 다른 어떤 방법도 없다고 말하지요."

나는 그에게 다른 사람과 함께 힘을 합쳐 임금 인상 파업 같은 것을 해 볼 수 있지 않냐고 물었다. 그는 정말 소리까지 내면서 호탕하게 웃었다.

"우리가 그 비슷한 걸 하면서 얼마나 오랫동안 버틸 수 있는지 모르시죠?"

"함께 뭉치면 저들도 분명 모두를 죽이지는 못할 거예요."

"저들은 정말 그럴 수 있어요. 얼마나 오랫동안 내 아이들을 먹일 수 있을까요? 부근 30킬로미터 이내에 가게라고는 달랑 두 군데뿐이에요. 이들은 외상 거래를 끊고 우리에게 물건을 팔지 않을 거라고요. 돈이 들어오지 않는 상태에서는 우리 중 아무도 살 수가 없어요."

그는 샛길에서 벗어나 바퀴 자국이 나 있는 오솔길로 접어들었다. 덤불이 빼곡하게 자란 오솔길 끝에 작은 둔덕이 보였다. 헤드라이트 불빛 속에 페인트칠을 하지 않은 나무 집 한 채가 서 있었다. 아이들이 떠드는 소리 말고는 사방에 무거운 정적뿐이었다. 남자의 아내가 문 앞에 나와 서 있었고 등유 램프의 희미한 불빛 속에 실루엣이 비쳤다. 그는 나를 아내에게 소개시켰다. 남자의 아내는 조금 당황스러워 하는 표정이었지만 안으로 들어오라고 했다.

작은 소리로 재잘거리던 아이들은 내가 들어서자 갑자기 환영의 환성을 질렀다. 첫째가 9살, 가장 어린 아이가 4개월이었다. 그들은 사람 만나는 것을 무척 좋아했다. 분명 그들에게는 그것이 파티였을 것이다. 우리는 파티를 열기로 했다.

즉석에서 마련된 임시 탁자 위에 저녁식사가 차려졌다. 물에 삶은 커다란 노란 콩이 주 재료였다. 아이들의 어머니는 으깬 콩을 내왔고, 젖먹이에게 먹일 우유 캔을 땄다. 내가 갖고 있던 빵이 생각나서 나 역시 이 식탁에 한몫한다는 의미로 빵을 내놓았다. 부부는 음식이 변변치 않다고 변명하지 않았다. 우리는 각자 플라스틱 접시 위에 음식을 담아 탁자에 적당한 자리를 잡고 앉았고, 아이들은 탁자보 대용으로 마룻바닥에 신문지를 펼쳐놓고 먹었다.

나는 이렇게 훌륭한 가족을 두어서 좋겠다고 했다. 아이들 엄마는 자기들이야말로 정말 축복받은 사람이라고 했다. "우리 가족은 모두 건강해요. 몸을 제대로 쓰지 못하는 아이나 시각장애인, 건강하지 않은 아이를 둔 부모를 생각할 때 하나님께 감사해야 해요."

내가 아이들 칭찬을 하자 아이들 아버지는 자부심을 느끼며 피곤한 얼굴에 환한 생기가 돌았다. 남자는 마치 희귀한 그림이나 소중한 보석이라도 쳐다보는 듯한 시선으로 아이들을 쳐다보았다.

방 두 칸에 들어앉아 문을 닫아놓으니 겨우 등유 램프의 부드러운 불빛밖에 없는데도 분위기는 완전히 달랐다. 외부 세상도, 외부 기준도 모두 사라졌다. 그런 것들은 시커먼 어둠 저 너머 어딘가에 있었다. 이곳에 있는 우리는 기쁜 삶을 누리는 데 필요한 모든 것을 갖고 있으며, 쉴 곳이 있고, 먹을 것으로 배도 채웠으며, 몸도, 눈도 있으며 세상이 어떤지 아직 알지 못하는 아이들에 대한 사랑도 있다. 우리에게는 커다란 기쁨이 있다. 우리는 디저트로 먹기 위해 밀키웨이 초코바를 잘게 쪼갰다. 별 다른 선물 상자에도 담지 않은 밀키웨이지만 훌륭한 선물이 되었다. 아이들은 거의 열광에 가까운 기쁨의 환호성을 지르며 초코바를 먹어치웠다. 어린 여자애가 침을 너무 많이 흘리는 바람에 입가에 시럽처럼 초콜릿이 흘러 내렸다. 엄마가 얼른 손가락으로 초콜릿을 닦아 자기도 모르게(아니면 정말 먹고 싶었던 것일까?) 입으로 가져갔다.

저녁식사를 마친 뒤 나는 집 주인 남자와 함께 밖으로 나가 임시 판자를 얹어놓은 우물에서 물을 길어 왔다. 둥근 보름달이 아

블랙 라이크 미

주 가까이 나무 위에 걸려 있었고 달빛 때문인지 으스스한 한기가 몸 안으로 스며들었다. 우리는 희미하게 나 있는 오솔길을 따라 혹시 뱀이 지나가지 않을까 무서워하면서 나무쪽으로 가서 소변을 보았다. 어른거리는 달빛 아래로 바스락거리는 밤의 소리가 울려 퍼지고, 늪지대에서는 송로버섯 냄새가 풍겨왔다. 멀리서 아이 우는 소리가 들렸다. 지면을 뒤덮은 축축한 낙엽층 위로 소변 물줄기가 나직하게 졸졸거리는 소리를 귀 기울여 들었다. 오래전 기억 하나가 떠올랐다. 젊은 시절 읽었던 릴리안 스미스(Lillian Smith)의 『이상한 열매(Strange Fruit)』에서 흑인 소년이 쓸쓸한 길가에 서서 오줌을 누던 장면이 생각났다. 오랜 시간이 흐른 지금 나는 젊은 시절의 거친 상상과는 전혀 다른 역할을 맡아 그곳에 있었다. 나는 그 어느 때보다도 가슴 깊이 내 안에서 완전한 흑인 존재를 느꼈고, 예전의 나와 아주 멀리 떨어져 있는 아득한 거리감을 느꼈다. 안전한 백인 주택 거실에서 흑인 이야기책을 읽던 백인 소년은 이제 앨라배마 늪지대에서 서 있는 늙은 흑인 남자로 완벽하게 뒤바뀐 것이다. 사람들 때문에 완전히 지워져 버렸던 그의 존재가 자연에 의해, 그리고 그의 생리 현상 속에서, 따뜻한 애정 속에서 다시금 확인되었다.

"들어갈까요?" 내 친구가 말했다. 우리는 뒤돌아섰다. 툭 튀어나온 친구의 광대뼈 위로 달빛이 비치면서 얼굴에 움푹 들어간 그림자를 드리웠다.

"갑시다." 내가 말했다.

집은 저 위쪽에 곧 쓰러질 것 같은 모습으로 서 있었고 창문 사이로 희미한 불빛이 흘러나왔다. 백인이 이 장면을 보면 이렇게 말할 것이다. "저기 저 오두막집 좀 봐. 저들은 사는 게 꼭 동물 같아. 더 잘 살려면 그럴 수 있을 텐데. 우리가 자기네 모습을 그냥 있는 그대로 받아들여 주기를 기대하는 걸까? 저렇게 사는 게 좋은가 봐. 우리가 저런 수준으로 떨어졌을 때 불행하다고 느끼는 것처럼 저들에게는 높은 수준의 삶을 요구하는 게 더 불행하게 하는 일일 거야."

내가 이런 얘기를 친구에게 하자 그는 이렇게 말했다. "하지만 우리는 이보다 더 잘 살 수가 없어요. 그저 아이와 우리 자신을 위해 조금 더 나은 것을 마련하는 것, 우리는 겨우 그 정도만을 바라면서 일해요."

"당신 아내는 전혀 우울해 보이지 않아요." 내가 말했다.

"네, 모든 점에서 훌륭한 여자예요. 콩과 같이 섞어서 요리할 고기가 없어도 내 아내는 주저하지 않고 어쨌든 콩만으로도 요리를 만들어요." 마지막 몇 단어를 아주 시원스런 목소리로 말하는 바람에 그의 태도가 멋있게 보였다.

우리는 부엌에 있는 장작 난로 위에 물 양동이를 얹었다. 이 물을 따뜻하게 데워 세수도 하고 면도도 할 것이다. 그런 다음 우리는 다시 밖으로 나와 상자에 장작을 채워 넣었다.

"이 늪지대에 정말 악어가 많이 살아요?" 내가 물었다.

"아, 네. 악어 천지지요."

"왜 악어를 잡지 않나요? 악어 꼬리가 꽤 맛있어요. 어떻게 하는 건지 내가 한번 보여줄게요. 군대에서 정글 훈련을 받을 때 배웠어요."

"아, 우리는 악어를 잡을 수 없어요. 악어 한 마리 죽이는 데 벌금이 100달러예요. 내가 말했잖아요. 저들은 우리가 빠져나갈 구멍이란 구멍은 다 막아놓았다고요. 이 주에서는 저들을 이길 방법이 없어요."

"하지만 아이들은요? 행여 악어가 아이들을 잡아먹지는 않을지 걱정되지 않아요?"

"걱정 안 해요. 악어는 우리보다 거북이를 더 좋아해요." 그가 쓸쓸하게 말했다.

"악어도 어떤 점에서는 백인인가 보네." 내가 혼잣말로 말했다.

그의 웃음소리가 차가운 공기를 뚫고 또렷하게 들렸다. "저 악어들이 거북이를 배불리 먹는 한 우리한테는 전혀 위험하지 않아요. 어쨌든 우리는 아이들이 집밖으로 너무 멀리 나가지 않도록 주의시켜요."

(나중에 알게 된 바로는, 악어를 죽일 때 벌금을 물리는 것은 일종의 보호 조치고 거북이 개체수를 조절하기 위한 목적이 있었다. 몇몇 흑인은 이런 벌금 조치가 흑인을 억압하기 위한 처벌행위라고 여겼지만 사실과는 달랐다.)

우리가 부엌으로 향하는데 아이들 소리가 들렸다. 잠잘 준비를 하는 동안 칭얼대며 보채기도 하고 깔깔대며 떠들기도 했다. 저렇게 비좁은 공간에서 고상하게 행동하는 건 불가능했고 만일 그런 분위기였다면 오히려 우스꽝스러웠을 것이다. 아내가 스펀지로 아이들을 목욕시키는 동안 남편과 나는 면도를 했다. 아이들은 한 명씩 구석에 세면대로 쓰이는 아연 양동이 쪽으로 걸어갔다. 바깥은 너무 추워 나갈 수 없었기 때문이다.

아이들은 행동거지가 반듯했다. 마룻바닥에 삼베 자루를 펴고 아이들에게 자루를 덮어주는 동안 아이들이 내 아이들에 대해 물었다. 아저씨네 아이들도 학교 다녀요? 아니 아직 너무 어려. 그럼 몇 살인데요? 보자, 오늘이 우리 딸 다섯 번째 생일이지. 생일 파티 했겠네요? 응, 파티를 했을 거야. 와아 하는 환호 소리. 여기 우리처럼 사탕도 놓고 별거 별거 다 차렸겠네요. 응, 그랬을 거야.

그러나 이제 질문은 그만 하고 잠잘 시간이었다. 나는 더 이상 버티기 힘들었지만 아이들은 아직 마법에서 깨어나지 않았다. 우리 딸이 파티를 했다는 사실을 알고는 매우 흥분하여 마법에 걸린 것이다. 부모가 다른 방 침대에 깔려 있던 조각보 이불을 가져와 침대 대용으로 쓰이는 모포 위에 펼쳤다. 아이들은 부모에게 키스를 한 뒤 그리핀 아저씨에게 키스하면 안 되냐고 물었다. 나는 등받이가 똑바른 의자에 앉아 양팔을 벌렸다. 아이들이 하나씩 와서 안겼다. 향긋한 아기 냄새와 비누 냄새가 풍겼다. 아이들

블랙 라이크 미

은 내 목에 팔을 두르고 입을 맞춘 다음, 말똥말똥한 목소리로 한 명씩 인사를 했다. "안녕히 주무세요, 그리핀 아저씨."

나는 아이들을 지나 부엌 문 가까이 깔려 있는 침대 대용 모포 쪽으로 가서 옷을 입은 채로 누웠다. 내 친구는 아이들에게 지금부터 입도 뻥긋해서는 안 된다고 주의를 준 뒤 등유 램프를 집어 들고 침실로 들어갔다. 방 입구에는 문이 설치되지 않았고, 열린 틈 사이로 등유 램프 불빛이 어른거렸다. 부부는 아무 말이 없었고, 내 귀에 옷 벗는 소리가 들렸다. 램프 불이 꺼지고 잠시 후 침대 스프링이 삐걱거리는 소리가 들렸다.

피곤이 몰려 왔다. 삼베 자루가 정말 고맙게 느껴졌다. 또다시 딸애의 생일 파티 장면이 떠올라 마음이 부대꼈다. 오늘 밤 이 집 아이들과 함께 했던 파티 장면과 너무도 잔인한 대비를 이루었다.

"그리핀 씨, 필요한 거 있으면 큰 소리로 부르세요." 남자가 말했다.

"고맙습니다. 안녕히 주무세요."

"아저씨 안녕히 주무세요." 아이들 목소리가 들렸다. 어둠 속에서 소리만 들어도 아이들이 어디쯤 누워 있는지 알 수 있었다.

"안녕히 주무세요." 또 다른 아이가 말했다.

"안녕히 주무세요. 그리핀 아저씨."

"이제 됐다." 아버지가 큰 소리로 아이들에게 주의를 주었다.

모두가 잠 속으로 빠져 드는 동안 나는 자리에 누워 비틀린 문

틈 사이로 달빛이 쏟아져 들어오는 걸 바라보았다. 모기가 날아다니더니 곧 방 안 전체에 윙윙 소리가 가득했다. 이 추운 밤에 굳이 모기를 밖으로 쫓아내야 할까 하는 의문이 들었다. 아이들이 자면서 갑자기 다리를 풀썩 들었다 놓았다. 분명 모기에 물린 것이다. 난로 안에서는 쉬익거리는 소리도 타다닥 하는 소리도 거의 들리지 않았고, 온기도 점점 식어갔다. 밤과 가을과 늪의 냄새가 방 안으로 들어와 아이들 냄새, 등유 냄새, 식은 콩 냄새, 오줌 냄새, 타고 남은 소나무 장작 냄새와 뒤섞였다. 썩은 내와 상큼한 향기가 뒤섞이니 이상한 냄새가 났다. 가난의 냄새였다. 나는 잠시 불행이 안겨주는 친근하면서도 미묘한 즐거움에 대해 생각했다.

또한 불행은 짐이었다. 도처에 널려 있는 숨 막히는 짐이었다. 나는 이들이 왜 이렇게 아이를 많이 낳았는지 이해되었다. 사방이 온통 늪과 어둠으로 둘러싸인 이런 밤이면 지독한 외로움이 몰려왔을 것이다. 다른 인간에게서 추방당한 느낌이 들고 두려움이 몰려왔을 것이다. 문득 이런 느낌이 엄습할 때면 남자는 절망감에 숨이 막히거나, 아니면 여자에게 매달려 위로하고 위로받았을 것이다. 이들은 한 몸이 됨으로써 잠시나마 늪지대의 밤을 잊고, 더 이상 나아질 희망조차 없는 깜깜한 절망에서 벗어났을 것이다. 이는 희망 없는 자가 희망을 찾기 위한 처절한 비극적 행위였을 것이다.

이런 생각 너머로 나를 압도하는 강렬한 감동이 몰려왔다. 가족을 잘 건사하려고 애쓰는 이들의 용감한 태도, 자식 중에 장애인이 없다는 것을 감사히 여기는 착한 마음씨, 낯선 사람에게 기꺼이 음식과 잠자리를 나눠 주는 고마운 마음씨 이 모든 것이 내게는 진한 감동으로 다가왔다. 나는 반쯤 얼어붙은 몸을 일으켜 자리에서 일어난 뒤 밖으로 나왔다.

옅은 안개 사이로 달이 희뿌옇게 보였다. 나무들이 어스름한 빛 속에 유령처럼 서 있었다. 나는 엎어놓은 욕조 위에 앉았다. 차가운 금속 냉기가 바지를 뚫고 스며들어 왔고 온몸이 떨렸다.

딸아이 수지가 생각났다. 오늘은 수지의 다섯 번째 생일날. 촛불과 케이크, 파티 드레스를 떠올렸다. 아들 녀석도 한껏 차려입었겠지. 아이들은 지금쯤 따뜻한 집에서 깨끗한 침대 속에 잠들어 있을 것이다. 머리를 빡빡 밀고 대머리 흑인으로 변신한 이 애들의 아버지는 늪지대 속에 이렇게 앉아서 흑인 아이들이 잠에서 깨지 않도록 숨죽여 가며 흐느껴 울었다.

내 입술에 와 닿던 흑인 애들의 보드라운 입술이 다시 느껴졌다. 우리 애들이 해 주던 굿나잇 키스와 똑같은 느낌이었다. 흑인 아이들의 커다란 눈망울도 생각났다. 안전과 기회와 희망이 가득한 원더랜드는 결코 그들에게 문을 열어주지 않는다는 것을 아직 알지 못하는, 천진난만한 눈망울이었다.

아이들의 눈망울을 바로 내 얼굴 앞에서 보는 듯했다. 나는 백인으로 이 눈망울을 보는 것도 아니고 흑인으로 보는 것도 아니었다. 그저 부모가 되어 이 눈망울을 보았다. 이 아이들이 다른 모든 아이와 닮았듯이 피부색이라는 겉모습만 빼면 모든 점에서 우리 아이와도 닮았다. 그럼에도 이처럼 어쩌다 생긴 우연적인 요소, 모든 특성 중에서 가장 하찮은 피부색소라는 특성 때문에 이들은 열등한 지위로 낙인찍힌다. 내 피부가 영원히 검은색이라면 사람들은 아무런 망설임 없이 내 아이들도 이처럼 콩으로 연명하는 미래 속에 가둬버릴 것이다.

어떤 집단이 자기 집 문 앞에 와서 자기들의 편의대로 결정한 사항을 말하면서, 아이들의 삶은 제한되고 세계는 좁고 교육 기회는 적으며 미래는 막혀 있을 거라고 말한다면 어떤 느낌일지 아이들의 얼굴을 들여다보면서 스스로 자문하는 부모가 되어보지 않고는, 피부색에 따라 운명이 정해진다는 게 얼마나 무서운 일인지 상상할 수 없다.

흑인 아이들의 제한된 삶은 실제로 벌어지는 일이기 때문에 누구라도 흑인 부모 눈에 보이는 대로 볼 수 있다. 아이들을 바라보면 알 수 있다. 자신을 소중히 여기는 마음 없이는 아무도 살아갈 수 없다. 이는 성인도 마찬가지다. 백인 인종차별주의자는 흑인에게서 이런 마음을 빼앗았다. 이는 모든 인종 범죄 중에서 가장 잘 드러나지 않으면서 가장 극악한 범죄다. 이런 행위는 영혼을 죽이고 살아갈 의지를 꺾기 때문이다.

이것은 너무 심한 범죄행위다. 내가 직접 그런 일을 겪으면서도 믿기지 않았다. 분명히 훌륭한 인격을 가진 미국인이라면 누

블랙 라이크 미

구라도 이런 상황을 그냥 지켜보지는 못하며, 이런 엄청난 범죄가 자행되는 것을 내버려두지 못한다. 나는 지금까지 살아오면서 줄곧 백인의 입장을 보려 했다. 나는 지금까지 인류학의 주장들, 즉 문화적 인종적 차이에 관한 기존 통념을 객관적인 태도로 연구했고 그 결과 이 주장이 타당하지 않다는 것을 알았다. 흑인은 성 도덕이 결여되었으며 지적 능력이 뒤떨어진다는 두 가지 주장은 편견과 비윤리적 행위를 정당화하기 위한 연막에 불과했다. 『제8세대(The Eighth Generation)』(Harper&Brothers, New York)에 실린 최근의 과학적 연구 결과를 보면 동시대 중산층 흑인은 같은 계층에 속하는 백인과 동일한 가족 존중의식, 이상, 목표를 갖고 있다. 흑인이 학업활동에서 낮은 성적을 보이는 것은 인종적 결함 때문이 아니라 백인에게 문화적 교육적 혜택을 빼앗겼기 때문이다. 인종차별주의자는 흑인이 학업 면에서 열등하다는 주장을 내세울 때 인종차별대우가 철폐된 학교를 옹호하는 가장 웅변적인 논거를 펴는 것이다. 흑인을 최하위 학교에 그대로 두는 한 학업 면에서 백인 아이에게 뒤떨어질 것이라는 사실을 스스로 시인하기 때문이다.

나는 흑인을 변호하는 것이 아니다. 이제껏 흑인에게서 여러 가지 '열등한' 모습을 찾아보려고 부지런히 살폈지만 별 다른 것을 찾을 수 없었다. 논점을 회피하는 대단한 수식어가 흑인 인종에게 따라다니며, 선한 의지를 가진 백인조차 대부분 이를 사실로 받아들이는 일이 많다. 그러나 흑인과 함께 지내보면 이런 수식어가 전혀 사실이 아니라는 것이 밝혀진다. 물론 쓰레기 같은 인간은 예외다. 이런 사람은 어디든 있으며 백인보다 흑인에게 더 많은 것도 아니다.

이러쿵저러쿵 떠드는 얘기와 선전을 모두 걷어내고 나면 결국 남는 기준은 피부색뿐이다. 내 경험이 이를 증명한다. 사람들은 나를 판단할 때 다른 어떤 특성도 보지 않는다. 내 피부가 검다는 사실 하나면, 내게서 자유와 권리를 박탈할 수 있는 충분한 근거가 생긴다. 이런 자유와 권리가 없다면 삶은 의미를 잃고, 동물의 생존보다 더 나을 것도 없는 무의미한 것으로 전락한다.

나는 다른 대답을 찾아보려 애썼지만 찾지 못했다. 다른 이유는 없었다. 오로지 피부색이 검다는 이유 하나만으로 하루 종일 물과 먹을 것을 먹지 못했다. 내가 한밤중에 이렇게 늪지대 욕조 위에 앉아 있는 것에도 다른 이유가 전혀 없다.

나는 다시 오두막집으로 돌아갔다. 안은 그래도 조금 따뜻했고 등유 냄새, 삼베 자루와 사람 냄새가 났다. 나는 어둠 속에 누웠다. 여기저기서 코 고는 소리가 들렸다.

"그리핀 씨······. 그리핀 씨."
내 비명 소리 너머로 부드러운 소리가 들렸다. 눈을 떠보니 등유 램프가 보였고 그 너머로 집주인 남자의 걱정스런 표정이 보였다.

블랙 라이크 미

"괜찮아요?" 집주인 남자가 물었다. 주위 어둠 속에 긴장감이 감도는 걸 느꼈다. 모두들 조용했고 코 고는 소리도 들리지 않았다.

"미안해요. 악몽을 꾸었나 봐요." 내가 말했다.

남자는 몸을 세우고 서 있었다. 마룻바닥에 누워서 쳐다보니 남자의 머리가 저 위 천장 들보에 닿을 것 같았다. "이젠 괜찮은가요?" 남자가 물었다.

"네, 깨워 줘서 고마워요."

남자는 아이들 위를 조심스럽게 타넘어 다른 방으로 들어갔다.

똑같은 악몽이었다. 최근 들어 계속 같은 악몽을 꾸었다. 차갑고 굳은 표정을 한 여자와 남자가 내 쪽으로 점점 가까이 다가왔고, 타는 듯한 증오의 시선이 내 몸속 깊숙이 파고들었다. 나는 벽에 등을 기대고 서 있었다. 어떤 동정심도, 어떤 자비도 기대할 수 없었다. 그들은 서서히 내 쪽으로 다가오고 나는 그들에게서 도망칠 수 없었다. 전에 두 번인가 나는 비명을 지르며 혼자서 깬 일이 있었다.

나는 흑인 가족이 다시 깊은 잠 속으로 빠져 가는 소리를 들었다. 모기들이 윙윙거리며 날아다녔다. 나는 담배 연기가 혹시 모기를 쫓아내 주지 않을까 하는 기대로 담배에 불을 붙였다.

나는 악몽 때문에 걱정이 되었다. 애초 이번 실험은 과학적인 거리 두기를 생각하고 시작되었다. 실험에서 감정을 배제하고 객관적으로 관찰하고 싶었다. 그러나 실험은 이처럼 마음 깊이 새겨진 개인적 체험이 되어 꿈에까지 나타나고 있다.

새벽녘에 주인 남자가 다시 내 이름을 불렀다. 남자의 아내는 등불을 밝혀 놓고 난로 옆에서 커피를 따르고 있었다. 그녀가 나를 위해 데워놓은 따뜻한 물로 얼굴을 씻었다. 우리는 마룻바닥에 누워 자고 있는 아이들이 깨지 않도록 웃음과 고갯짓으로 의사소통을 했다.

커피와 빵으로 아침식사를 마친 뒤 우리는 떠날 채비를 했다. 나는 문 앞에 서 있는 남자의 아내에게 악수를 건네며 고맙다고 인사했다. 지갑을 꺼낸 나는 지난밤 나를 재워준 데 대한 고마움의 표시로 돈을 주고 싶다고 했다.

남자의 아내는 내가 더 많은 것을 주었다면서 돈을 받지 않으려 했다. "저희가 돈을 받으면 오히려 빚을 지게 돼요."

나는 아이들에게 주는 선물이라며 여자에게 돈을 주었다. 남자는 나를 고속도로까지 다시 태워다 주었다.

화창하고 선선한 아침이었다. 얼마 지나지 않아 젊은 백인 남자 두 명이 탄 차가 내 앞에 섰다. 그들 나이 또래가 그렇듯이 그들은 윗세대에 비해 훨씬 친절했고 내가 버스를 탈 수 있도록 작은 도시 버스 터미널까지 태워 주었다.

나는 몽고메리로 가는 버스표를 산 뒤, 바깥으로 나가 흑인 승객들이 모여 있는 연석 위에 앉았다. 거리에는 많은 흑인이 지나다녔다. 이들은 내게 친절한 눈빛을 건넸고, 서로 공통의 비밀을 나누기라도 하듯 눈빛으로 뭔가를 이야기했다.

햇빛 속에 앉아 있다 보니 나른한 기운이 온몸에 퍼졌다. 나는 흑인 화장실로 가서 찬물로 세수를 하고 양치질을 했다. 그런 다음 거울 쪽으로 손을 뻗어 내 모습을 찬찬히 더듬었다. 흑인으로 지낸 지 어느덧 3주가 지났고, 거울 속에 낯선 남자가 서 있어도 이제 더 이상 놀라지 않았다. 머리카락은 이제 두꺼운 솜털처럼 삐죽삐죽 자랐고, 지속적으로 약물을 복용하고 햇볕을 쐬고 바탕색조를 칠한 결과 얼굴색은 흑인이 '순수 갈색'이라고 일컫는 색을 띠었다. 이 부드러운 검은 색 덕분에 수백만 명의 다른 사람과 비슷해 보였다.

또한 얼굴에 생기라고는 찾아볼 수 없는 점도 눈에 띄었다. 쉬고 있을 때에도 얼굴은 전혀 편안해 보이지 않았고 어디에도 마음을 두지 못하는 절망감이 가득했다. 수많은 남부 흑인의 얼굴에서 보았던 모습이었다. 내 마음도 오랫동안 텅 빈 채로 지내는 동안 그런 모습으로 변했다. 마음은 늘 먹을 것과 물 생각이었다. 너무도 오랜 시간을 그저 기다리거나 두려움으로부터 자신을 보호하는 데 쓰다 보니 그 밖의 다른 많은 것은 더 이상 생각나지 않았다. 나와 같은 조건에 처한 다른 사람들처럼 나 역시 삶이 버겁기만 했다.

흔히 '재미'라고 일컫는, 그저 즐기기 위한 일만 자꾸 생각났다. 심한 갈증과도 같았다. 이런 욕구가 너무 컸기 때문에 마감처리가 되지 않은 나무 벽일지언정 깨끗한 수도가 설치된 화장실 작은 공간에 잠시나마 혼자 있을 수 있는 게 기쁘기만 했다. 마음 깊은 곳에 이 삶의 더러움과 굴욕이 깊이 박혀 있기 때문이다. 이 곳에서는 수도꼭지만 틀면 마음껏 물을 마실 수 있고 시원한 물로 세수하는 사치도 누릴 수 있었다. 문에 빗장을 걸어놓으면 증오의 시선을 받지 않았고, 경멸당하지도 않았다.

아이보리 비누 냄새가 화장실 안에 가득 풍겼다. 얼굴에서 군데군데 바탕 색조가 떨어져 나갔다. 다시 백인으로 돌아가기까지 얼마나 걸릴까. 당분간 알약은 더 이상 복용하지 않기로 했다. 셔츠와 속옷을 벗었다. 속살은 오랫동안 햇볕이나 태양등을 쐬지 않았기 때문에 옅은 카페오레 색을 띠었다. 이제부터는 남들이 보는 곳에서 옷을 벗지 않도록 주의해야겠다고 생각했다. 얼굴이나 손에 비해 속살은 색이 너무 옅었다. 옷을 입은 채로 자는 일이 자주 있으므로 큰 문제는 없을 것이다.

나는 스펀지에 물을 적시고 그 위로 염색 물감을 부었다. 입가, 입술 선 주위를 스펀지로 톡톡 두드렸다. 이 부위가 항상 힘들었다.

늦은 오후쯤 버스가 출발했다. 별 다른 사고 없이 셀마(Selma)에 도착했고, 그곳에 내려 앨라배마 주의 주도로 가는 버스를 다시 타기까지 꽤 오랫동안 기다렸다.

짙은 땅거미가 내려앉은 거리를 돌아다녔다. 아름다운 도시였다. 잘 차려입은 흑인 여자 무리가 선교활동 기금을 모으고 있었다. 나는 동전 몇 개를 모금 그릇에 넣고, 선교활동 프로그램을 설명하는 소책자를 받았다. 문득 이들은 백인들과 어떻게 지내는지 궁금한 생각이 들어 이들과 함께 걸어 다녔다.

우리는 터미널 관리인 쪽으로 향했다. 그는 찡그린 얼굴로 투덜거리며 관심 없다고 했다. 우리는 계속 걸었다. 백인은 단 한 사람도 우리 얘기를 끝까지 들어주지 않았다.

앨버트 호텔 앞에 잘 차려입은 두 사람이 서서 얘기를 나누는 모습이 보였다.

"실례합니다, 선생님. 저희는 선교활동을 위한 기금을 모으는 중입니다." 모금단원에 속한 여자가 손에 소책자를 들고 말했다.

"됐어요. 그런 소책자 나부랭이는 지금까지 많이 받았어요." 둘 중 늙은 사람이 모금단원의 손길을 뿌리쳤다.

그보다 젊은 쪽은 잠시 망설이더니 주머니에 손을 넣고 모금 그릇에 동전을 한 움큼 넣었다. 그는 소책자를 받지 않겠다고 하면서 이렇게 말했다. "좋은 일에 돈이 쓰일 거라고 믿습니다."

두 블록 정도 걸었을까, 우리 뒤쪽에서 발자국 소리가 들렸다. 우리는 길모퉁이에 멈추었지만 뒤돌아보지는 않았다. 좀 전에 만난 젊은 남자의 목소리가 들렸다. "무슨 소용이 있을까 싶지만 저희 쪽 사람이 무례하게 군 점을 사과드립니다."

"고맙습니다." 우리는 고개를 돌리지 않은 채 말했다.

버스 터미널 근처에 도착하자 나는 모금단원과 헤어져 공중전화 부스 옆 공공 벤치에 앉았다. 한참을 기다리는데 흑인이 전화기를 사용하는 게 보였다. 나는 얼른 전화 부스로 가서 문을 닫고 장거리 전화교환수에게 우리 집 전화번호를 대면서 전화 연결을 부탁했다.

아내가 전화를 받았다. 또다시 낯선 느낌이 내 몸을 휘감았다. 나는 남편과 아버지의 자격으로 가족과 통화했지만 전화 부스 유리창에는 가족이 전혀 알지 못하는 또 다른 사람이 나를 지켜보고 있었다. 환영에서 벗어나기를 간절히 바라는 이 순간에 나는 그 어느 때보다 환영을 뚜렷하게 보았다. 이 환영은 아내가 아는 그 남자가 아니라 다만 목소리가 같고 기억을 공유하는 낯선 사람이라는 것을 분명히 인식했다.

그나마 가족의 목소리를 듣고 나자 행복한 기분이 들었다. 나는 전화 부스를 나와 차가운 밤공기 속으로 발걸음을 옮겼다. 밤은 늘 위안이 되었다. 백인들은 대부분 자기 집으로 돌아갔고, 그런 만큼 위협도 줄었다. 흑인은 별로 튀어 보이지 않으면서 어둠과 잘 섞일 수 있었다.

부드러운 손길로 다가오는
나처럼 검은 밤.

이럴 때면 흑인은 별이 반짝이는 하늘을 쳐다보면서 자기 역시 결국은 보편적인 질서 속에 들어 있는 존재라고 깨닫는다. 별과 검은 하늘은 그가 인간이라는 사실을, 인간 존재로 정당성을 갖는다는 사실을 확인시켜 준다. 복부, 폐, 피곤한 다리, 식욕, 기도, 정신, 이 모든 것이 자연 및 하나님과 깊은 연관을 맺으면서 소중한 의미를 지닌다고 깨닫는다. 밤은 그에게 위안이다. 밤은 그를 경멸하지 않는다.

터미널로 들어오는 버스 바퀴 소리가 요란스레 들렸다. 배기가스의 악취가 풍기더니 버스에서 사람이 내리느라 갑작스레 웅성거리는 소리가 들렸다. 이제 가야 할 시간이 된 것이다. 인간은 밤보다도 더 훌륭하고 현명한 존재이건만 나를 다시 증오의 시선이 가득한 그곳으로 내동댕이쳤다.

나는 버스에 올라탔다. 꾸벅꾸벅 조는 사람들 옆을 지나쳐 뒤쪽으로 향했다. 빈자리가 보였다. 흑인들은 졸린 눈으로 내게 웃음을 지어 보였다. 버스가 출발했다. 나는 의자에 몸을 기대고 다른 사람들과 함께 선잠을 자면서 길을 떠났다.

11월 25일
몽고메리
앨라배마의 주도 몽고메리는 분위기가 사뭇 달랐다. 끝없는 절망감

대신 수동적인 저항의 단호한 정신이 이곳을 지배했다. 간디의 비폭력 저항운동처럼 마틴 루터 킹 목사의 영향력이 사방에서 감지되었다. 인종차별에 맞서 신앙심 깊은 비폭력 저항을 보여준다는 것이 기본 정신이었다. 이곳 몽고메리에서는 흑인이 확고한 입장을 보였다. 그들은 감옥에도 가고 갖은 수모를 겪으면서도 결코 뒤로 물러서지 않았다. 이들은 자기들이 겪는 모욕과 학대를 다음 세대 아이들에게 물려주지 않기 위해 꿋꿋하게 학대와 모욕을 견뎠다.

백인 인종차별주의자는 흑인의 이런 태도에 몹시 당황하고 분노했다. 흑인의 행동방침에서 고귀한 존엄성이 느껴지는 만큼 상대적으로 자신들의 불명예스런 행동이 더욱 두드러져 보이기 때문이다. 흑인이 보다 본능적인 행동에 나서 노골적으로 물리적인 충돌을 일으키게 만드는 일이 쉽지 않았다. 백인은 길을 가면서 흑인이 자기를 한 대 쳐 주기를 바라는 마음으로 흑인 얼굴에다 대고 직접 담배 연기를 내뿜을 것이다. 그러고 나서 흑인을 폭력으로 억누르고 그것은 어디까지나 정당방위였다고 주장할 것이다.

다른 지역의 경우에는 흑인이 단결된 결의를 잘 보여주지 못했던 반면 몽고메리에서는 킹 목사의 지도 아래 하나로 뭉쳤다. 다른 지역에서는 흑인이든 백인이든 올바르지 못한 사람들 때문에 흑인이 낮은 지위로 떨어져야 했지만 이곳에서는 흑인이 자신의 지위 하락에 맞서 저항했다.

몽고메리에서는 백인의 입장을 분명하게 파악할 수 없었다. 지

블랙 라이크 미

나칠 정도로 유동적이고 변화가 심했다. 겉으로 보기에 도시 전체는 평온했다. 밤이 되면 모든 곳에서 경찰이 지켰다. 백인과 흑인 두 인종이 마치 콘크리트 덩어리처럼 미동도 하지 않은 채 서 있는 것처럼 느껴졌다. 옳고 그름, 정의와 불의라는 근본 쟁점은 백인들 때문에 가려 보이지 않았고, 어느 편이 이길 것인가 하는 문제로 변질되었다. 백인과 흑인 모두 두려움과 공포심으로 긴장되어 있었다.

내가 만난 흑인들은 두 가지를 두려워했다. 우선 그들 중 누군가 폭력 행위를 저질러서 이 때문에 백인 입에서 흑인은 권리를 누리기에는 너무 위험한 존재라는 말이 나오고 흑인을 위험스런 상황을 빠뜨릴까 봐 두려워했다. 또 다른 측면에서 흑인이 두려워하는 것은 무책임한 백인의 섬뜩한 조소, 교도소, 기존의 주어진 틀이었다.

백인의 두려움은 도시 전체에 널리 팽배해 있었다. 흑인에게는 '한데 뒤섞이는' 두려움이 별 의미 없었다. 흑인들 눈에는 오로지 백인이 자기들을 억누르려 하는 것만 보였다. 납세자로, 병사로 책임을 떠맡고 살면서도 시민의 특권은 모두 부정당한다고 생각했다. 백인은 자신의 입장을 정당화하기 위해 많은 근거를 제시하지만 본질적인 면에서 볼 때 백인은 전통적으로 노예였던 계급에게 '패배'당하는 것을 견디지 못하는 것뿐이었다.

어디를 가나 증오의 시선이 쏟아졌다. 특히 나이 든 백인 여자가 심했다. 일요일이면 나는 옷을 잘 차려입고 막 예배가 끝난 교회 앞을 지나치는 일이 있었다. 그때마다 여자들은 교회 문을 나서서 나를 보는 순간 '영적 꽃다발'을 어디론가 내던지고 얼굴에 온통 적대감을 보였다. 기괴할 정도로 대조적인 변화였다. 몽고메리 지역을 통틀어 오직 한 여자만이 자제하는 모습을 보였다. 여자는 웃지 않았다. 다만 나를 보고도 아무런 표정의 변화가 나타나지 않았을 뿐이다. 그녀가 너무 고맙게 여겨졌고, 그런 내 자신이 놀라웠다.

11월 27일

점점 내 방에 틀어박혀 있는 시간이 늘어났다. 몽고메리의 상황이 너무 낯설어서 나는 백인 사회 안으로 들어가 보기로 했다. 먹을 것을 구하기 위해 밤에만 외출을 했다. 또다시 증오의 시선을 받을 생각만 해도 마음이 아팠다. 게다가 내 몸속에서 약물이 모두 빠져 나가 내 피부색이 환해지기까지는 햇빛을 쐬고 싶지 않았다.

11월 28일

나는 백인 사회 속으로 들어가 보기로 했다. 몸에 바른 색조 화장을 모두 긁어내자 갈색 피부는 검은 톤보다 핑크 톤에 가까워졌다. 거울을 보았다. 그 정도면 되겠다는 생각이 들었다. 흰색 셔츠를 걸쳤더니 색 대비 때문에 얼굴과 손 색깔이 너무 진해 보였다. 갈색 스포츠 셔츠로 갈아입었다. 피부색이 훨씬 밝아 보였다.

흑인에서 백인으로 옮겨오는 과정에 온 신경이 곤두섰다. 한밤중에 백인의 모습을 하고 흑인으로 살았던 집을 떠나는 모습이 남의 눈에 띄어서는 안 되었다. 또한 백인 호텔에 투숙했는데 낮에 너무 많은 햇볕을 쐬게 되면 몸안에 남아 있던 약 성분과 햇볕이 상호작용해서 피부색이 검게 변하고 다시 호텔로 돌아가지 못하는 일이 생길 것이다.

나는 바깥 거리가 조용해질 때까지 기다렸고 집 안의 모든 사람이 잠들었는지 확인했다. 그런 다음 가방을 들고 문을 나서 바깥 어둠 속으로 들어갔다.

이 부근을 벗어나 가능한 한 사람들 눈에 띄지 않고 얼른 백인 구역으로 옮겨가야 했다. 혹시 경찰차가 다니지 않는지 살폈다. 저 멀리 경찰차 한 대가 보였다. 나는 얼른 옆길로 빠졌다.

다음 사거리에는 흑인 10대 아이 한 명이 어슬렁거리고 있었다. 나는 서둘러 그애 쪽으로 가서 그 뒤에 처져 걸었다. 흑인 아이가 나를 흘깃 쳐다보더니 다시 앞을 보았다. 내가 자기를 괴롭힐 것이라고 생각했는지 재킷에서 뭔가를 꺼내드는 게 보였다. 딸깍 하는 소리도 들렸다. 이 아이의 손에 든 게 무엇인지 보이지 않았지만 틀림없이 잭나이프라고 생각했다. 그애 눈에 나는 그저 낯선 백인이고 위험 요소를 가진 인물이며, 내게서 자신을 보호할 필요가 있었을 것이다.

넓은 길로 이어지는 모퉁이에 이르자 그애가 멈춰 섰다. 길을 건너기 위해 기다리는 모양이었다. 나는 그애 옆으로 가서 섰다.

"날씨가 추워졌지?" 나는 그애에게 나쁜 짓을 할 의도가 전혀 없다는 것을 확인시켜 주기 위해 이렇게 말했다.

아이는 아무 반응도 보이지 않고 그저 동상처럼 가만히 서 있었다.

우리는 길을 건너 좀더 환한 곳으로 나왔다. 경찰 한 명이 우리 쪽으로 어슬렁거리며 걸어오자 아이는 얼른 칼을 주머니에 넣었다.

경찰은 내게 다정한 표정으로 고개를 끄덕였다. 이제 나는 성공적으로 백인 사회에 돌아온 것이다. 다시 일등 시민이 되었으며, 모든 카페와 화장실, 도서관, 영화관, 콘서트, 학교, 교회 문이 일시에 활짝 열렸다. 한동안 적응이 되지 않았다. 기쁨에 가득 찬 해방감이 온몸을 타고 흘렀다. 나는 길 건너 식당으로 들어갔다. 카운터에 있는 백인 옆 좌석에 자리 잡고 앉았다. 웨이트리스가 나를 보고 밝게 웃었다. 이건 기적이었다. 음식을 주문하자 식탁 위에 음식이 차려졌다. 이 역시 기적이었다. 나는 화장실에 갔다. 아무도 나를 제지하는 이가 없었다. 관심조차 보이지 않았다. "거기서 뭐 하는 거야, 검둥이?"라는 말을 하는 이도 없었다.

식당 밖으로 나왔다. 깜깜한 밤이었다. 지난 몇 주일간의 내 모

블랙 라이크 미

습과 꼭 닮은 사람들이 길거리를 배회하고 있었지만 이 밤중에 어디라도 들어가서 커피 한 잔 살 수 있는 사람이 없었다. 화장실 문을 열고 들어갈 수 없는 이들은 으슥한 골목길을 찾았다.

내게 그랬던 것처럼 이들에게도 이런 단순한 특권이 기적처럼 느껴질 것이다. 그러나 나는 이 모든 기적을 경험했지만 결코 기쁘지 않았다. 백인은 내 앞에서 웃었고, 친절한 표정을 지었으며, 예의도 지켰다. 이것은 지난 몇 주일 동안 내가 보지 못한 백인의 한쪽 면이다. 그러나 나는 다른 면도 생생하게 기억한다. 기적은 씁쓰름한 맛을 남겼다.

나는 백인이 먹는 음식을 먹었고, 백인이 먹는 물을 마셨으며 나를 바라보는 백인의 얼굴에서 웃음을 보았다. 어떻게 이런 일이 일어날 수 있는 걸까? 이 모든 것을 어떻게 이해해야 하는 걸까?

나는 카페에서 나와 우아한 휘트니(Whitney) 호텔로 갔다. 흑인 한 명이 급히 내 쪽으로 와서 내 가방을 받아 들었다. 그는 나를 보고 웃으면서 말했다.

"네, 선생님, 네, 선생님."

나는 "놀리지 마요."라고 말할 뻔했다. 그러나 나는 지금 장벽 너머로 돌아와 있다. 이 흑인과 나 사이에는 더 이상 어떤 의사소통도, 수많은 의미가 담긴 눈빛의 교환도 있을 수 없었다.

백인 점원이 내 체크인을 작성했고, 나를 환한 웃음으로 맞으며 안락한 방으로 안내했다. 내 옆에는 흑인이 내 가방을 들고 뒤

따라왔다. 나는 흑인 남자에게 팁을 주었다. 남자는 내게 고맙다고 인사했고, 나는 그의 인사를 받았다. 그리고 깨달았다. 흑인과 백인 사이에 가로놓인 먼 거리만큼 이미 나와 이 남자 사이도 멀어졌다. 나는 방문을 잠그고 침대에 앉아 담배를 피웠다. 일주일 전에는 도저히 이런 방에 돈을 내고 들어올 수 없었던 사람, 그 사람과 나는 같은 사람이었다. 발밑에 닿는 카펫의 감촉을 신기하게 느껴보고, 모든 가구와 램프, 전화기까지 평범한 기적들을 일일이 목록으로 작성하고, 타일로 마감처리를 한 욕실에서 온몸을 씻고 싶었다. 아니면 다시 바깥 거리로 나가 모든 문이란 문은 다 들어가 보면서, 상점, 영화관, 식당 등 아무데다 그냥 들어가는 게 어떤 기분인지, 로비에서 백인 남자와 전혀 비굴하지 않은 태도로 이야기를 나누는 것은 어떤 기분인지, 여자를 보고 그들에게 깍듯하게 예의를 갖춰 웃어주는 것은 어떤 기분인지 느껴보고 싶었다.

11월 29일

아침에 몽고메리는 전혀 다른 모습이었다. 인간의 얼굴이 내게 웃음을 지었다. 따뜻함이 가득한 상냥한 웃음. 거부할 수 없는 웃음. 백인들은 거리에서 자기들 옆을 지나가는 흑인이 어떤 상황에 처해 있는지 아무것도 모르며, 백인들 사이에는 그 상황에 대한 어떤 지적 인식도 오고간 일이 없다는 인상을 주고 이런 인상

블랙 라이크 미

을 확신시켜 주는 웃음. 나는 백인 몇 명과 이야기를 나누었다. 이곳저곳을 다니며 그저 무심하게 대화를 주고받았다. 그들은 흑인을 잘 알며, 그들과 오랫동안 이야기를 나누었다고 말했다. 흑인은 절대로 있는 그대로 말해서는 안 되고 백인이 듣고 싶어하는 말만 해야 한다는 것을 이미 오래 전부터 깨닫고 있다는 걸 백인은 전혀 알지 못했다. 나는 오래된 얘기를 들었다. 흑인은 이렇다느니 저렇다느니 하는 얘기도 있었고, 천천히 가야 한다는 얘기도 있었다. 또한 남부가 그저 뒤로 물러나 앉아 빌어먹을 공산주의자 북부인들이 자기들에게, 그것도 외부인은 절대로 '이해할' 수 없는 상황에서 명령을 내리는 것을 가만히 보고 있지 않을 것이라는 얘기도 있었다. 나는 그들의 이야기를 들으면서 내 입에서 어떤 대답이 튀어나가지 않도록 주의했다. 지금은 말할 때가 아니라 이야기를 들어야 할 때였다. 그러나 쉽지는 않았다. 나는 백인들의 눈을 찬찬히 들여다보았다. 백인은 정말 진심으로 그런 얘기를 했다. "당신이 지금 인종차별주의자의 지독한 극언을 입에 담고 있는 걸 아십니까?" 하는 말이 목구멍까지 올라왔다.

내가 몹시 싫어했던 도시 몽고메리는 그날따라 아름다웠다. 적어도 내가 전에 한 번도 가본 일이 없던 흑인 구역에 들어가 보기 전까지는 아름다웠다. 흑인 구역에 백인은 나 혼자였다. 예전에 흑인이었을 때 백인에게서 오금저리는 듯한 섬뜩한 대우를 받았던 것처럼 이번에는 백인이 되어 흑인에게서 그와 똑같은 대우를 받았다. '왜 나를 이렇게 대하는가? 나는 얼마 전까지 당신과 같은 사람이었는데.' 하는 생각이 들었다. 그러자 문득 깨달았다. 이것은 예전에 뉴올리언스 버스 터미널에서 마주쳤던 것과 똑같은, 말도 안 되는 일이었다. 내가 저지른 어떤 짓 때문이 아니었다. 나 때문도 아니었다. 이건 모두 피부색 때문이었다. 그들의 표정이 내게 이렇게 말했다. "야, 백인 놈, 너, 개자식, 이 거리를 어슬렁거리며 대체 뭘 하는 거야?" 이는 내가 며칠 전 백인의 표정에서 읽었던 것과 똑같은 말이었다. 그때 백인의 표정은 이렇게 말했다. "야, 흑인 놈, 검둥이 개자식, 이 거리를 어슬렁거리며 대체 뭘 하는 거야?"

이대로 계속할 만한 가치가 있을까? 다른 인종의 가면 뒤에서 무슨 일이 벌어지는지 이쪽 인종에게 보여주려고 애쓰는 게 무슨 소용일까?

12월 1일
● 앨라배마-조지아 ●

나는 지그재그로 이쪽저쪽을 왔다 갔다 하는 기술을 생각해 냈다. 가방 안에 축축한 스펀지와, 염색 물감, 클린싱 크림, 크리넥스 휴지를 갖고 다녔다. 위험하긴 하지만 흑인의 모습으로, 그리고 백인의 모습으로 어떤 지역을 돌아다니려면 이 방법밖에 없었

블랙 라이크 미

다. 돌아다니다 보면 사람들 발길이 닿지 않는 곳이 있다. 어떨 때에는 밤 골목길인 경우도 있고, 고속도로 변 관목 숲일 때도 있었다. 나는 이런 곳을 찾아 얼른 얼굴과 손과 다리에 염색 물감을 바른 다음 이를 닦아내고 다시 또 바르는 일을 여러 번 반복했다. 그러면 땀구멍까지 확실하게 염색 물감이 자리를 잡았다. 나는 흑인이 되어 어떤 지역을 돌아다닌 다음, 대개 밤이 되면 클린싱 크림과 휴지로 염색 물감을 닦아내고 백인이 되어 같은 지역을 돌아다녔다.

백인이든 흑인이든 나는 어디까지나 똑같은 나였다. 그러나 백인일 때에는 백인으로부터 형제 같은 따뜻한 웃음과 특권을 제공받고 대신 흑인에게서는 증오의 시선이나 아첨을 받았다. 그러다가 흑인이 되면 백인은 나를 잡동사니 더미에나 어울릴 법한 존재로 여기는 반면 흑인은 나를 매우 따뜻하게 대해 주었다.

이번에는 흑인 그리핀이 되었다. 터스키기(Tuskegee)로 가는 버스 시간표를 알아보기 위해 가파른 언덕길을 올라가 몽고메리 버스 터미널에 닿았다. 공손한 점원이 시간표를 알려주었다. 내가 카운터에서 몸을 돌려 나오는데 어디선가 여자 목소리가 들렸다.

"이봐, 보이!" 크고 거친 목소리였다.

나는 문 쪽을 보았다. 여장부처럼 생긴 퉁퉁한 몸집의 나이 든 여자가 성마른 얼굴로 서 있는 게 보였다. 여자는 초췌한 얼굴을 찡그리면서 내게 손짓을 했다.

"이봐, 이리 와, 얼른!"

나는 놀랐지만 여자의 말에 순순히 따랐다.

"택시에서 가방 좀 꺼내 와." 여자가 성질을 내면서 명령했다. 꾸무럭거리는 나 때문에 화가 난 것처럼 보였다.

나는 아무 생각도 하지 않은 채 얼른 얼굴을 펴고 웃음을 띠었다. 여자를 돕게 되어 몹시 기쁘다는 듯한 표정을 지었다. 여자의 가방을 버스까지 날라다 주자, 거만한 손길이 내게 10센트짜리 동전 세 개를 던져 주었다. 나는 진심어린 말투로 고맙다고 인사를 했다. 여자가 짜증스럽게 미간을 찌푸리면서 내게 얼른 가라고 손을 내저었다.

나는 이른 오후 터스키기 행 버스를 탔다. 터스키기에 도착한 뒤 나는 버스에서 내려 도시를 돌아다녔다. 매우 아름답고 조용한 도시였다. 유명한 터스키기 인스티튜트(Tuskegee Institute)는 시 경계 밖에 있었다. 사실 흑인 거주 지역 대부분이 시 경계선 밖에 있었다. 이 도시의 선조들은 흑인의 투표가 지방선거에서 별 실효를 거두지 못하도록 하려면 흑인을 도시 외곽으로 몰아내는 것이 가장 간단한 방법이라고 여기고, 도시 외곽에 흑인 거주 지역을 지정했다.

조지 워싱턴 카버(George Washington Carver, 1860~1943년, 아프리카계 미국인 식물학자이자 화학자. 땅콩을 공업에 이용한 것 등으로

블랙 라이크 미

유명하다-옮긴이)의 정신이 캠퍼스 내에 강하게 배어 있었다. 나무와 풀이 우거진 캠퍼스는 너무 고요해서 유령이라도 나올 것만 같았다. 인간의 손과 정신이 빚어낸 작품을 매우 존중하고 인간의 존엄성을 높이 평가하는 분위기가 사방에서 느껴졌다. 이곳에서 인터뷰를 한 결과 전에 조사한 것들이 모두 사실로 확인되었다. 전문 직업 훈련을 받은 사람은 몇몇 예외가 있긴 하지만 그에 걸맞은 직업을 구하려면 남부 지역을 벗어나야만 했다. 이곳 캠퍼스는 어디를 가나 사람들이 정중한 예의를 지켰고, 백인 대학 캠퍼스에 비해 학생들이 훨씬 품위 있고 옷차림이 검소했다. 이들에게는 교육이 매우 엄숙한 일이었다. 이들의 선조는 거의 대부분 문맹으로 살았고, 읽고 쓰기를 배우려면 혹독한 처벌을 감수해야 했다. 그런 시절로부터 그리 오랜 시간이 지나지 않았기 때문에 배움이란 거의 신성한 특권으로 취급되었다. 또한 흑인들이 처해 있는 수렁과 같은 상황에서 빠져나오려면 배움만이 유일한 길이라고 여겼다.

　나는 도시 이곳저곳을 돌아다닌 뒤 나중에 오후가 되어 총장과 이야기를 나누기 위해 다시 터스키기 인스티튜트로 향했다. 대학 정문 입구에 있는 흑인 휴게실 앞에 백인 남자 한 명이 서 있었고, 나를 보더니 손을 흔들었다. 나는 어쩌면 그가 또 다른 불량배일지도 모른다고 두려워하면서 처음에는 머뭇거렸다. 하지만 그의 눈을 보니 자기를 믿어달라고 간청하는 눈빛이었다.

나는 천천히 백인 남자 쪽으로 다가갔다.

"절 보자고 했나요?" 내가 물었다.

"네. 터스키기 인스티튜트가 어딘지 알려 줄래요?"

"바로 여기입니다." 내가 한 블록 떨어진 정문을 가리키며 말했다.

"아, 알아요." 남자가 싱긋 웃었다. 상쾌한 저녁 공기 속에 위스키 냄새가 풍겨 왔다. 남자가 다시 이어서 말했다.

"그저 당신한테 말을 걸 핑계 거리를 찾느라고요. 여기서 가르치나요?"

"아닙니다. 저는 그냥 지나가는 길입니다." 내가 말했다.

"나는 박사예요. 뉴욕 출신이고 이곳을 살펴보려고 왔지요."

"어느 정부 기관 일을 보시나요?"

"아니, 순전히 내 독자적인 일이지요." 남자가 말했다.

나는 남자의 얼굴을 찬찬히 뜯어보았다. 다른 흑인들이 우리를 쳐다보기 시작했기 때문이다. 남자는 50대 초반쯤 되었고 차림새가 꽤 좋아 보였다.

"당신하고 나하고 한잔 했으면 하는데 어때요?" 그가 물었다.

"아니, 괜찮습니다." 나는 이렇게 말하고 몸을 돌렸다.

"잠깐만요, 제기랄, 당신네 사람은 내 형제예요. 나 같은 사람이야말로 당신들의 유일한 희망이라고요. 당신이 나와 말도 하지 않으려고 하면 내가 이 지역을 어떻게 살필 수 있겠어요?"

　　　　　　　　　　　　　　블랙 라이크 미

"그렇다면, 기꺼이 말씀드리지요."

"도대체, 내가 맛볼 수 있는 건 이미 다 보았소. 가서 취하도록 마시고 빌어먹은 편견 따위는 모두 잊자고요."

"백인 한 명과 흑인 한 명이라니, 우리 둘 다 자비로운 KKK단에게서 소식을 듣게 될 거요."

"빌어먹을, 그러네. 백인 한 명과 흑인 한 명. 대체 말이야. 내가 당신보다 나은 게 하나도 없다고. 어쩌면 내가 당신만도 못할 수도 있지. 나는 그저 형제애를 보여주려는 것뿐이라고."

남자가 술에 취했다고 생각하긴 했지만, 교육받은 사람인데다 이 지역을 살피러 왔다는 사람이 어떻게 그토록 무딜 수 있는지, 어떻게 이렇게 흑인에게 당황스런 상황을 만들 수 있는지 의아했다.

"고마운 말씀입니다. 하지만 잘 되지 않을 겁니다." 내가 뻣뻣한 태도로 말했다.

"저들은 몰라도 돼요." 남자가 내 쪽으로 가까이 몸을 기대면서 속삭였다. 자기를 거절하지 말아달라고 간청하는 것처럼 그의 눈에는 뜨거운 뭔가가 있었다.

"어쨌든 나는 취하도록 마실 거요. 도대체 말이야, 이 정도 술값은 충분히 낼 수 있다고요. 당신하고 나 우리 둘만 있으니까요. 어디 숲속 같은 데 갈 수도 있고, 어서, 형제애를 위해서 마시자고!"

나는 남자에게 연민을 느꼈다. 그는 자기가 도와주려는 사람들에게서 거절당하는 것이 두렵고 외로웠다. 그러나 이처럼 '형제애'를 과도하게 드러내는 것이 오히려 화를 돋우는 일이라는 것을 이 남자는 알고 있을까. 다른 이들은 옆에 서서 불만스러운 듯 이맛살을 찌푸리고 우리를 지켜보았다.

그때 흑인 한 명이 구형 자동차를 몰고 와서 우리 앞에 멈춰 섰다. 그는 백인 남자는 쳐다보지도 않고 내게 말을 걸었다. "살이 통통한 칠면조가 있는데 안 사실래요?"

"여기에 가족이 없어서요." 내가 말했다.

그때 백인 남자가 끼어들었다. "잠깐만요. 그러니까, 내가 당신 칠면조를 죄다 살 겁니다. …… 그냥 당신을 도우려고 말이오. 백인이라고 다 거지 같은 놈만 있는 건 아니라는 걸 당신들, 내 동지에게 보여줄 거요. 모두 다 몇 마리요?"

우리는 차 안을 들여다보았다. 뒷좌석에 살아 있는 칠면조 몇 마리가 움직이는 게 보였다.

"모두 얼마요?" 백인 남자가 지갑에서 10달러 지폐를 꺼내면서 물었다.

행상인이 당황한 얼굴로 나를 쳐다보았다. 마음씨 좋은 백인에게 그러한 짐을 떠넘기고 싶지 않은 눈치였다.

"차에 실어놓은 칠면조를 내려서 그것들을 어떻게 하시려고요?" 내가 백인 남자에게 물었다.

"지금 뭐 하려는 겁니까? 이 남자의 장사를 망칠 셈이요?" 백인 남자가 거칠게 물었다.

블랙 라이크 미

행상인이 얼른 끼어들었다. "아니, 아닙니다, 선생님. 그럴 의도가 아니지요. 선생님이 원하시는 대로 칠면조를 기꺼이 다 팔지요. 하지만 칠면조를 어디에 내려 드려야 할까요? 이 부근에 사시나요?"

"아니요, 나는 그냥 이 지역을 조사하러 온 사람이요. 에이, 10달러 받고 빌어먹을 칠면조도 당신이 가져가요."

행상인이 머뭇대자 백인 남자가 물었다. "뭐가 문제요? 칠면조를 훔쳐 온 거요?"

"아, 아닙니다, 선생님……."

"내가 경찰 뭐 그런 거라도 될까 봐 겁내는 거요?"

백인 남자는 용납되지 않는 말을 하고 말았다. 그는 같은 형제라고 주장하면서도 마음속에 가장 먼저 떠오른 모멸적인 말을 내뱉고 말았다. 백인 남자는 이를 알아채지 못했겠지만 우리는 이를 놓칠 리가 없었다. 묻는 말투에서부터 백인 남자는 경멸감을 드러내었다. 목소리에 날카로운 칼날이 들어 있었고 우리의 원래 위치를 다시 일깨워 주었다. 그는 자신이 비난하는 백인과 똑같은 사람이 된 것이다.

"나는 칠면조를 훔치지 않았습니다. 내 농장에 와서 봐도 좋아요. 거기에는 칠면조가 더 있으니까요." 칠면조 행상인이 차갑게 말했다.

백인 남자는 뭔가 분위기가 달라졌고 행상인이 화를 내다는 걸 깨닫고는 내 얼굴을 쳐다보았다.

"젠장, 그러니까 사람들이 당신네들을 싫어하지. 하나도 이상할 게 없어. 잘 대해 주고 싶어도 그럴 기회를 안 준다고. 에이 빌어먹을. 내 보고서에 그 얘기나 적어야겠다."

백인 남자는 돌아서면서도 계속 불평을 늘어놓았다. "당신네들은 모두 어딘가 '우스운' 데가 있어."

그런 다음 백인 남자는 고개를 들어 저녁 하늘을 쳐다보더니 화가 나서 큰 소리를 질렀다. "그런데 무엇보다도 우선 취해야겠어. 지독하게 취해야겠다고."

백인 남자는 거칠게 발을 쿵쾅거리며 길을 따라 탁 트인 전원 쪽으로 걸어갔다. 내 주위에 있는 흑인들이 실망스럽다는 듯 천천히 고개를 저었다. 방금 우리는 한 남자가 흑인에게 가해지는 학대를 나름대로 벌충해 보기 위해 가련하게 애쓰던 모습을 목격했다. 남자의 시도는 가엾게도 실패로 끝났다. 내게 그럴 만한 용기가 있었다면 백인 남자를 뒤쫓아 가서 그와 우리 사이에 가로놓인 끔찍한 거리를 어떻게든 좁혀 보려고 애썼을 것이다.

그러나 나는 그러지 않았다. 가로등 밑으로 걸어가서 공책에 이렇게 썼다. "우리는 저들에게 정당한 권리를 돌려주고 정의로운 평등을 다짐해 주어야 한다. 그런 다음 아무런 간섭도 하지 말고 모든 이를 그냥 내버려 두어야 한다. 우리는 온정주의를 베푸는 과정에서 편견을 드러낸다. 온정적인 태도는 저들의 존엄성을

블랙 라이크 미

훼손시킨다."

터스키기 대학 총장을 만나기에는 시간이 너무 늦었다. 나는 버스 터미널로 가서 앨라배마 주 오번(Auburn)을 경유해서 애틀랜타 주로 가는 버스를 탔다.

오번에서 버스를 갈아타기 전까지는 가는 도중에 아무 일도 일어나지 않았다. 늘 그렇듯이 우리 흑인은 버스 뒷좌석에 앉았다. 우리 네 명이 맨 뒤 긴 의자에 앉았고, 왼쪽 앞으로 덩치가 큰 중년 흑인 여자가 앉았으며, 오른쪽 앞으로는 젊은 흑인 남자가 앉았다.

중간 정류장에서 백인 여자 두 명이 버스에 탔는데, 앉을 자리가 없었다. 여자에게 친절한 남부 백인 남자(또는 젊은이) 중 어느 누구도 '백인 구역'의 자리를 양보하기 위해 자리에서 일어나는 사람이 없었다.

버스 운전사가 뒤쪽을 향해 소리치면서, 백인 여자 두 명이 앉을 수 있도록 젊은 흑인 남자와 중년 여자가 한쪽 자리에 같이 앉으라고 했다. 두 사람 모두 운전사의 요청을 모른 척했다. 백인들이 고개를 길게 빼고 뒤를 쳐다보았다. 긴장감이 서서히 고조되는 걸 느꼈다.

스포츠 셔츠를 입은 빨간 머리의 백인 남자가 자리에서 일어나 뒤쪽을 보더니 흑인을 향해 소리쳤다. "운전사가 하는 얘기 못 들었어? 얼른 자리 옮겨."

"이리 와서 앉아도 돼요." 흑인은 자기 옆자리와 통로 건너편 중년 여자의 옆자리를 가리키며 말했다.

운전사가 기막히다는 듯 낭패한 표정을 지었다. 그는 버스 뒤쪽으로 걸어와 애써 목소리를 낮춰 자제하면서 말했다. "당신네 사람과 같이 앉기 싫어하잖아요. 그거 몰라요? 싫어한다고요. 그만하면 충분히 알지 않소?"

사건이 점점 커졌다. 그러나 우리 중 어느 누구도 젊은 흑인 남자가 강제로 떠밀려 자리를 비켜 주는 것은 원치 않았다. 그 역시 똑같은 돈을 주고 버스를 탔다. 백인 여자가 우리와 함께 앉는 걸 싫어한다면 백인 남자가 자리를 양보한 뒤 우리 쪽으로 와서 옆에 앉으면 된다. 젊은 흑인 남자는 더 이상 한 마디도 하지 않고, 차창 밖을 바라보았다.

빨간 머리 남자가 버럭 화를 냈다. "정말 내가 이 깜둥이 둘을 때려서 자리에서 내쫓는 걸 봐야 되겠소?" 그는 운전사 쪽을 보며 큰 소리로 말했다.

우리는 움찔하며 미라처럼 굳었다. 또 다른 모욕을 당하지 않도록 거리를 두면서 멍하니 바라보았다.

"아닙니다. 부탁드려요. 거친 행동은 안 됩니다." 운전사가 간곡히 부탁했다.

백인 여자 중 한 명이 사과하는 얼굴로 우리 쪽을 보았다. 이런 상황을 일으킨 원인 제공자로서 미안해하는 표정이었다. "괜찮아요. 그러지 마세요." 백인 여자는 운전사와 젊은 남자가 자기에게 자리를 얻어주려고 더 이상 애쓰지 말라고 부탁했다.

빨간 머리 남자는 가슴 근육을 펴며 힘자랑을 해 보이더니 우리 쪽을 쳐다보면서 천천히 자기 자리로 돌아갔다. 앞쪽 가운데쯤 앉은 10대 백인 아이가 킬킬거리며 웃었다. "와우, 저 아저씨가 깜둥이를 한 대 치려고 했는데, 정말로." 이 아이에게는 백인 건달이 영웅이었던 것이다. 그러나 다른 백인은 그렇지 않은 불만스런 얼굴로 침묵을 지켰다.

애틀랜타 터미널에 도착한 뒤 우리는 백인이 먼저 내리기를 기다렸다. 중년의 나이에 덩치가 큰 한 백인 남자가 머뭇머뭇하더니 우리 쪽으로 다가왔다. 우리는 또 무슨 모욕이라도 주려나 하는 생각에 몸이 굳었다. 그는 젊은 흑인 남자 쪽으로 몸을 굽히더니 이렇게 말했다. "그 남자가 당신을 치기 전에 나부터 먼저 쓰러뜨렸어야 했을 거요. 그 얘기를 해 주려고요."

우리 중 누구도 웃지 않았다. 저 남자는 왜 백인들이 차에서 내리기 전에 그 얘기를 하지 않았던 걸까. 우리는 감사의 뜻으로 고개 숙여 인사했고, 젊은 흑인 남자는 이렇게 말했다. "늘 있는 일입니다."

"그저 내 마음을 알아주었으면 하는 거지요. 당신네 편이거든, 보이." 그는 우리에게 동료라면서도 '보이'라는 혐오스런 호칭을 사용함으로써 스스로 정체를 드러내고 말았다. 그런데도 그는 이런 사실을 전혀 깨닫지 못한 채 우리에게 윙크를 했다. 우리는 작별인사에 대한 답례로 기운 없이 고개만 끄덕였다.

나는 맨 마지막으로 버스에서 내렸다. 다부진 체격에 대머리고 낡은 파란 색 작업복을 입은 나이 든 백인 남자가 나를 뚫어져라 쳐다보았다. 그러더니 내게서 악취라도 나는 듯 코를 벌름거리며 얼굴을 찌푸렸다. "나, 참!" 그의 자그마한 파란 눈에 혐오의 빛이 가득했다. 내 피부색을 보고 그처럼 말도 안 되는 경멸감을 보이다니, 심한 절망감이 몰려왔다.

이 정도는 사소한 것이었다. 그러나 아무리 사소한 것이라도 자꾸 쌓이다 보니 이처럼 별 거 아닌 일에도 내 안에서 뭔가가 터져버리고 말았다. 문득 이 정도면 됐다는 생각이 들었다. 이런 식의 천한 대우를 더 이상은 받을 수 없었다. 나 자신에 대한 것이 아니라 나처럼 얼굴이 검은 사람들을 이처럼 하찮게 대우하는 것을 더는 참을 수 없었다. 나는 얼른 몸을 돌려 저쪽으로 걸어갔다. 널찍한 버스 터미널은 사람들로 북적거렸다. 나는 남자 화장실로 들어가 그중 한 칸을 골라 들어간 뒤 문을 잠갔다. 잠시나마 이곳은 안전했다. 아무도 이곳에 들어오지 못했다. 비록 관 한 개 크기 정도밖에 되지 않지만 나는 잠시나마 이 작은 공간을 오로지 내 것으로 누릴 수 있었다. 중세 시대에는 사람들이 피난처를 구해 교회로 가곤 했다. 이 시대에 나는 피난처를 찾아 흑인 화장실을 찾는다. 중세 시대에는 피난처 벽에서 향내가 밴 냄새가 났지만

블랙 라이크 미

이 시대 피난처에서는 소독제 냄새가 났다.

또 한 가지 아이러니가 있었다. 나는 내 선조들이 살던 조지아주로 다시 돌아왔다. 우리 선조의 이름을 따서 그리핀이라는 도시 이름을 짓기도 했다. 이제 흑인이 된 나는 모든 흑인이 증오하는 이름을 갖고 있다. 이전 주지사 그리핀(그와 어떤 혈연관계인지 캐내고 싶은 마음은 전혀 없다)은 흑인이 '제 분수에 맞는 자리'에 계속 머물도록 하는 데 영웅적인 활약을 보여주었다. 부분적으로는 그의 노력 덕분에 이 존 그리핀은 이 땅에 금의환향한 것을 이렇게 기념하고 있다. 사람들이 버스 터미널 화장실 작은 칸 속으로 뛰어들어와 피난처를 구하는 이 땅에 후손 그리핀이 돌아온 것이다.

나는 클린싱 크림을 꺼내 손과 얼굴에 문지른 뒤 염료를 닦아냈다. 그런 다음 셔츠와 속옷을 벗고, 벗은 속옷으로 살갗이 거의 원래 상태가 되도록 문질렀다. 손거울을 꺼내 비쳐보았다. 다시 백인 지역으로 들어갈 수 있었다. 가방을 다시 꾸린 뒤 셔츠와 코트를 도로 걸쳤다. 어떻게 사람들 눈에 띄지 않고 흑인 화장실에서 벗어날 수 있을까 궁리했다. 시간은 자정쯤 되었을 것이다. 하지만 오가는 교통은 아직 많았다.

이상하게도 대중 화장실에서 늘 들리던 편안한 대화 소리가 들리지 않았다. 웃음소리도 '으르렁대는 잡담'도 들리지 않았다. 오가는 발자국 소리, 쏴아 하는 물소리, 손 씻는 소리만 들렸다. 나는 이 소리에 가만히 귀 기울이며 잠시 기다렸다.

한참 후 더 이상 발자국 소리가 들리지 않자 내가 들어 있는 화장실 칸에서 나와 문 쪽으로 향했다. 문 밖에는 커다란 대기실이 있었다. 나는 사람들 눈에 띄지 않게 얼른 군중 속에 섞였다.

백인으로 다시 돌아오는 과정은 늘 혼란스러웠다. 나는 흑인들 사이에서 사용하는 편안하고 반쯤은 저속한 말을 쓰지 않도록 주의해야 했다. 이런 말이 백인 입에서 나올 경우 모욕적인 말이 되기 때문이다. 자정이 되었다. 나는 수위에게 어디 가면 잠잘 방을 구할 수 있는지 물었다. 그는 밤하늘 높이 번쩍거리는 네온사인을 가리켰다. 한 블록 정도 떨어진 거리에 YMCA라는 글자가 빛나고 있었다. 내가 흑인이라면 이 정도로도 잘 차려입은 차림새지만 백인치고는 남루한 복장이라는 사실을 깨달았다. 수위는 내 복장으로 나를 판단한 뒤 비싸지 않은 숙박 장소를 가르쳐준 것이다.

12월 2일
카니어스, 트라피스트 수도원

포트워스에 있는 「세피아」 사무실에 전화를 했다. 그들은 내게 애틀랜타에 관한 얘기를 좀더 해달라고 주문했다. 사진기자 돈 럿레지는 이틀간 애틀랜타에 올 수 없는 사정이라고 했다. 나는 조지아 주 카니어스(Conyers)에 있는 트라피스트 수도원(Trappist Monastery)에 전화를 걸어 나를 단기 방문자로 받아줄 수 있는지

블랙 라이크 미

물어보았다. 50킬로미터 남짓 떨어진 곳이었다. 지난 몇 주일 동안 나는 이상하게 자꾸 아팠다. 이는 변화를 요구하는 일종의 아우성이었다. 인종문제로 인한 계속되는 힘든 상황에서 벗어나 잠시 휴식을 취할 필요가 있었다.

나는 YMCA에서 나와 카니어스 행 버스를 탔다.

이번 운전사는 흑인을 경시하는 수법이 탁월했다. 백인이 버스에서 내릴 때에는 늘 공손하게 "계단 조심하세요."라고 말한다. 그러나 흑인이 버스에서 내리려고 앞쪽으로 오면 이 운전자는 입을 다문 채 아무 말도 하지 않았다. 이 침묵이 오히려 웅변이 되어 버스 안에 가득 울려 퍼졌다. 백인과 똑같은 돈을 주고 버스표를 산 승객에게 이런 인정조차 베풀지 않는 게 너무 두드러졌기 때문에 내 뒤쪽에 있는 흑인들이 술렁대며 분노를 표시하는 낌새가 내게도 느껴졌다.

잘 차려입은, 나이 지긋한 점잖은 흑인 여자에게도 "계단 조심하세요."라는 공손한 주의의 말을 하지 않았다. 운전사의 행동이 무엇을 의미하는지 분명했다.

대체 운전사가 이렇게 예의 없이 구는 게 무슨 소용이 있을까 생각했다. 마침 그때 정류장에 도착했고, 버스에서 내리려고 앞쪽으로 향하는 백인 한 무리 뒤편으로 나이가 50대쯤 되어 보이는 차분한 옷차림의 흑인 여자가 보였다. 운전사가 갈등할 것을 생각하니 재미있었다. 백인에게 "계단 조심하세요."라고 인사를 하게 되면 결국 흑인 여자에게까지 인사를 하는 셈이 될 텐데 그래도 과연 그 인사를 할까?

운전사가 버스 문을 열면서 결국 인사를 했다. "계단 조심하세요." 백인은 이 말에 아무 대답도 없이 그냥 버스에서 내렸다. 그러나 흑인 여자는 운전사에게 공손하게 인사를 했고, 계단을 조심하라는 운전사의 당부 말이 자기에게 한 것이 아니라는 사실을 잘 알면서도 "고마워요."라고 인사를 건넸다. 승리의 순간이었다. 흑인 여자는 백인 승객보다도, 나아가 백인 운전사보다도 훨씬 예의 바른 사람이라는 것을 스스로 입증해 보였다. 태도에서 조금도 빈정거리는 기색이 없었다. 버스에 타고 있는 백인은 이 장면의 미묘한 의미를 간파하지 못했지만 운전사나 뒤에 있는 흑인 승객은 이를 간파했다. 내 뒤쪽에서 숨죽여 킬킬대는 소리가 들렸다. 운전사는 필요 이상으로 문을 쾅 닫더니 급히 버스를 출발시켰다. 버스가 갑자기 기우뚱하면서 앞으로 내달렸다.

나는 트라피스트 수도원에 도착했다. 수도원 옆으로 800만 평방미터에 달하는 나무숲과 농장이 드넓게 펼쳐졌다. 내가 수도원 마당으로 들어섰을 때 수사들은 저녁 기도를 드리는 중이었다. 기도 소리가 둥둥 떠다니며 내게로 왔다. 긴 갈색 옷을 입은 수사가 나를 2층 작은 방으로 안내한 뒤 저녁식사는 5시에 있다고 알려주었다.

두 세계는 너무 달랐고, 견디기 힘들 만큼 극심한 대조를 보였

블랙 라이크 미

다. 마치 음침한 늪지대에서 갑자기 햇볕이 환한 곳으로 걸어 나온 것처럼 놀랍기만 했다. 이곳은 모든 것이 평화스럽고, 기도 소리 말고는 아무 소리도 들리지 않았다. 이곳에 있는 사람들은 증오를 알지 못했다. 이들은 보다 완전하게 자신을 하나님의 뜻에 맞추려고 애썼지만, 바깥 세계에서 내가 본 사람들은 하나님의 뜻을 자신의 비열한 편견에 맞추려고 애썼다. 이곳에 있는 사람은 하나님 속에서 자신의 중심을 찾고자 하지만, 바깥 세계에 있는 사람은 자기 안에서 자신의 중심을 찾고자 했다. 두 세계의 차이는 모든 것을 바꿔 놓았다.

우리는 5시에 저녁식사를 했다. 집에서 만든 빵, 버터, 우유, 붉은 콩, 시금치, 복숭아가 나왔다.

6시 30분에 나는 이날의 마지막 기도를 올리기 위해 예배당으로 들어갔다. 나는 예배당 발코니에 무릎을 꿇고 앉았다. 저 아래에 하얀 옷을 입은 수사 90명이 보였다. 저녁 기도가 끝나자 수사들은 불을 끄고 엄숙한 살베 레지나를 불렀다. 너무도 부드럽고, 아름다워서 우리 삶을 감싸고 있는 딱딱한 껍질이 모두 떨어져 나가는 느낌이었고, 영원히 이어지는 깊은 침묵 속에서 편안히 쉴 수 있었다. 마지막 메아리가 차츰 잦아들더니 아무 소리도 들리지 않았다. 수사들이 줄지어 예배당을 나갔다. 그들의 하루가 끝났다. 이들은 7시에 잠자리에 들고 다음날 아침 2시에 일어나 새로운 하루를 시작했다. 수 세기 동안 트라피스트 수도원에서는 매일 똑같은 일이 반복되었다. 나는 이 속에서 영원성을 느꼈다. 한동안 어두운 예배당 안에 혼자 앉아 있었다. 기도를 드린 것도 아니었다. 모든 의식이 차분하게 정리되어 조화를 이루고, 증오가 뚫고 들어올 수 없는 이 따뜻함 속에 잠겨 그저 편안히 휴식을 취했다. 지난 몇 주일 동안 돌아다니면서 사람이 사람을 경멸하는 쓰라린 일을 계속 보았기 때문에 이런 분위기 속에서 휴식을 취하는 것만으로도 치유 효과가 있었다.

나는 아래 홀에 내려가 샤워를 하고 욕조에서 옷가지를 빨았다. 방으로 돌아오자 손님을 담당하는 수사가 와 있었다. 필요한 게 없는지 물어보러 온 것이다. 우리는 잠시 이야기를 나누었고, 나는 수사에게 내 연구 프로젝트를 설명했다.

"흑인이 이곳에 손님으로 와서 며칠 동안 머물다 가는 일이 자주 있습니까?" 내가 물었다.

"아, 네. 그러나 제 생각에 이 장소를 아는 사람이 많은 것 같지는 않습니다."

"딥 사우스니까요. 혹시 흑인 손님이 있을 때 다른 백인 손님 때문에 어려움을 겪으신 일은 없나요?"

"아니요, 그런 일은 없습니다. 이곳 트라피스트에 오시는 분은, 뭐랄까, 모두 하나님께 헌신하는 분위기 속에서 지내시죠. 그런 사람이라면 한쪽 눈은 하나님께 두고 다른 눈은 이웃 사람의 피부색에 눈길을 주는, 그런 행동을 하기가 어려울 겁니다."

블랙 라이크 미

우리는 인종차별주의자의 종교성에 대해 토론했다. 나는 인종차별주의자가 하나님의 이름을 얼마나 자주 입에 올리며 성경 구절을 인용하는지 말해 주었다. 나아가 이들은 인종 편견 앞에서 머뭇대며 망설이는 사람들을 몰아붙이면서 "저 검둥이가 우리 학교와 카페에 들어오도록 허용되기 전에 온 마음을 다해 기도하세요, 형제여."라고 소리 높여 말한다고 얘기해 주었다.

수사가 웃으며 말했다. "셰익스피어가 이런 비슷한 말을 한 적이 있죠. '잘못을 저지르는 바보는 저마다 자기 행동을 뒷받침해 줄 구절을 성경에서 찾아낼 수 있다.'고요. 신앙심이 있으면서도 편협한 사람이 어떤 이들인지 알고 있었던 거죠."

나는 인종 정의를 주제로 쓴 소책자를 사제에게 보여주었다. 뉴올리언스의 신부 로버트 구스트가 쓴 『선한 의지를 가진 사람들』이라는 책자였다. 이 책자에서는 흑인을 둘러싼 많은 의혹과 상투적인 주장들, 특히 하나님이 흑인을 저주해서 얼굴색을 검게 만들었다는 것과 같은 주장이 전혀 말이 되지 않는다고 했다. 구스트 신부는 "현대 어떤 성서학자도 이러한 이론에 동의하지 않는다."고 말했다.

수사는 고개를 끄덕였다. 나는 이 문제와 관련해서 물었다. "이런 주장을 정당화하는 내용이 성경 속에 한 군데라도 있나요? 혹시 상상력을 동원하면 그렇게 읽힐 만한 구절이 있나요, 신부님?"

"성서학자는 상상력을 펴지 않습니다. 적어도 훌륭한 학자라면 그런 일은 하지 않지요. 잠시만 기다려 주시겠습니까? 선생님이 읽어보셔야 할 게 있습니다."

수사는 얼마 안 있어 바로 책 한 권을 들고 돌아왔다. 자크 마리탱이 쓴 『스콜라 철학과 정치학(Scholasticism and Politics)』이었다.

"마리탱은 인종차별주의자의 종교와 관련해서 몇 가지 깊이 있는 내용을 썼어요." 수사는 이렇게 말한 뒤 책장을 휘리릭 넘겼고, 중간쯤에서 멈추더니 말했다. "이 페이지를 읽어보시면 좋을 겁니다." 수사는 책 사이에 판지 책갈피를 꽂아 내게 책을 건네주었다.

수사가 절을 하고는 내 방에서 나갔다. 깊은 정적에 잠긴 홀을 걸어가는 동안 수사의 두꺼운 옷이 바닥에 끌리면서 사각거리는 소리가 들렸다. 그러고 나서 대학에서 영어를 가르치는 젊은 강사가 내 방으로 찾아왔다. 아는 것이 많은 남부 토박이였다. 그는 흑인에게 개방적인 태도를 갖고 있었다. 이런 태도 때문에 집안의 형이나 부모와 심각한 갈등을 겪었고 이제는 더 이상 가족을 만나러 집에도 가지 않는다고 했다. 우리는 한밤중까지 이야기를 나누었다. 그는 내게 다음날 플래너리 오코너(Flannery O'Connor)를 함께 찾아가자고 했다. 그러나 나는 다음날 겨우 몇 시간밖에 여유가 없었기 때문에 수도원에 머물러 있어야 한다고 했다.

그가 자리에서 일어나 방을 나갔다. 방이 추웠다. 바깥에는 조지아의 들판이 잠들어 있었다. 일과가 시작되는 아침 2시에 일어날 자신이 없었기 때문에 이대로 밤을 새우기로 했다. 스팀 라디

블랙 라이크 미

에이터에 손을 갖다 댔다. 온기가 전혀 없었다. 간이침대 위에 마리탱 책이 놓여 있었다. 나는 침대 속으로 들어가서 수사가 표시해 놓은 페이지를 펼쳤다.

마리탱은 인종차별주의자의 종교성과 관련해서 이런 말을 적어놓았다.

> 그들은 하나님의 이름을 입에 올린다. …… 영혼의 하나님, 지성과 사랑의 하나님을 거스르며 하나님을 부른다. 그리고 이런 하나님을 쫓아내며 미워한다. 이 얼마나 기이한 영적 현상인가. 사람들은 하나님을 믿으며, 그럼에도 하나님을 알지 못한다. 하나님의 생각을 긍정하지만 그와 동시에 이를 훼손하고 악용한다.

계속해서 마리탱은 이처럼 지혜를 받아들이지 않는 종교는 비록 스스로 기독교인이라고 자처하더라도 실제로는 무신론보다 더 반(反)그리스도적이라고 말했다.

나는 프랑스 철학자가 우리나라 남부 인종차별주의자의 특징을 이렇게 완벽하게 설명하는 것을 보고 너무 놀랐다. 그러고 나서 나는 깨달았다. 마리탱은 이 세상 모든 곳, 모든 시대의 인종차별주의자를 설명하고 있다. 이는 마음이 비틀어져 인종적 편견을 미덕이라고 생각하는 사람들의 종교적 특성인 것이다. 그들은 백인 시민 평의회나 KKK단 단원일 수도 있고, 나치 정권의 지역 지도자일 수도 있으며 남아프리카 공화국의 백인우월주의자일 수도 있다. 아니면 그저 "저 이탈리아인들(혹은 스페인 사람, 영국 사람, 덴마크 사람 등등)보다 나쁜 사람은 없을 거야."라고 말하는 이웃집 아줌마일 수도 있다.

나는 잠이 들었다가 악몽 때문에 소리치며 잠에서 깼다. 요즘 들어 늘 꾸던 꿈으로, 사람들이 발을 질질 끌면서 내 쪽으로 서서히 다가오는 꿈이었다. 나는 전등갓도 없이 덩그러니 켜져 있는 전구 아래서 옷도 벗지 않은 채 누워 벌벌 떨고 있었다. 트라피스트의 정적을 깨뜨린 일이 당혹스러워 얼굴이 붉어졌다. 밭일과 기도 때문에 몹시 지친 몸으로 다른 방에서 자고 있었을 수사들은 분명히 내 비명 소리를 듣고 잠에서 깨어나, 대체 무슨 일인지 의아했을 것이다.

12월 4일
애틀랜타

아침에 젊은 교수가 나를 다시 애틀랜타까지 차로 데려다 주었다. 길을 따라 저 멀리 초록색 소나무 숲이 보이고 이 숲을 배경으로 참나무가 붉게 장관을 이루었다. 나는 호화로운 호텔인 조지아 호텔에 투숙했다. 이곳 사람들은 나를 의심의 눈초리로 쳐다보고 무례하게 굴었다. 직원이 내 '순수 혈통'을 의심했던 걸까? 내가 가방도 들고 옷도 잘 차려입었건만 그들은 내게 숙박비를 선불로 내라고 했다. 또한 내게 직접 데스크까지 내려와 동전을 내야 한다는 말을 덧붙이지 않았다면 아마 나는 전화 통화도 하지 못했을 것이다. 나는 일급 호텔에서 이처럼 둔하게 행동하는 것을 본 적이 없다. 나는 그들에게 이런 내 마음을 전했지만 오히려 그들의 불친절한 태도를 부채질한 결과밖에 되지 않았다. 나는 이 호텔에 투숙하지 않기로 했다.

「블랙 스타(Black Star)」의 사진 기자 돈 럿레지가 르노(Renault) 소형차를 타고 테네시 주 록베일(Rockvale)을 출발해서 정오 무렵 도착했다. 우리는 애틀랜타의 흑인 재계 및 시민 지도자를 비롯해서 다른 몇몇 사람과 인터뷰를 하기로 되어 있었다. 나는 돈 럿레지를 만나자마자 그가 마음에 들었다. 큰 키에 다소 마른 체격이었고 결혼해서 아이 한 명을 두고 있다고 했다. 그는 모든 점에서 신사다웠다.

12월 7일

3일 동안 아침부터 밤늦은 시간까지 힘들게 일한 결과 인터뷰 공책이 가득 채워졌다. 그러나 밤이 되면 너무 피곤해서 일기도 쓰지 못하고 바로 침대 위에 쓰러졌다. 우리는 변호사 A.T. 월든

(Walden), 사업가 T.M. 알렉산더(Alexander), 사무엘 윌리엄스(Samuel Williams) 목사, 모어하우스(Morehouse) 대학 총장으로 깊은 인상을 남긴 벤자민 메이스(Benjamin Mays) 박사, 그 밖에 많은 사람에게서 크나큰 도움과 협조를 받았다.

나는 애틀랜타에 도착할 당시 남부 흑인의 상황이 완전히 절망적이라고 느꼈다. 우선 첫 번째 이유는 백인뿐만 아니라 흑인의 지갑 끈까지도 손아귀에 단단히 틀어쥔 인종차별주의자 때문이며, 다음으로는 흑인들 간에 의견일치가 이뤄지지 않았기 때문이다.

그러나 애틀랜타에 오고 나서 내 마음에 변화가 생겼다. 애틀랜타는 '문제점'이 해결될 수 있다는 것을 증명하고 우리에게 문제해결 방법을 깨닫게 해 준 점에서 많은 진척을 보였다. 흑인과 백인 구역을 구분하는 등 인종차별이 여전히 곳곳에서 이뤄지고 있고 많은 고난을 낳기는 했지만 이미 진보의 큰 발걸음을 내디뎠고, 남부를 지켜보는 모든 이에게 희망을 안겨주었다.

이러한 발전을 가져온 요인으로 적어도 다음 세 가지 사항을 들 수 있다.

첫 번째 가장 중요한 요인으로는 흑인이 공통의 목표와 지향점 아래 단결해 있다는 점이다. 애틀랜타에는 다른 남부 도시에 비해 훌륭한 리더십과 높은 교육 수준, 장기적인 비전을 가지고 뜨거운 역동성을 보여주는 사람들이 많았다.

둘째, 지도자 중 한 사람인 T.M. 알렉산더가 들려준 설명에 따르면 조지아 주는 이제껏 한 번도 흑인의 대의명분에 공감하는 행정부를 둔 적이 없는 반면 애틀랜타의 도시는 오래 전부터 윌리엄 B. 하츠필드(William B. Hartsfield) 시장이 지도하는, 의식이 깨어 있는 행정부 밑에서 혜택을 누려왔다.

셋째, 옳고 정의로운 일을 위해서 두려움 없이 꿋꿋하게 입장을 지켜온 신문 「애틀랜타 저널 컨스티튜션(The Atlanta Journal-Constitution)」이 버텨주었다. 이 점에서 애틀랜타는 축복받은 도시였다. 퓰리처 상 수상자이자 이 신문의 유명한 칼럼니스트(지금은 발행인이 되었다)인 랠프 맥길(Ralph McGill)은 백인 시민 평의회로부터 '래스터스(Rastus, 매우 경멸적인 의미에서 아프리카계 미국인을 부를 때 쓰는 호칭이다 - 옮긴이)'라고 불리기도 했다.

남부 지역에 있는 대부분의 신문은 심지어 대도시 일간지조차 매우 근시안적이고 비겁한 모습을 보였으며, 심한 경우에는 백인 시민 평의회와 KKK단의 기관지가 아닌가 하는 인상을 줄 정도로 편파적인 선전 활동을 해 왔다. 이런 상황에서 언론의 책임을 다하는 신문의 중요성은 아무리 강조해도 모자랄 정도다. 마크 에스리지(Mark Ethridge), 호딩 카터(Hodding Carter), 이스턴 킹(Easton King), 해리 골든(Harry Golden), P.D. 이스트, 랠프 맥길 같은 이가 이끄는 얼마 안 되는 바른 언론이 모든 사람의 자유를 옹호했다.

맥길과 그의 동료들은 진실을 파헤치고 알리는 것이야말로 언론의 신성한 책무이며 사람들에게 진실을 알리기만 해도 많은 사람이 공동체와 국가의 이익을 위해 행동할 것이라고 믿었다. 그들은 이러한 대의명분에 자신들의 행운과 명성을 모두 걸었다. 남부 지역의 심각한 위험은 엄밀히 말해 대중이 사실을 알지 못하는 데서 비롯되었다. 신문들은 수치스러울 만큼 언론의 책임을 회피하고 독자들이 읽고 싶어할 것이라고 생각되는 내용만 다루었다. 이들은 여론의 향방에 기대고 논리적 오류를 범하면서까지 대중의 편견을 거스르지 않으려 애썼다. 또한 백인 시민 평의회와 KKK단으로부터 행여 경제적 보복을 당하지 않을까 노심초사하면서 관심을 기울였다. 이들뿐 아니라 신문 광고주에게 압력을 가하는 다른 광신적 애국자도 소홀히 하지 않았다. 아울러 대부분의 언론은 흑인에게 조금이라도 우호적인 사항에 관해서는 침묵으로 일관하는 오랜 공모자의 관행을 여전히 고수했다. 흑인이 이룩한 성과는 교묘하게 빼버리거나, 도저히 무시할 수 없는 경우에는 흑인 개인이 이룬 훌륭한 일이 인종 전체의 특성과 연관된다는 인상을 주지 않으려고 세심한 관심을 기울였다.

우리는 흑인 금융과 기업이 대략 8,000만 달러를 주무르는, 세 블록에 걸쳐 있는 오번 거리 구역과 흑인 대학 6개가 위치한 지역 사이를 오가며 주로 시간을 보냈다. 두 지역 사이에는 매우 비슷한 점이 있었다. 경제 지도자가 강사나 이사의 자격으로 교육 수준이 높은 학교와 관계를 맺고 있었기 때문이다. 게다가 이들은

　　　　　블랙 라이크 미

지역의 종교적 지도자이기도 했다. 알렉산더가 이런 말을 한 적이 있다. "우리가 아는 게 있다면 그것은 바로 미덕과 권력이 대등한 위치가 되지 않으면 권력이 악용될 것이라는 사실이다."

　대략 25년 전 대학에서 강의를 하기 위해 이곳 애틀랜타에 온 두 사람이 있었다. 두 사람 모두 경제학자였다. 이들은 애틀랜타가 앞으로 흑인의 지적 중심지로 발전해 나갈 것이라고 생각했다. 노예 시절에는 흑인이 글을 읽고 쓰려는 어떤 시도를 하기만 해도 중벌에 처해졌다. 어떤 지역에서는 흑인이 읽고 쓰는 것을 배우면 오른손을 절단하기도 했다. 그 결과 흑인은 교육에 많은 가치를 두었고, 교육이야말로 자신이 동경하는 품위와 학식의 세계로 들어가는 유일한 문이라고 생각했다. 흑인의 경제적 지위를 향상시킬 수 있도록 프로그램을 시작할 여건이 무르익었다. 두 경제학자, L.D. 밀턴(Milton)과 J.B. 블레이턴(Blayton)은 흑인이 자신의 성장과 발전을 위한 계획을 세우는 데 백인 은행의 자금에 의존하는 한 결국 백인에게 좌지우지될 수밖에 없다고 판단했다. 또한 경제적 해방이야말로 인종 문제 해결의 가장 중요한 열쇠라고 생각했다. 기본적으로 적대적인 세력의 금융에 의존하는 한 흑인은 앞으로 나아갈 수 없을 것이다. 금융을 쥔 세력은 자기들이 인정하지 않는 계획에는 대출을 해 주지 않기 때문이다.

　이 두 학자의 말을 정리하면 본질적으로 이런 내용이다. "공동체에 소속된 모든 사람은 얼마를 가졌든 간에 자기가 가진 것을 다른 사람과 함께 공동출자, 관리한다." 적은 금액을 가진 미미한 세력이 모여 이 돈을 잘 운용한 결과 튼튼한 금융 권력을 이룰 수 있었다. 이런 행동 덕분에 마침내 애틀랜타에 은행 두 곳을 설립하기에 이르렀다. 최근에는 흑인 지도자들이 전형적인 방식을 따라 경제적 힘을 지렛대로 이용한 일도 있었다. 흑인 지역을 넓혀야 할 필요성이 대두되었고 백인 거주지 한 곳이 일종의 병목 구실을 하면서 흑인 지역이 확대되는 것을 막았다. 주택 위원회가 회의를 열었고 흑인이 이 지역 주택을 구입하는 데 백인과 흑인 모두 동의했다. 그러나 백인 대출기관에서 대출을 해 줄 수 없다며 거절했다. 통상적으로 그랬듯이 이번에도 흑인 지도자가 회의를 소집해서 대책을 논의했다. 이들은 거액의 돈을 별도로 마련하여 이 돈으로 신청자가 주택 구입 자금을 대출받을 수 있도록 했다. 이런 방식으로 대출이 이루어지자 백인 대출기관에서 전화를 걸어 이렇게 말했다. "우리 업무를 모두 가져가지는 마세요. 우리도 그 대출 업무를 일부 취급하면 어떨까요?" 며칠 전만 해도 거절했던 일을 이제 스스로 나서서 맡아주었다.

그러나 금융이 중요한 열쇠긴 하지만 다른 요소도 그에 못지않게 중요했다. 발전하는 공동체라면 응당 교육, 주택, 일자리, 투표가 중요한 문제로 등장한다. 흑인 지도자는 애틀랜타에서 잘 나가는 '성공 계층'으로서 자신이 속한 공동체에 깊은 책임 의식을 지녔다. 주로 의사, 변호사, 교육자, 종교 지도자, 사업가들이었다.

사우스이스턴 피델리티 화재보험회사(Southeastern Fidelity Fire Insurance)의 설립자 중 한 사람인 T.M. 알렉산더는 이런 말을 했다. "'대단한 나'도 '하찮은 당신'도 없습니다. 우리가 가진 모든 정신적 물질적 자원을 공동 출자하여, 우리 모두 미국 시민의 존엄성을 보이며 거리를 활보할 수 있도록 존중의식을 확보해야 합니다."

교육 문제에 관한 한 애틀랜타는 오래전부터 우수한 교육환경을 갖추었다. 우선 세계적으로 유명한 두 사람만 언급하더라도 모어하우스 대학 총장 벤자민 메이스와 애틀랜타 대학 총장 루퍼스 클레멘트(Rufus Clement)가 있었고 전반적으로 지식 수준이 매우 높았다. 강의실에 가면 이를 잘 보여주는 인상적인 증거를 만날 수 있다. 이곳 강의실에서는 선생과 학생이 이 지역을 괴롭히는 문제, 특히 인종 문제를 정면으로 다루었다. 나는 스펠맨 대학(Spelman College)의 사회학 강의실을 방문한 적이 있었다. 모어랜드 박사, 정확히 찰스 모어랜드(Charles Moreland) 여사가 학생들의 생각과 이야기를 이끌어내기 위해 학생을 못살게 굴기도 하고 욕을 하면서 도발하는가 하면 학생들에게 토론해 보자며 맞서기도 했다. 이 멋있고 똑똑한 젊은 여자는 자기 학생들이 보여주는 태도를 흉내 내면서, 미국에서 모든 사람이 일등 시민의 권리를 '획득해야' 한다는 사상에 일부러 경멸적인 태도를 보였다. 내가 참석한 한 수업에서는 학생 중 한 명이 백인 인종차별주의자의 역할을 맡아 다른 학생들에게 인종차별주의자의 주장을 펼쳤다. 아주 혹독하고 모든 것을 다 까발리는 수업이었다. 일반 학생과 백인 인종차별주의자를 비교하는 대목은 정말 잔인했다. 학생들은 이런 수업을 받으면서 태도가 좋아지고 배움이 늘었으며 공손한 태도와 뛰어난 분별력을 갖게 되었다.

모든 지도자가 주택환경을 개선하는 데 관심을 가졌다. 많은 전문직 사람들, 특히 F. 얼 매클렌든(Earl McLendon) 같은 의사들은 주택 문제에 기여하기 위한 일환으로 주거지역을 조성했다. 애틀랜타에는 실제로 멋진 흑인 주택이 점점 늘어나고 있다. 이들 덕분에 흑인이 들어오면 집값이 떨어진다는 통념이 무너졌다. 이들은 백인에게서 집을 사들여 훨씬 더 멋진 집으로 개조했다. 여기에 담긴 정신은 단순했다. 자기 집에 정착해서 살아가는 흑인을 최대한 많이 늘리도록 노력하자는 것이었다.

네 번째 요소는 투표이며, 이는 피통치자가 스스로를 통치하는 권리라고 할 수 있다. 투표는 오래전부터 애틀랜타의 지식 계층 사이에서 반드시 이뤄야 할 소중한 목표로 인식되어왔다. 경제, 전문직, 시민 활동 등 모든 분야의 지도자가 정치에서도 지도자 역할을 맡았다. 1949년에 A.T. 월든이 이끄는 민주당원과 존 웨슬리 돕스(John Wesley Dobbs)가 이끄는 공화당원이 한데 뭉쳐 애틀랜타 흑인유권자 연맹(Atlanta Negro Voters League)을 결성했다. 그 결과 흑인은 정부 내에서 목소리를 내기 시작했고 점차

블랙 라이크 미

중요하고 책임 있는 자리를 맡게 되었다. 1955년에는 이런 방식의 정치 행동 덕분에 애틀랜타 대학 총장 루퍼스 클레멘트가 시학교 위원회 위원으로 선출되었고, 이 일은 남부 재건기(남북전쟁 이후 1865~1877년을 말한다-옮긴이) 이후 조지아 주에서 처음으로 흑인이 선출직 공무원에 당선된 일로 기록되었다(Bardolph, *The Negro Vanguard*, New York, Rinehart & Co., 1959을 보라).

이 모든 것에는 하츠필드 시장의 지도 아래 공평한 태도를 보여준 시 행정부의 협력이 있었다. 남부의 정치인 중에서 오로지 하츠필드 시장만이 흑인을 희생시키는 대가로 투표에서 이기는 저급한 수준으로 떨어지지 않았다. 하츠필드 시장은 정의와 헌법을 옹호하면서도 정치 경력을 희생시키지 않을 수 있다는 것을 보여주었다.

벤자민 메이스, J.B. 블레이턴, L.D. 밀턴, A.T. 월든, 존 웨슬리 돕스, 애틀랜틱 생명보험회사(Atlantic Life Insurance Company)의 노리스 헌든(Norris Herndon), 은행가 겸 약제사인 C.R. 예이츠(Yates), W.J. 쇼(Shaw), E.M. 마틴(Martin), 사무엘 윌리엄스 목사, 윌리엄 홈즈 보더스(William Holmes Borders), H.I. 비어든 (Bearden) 목사, 마틴 루터 킹 시니어 목사, 그의 아들 마틴 루터 킹 주니어 목사. 이 모든 사람이 저마다 최고의 의미에서 미국의 꿈을 이루는 데 커다란 기여를 했고, 이러한 공헌은 이후로도 계속 이어졌다.

생각이 떠오르는 대로 아무 장면이나 몇 가지 적어본다.

• 현장을 옮겨 다닐 때마다 사진기자 돈 럿레지의 얼굴이 바뀌면서 점점 많은 관심을 보이던 표정. 이런 사람들, 이런 장면들, 이런 이상을 대부분의 미국인이 알지 못하며, 남부 인종차별주의자는 이를 이해조차 하지 못한다는 것을 깨닫고 관심과 함께 수치심을 보이던 표정. 그러나 이 표정에는 기쁨의 빛이 환하게 빛났다.

• 벤자민 메이스 박사에게 내가 흑인이 되어 남부를 돌아다닌 얘기를 몰래 털어놓았을 때 그의 지적인 얼굴이 깜짝 놀라며 몹시 재미있어하던 표정.

• 스펠맨 대학에서 로잘린 포프(Rosalyn Pope)가 바흐 토카타 D 장조를 훌륭하게 연주하는 것을 들을 때의 일이었다. 연주가 끝난 뒤 그녀는 파리에 1년간 피아노 공부를 하러 갔던 일을 내게 이야기했고, 그때 그녀의 얼굴에 매우 낯설고 당혹스런 표정이 보였다. 마음대로 콘서트에 갈 수 있는 곳, 아무 문이나 들어가도 되는 곳, 시종일관 인간으로 대우받고 '흑인'이라고 내쫓기지 않는 곳, 그런 대도시에서 살아가는 일이 정말 낯설었다고 했다.

• T.M. 알렉산더 집에서 그의 아내, 똑똑한 자녀와 나누던 얘기. "우리는 부지런히 쫓아가기 위해 뛰어야 한다는 걸 깨달았어요." 시끄럽고, 겉만 번지르르하고, 강압적인 '성공한' 흑인이라는 인상을 주지 않기 위해 그들은 공동체의 다른 성원들과 마찬가지로 뭐든 힘닿는 대로 열심히 하려 했다.

블랙 라이크 미

• 사무엘 윌리엄스와 그의 집 거실에서 오랫동안 나누었던 이야기. 그는 힘이 넘치면서도 조용하고 훌륭한 지성을 갖춘 철학교수였다. "나는 사랑의 현상을 연구하느라 몇 년을 보냈어요." 그가 말했다.

"저는 정의의 현상을 연구하느라 몇 년을 보낸걸요."

"기본적으로 우리는 같은 것을 연구하느라 몇 년을 보낸 셈이네요." 그가 말했다.

뉴올리언스로 돌아갈 시간이 되었다. 애틀랜타에서 럿레지와 함께 해야 할 일은 모두 끝났다. 그는 얼른 아내와 아이가 있는 집으로 돌아가고 싶어했다. 나는 다시 흑인이 되어 뉴올리언스를 돌아다니면서 사진을 찍고 싶다는 의향을 말하면서 혹시 뉴올리언스에 잘 아는 최고 사진기자가 있는지 그에게 물었다. 이 계획을 들은 럿레지는 몹시 흥분했다. 그가 뉴올리언스에서 사진을 찍을 수 있도록 우리는 뉴올리언스까지 함께 차를 타고 갔다.

12월 9일
뉴올리언스
뉴올리언스에 도착한 나는 다시 흑인 신분으로 돌아갔다. 럿레지와 나는 예전에 내가 다녔던 곳으로 가서 사진을 찍었다.

사진 촬영이 문제를 일으켰다. 백인이 함께 다니면서 흑인을 촬영하는 일은 의심을 불러 일으켰다. 백인은 '무슨 흑인 유명인이라도 되나?' 하고 궁금해하고는 내가 시건방지다고 생각했다. 흑인 역시 마찬가지로 호기심을 보였다. '엉클 톰'은 흑인이라면 모두 모래 속에 머리를 파묻고 없는 듯이 지내야 한다고 생각했다. 이들은 백인 사진사를 데리고 다니면서 사진을 찍을 정도로 유명한 흑인은 어느 누구도 신뢰하지 않았다. 어떤 이들은 내가 백인 편으로 넘어간 엉클 톰일지도 모른다고 우려했다.

우리는 상황을 정리해서 두 사람이 같은 시간 같은 장소에 있되, 아무 사이도 아닌 척하기로 했다. 럿레지는 그저 관광객이 사진 촬영을 하는 척했고 나는 그냥 우연히 그의 사진 속에 들어갔다.

생각지도 않게 도움을 받는 날도 있었다. 럿레지가 프렌치 마켓에 있는 과일 진열대 쪽으로 와서 사진을 찍기 시작했다. 나는 다른 방향에서 걸어와 호도와 사과를 샀다. 나이 지긋한 친절한 여자가 내 주문을 받는 동안 조금 떨어진 곳에 있던 럿레지에게 다른 여자가 말을 걸었다. "얼른 서두르면 저기 재미있게 생긴 나이 든 흑인이 자리를 뜨기 전에 사진을 찍을 수 있을 텐데요." 럿레지는 그렇게 하겠다고 말했다. 나는 이런 계획을 전혀 알지 못하는 척하면서 마치 은혜라도 베풀듯 과일 진열대 주위를 서성거렸다.

한 시간 뒤 우리는 생선 시장으로 갔다. 내가 생선 한 마리를 살까 하고 관심을 보이는 사이 럿레지가 저편에서 걸어와 생선

블랙 라이크 미

장사에게 생선과 같이 서 있는 모습을 찍어도 되겠느냐고 물었다. 생선 장사는 흔쾌히 그러라고 했다. 그는 카운터에 서 있는 내 곁을 떠나 저쪽으로 가서 손에 커다란 생선을 들고 포즈를 취했다. 나는 그가 내게 그 생선을 골라 주기 위해 그쪽으로 간 것인 양 그의 뒤를 따라갔다. 그는 내게 불친절한 모습을 보이지 않으려고 애쓰면서 어떻게든 내가 사진에 나오지 않도록 갖은 수를 썼다. 그러다 마침내 내가 그 옆에 착 달라붙어 서자 신경질을 내면서 손님은 카운터 뒤쪽으로 오면 안 된다고 했다. 그때 럿레지가 "좋습니다. 그대로 계세요."라고 말하자 생선 장사는 앞을 보고 활짝 웃었다. 럿레지가 사진을 충분히 찍었다는 뜻으로 고개를 한 번 끄덕였고, 나는 슬며시 가게를 나왔다.

우리는 구두닦이 노점으로 돌아왔다. 내 늙은 파트너 스털링 윌리엄스는 아는 것도 많고 똑똑한 사람이었기 때문에 별 문제가 없었다. 다른 상황에서는 얼른 사진을 찍은 뒤 사람들이 모여들어 이런저런 질문을 던지기 전에 서둘러 자리를 떠야 했다.

이런 과정을 겪는 동안 럿레지도 피해 갈 수 없는 몇 가지 미묘한 문제에 부딪혔다. 흑인을 동반자로 데리고 다니다 보면 문제가 생겼다. 그는 어느 화장실이나 들어갈 수 있고, 아무데서나 물을 마실 수 있으며, 커피를 마시러 어느 카페에나 들어갈 수 있지만, 그런 곳을 나와 함께 들어갈 수는 없었다. 그는 매우 신사다운 사람이었기 때문에 그런 행동을 할 수 없었다. 그리하여 우리 모두 커피도 물도 마시지 못한 채 지내야 했던 때가 여러 번 있었다.

12월 14일

마침내 사진 촬영이 끝나고 모든 프로젝트가 마무리되었다. 나는 백인 신분으로 돌아오는 절차를 마지막으로 수행했다. 오랫동안 함께했던 흑인 세계를 떠난다고 생각하니 이상하게 슬펐다. 내 몫으로 함께 나눠야 할 흑인의 고통과 마음의 상처로부터 도망치는 느낌이었다.

12월 15일

텍사스, 맨스필드

오늘 오후, 나는 뉴올리언스를 출발해서 집으로 가는 비행기 안에 앉아 창밖을 내다보았다. 저 아래로 12월의 시골 풍경이 펼쳐졌다. 이 땅에 대한 사랑이 가슴 가득 차올랐고, 다른 한편으로는 내 앞에 기다리는 과제 때문에 극심한 공포감이 밀려왔다. 이제 나는 진실을 말해야 하며 그리고 나면 모든 증오 집단이 나와 우리 가족을 표적 대상으로 삼을 것이다.

그러나 지난 7주 동안 떨어져 지냈던 아내와 아이들을 다시 만난다고 생각하니 기대감에 들떠 이 순간만은 다른 어떤 생각도

블랙 라이크 미

하고 싶지 않았다.

비행기가 착륙하자 나는 서둘러 가방을 챙기고 공항 문으로 걸어갔다. 곧 차가 도착했고 아이들이 창문 너머로 손을 흔들며 소리를 질렀다. 내 목을 휘감는 아이들의 팔, 반가운 포옹, 믿기지 않을 만큼 환희에 찬 기쁨. 그러나 그 사이로 마치 플래시가 터지듯 방금 전 내가 떠나왔던 편견과 편협한 고집의 장면이 번쩍거리며 내 머릿속에 떠올랐다. 그리고는 내 안에서 속삭이는 소리가 들렸다. "오 하나님, 세상 저편에선 그런 일이 벌어지는데 사람들은 어떻게 이렇게 살아갈 수 있지?"

아내와 어머니의 얼굴은 이제 모든 일이 다 끝났다는 안도감 어린 표정이었다.

밤에 파티가 벌어졌다. 사방에 늦가을의 향기가 가득했고, 집에는 가족의 사랑, 빛과 사랑의 세계로 돌아온 기쁨이 가득했다. 지난 시간 동안 내가 겪은 일은 거의 얘기하지 않았다. 그러기에는 그 일이 너무 가까운 때에 일어난 일이었고, 너무 마음이 쓰라렸다. 우리는 아이들과 함께 고양이 얘기와 농장의 가축 얘기를 나누었다.

돈 럿레지가 존 하워드 그리핀을 찍은 역사적인 사진 중 하나. 1959년 『블랙 라이크
미』 저술을 위한 여행을 마친 뒤 뉴올리언스에서 찍은 것이다. 이 사진은 전 세계 몇
몇 문고판의 표지 사진으로 쓰이기도 했다. 지금도 여전히 럿레지의 가장 유명한 사
진으로 알려져 있으며, 다음 책의 표지로도 쓰였다. *Man in the Mirror: John
Howard Griffin and the Story of Black Like Me*(Orbis Books, 1997). 이 책
은 로버트 보나지의 『블랙 라이크 미』 연구서다.

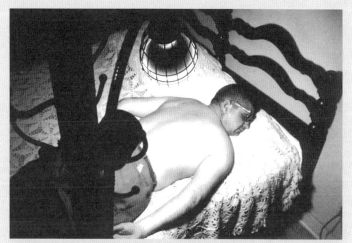

_ 위. 태양등을 쐬는 그리핀. 자외선을 쐬면 피부를 검게 만드는 과정이 촉진된다. 이 과정은 옥소라렌에 의해서 처음 시작된다. 이때 백반증(피부에 하얀 반점이 생기는 질병) 치료약을 함께 복용했다.

_ 아래. 본문에 설명되어 있듯이 그리핀은 영화 포스터를 포함해서 어떤 백인 여자도 쳐다보아서는 안 된다는 주의를 받았다(본문 118쪽).

돈 럿레지가 촬영한 사진

그리핀은 여행 기간 동안 대부분 걸어 다녔다. 공원 벤치나 현관, 또는 흑인이 어슬 렁거린다고 의심을 받을 만한 곳에서는 가능한 한 멀리 떨어져 있으라는 주의를 받았다. 그리핀은 이런 믿기지 않는 차별적 태도가 남부 특유의 정중한 예의와 묘한 균형을 이룬다고 보았다.

블랙 라이크 미

_ 위. 그리핀과 스털링 윌리엄스가 스튜를 나눠 먹고 있다. 이 스튜는 옥수수, 순무, 쌀을 재료로 사용했으며, 백리향, 월계수 잎, 피망으로 양념을 했다(본문 63쪽).
_ 아래. 그리핀이 자주 가던 많은 흑인 카페 중 한 곳에서 여주인에게 식사를 주문하고 있다.

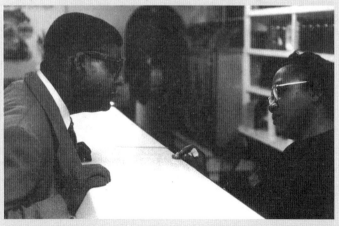

돈 럿레지가 촬영한 사진   273

프렌치쿼터에 위치한 스털링 윌리엄스의 구두닦이 노점에서 그리핀이 말쑥한 차림의 손님에게 요금을 받고 있다. 그리핀은 11월 중순경 일주일 동안 윌리엄스와 함께 자주 이 일을 했다(본문 53쪽 이하). 그리핀은 이때 받은 돈을 모두 윌리엄스에게 주었다.

블랙 라이크 미

1960년 4월 2일 그리핀은 텍사스 주 맨스필드의 메인 스트리트에 자신의 "모형 인형이 걸려 있다."는 소식을 들었다. 모형 인형 등에 그리핀의 이름이 적혀 있고 노란선이 그어져 있었다. 지방 경찰관이 인형을 시 쓰레기장에 갖다놓은 뒤 누군가 이 인형을 이 표지 앞에 세워놓았다. 이 사진은 「포트워스 스타 텔레그램(Fort Worth Star-Telegram)」 사진기자가 찍었다(본문 293-297쪽). 훗날 그리핀은 이 인형이 "자기를 별로 닮지 않았다."고 재치 있게 꼬집었다.

_ 위. 책이 출판되기 1년 전 「세피아」 4월호가 신문가판대에 처음 등장했던 1960년 3월 23일에 마이크 월리스(Mike Wallace, CBS텔레비전)가 그리핀을 인터뷰하고 있다(본문 288-291쪽).

_ 아래. 뉴욕 라디오 쇼에서 테드 루이스(Ted Lewis)가 그리핀을 인터뷰하고 있다. 그리핀은 다른 유명한 언론인과도 많은 인터뷰를 했다.

블랙 라이크 미

예전에 발표된 적이 없는, 흑인 모습의 그리핀 사진이며 그래디스 앤 해럴드 레비스 (Gladys and Harold Levy's) 여관에서 찍었다(이 여관은 예전에 플랜테이션의 노예 숙소로 쓰였던 곳이다). 몇 년 전 그리핀이 앞을 보지 못하는 시각장애인이었던 시절, 레비 가족이 시각장애인을 가르치는 혁신적인 교사 사디 제이콥스(Sadie Jacobs)에게 그리핀을 소개한 일이 있었다. 그리핀은 레비의 여관에 일주일간 머물면서 '여행'을 시작하기 전 준비를 갖추었다(본문 26-36쪽). 그리핀은 『블랙 라이크 미』에서 레비의 이름을 거론하지 않았다. *Man in the Mirror*, 41-42쪽을 보라.

그 후에 일어난 일들

1960년

∾

Black Like Me

1월 2일

잡지「세피아」의 발행인 조지 레비탄이 내게 전화를 걸어 잭슨 여사와 함께 진행하는 편집회의에 참석해 달라고 했다. 이 잡지사에서 이미 내 여행비용을 제공했고 나 역시 그 대가로 이 잡지에 내 글을 싣기로 약속했지만 조지는 내게 물러설 수 있는 기회를 주었다. "곤란한 일이 생길 거야. 우린 자네가 살해당하는 걸 보고 싶지 않아. 어떻게 생각해? 다 잊는 건 어떨까?"

"지금 이걸 포기하자고 얘기하는 거야? 누구보다도 자네가 많은 기대를 하지 않았나?" 내가 물었다.

"내가 이 일을 끝까지 밀고 가려면 길은 오직 자네가 뜻을 굽히지 않는 것뿐이야."

"그렇다면 내 생각엔 끝까지 해내야 한다고 보네." 나는 한편으로 정말 이 일을 그만둘 수 있었으면 하고 바라면서도 이렇게 말했다. 그러나 「세피아」는 다른 많은 잡지와 달리 딥 사우스 지역에서 흑인 사이에 가장 널리 읽히는 잡지다. 모두들 흑인이 놓인 상황을 알고 있으며, 흑인이 미심쩍어하는 것보다 이 세상은 흑인에 대해 훨씬 많은 것을 알고 있다고 그들에게 알리려면 가장 좋은 방법이 이 길인 듯 보였다. 또한 이 방법은 흑인에게 희망을 줄 수 있는 가장 좋은 방법이기도 하다.

3월 초순, 그때쯤 되면 세상은 알게 될 것이다. 지금은 1월. 폭풍이 몰아치기까지 2달 정도 일할 시간이 남았다.

2월 26일

시간이 점점 다가오고 있다. 소식이 세상에 알려졌고, 나는 지난 몇 주 동안 연구하고, 통계자료를 찾고, 보고서를 세밀히 검토하는 등 작업에 매달렸다. 차별받는다는 것이 어떤 것인지 진실을 보여주는 데 실질적인 도움이 되는 보고서는 하나도 없었다. 나는 이들 보고서를 모두 내던져 버리고 오로지 내게 일어난 일만 출판하기로 했다.

할리우드에서 전화가 왔다. 폴 코츠(Paul Coates)는 내게 얼른 비행기를 타고 자기 인터뷰 프로그램에 출연해 달라고 했다. 나는 출연하기로 했다.

3월 14일

로스앤젤레스

코츠 쇼 첫 회는 주말 동안 신문 지면을 통해 널리 소개된 뒤 지역 방송으로 나갔다. 이 지역 텔레비전 시청자는 모두 쇼를 보았을 것이다.

프로그램이 끝나고 폴 코츠가 '내일' 다시 이어서 인터뷰를 할 것이라고 말하고 난 뒤 우리의 관심은 모두 전화기로 향했다. 그 때쯤이면 우리 이웃도 알고 댈러스-포트워스 모든 지역이 다 알았을 것이다.

전화벨이 울렸다. 항의 전화면 뭐라고 해야 하나, 복잡한 마음으로 나는 전화기를 집어 들었다. 미들로디언(Midlothian)에 사는 펜(Penn)과 L.A. 존스(Jones)였다. 이들은 전화기로 많은 이야기를 했다. 아마 욕설 전화가 오지 못하도록 전화기를 붙들고 있는 것 같았다. 마침내 한 시간 가까이 통화를 한 뒤 우리는 작별인사를 했다. 그러고 나서 바로 어머니와 아버지가 전화를 걸어 그곳은 별일 없다고 말했다. 두 분 목소리가 두려움으로 어찌나 떨리던지. 그러나 두 분은 내가 말한 내용을 진심으로 인정해 주었다.

그 후로 침묵이 이어졌다. 우리는 자리에 가만히 앉아 기다렸다. 그러나 전화벨은 울리지 않았다. 지금과 같은 상황에서 아무 전화가 오지 않는 게 오히려 너무 이상했고, 불길하기까지 했다. 침묵이 무겁게 우리를 짓눌렀다. 내 친구들, 친지들 모두 전화를 하지 않을 건가?

3월 17일

뉴욕

이틀 전 비행기를 타고 뉴욕으로 왔다. 오늘 아침 「타임」과 인터뷰를 가졌다. 인터뷰는 「타임」 사무실에서 이뤄졌다. 내 사진도 몇 장 찍었고 나를 대하는 태도에서도 진심이 우러났다. 「타임」 사무실에 있는데 데이브 개로웨이(Dave Garroway) 쇼에서 전화를 했다. 오후 5시에 쇼 예비 인터뷰를 갖기로 했다.

집에서 아무 연락도 없이 잠잠하기만 한 것이 오히려 견딜 수 없었다. 나는 내 방으로 돌아오자마자 바로 맨스필드로 전화를 했다. 두 차례에 걸친 폴 코츠 쇼 출현 이후 어머니는 첫 번째 협박 전화를 받았었다. 신분을 밝히지 않는 어떤 여자의 전화였다. 처음에는 정중한 말투였다. 여자는 내가 어떻게 백인에게 등을 돌리고 그런 일을 할 수 있는지 이해되지 않는다고 했다. 어머니는 내가 한 일이 바로 백인을 위하는 일이라고 대답했다. 그러자 여자는 이렇게 말했다. "도대체 왜 저 검둥이한테 문을 활짝 열어

준답니까? 우리 '모두'가 어떻게든 검둥이를 멀리 떼어놓으려고 그렇게 애썼건만."

그런 다음 여자는 거친 말을 늘어놓았고 결정적으로 어머니에게 겁을 주는 말을 했다. "아드님이 맨스필드에 다시 돌아오면 사람들이 어떻게 할지 계획을 세우는 중인데, 당신이 이 얘기를 듣기만 해도 말이지요……."

"어떤 사람들이 계획을 세우는데요?" 어머니가 물었다.

"좋아요. 저기 커리스(Curry's, 강경한 인종차별주의자가 운영하는 동네 카페 겸 나이트클럽이며, 맨스필드로 이어지는 고속도로 변에 위치해 있다)에 가보기만 해도 돼요. 아드님이 맨스필드에 다시 얼굴을 내밀지 않도록 주의시켜야 할 거예요."

내가 어머니에게 전화를 걸어 이야기했을 때에는 어머니 기분이 한결 나아졌다고 했다. 한 번도 이런 난폭한 일을 겪어본 적이 없었던 어머니는 전화를 받고 난 뒤 아내를 찾아왔고, 두 사람 모두 겁에 질려 앉아 있었다. 그러고 나서 펜 존스에게 전화를 걸었고, 펜 존스는 즉시 어머니와 아내 곁으로 와서 두 사람이 마음 편히 있을 수 있도록 배려해 주었다.

다른 사람도 아닌 어머니를 상대로 괴롭히고 이렇게 어머니에게 겁을 주는 방법으로 내게 타격을 입히려 했다는 사실이 너무도 끔찍해서 나는 바로 경찰에 전화를 걸어 우리 집과 부모님 집을 보호해 달라고 요청했다.

3월 18일

개로웨이는 내게 깊은 인상을 주었다. 오늘 아침 카메라 앞에 서기 전에 드디어 우리 두 사람이 잠시 만날 시간이 났다. 나는 이 프로그램에 출연한 일로 남부 지역의 격렬한 비난이 그에게 쏟아질까 봐 겁난다는 얘기를 그에게 했다. 그는 텔레비전을 통해서 보던 것보다 훨씬 덩치가 컸다. 나는 최대한 조심스럽게 답변할 것이라고 했다. 개로웨이 씨가 내 쪽으로 몸을 숙이며 이렇게 말했다. "존 그리핀 씨, 당신에게 한 가지만 부탁드릴게요"

나는 그가 어떤 부탁을 해 올지 마음의 준비를 단단히 했다. 혹시 내게 온건한 태도로 인터뷰에 응해 달라고 부탁하려는 건 아닌지 걱정이 되었다.

"최대한 있는 그대로 솔직하게 진실만 말씀하시면 됩니다. 프로그램 후원 같은 건 걱정하지 마세요. 내가 어떤 질문을 하든 분명한 마음가짐으로 대답하시면 됩니다. 다른 모든 건 머릿속에서 비우고 이것만 기억해 주시겠어요?"

공인에 대한 신뢰감이 되살아났다. 나는 20분 동안 카메라 앞에 앉아 개로웨이 씨와 인터뷰를 했다. 그는 날카로운 질문을 던졌고 논점을 피해가지 않았다. 인터뷰를 마치기 전 우리 두 사람 모두 서로에게 깊은 감동을 받았다. 마지막으로 개로웨이는 내게 북부 지방의 차별에 대한 질문을 했다. 나는 그 사항에 대해서는 잘 대답할 수 없다고 말했다. 다만 한 가지만 언급했다. 남부 사람은, 마치 남부의 정의롭지 못한 행동을 정당화하기라도 하듯, 북부 지방 역시 그렇게 완벽한 상황은 아니라고 늘 지적한다는 점이었다. 실제로 틀린 말은 아니지만 말이다.

3월 23일

주말 동안 매우 바빴다. 나는 조지와 우리 쪽 홍보 담당 벤 홀 (Benn Hall)과 회의를 하거나 아니면 인터뷰를 가졌고 그 사이 빈 시간에는 내 방에서 더 많은 시간을 보냈다. 한편 조지 사무실에는 방문객의 발길이 끊이지 않았다.

나는 화요일에 해리 골든(Harry Golden)과 텔레비전 다큐멘터리 작업을 했다. 마이크 월리스(Mike Wallace) 쇼가 그날 밤 진행되었고, 그런 다음에는 자정부터 새벽 4시 30분까지 롱 존(Long John) 라디오 쇼 인터뷰가 길게 이어졌다. 나는 한숨도 자지 못했다. 벤 홀이 내게 안정제를 주었지만 나는 완전히 뻗어버릴까 봐 걱정되어 안정제를 먹을 수 없었다. 「타임」지가 오늘 저녁 배포될 예정이었다. 이들이 내 이야기를 어떻게 다루었을지 불안했다. 그러나 그보다는 마이크 월리스 쇼가 더 걱정되었다. 나는 월리스가 만일 한 가지라도 이상한 질문을 할 경우 바로 자리에서 일어나 나올 것이라고 벤 홀에게 알렸다. 벤 홀은 월리스가 매우 공감하는 태도를 보일 것이라고 나를 안심시켰지만 나는 강한 의심이 들었다. 특히 그가 종교 논의를 꺼내서, 가톨릭교회 측에 당혹감을 안겨주는 방식으로 내 가톨릭 신앙을 건드리지 않을까 걱정되었다.

골든 쇼는 잘 진행되었다. 나로서는 매우 편안한 프로그램이었다. 감독은 나를 격려하고, 최대한 격의 없이 프로그램을 진행시키기 위해 수고를 아끼지 않았다. 첫 시작은 형편없었지만 끝에 가서는 인터뷰가 잘 마무리되었고 전체적으로 괜찮았다.

이후 저녁에 벤 홀이 나를 데리러 왔다. 우리는 마이크 윌리스 사무실까지 택시를 타고 가다가, 브로드웨이와 14번가가 만나는 모퉁이에서 「타임」지를 사기 위해 택시를 잠시 세웠다. 8시쯤 되었고 거리에는 안개비가 부슬부슬 내렸다. 벤은 나를 담배 가게 노점 옆에 세워놓고 잡지를 사기 위해 길을 건넜다. 잠시 후 벤이 잡지 두 권을 사들고 돌아왔다. 기사는 좋았다. 내용을 숨김없이 제대로 다루었다. 우리는 마음이 놓였고, 윌리스 사무실까지 걸어갔다.

우리는 사람들의 안내를 받아 윌리스 사무실로 들어섰다. 책상 뒤 의자에 앉아 있던 윌리스가 자리에서 일어나 악수를 했다. 내가 상상했던 것보다 외모가 너무 젊어 보여서 너무 놀랐다. 그러나 몹시 피곤하고 몸 상태가 좋지 않아 보였다. 그는 내게 앉으라고 자리를 권한 뒤, 특별히 젠체하는 기색 없이 질문 내용을 미리 보고 싶은지 물었다. 나는 아니라고 말했다. 그는 내가 자기를 조심스럽게 대하고 이번 인터뷰에 별로 열의를 보이지 않는다고 여

블랙 라이크 미

기는 눈치였다. 그는 불편한 듯 말을 더듬었고, 나는 그런 그가 마음에 들었다. 그가 넌지시 내비친 말("우리는 당신에 대해 꽤 철저히 조사했습니다.")을 듣고 나는 무척 놀랐다. 그는 이번 여행의 세세한 사항뿐 아니라 내가 함께 지냈던 사람들 이름까지 모두 알고 있었다. 관련 인물을 보호하기 위해 내가 감추려고 무던히 애썼던 많은 사항까지도 다 알고 있었다.

"부탁드려요. 그 사람들 이름이 방송에 나가지 않도록 해 주세요. 그들의 삶이 위험에 처할까 봐 염려됩니다. 모두들 내 친구거든요."

"절대로 그런 빌어먹을 일은 없어요. 그들에게 폐를 끼치지 않을 겁니다. 봐요, 난 당신 편이에요."

"이 모든 걸 어떻게 알아내셨어요?" 내가 물었다.

"아, 그게 내가 하는 일이지요."

우리 두 사람 모두 피곤해 죽을 지경이었고, 축 늘어진 채로 그의 사무실에 앉아 있었다. 쓸데없는 말이 오갔다. 월리스는 코츠 쇼가 어땠느냐고 물으면서, 매우 좋았다는 평을 들었다고 했다.

"그래서 더 잘하고 싶은 생각이 들었지요." 그가 말했다.

"그 프로그램은 1시간이나 돼요. 반면 당신 프로그램은 30분밖에 안 되지요." 내가 말했다.

월리스는 책상에서 위스키를 꺼내더니 내게 권했다. 나는 마시지 않겠다고 했다.

"이봐요, 존. 내가 알기로 당신은 방송 쇼든 신문 인터뷰든 모두 그저 묻는 질문에 대답만 했어요. 하지만 오늘밤에는 기운 좀 내서 날 좀 도와줄래요?"

"양심적으로 최대한 해 보지요." 내가 말했다.

"혹시 내가 당신에게 말해 주었으면 하고 바라는 거 있어요? 난 당신이 정말 무서워요. 그러니까 당신처럼 그런 일을 한 사람 말이에요."

"날 잘 안다고 생각했는데 그 정도로 잘 알지는 못하는군요. 실은 난 당신이 정말 무섭거든요."

그가 소리 내어 웃으며 말했다. "내가 장담하는데 날 무서워할 이유는 하나도 없어요."

우리는 다시 활기를 되찾았고, 일이 잘 풀릴 것이라는 확신이 들었다.

우리는 무대로 걸어 나갔다. 달랑 의자 두 개와 담배 재떨이 탁자 한 개뿐이었다. 카메라 기사와 감독이 우리에게 준비하라고 지시한 뒤 전선을 치우고, 우리 목에 마이크를 걸어준 뒤 큰 소리로 지시를 내렸다. 저편에서 큰 소리로 지시 사항을 외치자 윌리스는 그에 맞서 욕설로 대꾸하면서 연신 담배를 피워댔고 나를 바라보며 웃으면서 이렇게 말했다. "잊지 마요. 폴하고 1시간에 했던 걸 우리는 반 시간만에 잘해 내야 한다고요."

"말을 빨리 할게요." 나는 이렇게 말한 뒤 조명 너머 저편 어둠

블랙 라이크 미

속에 어지러이 놓여 있는 카메라를 쳐다보았다.

카운트가 시작되었고, 카메라에 빨간 불이 들어왔다. 윌리스는 이야기하는 도중 계속 담배를 피웠다. 그는 내게 꽤 날카로운 질문을 던지고는 얼굴을 내 쪽으로 가까이 대고 내 관심을 끌면서 내게 힘을 주었다. 몹시 긴장된 시간이었다. 나는 윌리스와 그가 던진 질문 내용 말고 다른 모든 것은 잊은 채 대답에만 집중했다. 피로감도 사라졌다. 인터뷰 속에 푹 빠져들었고 우리 두 사람 모두 흥분해서 기운이 넘쳤다. 시간이 다 되었을 때 나는 프로그램이 아주 잘 진행되었다는 생각이 들었다. 카메라 불이 나가자 윌리스가 이렇게 소리쳤다. "정말 최고예요. 다른 거 다 취소하고 이거부터 얼른 일정 잡아요."

이번 인터뷰는 내게 아주 특별한 경험이었다. 인터뷰어가 나를 그렇게 멋지게 이끌어준 일은 없었다.

4월 1일
맨스필드

라디오 텔레비지옹 프랑세즈(Radio-Television Française)는 맨스필드에 있는 우리 집에서 개인면담 식 쇼를 제작하기 위해 직원 다섯 명을 파견했다. 이들은 파리에서 비행기를 타고 이곳까지 날아왔다. 우리는 시사 해설가 피에르 뒤마예(Pierre Dumayet),

〈생크 콜론 잘 라 윈(Cinq Colonnes á la Une)〉의 감독 클로드 루르세(Claude Loursaid)와 함께 3일간 매우 바쁜 일정을 소화했다. 어제 저녁 이들을 비행기에 태워 보내고 나서야 비로소 안정을 취하고 몇 가지 일을 할 시간이 생겼다. 그러나 일은 잘 되지 않았다. 내 이야기가 전 세계에 알려지면서, 편지, 전보, 전화가 쏟아져 들어왔다.

우리 동네 상황은 묘했다. 나는 마을 사람 누구와도 접촉을 하지 않았고, 그들 역시 아무도 나와 접촉하지 않았다. 그러나 나는 가게에서, 거리에서 사람들이 모여 내 얘기를 목청 높여 떠들 것이라고 생각했다. 또한 얘기가 한창 열기를 띨 때면 약사를 비롯한 다른 두 사람이 자리에서 일어나 나를 옹호할 것이라고 짐작했다. 나는 번화가에도, 상점에도 잘 가지 않았다. 내가 나타나는 것만으로도 내 친구였던 사람들을 당혹스럽게 할 우려가 있었기 때문이다.

인종차별주의자가 주로 찾는 집합 장소인 지방 도로변 카페에는 새로운 표지판이 내걸렸다. 한동안은 '흑인에게 음식을 팔지 않습니다.'라는 표지판을 내걸어 놓았다. 그 다음 '백인만 입장 가능'이라고 적힌 더 큰 표지판으로 바꾸었다가 이번에는 그 옆에 '백반증 환자 입장 불가'라고 적힌 표지판을 나란히 놓았다. 부모님은 이 표지판을 보고 심한 반감을 가졌지만 나는 오히려 재미있었다. 카페 주인인 포이 커리(Foy Curry)도 알고 보면 약간은 재치

　　　　　　　　　　　　블랙 라이크 미

있는 사람이라는 것을 알고 나서 놀랍기도 하고 즐겁기도 했다.

마을 여자들이 주로 논쟁거리로 삼았던 내용은 내가 벌인 일이 과연 '기독교인'다운 행동이었는가 하는 점이다. 마을 여자 중에 이 일을 좋아한 사람은 거의 없지만 적어도 내가 한 일이 비단 흑인만을 위한 것이 아니라 그들과 그들 자식을 위한 일이기도 하다는 것은 대부분 이해하는 눈치였다. 내 앞으로 오는 편지는 대부분 나를 격려하는 내용이 압도적으로 많았다. 내가 너무 지나칠 정도로 비관적이었나 보다 하는 생각이 들기 시작했다. 또한 어쩌면 결국에는 이곳 맨스필드에서 모든 사람의 이해를 받으면서 평화로운 분위기 속에 살아갈 수 있으리라는 희망도 생기기 시작했다.

4월 2일

아침에 전화 벨소리에 잠을 깼다. 앞 유리창 너머로 들판과 숲이 고요한 봄 정취를 뿜내는 풍경을 지켜보다가 수화기를 들었다. 포트워스에 있는 「스타 텔레그램(Star-Telegram)」에서 장거리 전화를 걸었다. 무슨 볼일이지? 이들은 내 이야기를 한 번도 다룬 적이 없었기 때문에 의아한 생각이 들었다. 수화기 저편에 기자 목소리가 들렸다. 그는 조심스럽게 내게 상황이 어떤지 물었다.

"내가 아는 한에서는 괜찮아요." 내가 대답했다.

"많이 흥분하신 목소리는 아니네요." 이런 기자 말에 내 마음이 불편해지기 시작했다.

"내가 왜 흥분해야 하나요?"

"아무 소식도 못 들으신 건가요?"

"무슨 소식이요?"

"오늘 아침에 중심가 메인 스트리트에 당신 모형 인형이 신호등 전선에 걸려 있었어요."

"맨스필드요?" 내가 물었다.

"맞아요."

기자 말에 따르면 인종차별주의자들이 내 모형 인형을 메인 스트리트에 내걸었다는 익명의 전화가 「스타 텔레그램」으로 걸려 왔다고 한다. 기자가 경찰관을 대동하고 현장에 나가본 결과, 반은 흰색이고 반은 검은색인 내 모형 인형이 전선에 걸려 있었고, 모형 인형 등에는 내 이름과 함께 노란 선이 그어져 있었다고 한다.

"이 일과 관련해서 하실 말씀이 무엇인지요?" 기자가 물었다.

"그런 일이 일어나다니, 유감입니다. 결국 동네 이름에 먹칠하는 결과밖에는 안 되지요."

"사람들은 당신이 한 일을 놓고 꽤 흥분하고 있어요. 맨스필드 여기저기서 이런저런 얘기들도 많이 오가고요. 이런 일이 실질적인 위협이 된다고 보십니까?"

"그런 일은 정말 생각하고 싶지 않군요." 내가 말했다.

블랙 라이크 미

"당신의 생명이 위험하다고 여기십니까?"

"모르겠어요."

"이번 모형 인형 사건과 관련해서 어떻게 대처하실 생각입니까?"

"아니…… 이런 종류의 일에는 아무 관심이 없습니다." 내가 말했다.

"이런 행동이 이 지역의 지배적인 정서를 나타낸다고 보십니까?"

"아니오, 그렇게 생각하지 않습니다."

기자는 내게 질문에 응해 줘서 고맙다고 인사했다. 곧 사진 기자를 현장으로 파견해서 모형 인형의 사진을 찍을 것이라고 했다.

기자가 내게 다시 전화를 걸었다. 그 역시 나와 마찬가지로, 어떻게 경찰이 밤새 지키는 메인 스트리트에서 그런 일이 일어날 수 있었는지 이상하다며 의문을 표시했다. 기자가 전하는 말에 따르면 이 모형 인형을 처음 목격한 사람은 잡화점 주인으로, 새벽 5시에 일하러 나오다가 인형을 발견하고 경찰에 전화를 걸어 "저 빌어먹을 물건을 얼른 저기서 끌어내리라."고 말했다고 한다. 그 뒤 경찰관이 인형을 끌어내려 시 쓰레기장에 내다버렸다. 그러나 기자가 사진 기자와 함께 맨스필드에 도착했을 때 누군가 모형 인형을 쓰레기더미에서 가져다가 표지판 앞에 세워놓았다. 표지판에는 이런 문구가 적혀 있었다.

죽은 동물 시체를 갖다 버리면 벌금 25달러.

지역 주민은 다들 입을 다물고 아무 얘기도 하지 않았다. 나는 누구라도 한 사람 내게 전화를 걸어 "우리가 당신 생각에 동조하지 않을 수는 있지만 이번 일은 정말 수치스런 행동입니다."라고 말해 주기를 기다렸다. 그러나 아무도 그런 말을 해 주는 이가 없었고, 이들의 침묵은 웅변이 되어 나를 짓누르고 내게 절망을 안겨주었다. 오후가 다 가도록 아무 전화도 오지 않았고, 실망감은 점점 커져갔다. 이들의 침묵은 이런 린치를 그대로 묵인한다는 의미인가? 우리 가족의 불안감은 점점 공포감으로 바뀌었다. 부모님과 장모님은 우리 부부에게 이번 사태가 끝날 때까지 아이들을 데리고 다른 곳에 가 있다가 오라고 신신당부했다.

저녁에 「스타 텔레그램」은 제1면 가장 큰 표제로, 모형 인형을 동원한 린치 사건을 여섯 줄짜리 헤드라인 기사로 보도했다. 마거릿 앤 터너[Margaret Ann Turner, 데처드 터너(Decherd Turner) 부인]가 텔레비전에서 소식을 접한 뒤 댈러스에서 전화를 걸어 아이들을 데리러 오겠다고 했다. 우리는 미들로디언에 있는 존스 부부와 통화를 한 뒤 다시 터너 부부에게 전화를 걸었다. 데처드는 우리에게 그쪽으로 와서 위험이 완전히 사라질 때까지 자기네 부부와 함께 지내자고 했다. 존스 부부도 우리를 초대했지만 댈러스에 가면 우리를 도와줄 사람도 많으니까 그쪽에 가서 머무는 편이 더 낫겠다고 여겼다.

이런 때에는 아주 작은 친절을 베푸는 것조차 용기 있는 행동이 될 수 있다. 아버지가 마을 중심가에 다녀온 일이 있었다. 뭔가 도전이라도 하는 마음이었을 것이라고 생각되는데, 돌아올 때에는 너무 기뻐서 환호성이라도 지를 것 같은 모습이었다. 아버지는 늘 다니던 잡화점으로 들어갔고, 아버지가 나타나자 갑자기 다들 조용히 입을 다물었다고 한다. 그러자 가게 주인 중 한 명이 고기 계산대 뒤에서 나오면서 반갑게 인사를 했다.

"나를 여전히 반길 줄은 몰랐습니다." 아버지가 말했다.

"아니 뭘, 잘 알면서 그런 소릴 합니까?" 주인이 큰 소리로 말했다.

"잘 모르겠어요. 사람들이 어떤 행동을 보이는지. 사실 내가 당신 가게에 들어오는 것을 사람들이 보고 행여 이곳과 거래를 끊으면 어떡하나 걱정했어요."

"그런 고객이라면 내 쪽에서 먼저 사절입니다." 주인이 말했다.

이날 분위기로 볼 때 이런 발언은 영웅적인 행동이나 다름없었다. 지역 주민 중 누군가 용기를 내어 의견을 말해 준 것이다.

아내와 아이들을 댈러스로 데려다 줄 시간이 되었다. 데처드 터너가 다시 전화를 해서는 내 타자기와 일거리도 가져오라고 일렀다. "이곳 브리드웰(Bridwell) 도서관에 당신이 일할 사무실도 마련해 두었어요." 그가 말하는 도서관은 미국 남부 감리교 대학 (Southern Methodist University) 내, 퍼킨스(Perkins) 신학대학에 있는 도서관을 지칭했다.

"그러지 않는 편이 좋겠어요. 분명히 누군가는 알아내서 남부 감리교 대학이 나를 보호했다고 불만을 퍼부을 거예요. 나를 싫어하는 사람이 너무 많잖아요. 당신도, 그 사람들도 어떤 식으로든 불편한 상황 속에 끌어들이고 싶지 않아요."

데처드는 고집을 꺾지 않았다. 그 사람들은 나를 받아들여 내게 도서관이나 연구 시설을 제공하면 무척 영광스러워할 것이라고 했다. 나아가 그쪽 대학에서는 내게 학생을 대상으로 강의를 해 달라고 요청했다고 한다.

아버지 집에서 우리 집으로 오는 샛길을 벗어나 다른 길로 가게 되었다. 중간 지점에 있는 이웃은 나를 보고 손을 흔들어주었지만 고속도로 부근에 있는 이들은 지금까지 우리가 진심으로 대했는데도 내게 매우 적대적인 눈빛을 보냈다. 나는 차를 타고 번화가를 지나다가 호되게 당했다. 두 번째 신호등에서 트럭 한 대가 내 차 옆으로 와서 서더니 카우보이 복장을 한 젊은 남자가 트럭 안에서 내 차 안을 들여다보았다. 그는 '그 사람들이' 나를 거세하러 올 계획이며 날짜가 정해졌다는 얘기를 들었다고 내게 말했다. 위협하는 것도, 동정하는 것도 아닌, 아무 감정 없이 차가운 말투로, 마치 "기상예보관이 내일 비가 올 거라고 예측했대요."라고 말하는 것과 똑같았다. 나는 트럭 쪽을 올려다보았지만 젊은 남자는 내가 알지 못하는 사람이었다. 공개적으로 구경거리가 된 나는 당혹감으로 얼굴이 화끈거렸다. 남자가 차를 운전해서 가고 난 뒤 나는 이 남자가 내게 무슨 말을 하려던 것인지 분명하게 깨달았다. 이런 계획을 세운 사람이 이 지역 주민이 아니라 다른 지역 사람이라는 사실을 내게 알려주려 했던 것이다.

집에 도착했을 때 짐은 모두 다 꾸려진 상태였다. 장모님은 마을 사람들이 모형 인형 사건을 '외부인'의 소행으로 여긴다는 말을 해 주었다. 나 역시 알 방법은 없지만 그렇게 믿고 싶다고 말했다.

4월 7일

댈러스

「스타 텔레그램」에서는 모형 인형 사건과 관련해서 매우 탁월하고 정확한 기사를 실었다. 이 기사에서는 모든 사태를 분명히 밝히고 동기를 명확히 했으며, 문제 전반을 인종차별이니 인종차별 폐지니 하는 것보다 높은 차원으로 끌어올렸다.

그러나 우리 집 바로 위쪽 흑인 학교에서 십자가를 불태우는 사건이 일어났다. 누군가는 흑인 학교가 아니라 우리 집 땅에서 십자가를 불태웠어야 했다는 말을 했다고 한다. 나는 그래 주기를 바랐다. 정말 그렇게 해 주었으면 좋겠다. 그러는 편이 학교에서 십자가를 태우는 것보다는 훨씬 더 나았을 것이다.

터너 부부가 우리 가족을 떠밀어 자기네 집 안으로 들여보냈다. 우리를 없애겠다는 사람이나 무뢰배의 위협과 적대감으로부터 멀리 떨어져 이곳에서 친구들에게 둘러싸여 있으니까 마음이 놓이면서 갑자기 피로감이 몰려와 온몸에 힘이 쫙 빠졌다.

4월 11일

우리는 더 이상 피해 다니며 숨지 않겠다는 결심을 하고 맨스필드로 돌아왔다. 우리에게 힘내라며 격려하고 감동적인 내용을 담은 편지가 쏟아져 들어왔다. 우리 집 부근의 상황은 여전히 편하지 않았지만, 딥 사우스를 비롯한 다른 지역 사람들은 대부분 우리를 이해해 주었다. 우리 지역 주민들은 무조건 "그냥 이대로 평화롭게 지내기를" 바랐다. 좋은 생각이긴 하지만 비극적인 일이었다. 나 역시 우리에게 평화로운 삶을 가져다주려고 한다고 말한다. 그러나 그러기 위해서는 무엇보다도 정의를 확인하는 것만이 유일한 방법이다. 지금과 같은 경우에 '평화롭게' 지내는 것은 결국 모든 평화를 파괴하는 데 동의하는 결과밖에 되지 않는다. 작지만 강한 힘을 가진 집단이 부정을 저지르는데도 이를 그냥 묵인하는 한 결국 사회 안정, 진정한 평화, 인간이 동료에게 선의를 가진다는 진정한 신뢰감이 모두 파괴되는 것을 묵인하는 셈이다.

블랙 라이크 미

6월 19일

아버지의 날

지금까지 모두 6,000여 통에 달하는 편지를 받았고 이중 항의 편
지는 겨우 9통뿐이었다. 딥 사우스 지역에서도, 백인도 우호적인
편지를 많이 보내 왔다. 남부 지역의 보통 백인은 이웃 눈에 비치
는 것에 비해 훨씬 올바른 성향을 지녔고 흑인보다는 오히려 백
인 인종차별주의자를 더 두려워한다는 내 주장이 이를 통해 다시
확인되었다.

보크(Bok) 판사가 래드클리프(Radcliffe)에서 행한 연설을 놓
고 많은 논쟁이 일었다. 그가 내게 이 연설 내용 사본을 보내주었
다. 그는 분명한 태도로 다음과 같이 연설했다.

인종차별주의에 관한 한 나는 앵그리 올드맨(Angry Old man,
1950년대 영국의 전후세대 젊은 작가를 지칭하는 앵그리 영맨에
대칭되는 말. 이들은 사회 정치 성향에서 비판적인 태도를 취했
다-옮긴이)입니다. 내가 사는 도시는 인구의 25퍼센트가 흑인
이며, 몇몇 지역을 제외하면 남부 동맹(1861년 남북전쟁 당시
부터 1865년 로버트 리 장군이 북군에 항복할 때까지 존재하였던
공화국이며, 남부 11개 주가 여기에 속했다-옮긴이) 11개 주에
비해 흑인 비율이 월등히 높은 편은 아닐 겁니다. 나 같은 사람

은 문제를 이해하지 못할 것이라는 얘기를 듣고 무척 화가 났어요. 남부 기사들이 흑백 혼혈인에게 어떤 대우를 했는지 상황의 핵심을 꿰뚫어보는 데 대단한 천재성이 필요하지는 않습니다. 이해가 부족하다느니 상황을 정리할 시간이 필요하다느니 하는 아우성은 모두 아무것도 하지 않기 위한 변명에 불과하지요. 지난 100년 동안 이런 얘기들이 남부 지역 상황에 많은 힘을 실어주었습니다. …… 공산주의에 반대하면서 내세우는, 깊은 신앙심의 말들이나, 인종 통합을 둘러싸고 현재 벌어지는 많은 논쟁은 실제로 공산주의자가 스스로 해낸 것보다 훨씬 훌륭하게 공산주의 활동을 해내고 있습니다. 우리의 몫을 보다 날카롭게 갈고 닦으며 완성시켜 가야 할 때에 이런 모습을 보이는 것은 부끄러운 일입니다. …… 온통 무지와 자만심으로 똘똘 뭉쳐 있으며, 이에 이끌려 한 지역 내 거주하는 이들이 자기들 외에는 어느 누구도 자기네 상황을 이해하지 못할 것이라고 여기고 있습니다.

인류를 사랑하면서도 사람들에게는 잔인하고 무례하게 구는 사람들 때문에 나는 화가 납니다.

— 커티스 보크, 펜실베이니아 주 대법원 판사,
래드클리프 대학 졸업식 연설 중에서, 1960년.

블랙 라이크 미

나는 오후 내내 작업에 매달린 뒤 집으로 가서 차가운 물에 샤워를 했다. 저녁에 다시 내 사무실로 돌아오는 길이었다. 찌는 듯한 뜨거운 여름날 이 작은 도시가 갑자기 텅 빈 것처럼 느껴졌다. 그곳에 있는 어느 누구도 잊지 않았으며, 어느 누구도 용서하지 않았다는 사실이 불현듯 내 머리를 스쳤다. 숲 끝자락에 위치한 내 사무실까지 차를 몰고 가면서 도심 복판을 통과할 때면 언제나 나를 인정할 수 없다는 찌푸린 얼굴을 계속 보면서 가곤 했다. 오후 도심에는 주유소와 길모퉁이 주변을 어슬렁거리는 부랑자들 외에는 인적이 드물었다. 모두들 나를 증오의 눈길로 쳐다보았다. 청바지 차림으로 건물 현관 앞에 기대어 빈둥거리는 10대 남자애들이 나를 뚫어지게 쳐다보았다. 예전에 나를 진심으로 대해 주었던 도심 주민 중 한 사람이 신호등 앞에서 내 차 옆으로 와서 섰다. 나는 손을 흔들었다. 그는 험악한 얼굴을 하더니 다른 쪽으로 시선을 돌렸다. 내게 다정한 몸짓을 보이다가 행여 빈둥대는 아이들이 이 모습을 보는 것도 원치 않고 그들이 다른 사람에게 이 얘기를 옮기는 것도 원치 않는 눈치였다. 햇볕을 받아 부드러워진 아스팔트 냄새가 코끝에 풍겼고, 클로버에서 나는 여름 향기도 코끝에 와 닿았다. 나는 사람들이 보여주는 거부의 몸짓을 그대로 들이마셔 삼킨 뒤 차를 출발시켰다. 그러나 나도 모르게 어느새 헛간으로 이어지는 시골길 저 아래쪽까지 쭉 훑어보면서 혹시 내 앞길에 다른 차가 있지 않은지 확인하고 있었다.

시골길에는 아무것도 보이지 않았다. 그러나 이웃 주민이 마당에 나와 있었다. 부인은 시선을 아래로 내리깐 채 발만 쳐다보았고 남편은 풀 사이로 고개를 들고는 내가 차를 몰고 지나가는 동안 계속 나를 응시했다. 나는 모래가 뒤섞인 길 앞만 쳐다보면서 시선을 고정한 채 왼쪽도, 오른쪽도 쳐다보지 않았다. (나는 그 동안 너무도 여러 차례 인사를 시도했었다.) 지나오는 동안 나는 백미러를 통해 그들을 보았다. 내 차 바퀴가 희뿌연 분홍빛 흙먼지를 안개처럼 일으키는 사이로 그들은 그 자리에 조각처럼 못 박힌 채 그저 시선으로 나를 뒤쫓고 있었다.

8월 14일

습도가 높고 구름이 많이 낀 늦은 오후였다. 사람들의 적대감을 더 이상 견딜 수 없었던 부모님은 집과 가구를 팔고, 새로운 삶을 찾아 멕시코로 떠났다. 우리 역시 아이들에 대한 공정치 못한 대우가 너무 지나쳐서 더 이상 이곳에 살 수 없다고 판단했고, 이곳을 떠날 예정이었다.

그러나 나는 불량세력들이 내게 위협을 가할 기회를 잡을 때까지 당분간 더 남아 있어야 한다고 판단했다. 저들이 나를 '쫓아냈다'고 큰소리치는 꼴을 보고 싶지 않았다. 저들은 7월 15일에 내게 본때를 보여주겠다고 약속한 바 있으며, 지금은 8월 15일에

블랙 라이크 미

시행하겠다고 떠들어댄다.

음량을 최대한으로 높인 컨트리뮤직이 카페에서 흘러 나와 고속도로를 따라 흐르면서 목장 가득 아주 통속적인 분위기를 풍기고 있었다. 나는 오랫동안 사무실로 썼던 헛간에 앉아 있었다. 지금은 텅 빈 헛간에 탁자와 타이프라이터와 침대만 뎅그러니 놓여 있다. 침대는 시트가 벗겨진 채 매트리스 덮개만 천장을 빤히 바라보았다. 나를 둘러싼 책장도 텅 비어 있었다. 여기서 3-4미터 떨어진 아버지 집도 마찬가지로 텅 빈 채 건물만 혼자 서 있었다. 나는 헛간에서 집까지 왔다 갔다 하면서 서성거렸다.

8월 17일

나는 계속 자리를 지키고 있었다. 헛간 사무실로 이어지는 길에는 아무도 모습을 보이지 않았다. 저들은 나를 찾아오지 않았다.

나는 아버지 집이 새 주인을 받을 수 있도록 한 점 더러움 없이 깨끗이 치우기로 했고, 나를 도와 함께 작업해 줄 흑인 젊은이를 고용했다. 젊은이는 말하자면 내가 '자기들 편'이라고 믿었기 때문에 내 앞에서 조심하면서 말을 아끼려고 하지 않았다. 흑인도 백인도 모두 지난번 내 실험을 통해 이런 확신을 가졌다. 나는 6주 동안 흑인이었기 때문에 부분적으로는 지금도 흑인이며 어쩌면 본질적으로 흑인이 된 건지도 몰랐다.

흑인 젊은이와 나는 오래된 신문을 모아 불태우면서 이야기를 나누었다.

"백인은 왜 우리를 미워하죠? 우리는 저들을 미워하지 않는데." 그가 물었다.

우리는 오랫동안 대화를 나누었다. 대화 도중 그는 백인이 아이들에게 자기네를 '검둥이'라고 부르라고 가르친다는 얘기를 했다. 그는 항상 이런 일을 겪었으며 이렇게 불리는 게 너무 마음 아팠기 때문에 백인 동네에는 들어가기도 싫다고 했다. 그는 이런 말도 했다. "선생님네 아이들은 우리를 미워하지 않지요?"

"절대로 안 그래. 아이들은 그런 더러운 짓을 따라 배우는 법이지. 우리는 애들에게 절대로 그런 짓을 따라 배우지 못하도록 했지."

"쿡 박사님도 그런 사람이에요. 그 집의 작은 여자 애가 날 보고 검둥이라고 부른 일이 있었지요. 그러자 박사님이 그러시더라고요. 앞으로 한 번만 더 그런 소릴 하는 걸 들으면, 앉을 수도 없을 정도로 흠씬 매를 때릴 거라고 하셨어요."

백인이 흑인을 이해하지 못하듯이 흑인 역시 백인을 잘 이해하지 못한다. 이 젊은이는 흑인을 대하는 백인의 감정을 무척 과장해서 말했고, 나는 이런 모습을 보면서 몹시 당혹스러웠다. 그는 백인들이 모두 자기를 미워한다고 생각했다.

이처럼 백인과 흑인 간에 의사소통이 부재한 데서 비롯되는 영

블랙 라이크 미

향 가운데 가장 마음 아픈 것은 흑인들 사이에 인종적 우월감이 높아지고 있다는 점이다. 어느 정도 정당화되는 일이기는 하지만 그럼에도 심각한 징후라고 여겨진다. 선한 의도를 가진 이들이 이해심과 연민으로 어떻게든 간격을 좁혀 보려고 애쓰는 상황에서, 이런 우월감을 드러내는 것은 결국 둘 사이의 거리를 더욱 벌려놓을 것이다. 결과적으로 백인 인종차별주의자의 명분을 강화시키는 셈이 된다. 흑인의 자유가 거의 실현되어가는 이때 흑인이 등을 돌리고 백인 존재를 향해 송곳니를 드러낸다면 이는 백인 인종차별주의자가 저지른 비극적인 잘못을 똑같이 반복하는 일이다.

이런 현상은 점점 광범위하게 나타나고 있다. 강한 투지를 보이면서 흑인의 우월성을 소리 높여 설교하는 흑인 지도자가 너무 많다. 흑인이 과거의 아픔 속에서 얻은 강한 힘을 토대로, 단지 복수에 머물지 않고 그보다 높은 곳을 향해 스스로 위대한 존재로 우뚝 서기를 바라는 마음이 간절하다.

불꽃 몇 개로 그저 작은 나무통이나 불태울 거라면 이는 무지에 무지로 맞서고, 부정에 부정으로 맞서는 무의미한 비극으로 끝날 것이다. 이는 순진무구하고 올바른 생각을 가진 인간 집단을 저 바닥으로 끌어내리는 대학살과 같은 짓이다.

그렇게 되면 우리 모두는 오랫동안 정의를 부르짖지 않은 대가를 혹독하게 치를 것이다.

에필로그

1976년

∽

Black Like Me

『블랙 라이크 미』 출간 이후에
무슨 일이 일어났는가?

『블랙 라이크 미』를 쓰기 위한 실험은 1959년이 거의 다 끝나갈 무렵 이뤄졌다. '자유의 물결'이 처음으로 일어나기 이전이었으며 인종차별에 관한 다른 국민적 관심도 표명되기 전이었다. 이 실험에 나선 것은 미국 흑인에 대한 인종차별적 행위에 미국이 관계되어 있는지 알아보기 위한 것이었다. 대부분의 미국 백인은 어떤 인종차별의 오점도 존재하지 않는다고 여겼으며, 실제로 이 땅에서는 인간 개인의 자질만 놓고 모든 사람을 판단한다고 믿었다. 그 시절에는 인종차별이라고 하면 나치가 유대인을 억압했던 일이나 집단수용소, 가스실 같은 것이 사람들의 머릿속에 떠올랐다. 그리고 우리는 절대로 그런 사람이 아니라고 거칠게 항의했다.

우리가 미국 흑인에게 다른 형태의 인종 억압을 가하고 있다는 점을 인정하지 않는다면 어떻게 그 일을 바로잡을 수 있겠는가? 우리는 나치를 경험하면서 한 가지 분명한 사실을 깨달았다. 인종차별을 저지를 경우 그 폐해는 피해자 집단만이 아니라 전체 공동체에까지 미친다는 점이다.

우리는 인종차별을 하는가? 아니면 그런 일이 없는가? 이 점을 꼭 알아내야 했다. 흑인은 내게 이런 말을 한 적이 있다. 백인이 이 현실에 관해 어떤 것 하나라도 이해하려면 어느 날 아침 흑인 피부색을 하고 깨어나는 수밖에 없다고. 나는 중요한 작업을 위해 이 방법을 시도하기로 했다. 나는 내 피부색을 바꾸고 머리를 깎을 생각이었다. 그러나 그 밖에 나에 관한 다른 어떤 것도 바꿀 마음이 없었다. 옷차림도, 말투도, 경력도 그대로 유지하기로 했고, 사람들이 묻는 말에 있는 그대로 대답하기로 했다.

따라서 우리 백인이 주장하듯이 인간 개인의 자질만 보고 사람을 판단한다면 흑인 존 그리핀의 삶은 큰 변화가 없을 것이다. 존 그리핀이라는 인간 개인은 똑같으며 오로지 외모만 바뀌었기 때문이다.

반면 우리가 사람을 볼 때 겉에 나타난 피부색을 보고 잘못된 '인종적·민족적 특징'을 그 사람에게 갖다 붙인다면 이런 피부색을 가진 내 삶은 예상치 못한 방향으로 바뀔 것이다.

나는 불과 몇 시간도 안 되어 깨달았다. 내가 가진 인간 개인의 자질을 보고 나를 판단하는 사람은 아무도 없으며 모든 사람이 내 피부색을 보고 판단했다. 백인 여자나 남자는 나를 보는 순간 저절로 내가 그 모든 잘못된 특징을 가졌을 것이라고 단박에 가정했다(이 점은 내 경우에만이 아니라 모든 흑인의 경우에도 합당치 않다). 그들은 나나 다른 흑인을 인간 개인으로 보지 못했다. 왜냐하면 백인이 흑인에게 가진 온갖 잡동사니 같은 정형화된 생각 속에 흑인의 인간 존재가 파묻혀 버리기 때문이다. 백인은 흑인이 자신과 기본적으로 '다른' 존재라고 여긴다. 우리는 무책임하며 성 도덕도 다르고 지적인 면에서 한계가 있으며, 천부적인 리듬 감각이 있고, 게으르고, 태평하고 수박과 프라이드치킨을 좋아한다, 등등. 매번 볼 때마다 이런 정형화된 생각이 중간에 끼어드는데 백인이 어떻게 흑인을 제대로 알 수 있겠는가? 나는 이런 정형화된 생각에 딱 들어맞는 흑인을 한 사람도 보지 못했다. 늘 매번 만날 때마다, 심지어는 '훌륭한 백인'을 만날 때조차도 우리는 백인이 우리와 이야기를 나누는 것이 아니라 그가 우리에게 가진 이미지와 이야기를 나눈다는 느낌을 받곤 했다.

"하지만 저들은 정말 그래요. 지금까지 수백 명이나 되는 흑인을 보았지만 모두 똑같다고요." 백인은 이렇게 항의할 것이다. 또한 흑인은 정말 행복하게 살며 그런 방식의 삶을 좋아한다고 백인은 주장한다.

어떤 의미에서 볼 때 그런 말을 하는 백인은 나름대로 타당한 증거를 가지고 있다. 왜냐하면 그 시절에 흑인은 '좋은 흑인'이라는 정형화된 역할을 하지 않을 경우, 또한 '예'라고 대답하면서 방긋 웃지 않을 경우 바로 '나쁜 흑인'이 되며 '건방지고 잘난 척하고 거만한' 사람이라고 일컬어지며 어쩌면 일자리를 잃고 쫓겨날 수도 있었다.

백인 사회에서는 모든 것이 다 막혀 있다. 방긋 웃으며 '예'라고 대답하지 않으면 심각한 곤경에 처하고, 그렇게 행동하면 백인이 계속 흑인에 대한 정형화된 이미지를 신봉하도록 인정하는 셈이 된다.

마틴 루터 킹 같은 사람은 그저 문젯거리나 일으키는 파괴분자일 뿐이라고 말한다. 백인은 자기 밑에서 일하는 고용인에게 NAACP(National Association for the Advancement of Colored People, 전미 유색인종지위향상협회) 마틴 루터 킹은 흑인의 가장 큰 적이라고 말한다. 이들은 불공평이라는 한 마디만 해도 화를 낸다. 자신은 항상 흑인을 놀라울 정도로 잘 대해 줬으며 흑인이 '자기 본분을 지키는 한' 앞으로 계속 잘해 줄 것이라고 한다. 백인에게 이 '본분'이 대체 무엇인지 물으면 그들도 잘 대답하지 못할 것이다. 그러나 모든 흑인은 이 본분이란 것이 바로 정형화된 이미지대로 살아가는 것임을 알고 있다.

백인은 흑인 고용인에게 "지금 생활이 행복하지 않나요? 내가 당신한테 잘해 주지요?"라는 식으로 직접 묻기도 한다. 고용관계를 계속 유지하려는 흑인이라면 얼굴 가득 미소를 띠면서 백인이 묻는 질문에 그렇다고 대답해야 한다.

언젠가 한번 내가 잡일꾼으로 일할 때였다. 중년에 접어든 백인 사장 중 한 명이 나를 계속 지켜보면서 점점 짜증을 부린다는 걸 알아챘다. 나는 내가 무엇을 잘못했는지 짐작되지 않았다. 당시에 나는 슬픔에 빠져 있었고, 아마 이런 슬픔이 겉으로 드러났던 모양이다. 왜냐하면 그 사장이 결국 내게 이렇게 고함을 질렀기 때문이다. "뭐 때문에 그러고 있는 거야?"

"아무것도 아닙니다."

"뭐 때문에 그렇게 시무룩하게 있는 거냐고?" 그가 말했다.

"이 일을 계속 하고 싶으면 우리를 보고 환하게 웃는 게 좋을 거야."

그의 말에 나는 방긋 웃었다.

그 시절에는 깊고 깊은 절망이 흑인의 삶 전체를 뒤덮고 있었다. 깜깜한 절망이었다. 이 나라에서는 어느 누구도 이러한 절망적인 상황에 대해 관심을 두지 않으며, 설령 아는 사람이 있더라도 이런 상황을 전혀 개의치 않는 것으로 보였다.

착한 백인, 다시 말해 지나치게 편협한 시각을 보이지 않는 백인은 우리를 다그치며 "열심히 일하고, 공부하고, 스스로의 힘으로 해 나가라."고 말한다. 그들은 정말 이렇게 하면 문제를 해결할 수 있다고 믿었다. 그러나 이들이 깨닫지 못하는 것이 있었다. 흑인이 이 닫힌 사회를 비집고 들어갈 만한 틈바구니를 찾았다고 생각하는 순간 이 틈새는 모든 백인 사회의 동의하에 곧 막혀 버리고 만다는 것이다. 예를 들어 (흑인이 책을 읽고 배움을 얻을 수 있는) 도서관 문 앞에 '백인만 허용'이라는 표지는 보이지 않는다. 그러나 이곳에 들어가려는 시도는 하지 않는 게 좋다는 것을 깨닫는다. 학교나 대학교 문 앞에 '백인만 허용'이라는 표지는 보이지 않는다. 그러나 그곳에 들어가려고 시도하는 것은 자살행위나 다름없다. 무엇보다도 착한 백인이 들려주는 좋은 충고가 우리에게는 공허한 소리로만 들린다. 왜냐하면 보통 사람, 심지어는 교육받은 이조차 피부색으로 사람을 판단하는 상황에서 그가 얼마나 열심히 일하고 공부했는지, 얼마나 성실히 스스로 힘으로 해내려고 애썼는지는 전혀 중요하지 않다는 것을 우리는 잘 알고 있다. 박사도 글자를 읽지 못하는 문맹처럼 먹을 것과 물과 화장실을 찾기 위해 한도 끝도 없이 걸어가야 하며 언제나 똑같이 무례한 대우를 받으면서 거절당해야 한다.

그러므로 희망 없는 깜깜한 절망이 흑인의 모든 삶을 뒤덮고 있다.

"우리가 뭐든 해 보려고 해도 백인이 가만히 보고 있지 않을 거예요." 흑인은 이렇게 말했다.

자유의 물결이 시작되고 이런 활동에 참여하는 많은 사람이 연좌농성을 벌이고 영웅적인 용기와 헌신적인 열성을 보여주기 시작하면서, 아울러 마틴 루터 킹의 비폭력 저항 철학에 동조하는 세력이 늘어나면서 흑인의 깊은 절망은 서서히 희망으로 바뀌기

블랙 라이크 미

시작했다. 사정을 알고 있는 사람이 있었다. 관심을 갖는 사람이 있었다. 심지어는 백인도 관심을 표명했다. 마르코에(Markoe) 형제와 존 라파지(John LaFarge) 신부 같은 백인 종교인도 있었고, 릴리언 스미스(Lillian Smith)와 다른 몇몇 사람은 오래전부터 선구자로 나서 인종차별주의자의 분노에 찬 공격을 받았다. P.D. 이스트 같은 언론인을 비롯해서 다른 백인 남부인의 사례에서 알 수 있듯이 이 나라가 '모든' 시민에게 선언한 약속을 지켜야 한다고 주장하는 백인은 흑인과 마찬가지로 더 이상 자유로운 삶을 살 수 없었다. 그 시절에 정의를 외치는 백인은 누구나 이웃 백인들 때문에 파괴된 삶을 살았다. 이런 주장은 미국 백인 세계 전체에 전달되지 못했다. 여전히 사람들은 자신이 자유로운 삶을 산다고 생각했고 '대중선동가'는 그에 합당한 대접을 받을 것이라고 생각했다. 정의감을 가진 많은 사람은 보복이 두려워서 감히 이를 표현하지 못했다. 그리하여 아무도 자유로운 삶을 살지 못했고, 그럼에도 자신이 자유로운 삶을 살고 있다는 착각 속에서 지냈다. 경제적 보복과, 신체적인 보복의 위험을 바탕으로 그 위에 가장 치명적인 보복을 가했다. 바로 계획적인 인신공격이었다. 모든 시민이 평등을 누려야 한다고 주장하는 순간 바로 이 계획적인 인신공격의 대상이 되었다. 평등이야말로 제1원칙이라고 주장하는 나라에서 이런 일이 벌어졌다. 높은 명성과 평판을 가진 사람이라도 파괴분자라든가 공산주의자라고 불리는 순간 모든 명성과 평판을 하루아침에 잃을 수 있었다. 이런 일은 너무 끔찍해서 아무리 관심을 가진 사람이라도 내게 와서는 "나도 말하고 싶지만 그렇게 할 경우 내 이웃이 나를 공산주의자라고 할 거예요."라고 말하곤 했다. 이는 너무 끔찍해서 릴리언 스미스 같은 이는 이렇게 썼다. 백인이 흑인에게 "존경스럽고 용기 있고 사려 깊은 행동을 할 때마다 이를 모두 공산주의자의 행동이라고 몰아붙이는 일은 이제 더 이상 하지 말아야 한다. 지금이야말로 이런 일을 멈출 때다."

그 시절에 시민의 권리를 옹호했던 사람이 결국에 가서 어떤 '특별한' 삶을 살게 되었는지 일반 대중은 전혀 알지 못했을 것이다. 인종차별주의자는 한 사람의 명성을 파괴하여 그의 활동을 헛되게 만드는 계획을 세우는 데 탁월한 실력을 발휘했다. 예를 들어 흑인이든 백인이든 시민의 권리를 옹호하는 이들은 대부분은 많이 돌아다니며 여기저기서 강연을 했다. 초창기에는 유능한 많은 이에게 개인적으로 피해를 입히거나 그의 명성을 무너뜨리는 상황에 빠뜨리곤 했다. 강연 사무실이 있었던 사람들이 특히 피해를 입기 쉬웠다. 누구라도 강연 사무실에 편지를 써서 이동 계획을 알아볼 수 있었다. 만일 강연 약속을 지키기 위해 장거리 비행을 해야 하는 상황이라면 그가 먼 지역 공항에 내렸을 때 화장실을 이용할 가능성이 높다. 그러면 화장실에 한두 명을 심어 두었다가 그를 음란행위로 고소할 기회가 얼마든지 있었다. 백인 신문에 대대적으로 보도된 한 소송 사건을 맡았던 미시시피 주의 백인 변호사가 이와 같은 일을 당했다. 그는 재판에 참석하기 위해 로스앤젤레스까지 비행기를 타고 갔다. 그의 이동 시간은 알려져 있었다. 비행기에서 내린 그가 남자 화장실에 갔다 오다가 체포되었다. 그가 음란하게 신체의 일부를 노출했다고 주장한 두 남자가 있었다. 미시시피 주에서 그의 궐석 재판이 진행되었고 유죄판결을 받았다. 그는 공개적으로 변태성욕자라고 낙인찍혔고 그의 인권활동은 무참히 짓밟혔다.

공개적으로 인권활동에 참여한 종교인도 부도덕한 여자관계를 맺었다는 소문에 시달렸다. 오클라호마 주에 있는 한 신부는 어느 날 미사를 마친 뒤 방금 전 미사에서 영성체를 주었던 한 여자를 성당 문 앞에서 만났는데 이 여자가 증오의 시선을 보내면서 "신부님이 만나는 여자는 어때요?"라는 말을 했다고 한다. 종교인은 어떠한 이유 때문이든 어려운 처지에 놓인 사람의 방문을 받는 일이 자주 있었다. 남부 지방에 있는 한 신부는 내게 이런 에피소드를 들려주었다. 한 여자가 성경의 어떤 구절이 이해되지 않아 괴롭다면서 자신에게 전화를 걸었고, 신부에게 와서 이 구절에 대해 이야기를 나누고 싶다고 했다. 신부는 여자에게 오라고 했다. 그러나 이 여자가 자신을 유혹하자 이를 뿌리치고는 여자를 돌려보냈다. 이 모든 것이 자신에게 '여자 누명'을 씌우기 위한 인종차별주의자의 계획일지 모른다고 여겼기 때문이다.

존 코필드(John Coffield) 신부는 자기 교구에서 인종차별을 묵인하는 데 대한 항의 표시로 스스로 교구에서 물러나는 바람에 유명인물이 되었다. 그 뒤 시카고 대주교의 관구에서 코필드 신부를 받아들였다. 우리는 코필드 신부가 인신공격을 당하거나 어쩌면 이런 식의 '여자 누명'을 쓸까 봐 걱정했다. 나는 시카고로 가서 신부에게 무엇을 주의해야 하는지 간략하게 설명해 주었다. 코필드 신부는 이제 인권운동의 상징이 되었으므로 어떤 여자와도 단둘이 있는 일은 피해야 하며, 아무도 신부가 그러저러한 때에 그러저러한 장소에 있었다고 말할 수 없도록 항상 알리바이를 설명할 수 있어야 한다고 주의를 주었다. 코필드 신부와 그곳의 주임 신부는 믿기지 않는 듯 기가 막혀 아연실색했다. 코필드 신부를 중상모략 하기 위해서라면 그 정도 일도 충분히 있을 수 있다는 사실을 두 사람이 실감하지 못한다고 판단한 나는 딕 그레고리(Dick Gregory)에게 전화를 걸었다. 그는 마침 시카고에 있는 자기 집에 있었다. 나는 그에게 상황을 설명했다. 만일 그레고리가 이쪽으로 와서 내 경고에 힘을 실어주는 몇 마디 말을 보탠다면 코필드 신부가 그의 말을 믿을 것이라고 말했다. 그레고리가 사제관을 찾아왔고, 우리는 다음날 아침 6시까지 꼬박 앉아서 이야기를 나누었다. 그레고리는 물론 코필드 신부 얘기를 알고 있었다. 내가 들은 소문과 똑같이 그 역시 코필드 신부가 어쩌면 인신공격의 대상이 될지 모른다는 소식을 들었다. 딕 그레고리는

　　　　　　　　　　　　블랙 라이크 미

이미 시카고 시 공무원에게 전화를 걸어, 만일 인종차별주의자들이 코필드 신부를 모욕하려고 조금이라도 이상한 글을 적어놓는다면 시카고 시에 거주하는 흑인 시민이 시로 연결되는 모든 고속도로를 점거하고 코필드 신부의 이름이 깨끗이 지워질 때까지 시카고의 교통을 꽁꽁 묶어놓을 것이라고 말했다고 한다.

우리는 마틴 루터 킹 목사와 딕 그레고리, 휘트니 영(Whitney Young)을 비롯한 다른 인권활동가와 함께 이러한 인신공격 문제를 논의했다. 정부에서 일하는 한 흑인이 우리에게 주의하라고 충고해 주었다. 우리는 여행 일정이 밖으로 새어나가지 않도록 비밀로 해야 했다. 또한 우리가 부도덕한 행동이나 몸짓을 했다고 고발당할 경우 목격자가 되어줄 믿을 만한 사람과 동행하지 않는 한 절대로 공공 화장실은 사용하지 말아야 했다. 또한 잘 알지 못하는 여자와 단둘이 있는 상황에 휘말리지 않도록 각별히 주의해야 한다는 충고도 들었다. 그 험악했던 시절에 심지어는 호텔에 방을 잡자마자 얼른 방을 바꿀 수 있는 적당한 핑계거리를 찾으라는 충고까지 들어야 했다. 인권활동가는 호텔 방에서 난처한 일을 당할 위험이 많았다. 한 목사는 호텔에 들어가자마자 누군가 문을 두드리는 소리에 문을 열어주었다가 두 남자가 휘두르는 야구 방망이에 맞아 그대로 쓰러져 의식을 잃기도 했다. 내 경우에는 어떤 대도시든 사흘 이상 머문다면 습관적으로 호텔을 바꾸거나 아는 흑인 가정으로 숙소를 옮기곤 했다. 언젠가 강연을 나갔던 루이지애나의 한 도시에서는 머물 곳을 찾을 수조차 없었다. 나를 투숙객으로 받아들일 경우 건물을 폭파하겠다는 협박이 있었기 때문이다.

이런 종류의 일은 1960년대 초중반까지 이어졌다. 우리는 남들 눈을 피해 이상스런 삶을 살았다. 우리는 한 가지 주장을 내세웠다. 몇몇 시민이 제대로 원활한 삶을 누리지 못하도록 방해하고 그 결과 모든 사람을 비인간화시키는 인종차별주의를 이 나라에서 완전히 몰아내야 한다는 주장이었다. 우리가 내세운 주장은 이 나라가 모든 시민에게 약속한 대로 해 달라는 단 한 가지 주장이었다. 그러나 인종차별주의는 늘 고상한 가면 뒤에, 대개는 애국주의나 종교의 가면 뒤에 몸을 숨겼기 때문에 대부분의 사람은 이런 고상한 가면에 흠집을 내는 걸 몹시 싫어했다. 우리는 계속해서 위협을 받으며 살아갈 수밖에 없다는 게 분명해졌다. 딕 그레고리, 마틴 루터 킹, 사라 패튼 보일(Sarah Patton Boyle), P.D. 이스트, 그밖에 인권활동에 참여한 수백 명 남짓한 사람 중 어느 누구와도 자리를 같이하면 늘 각자의 메모를 비교하고 이런 문제를 논의했다. 한 가지 분명한 게 있었다. 우리가 지지하는 원칙은 목숨을 바칠 만한 가치가 있으며, 우리를 이 땅에서 사라지게 하려는 사람들이 많다는 것을 받아들여야 했다. 딕 그레고리와 마틴 루터 킹 목사는 거의 운명론적 태도를 보이면서, 자신들은 죽은 사람이며 이런 사실이 현실로 나타나는 것은 시간 문제일 뿐이라고 받아들였다. 이 밖에도 많은 사람, 정말 많은 사람이 대부분의 일반인에게는 잘 이해되지 않는 영웅주의와 용감한 정신으로 무장한 채 행동에 임했다. 이들은 극도로 위험한 지점까지 들어갔다. 가끔씩 이런 일을 하는 것은 가능하지만, 이런 상황을 지속한다는 것은 불가능했다. 인간의 신경체계가 이를 지탱할 수 없기 때문이다.

시카고에 있을 때 이런 일을 잠깐 겪은 적이 있다. 그 무렵 미시시피 주 리버티빌(Libertyville)이라는 시에서 흑인이 살해된 채 발견된 일이 있었다. 그 시절에는 그런 사건이 발생해도 '공식적인 발표 내용'밖에 얻을 수 없었다. 혹시 전화 교환수가 통화 내용을 듣고 경찰에 알릴까 봐 두려워서 장거리 전화로 이야기를 전해 주는 흑인도 한 명 없었다. 그리하여 공식 발표에서는 피해자 루이스 앨런(Lewis Allen) 씨가 총상을 입고 살해당한 채 발견되었지만 그가 인권활동에 참여한 사실이 없으므로 외견상 그저 단순한 살인 사건으로 보인다고 말했다. 우리는 이 발표 내용을 믿을 수 없었다. 그래서 함께 그곳으로 가서 흑인 사회에서는 이 사건에 대해 뭐라고 말하는지 알아보기로 했다. 그 시절 우리는 늘 이런 식으로 돌아다녔다. 멤피스나 뉴올리언스 등 부근 도시까지 비행기를 타고 가면, 흑인 운전사가 모는 미시시피 차가 와서 우리를 태운 뒤 문제 지역까지 데려다주었다. 우리는 알고 싶은 사항에 대해 최대한 빨리 답을 얻은 뒤 곧바로 그곳을 떠났다.

그러나 아무리 약속을 정하더라도 극도의 긴장 불안이 우리를 짓눌렀다. 계획에는 몇 가지 허점이 있게 마련이었다. 우리는 시카고 공항에서 다시 연락책에게 전화를 걸었다. 딕 그레고리는 우리를 데리고 갈 운전사가 자신이 아는 사람이었으면 좋겠다고 했다. 나는 그레고리가 전화기에 대고 소리를 지르는 것을 들었다. "나는 차를 운전하는 사람이 누군지 알지 못한 상태에서는 절대로 차에 올라타지 않을 거란 말이오!" 그 당시 우리 두 사람 모두 몸을 떨었다. 순전히 공포의 전율 속에서 온몸이 부들부들 떨렸다. 내가 딕 그레고리에게 이 얘기를 하자 그는 "이게 바로 우리가 말했던, 그 이빨이 덜덜거리는 용기라는 거요."라고 작은 소리로 속삭였다. 나는 이런 종류의 활동에 참여한 모든 사람이 한 가지 단순한 기술을 익혀야 했다고 생각한다. 우리 몸과 신경체계가 '안 돼'라고 말하는 순간에도 우리 의지는 '해야 해'라고 말할 수 있도록 하는 것이다. 우리는 겁에 질린 상태에서도 여러 곳을 돌아다니며 활동할 수 있다. 우리는 우연찮게 새로운 사실을 알아냈다. 공식 발표에서 말한 대로 비록 앨런 씨가 인권활동에 참여한 일은 없지만(공식 발표에서는 마치 인권활동에 참여한 사실이 충분한 살해 이유라도 된다는 듯이 이런 사실을 언급했다!) 백인이 흑인에게 폭력을 가하는 장면을 목격했고, 강제로 떠밀려 지난 수요일에 이를 법정 증언대에서 증언했으며, 그 뒤 토요일에 총을 맞아 살해된 채 발견되었다.

블랙 라이크 미

무서운 긴장이 팽팽하게 감돌던 그런 시절에 우리는 어떤 점에서 매우 말도 안 되는 삶을 살았다. 조직체도 없이 느슨한 연합체를 구성해서 상호 협력하고 정보를 교환했다. 나는 일부러 어떤 조직에도 들어가지 않았다. 흑인이든 백인이든 우리 모두는 얼마간 서로 관계를 가지면서 다른 한편으로는 상당한 독립성을 유지했다. 우리 중 한 사람이 가 있을지도 모르는 지역에서 뭔가 일이 발생하면 특히 그 일이 흑인에 대한 불공평한 차별과 관계된 것이라면 우리 중 누구든 그곳에 가까이 있는 사람이 사건의 실제 경위를 조사하고 가능한 경우에는 협조를 하기도 했다. KKK단과 그에 동조하는 세력은 매우 막강한 힘을 가졌기 때문에 우리는 때로 용감한 흑인 가정에 머물곤 했다.

나는 남부 지방에 조사활동을 나갈 때면 종종 P.D. 이스트와 함께 돌아다니곤 했다. 이스트는 「페탈 페이퍼」를 내는 백인 편집장이며 남부 지역의 인종차별주의에 맞선 초기 저항운동의 영웅 중 한 명이었다. 그에게는 천부적인 유머 감각이 있었고, 인종차별주의자에게 조롱을 퍼붓는 방식으로 매우 능률적인 활약상을 보였다. 그는 이 일 때문에 파산 상태에 이르렀고 많은 괴롭힘을 당했으며 경제적으로 빈곤했다. 그러나 이런 비극 속에서도 그는 억누를 수 없는 유머를 선보였다. 극심한 혼란을 보이던 어느 남부 지방에 차를 타고 가던 때였다. 그곳은 KKK단이 막강한 영향력을 발휘하던 곳이었다. 행여 우리를 알아보는 사람이 있지 않을까 걱정 때문에 마음이 몹시 불안했다. 그 시절에는 이상한 일이 자주 일어났다. 예를 들어 경찰차가 우리 뒤에서 가만히 따라오기만 해도, 애초 만날 작정이었던 사람을 찾아갈 엄두를 내지 못했다. 혹시 그가 나중에라도 보복을 당할까 봐 두려웠기 때문이다. 주유소 같은 곳에서는 특히 수상한 사람을 발견해서 경찰서나 고속도로 순찰대에게 알리기 좋았다. 경찰은 속도가 너무 빠르다느니, 교통법규를 어겼다느니 하면서 아무 핑계나 대고 우리를 붙잡은 뒤 이런저런 신문으로 우리를 괴롭힐 수 있었다. 게다가 법조계에는 인종차별주의자가 매우 많았기 때문에 아주 짜증스런 일을 겪을 수도 있었다. 그날 우리가 어디로 가던 중이었는지는 정확하게 기억나지 않지만, 아름다운 숲이 펼쳐진, 탁 트인 고속도로로 차를 타고 가던 중이었다. P.D.가 갑자기 숨을 죽이며 낮은 소리로 욕을 하기 시작했다. 우리는 사람들의 주의를 끌지 않도록 매우 조심했다. 내가 뒤돌아보니 경찰차가 한 대 보였다. 고속도로 순찰대였는지도 모르겠다. 잠시 후 경찰차가 점멸등을 깜빡거리기 시작했다. 우리는 차를 세웠다.

"내가 이야기할게요." P.D.가 투덜거리며 말했다.

"그럼 나는 입도 뻥긋하지 않을게요." 내가 말했다.

우리는 겁에 질려 온몸이 뻣뻣하게 굳은 채 가만히 기다렸다. 우리 두 사람 모두 그 지역에서는 특별히 증오의 대상이었기 때문이다.

블랙 라이크 미

경찰관이 운전석 유리창 쪽으로 다가오더니 P.D.에게 어디로 가는 중이냐고 물었다.

P.D.는 지극히 겸손하고 성실하게 묻는 말에 대답했다.

경찰관은 매우 다정하게 웃으며, 우리가 깜박이 등을 켜지 않은 채 회전했다고 주의를 주었다. 경찰관이 우리를 알아보지 못한 데 안심한 우리는 깜박이 등을 실험해 보았다. 한쪽 깜박이 등이 작동하지 않았다. 경찰관은 우리에게 딱지를 떼지 않을 것이라고 하면서 다음 정비소가 나오면 바로 수리하라고 말했다. P.D.는 진심으로 고맙다고 말한 뒤 고속도로를 따라 차를 몰면서 백미러로 경찰차가 따라오지 않는지 확인했다. 경찰차는 방향을 틀더니 반대 방향으로 가기 시작했다. 우리 두 사람 모두 안도하며 큰 한숨을 내쉬었다.

"아주 위험했어요. 내가 경찰관을 얼마나 멋지게 다루는지 잘 봤죠?" 방금 전 상냥하고 온화한 태도로 경찰관을 대하는 것과는 영 딴판으로 건방진 말투였다.

"멋있었어요. 얼른 서둘러 이 지역을 벗어납시다. 다음번에는 우리를 알아볼지도 몰라요." 내가 말했다.

P.D.는 속도를 조금 높였다. 우리는 아무 말 없이 가만히 앉아 있었고, 나는 자동차 유리창 너머로 커다란 나무들이 번쩍거리며 빛나는 모습을 지켜보았다.

갑자기 P.D.가 큰 소리를 내며 폭발했다. "저 무식한 개자식,

이건 모욕이야. 무식한 놈!"

"무슨 얘기를 하는 거예요, P.D?" 내가 물었다.

"저 무식한 놈이 우리를 알아보지도 못했다는 거 알아요? 빌
어먹을. 그리핀, 우리는 유명해요. 그런데 우리를 알아보지도 못
하다니, 이건 모욕이라고."

"알아보지 못한 걸 하나님께 감사해야지."

"알아요, 경찰관이 우리를 알아보지 못한 걸 하나님께 감사해
요. 하지만 그렇다고 해도 모욕감이 없어지는 건 아니라고요."

그러나 이 모든 상황에도 불구하고 1960년대 초중반은 희망
으로 가득했다. 나라 전체가 흑인이 당하는 극심한 불평등에 서
서히 눈을 뜨기 시작했다. 백인과 흑인을 가리지 않고 대학생들이
수백 명이 흑인 구역으로 몰려와 선거인 명부에 흑인 이름을 올
렸다. 남부 지역 바깥의 다른 지방에서는 대학생들이 깊은 관심
을 표명했고, 차별적인 관행을 지속하는 지방 사업체를 감시했
다. 이러한 사건이 전 세계 언론의 일면을 장식하기 시작했다. 전
세계 사람이 버밍엄 폭파사건을 지켜보고 애도를 표했다. 또한
셀마 사태를 지켜보고 분노했으며 이 사건을 통해 많은 힘을 얻
었다. 워싱턴 행진에서는 깊은 감동을 받았다. 1964년에는 주요
인권 법안이 통과되었다. 비록 논란이 많았던 법안이기는 하지만
적어도 이 법안 때문에 각 지역의 차별 규정이 무효화되는 결과

를 가져왔다.

사람들의 관심이 높아지는 것은 의미 있는 일이지만 이런 현상이 믿을 만한 것은 아니었다. 많은 백인 인권활동가는 미국 흑인이 놓인 현실에 밀착되지 않은 채 활동했다. 예를 들어 퓰리처 상 수상자이자 「애틀랜타 저널 컨스티튜션」 편집장인 랄프 맥길은 잡지 「룩」에 주요 기사를 작성하면서 인권 전쟁에서 승리를 거두었다고 썼다. 모든 것이 끝났고 몇몇 끈질긴 고집쟁이만이 남았다고 했다. 그의 눈에는 모든 것이 장밋빛으로 보였다.

이 잡지가 가판대에 나왔을 때 나는 애틀랜타에 있었다. 맥길은 많은 흑인에게 존경받는 인물이었다. 그날 나는 벤자민 메이 박사와 사무엘 윌리엄스 박사를 비롯해서 대학에 있는 몇몇 흑인 학자를 찾아갔다. 현실과 완전히 동떨어진 채 많은 오해의 소지를 안고 있는 이 맥길의 기사를 읽고 모든 사람이 기가 막혀 말을 잇지 못했고 적의를 품었으며 분개했다. 맥길처럼 훌륭한 자격을 갖춘 인사가 어느 흑인이라도 알 만한 진실을 보지 못한다는 데 다들 아연실색했다.

흑인 인권운동에 동조하는 백인 눈에 모든 게 좋게 보였다면 이것은 어디까지나 겉모습이다. 이런 표면 아래에는 전혀 다른 문제가 감춰져 있었다. 오래된 절망이 사라지고 그 자리에 희망과 결단이 서서히 자리 잡았다는 것은 이 자체로도 엄청난 발전이긴 했다. 그러나 대다수 흑인이 겪는 일상적인 삶의 문제는 여전히 아무것도 변한 게 없었다. 흑인은 선거인 명부에 감히 등록했다는 이유로 일자리에서 쫓겨났다. 경제적 불평등이 온 나라에 만연해 있었다. 백인 언론에서 다루지 않은 사건과 흑인의 발전 양상이 무수히 많았다. 흑인 언론에서 이를 실었다. 전체 모습을 완전히 이해하려면 반드시 흑인 신문을 봐야 했다. 백인 신문에서 흑인 문제를 얼마만큼 소홀히 다루는지 보면 많은 것이 드러난다. 학생들이 인종 정의를 향한 뜨거운 열정을 품은 훌륭한 사회학 학부 강연에 나갈 때마다 나는, 미국과 유럽의 모든 신문을 구독하는 학교 도서관에서 유독 흑인 신문이나 학술잡지, 또는 일반 잡지를 전혀 구독하지 않는다는 사실을 연거푸 확인하곤 했다. 이 나라는 이미 국민이 둘로 나뉘었으며(물론 이보다 더 많지만 여기서는 두 부류 국민만 언급한다), 두 국민은 전혀 다른 정보체계를 갖고, 상대방 국민과는 전혀 접촉하지 않았다.

우리가 마침내 서로 의사소통을 이루었다는 생각 때문에 상황은 훨씬 더 위험했다. 당연히 아직도 의사소통을 이루지 못했다. 왜냐하면 백인은 흑인의 입에서 자신의 편견을 건드리는 진실 얘기가 나오면 아무리 품성이 좋은 백인이라도 고개를 돌리고 모욕당했다고 여기기 때문이다. 나는 수년 동안 흑인과 백인이 한 자리에 모이는 모임에 참석해서 매우 우스꽝스럽지만 반드시 필요한 임무를 수행하곤 했다. 이는 정말 곤혹스런 일이었다. 흑인이 이야기했다면 거부당했겠지만, 이제 다시 백인으로 돌아온 나는

블랙 라이크 미

얼마든지 필요한 말을 할 수 있다고 여겼고, 그 모임에 모인 흑인 역시 나와 같은 생각을 했다. 우리는 이 도시에서 저 도시로 돌아다니면서 이런 모임을 열어 서로 간에 의사소통을 시도했다. 매번 모임이 열릴 때마다 내게 맡겨진 임무는 똑같았다. 나보다 흑인이 훨씬 더 잘 아는 사실인데도 이런 사실이 흑인의 입에서 나오면 백인이 이를 참고 듣지 못하기 때문에 내가 대신 백인에게 이 사실을 말해 주는 일이었다. 그레고리와 나는 일전에 이런 일을 갖고 실험한 적이 있었다. 우리는 같은 학교 학생을 상대로 본질적으로 같은 내용의 강의를 하기로 했다. 나는 "사실을 있는 그대로 이야기했다."면서 박수갈채를 받았고, 그레고리는 같은 내용을 말했는데도 어색한 침묵에 휩싸여야 했다.

이런 모습이 아주 극명한 사례로 나타났던 일도 있었다. 한때 개신교인과 가톨릭교인 사이에 심각한 갈등이 벌어졌던 작은 지역에서 있었던 일이다. 한 지방대학의 성서학 교수가 두 집단에게 한자리에 모여 내 강연을 듣도록 설득했다. 나는 초청에 응했다. 다름 아닌 소통 문제를 주제로 해서 강연했고, 매우 상세한 내용까지 다루었다. 청중은 늘 그렇듯이 이번에도 내가 다른 어느 지역 일을 언급한다고 생각했고, 자기들 지역은 '다르다'고 생각했다. 강연이 끝나고 오랫동안 기립 박수가 이어졌다.

강연이 끝난 뒤 나는 만찬에 참석했다. 이번 강연을 추진했던 백인과 흑인 게스트 한 명이 와 있었다. 나와 흑인 게스트를 소개했다. 나는 흑인 게스트가 참석한 자리에서, 이 지역이 이 흑인 산업심리학자를 얼마나 자랑스러워하는지, 이 심리학자가 어떻게 '이 자리에 받아들여졌는지' 하는 얘기를 들었다. 이번 프로젝트를 추진한 성서학 교수는 기쁨에 들떠 있었다. 그는 큰 소리로 이번 프로젝트가 얼마나 큰 성공을 거두었는지, 개신교인과 가톨릭교인이 한자리에 모이는 대단한 일을 해내다니 얼마나 기적 같은 일인지 큰 소리로 말했다.

"오늘이야말로 역사적인 밤입니다." 성서학 교수가 이렇게 말문을 연 뒤 흑인 산업심리학자를 돌아보며 물었다. "오늘 밤 이 모임이 우리 지역의 역사적인 전환점이라고 보지 않으십니까?"

흑인 교수는 착 가라앉은 차분한 목소리로 이렇게 대답했다. "솔직히 나는 그렇게 흥분되지는 않습니다."

성서학 교수는 갑자기 표정이 어두워지면서 이렇게 말했다. "무슨 의미신지요?"

흑인 심리학 교수가 말했다. "사실 나는 이 지역에서 좋은 직업을 가졌고 사람들에게 존경받는 것으로 보이며 내 역량에 상응하는 월급을 받고 있지요. 그러나 내 아내와 아이들은 이곳에서 30여 킬로미터 떨어진 곳에 살아야 해요. 나는 이 지역에서 집을 살 수도, 빌릴 수도, 지을 수도 없었기 때문이지요. 내가 당신처럼 '역사적인 전환점'을 말하며 그렇게 흥분할 거라고 기대하지는 마세요."

나는 백인들의 모습을 흥미롭게 지켜보았다. 여기저기서 투덜대는 백인 목소리가 들렸고, 성서학 교수는 화가 나서 얼굴이 빨개졌다. 그가 말했다. "좋아요, 당신한테 한 가지만 말할게요. 당신이 그런 식으로 냉소적인 태도를 보이는데, 어떻게 우리가 당신에게 뭐라도 해 줄 거라고 기대할 수 있는 거죠?"

어느 목사가 옆에 서 있는 여자에게 나지막이 중얼거리는 소리가 내 귀에 들렸다. "저 흑인을 초대하면 문제가 생길 거라고 진작부터 생각했어요."

성서학 교수는 완전히 자제력을 잃고 말았다. 흑인 교수에게는 고마워하는 마음과 예의가 없다면서 비난을 퍼부었다. 흑인교수는 여전히 차분한 모습으로 흔들림 없이, 치명적인 답변을 내놓았다.

나는 계속 지켜보다가 성서학 교수가 분을 참지 못하고 고래고래 소리를 지를 때쯤 가서 끼어들었다. "정말 놀랍지 않습니까? 좀 전에 내가 똑같은 진실을 말했을 때에는 당신들이 내게 기립박수를 보냈어요. 이제 나보다 흑인 현실에 훨씬 더 밝은 흑인이 당신에게 진실을 말하는데 당신은 그에게 화를 내지요. 만일 그 얘기를 내게서 듣는다면 아마도 그런 말을 하는 내게 갈채를 보냈겠지요. 그러면서도 그 얘기가 흑인 입에서 나오는 것은 참지 못하네요."

모든 것이 분명해졌다. 그러나 흑인 교수가 초대받지 못하고 그런 얘기를 나서서 하지도 않았다면 그처럼 모든 것이 분명해지는 일도 없었을 것이다.

거의 언제 어디서든 흑인은 이런 이중성에 부딪혔다. 백인은 바른 말을 하며 불공평한 현실에 깊은 우려를 표명하고 인종차별주의 문제를 해결하려는 단호한 의지를 드러낸다. 그러나 흑인을 동등한 존재로 대하면서 그들과 의논하지는 않는다. 이 나라에서 사람들이 말하고 겉으로 생각하는 것과 실제 흑인이 겪는 일 사이에는 엄청난 차이가 존재하며 이는 매우 마음 아픈 일이다.

흑인 사회와 백인 사회 모두를 넘나들며 살았던 사람으로서 앞날을 내다볼 때 내 눈에 보이는 것은 문젯거리뿐이었다. '인종문제'가 표면에 떠오른 도시에서 지역 지도자들, 대개는 시장이나 대학총장, 지방의회 의장이 진심어린 마음에서 나를 초청하곤 했다. 이들은 내가 지역 상황을 조사해서 자기들에게 보고해 주기를 바랐다. 먼저 회의가 열리고 백인, 대개는 실력 있는 사회과학자가 와서 내게 간단한 내용을 설명한다. 그런 다음 흑인 거주 지역으로 안내되며, 그곳에서 흑인 지도자나 때로는 흑인 사회과학자에게서 간단한 보고를 듣는다. 두 가지 보고 내용이 일치하는 곳은 한 군데도 없다. 세인트루이스, 로체스터, 디트로이트, 캔자스시티, 로스앤젤레스를 비롯해서 다른 많은 도시에서 이런 일을 경험했다. 모든 도시에서 같은 상황을 놓고 양쪽이 각기 다른 견해를 보였으며, 이들 양쪽 모두 더할 나위 없이 진실된 사람이었다. 실제로 내가 잘 알지도 못하는 지역으로 초청받았다는 점에서 이는 아이러니일 수밖에 없으며 나는 늘 이런 사실을 지적했다. 왜 이들 도시에서는 내게 물어보려 했던 질문을 직접 그 지역 흑인 지도자에게 묻지 않는가? 뉴욕 주 로체스터에서 맨 처음 인종문제가 발생한 직후 나는 그곳으로 와서 지역 지도자들과 문제를 의논해 달라는 부탁을 받았다. 나는 로체스터로 가서 꽤 긴 시간 동안 이야기를 나누었다. 지도자들은 깊은 관심을 보였고 진실된 사람들이었다. 내 얘기가 끝난 뒤 그중 한 사람이 "그리핀 씨, 그럼 우리는 이제 가장 먼저 무엇부터 해야 합니까?"라고 물었다. 나는 그에게 이렇게 답했다. 나는 이곳에 와서 지역 지도자와 의논을 해 달라고 부탁을 받았고, 그렇지만 지금 백인들만 가득한 방에 앉아 있는 중이라고. 이 대답을 들은 사람은 유감이라는 듯 자기 이마를 탁 치더니 사과하는 말투로 "그들 중 어느 누구에게라도 물어볼 생각을 미처 하지 못했군요."라고 말했다.

"그렇다면 어떤 일이 벌어질까요? 흑인도 이 모임에 대해 알게 될 겁니다. 나는 벌써 이 지역 많은 흑인과 의논을 하고 왔거든요. 늘 그런 식으로 정보를 얻는답니다. 그들 입장에서는 어떻게 보일까요? 당신들은 이 지역 흑인이 깊이 관련된 문제를 놓고, 멀리 있는 나를 불러와서 지역 지도자들과 의논해 달라고 했어요. 그러면서도 흑인은 한 명도 초대하지 않았고요."

이런 일은 절망적일 정도로 백인이 흑인에 대한 이해를 갖지 못했다는 것을 보여주는 단면으로 비친다고 경고했다. 따라서 단순히 재계나 지역 지도자가 지도자로 인정하는 몇몇 흑인이 아니라, 흑인 주민이 지도자로 받아들이는 인물을 잘 선별해서 초대해야 한다고 일러주었다.

나중에 백인 지도자 한 명이 내게 전화를 걸어 이렇게 물었다. "흑인 주민이 지도자라고 인정할 만한 흑인 지도자를 어디에 가면 찾을 수 있겠습니까?"

"흑인에게 물어보세요. 최대한 많은 흑인에게 물어보세요." 나는 이렇게 충고했다.

이런 식의 일이 거의 모든 곳에서 벌어졌다. 나는 백인에게 초대를 받는다. 때로는 해당 지역 흑인이 함께하는 자리에서도 백인은 내게 질문을 던지는데, 실제 질문 내용은 그 자리에 함께 한 흑인이 훨씬 더 잘 대답할 만한 내용이다. 해당 지역 흑인은 지역 사정을 잘 알지만, 나는 그렇지 못하다. 이런 일이 흑인에게는 늘 모욕으로 받아들여지며 백인은 이것이 모욕이라는 것을 짐작조차 하지 못한다. 이런 일이 있을 때마다 흑인은 생각한다. 백인은 문을 닫아걸고 백인의 뛰어난 문제해결 능력을 가져와 상황을 해결하는 편이 더 낫다고 여긴다고. 이런 방식 때문에 흑인은 백인이 뼛속 깊숙이까지 인종차별주의가 배어 있다고 여기며 이 때문에 백인이 흑인을 이해할 수 있다는 희망은 결코 없다고 믿게 된다. 또한 흑인 삶에 영향을 미치는 문제가 흑인과 의논조차 하지 않는 백인에 의해 처리되는 것을 지켜보면서 흑인은 한 올의 자신감조차 가지지 못한다.

표면상으로는 백인에게 모든 상황이 밝고 희망적으로 보이며, 이들은 대단한 '발전'을 이루었다고 내게서 억지로 인정을 받아 내려 한다. 그러나 다른 한편에서는 흑인 사이에 분노가 커져가고 특히 교육받은 흑인의 분노는 더 없이 거세지기만 한다.

마틴 루터 킹 목사, 로지 윌킨스(Roy Wilkins), 휘트니 영, 제임스 파머(James Farmer), 딕 그레고리, 스토클리 카마이클(Stokely Carmichael)을 비롯한 다른 많은 흑인은 도심지 빈민가가 커다란 화약고가 되었으며 언젠가는 터지고 말 것이라고 경고했다. 나는 실태 조사를 의뢰받은 도시에 갈 때마다 늘 흑인 거주 지역으로 들어가 흑인 가족과 함께 지내곤 했다. 그 뒤 그곳을 나와 도시 전체 사람과 지역 지도자에게 가장 자세한 내용을 알리면서, 흑인의 분노와 좌절이 폭발 직전이며 언젠가 별것도 아닌 작은 사건이 불씨가 되어 지역 전체를 충격으로 몰아넣을 커다란 폭발로 이어질 것이라고 경고했다.

그런데도 어느 도시를 가나, 나를 불러들였던 지역의 지도자들은 한결같이 자신들이 그 지역에 살고 있으며 그 지역을 훨씬 잘 안다고 여기면서 내가 '너무 비관적'이라고 말했다. 커다란 사고가 일어나기 불과 몇 주 전에도 이렇게 '너무 비관적'이라는 얘기를 들은 일이 있었다. 그리하여 도시 전체가 걷잡을 수 없는 혼란 속으로 휘말리면 나를 믿지 않았던 사람들은 내게 전화를 걸어 내 말이 맞았고 자신들이 틀렸다고 인정하곤 했다.

"차라리 내가 틀린 거라면 좋겠습니다." 내가 할 수 있는 대답은 이것뿐이었다.

이상한 일은 상황의 위험성을 알릴 때마다 상대방은 화를 냈다는 점이다. 이런 경고를 위협으로 여긴 모양이었다. 나는 폭력을 '옹호'한다는 비난을 자주 들었으며, 심지어는 마틴 루터 킹 목사나 딕 그레고리 역시 이런 비난을 들었다. 이는 암 전이를 막으려고 애쓰는 의사에게 그가 암을 옹호한다고 비난하는 것과 같다. 그러나 사람들은 불가피한 것으로 보이는 일을 직시하지 못하고 우리가 들려주는 경고를 위협이라고 여기면서 불가피한 일을 회피하려고 한다.

그리하여 1967년에 성냥불이 그어지고 화약고가 폭발하기 시작했을 때 사람들은 이 모든 일이 나라를 무너뜨리려는 체제전복 세력의 음모라는 견해 속으로 숨어버렸다. 케너 위원회(Kerner Commission)가 설립되어 조사활동에 들어갔다. 이 위원회에서 내놓은 보고서는 이런 상황에서 용감한 내용을 담았다. 보고서에 따르면 정말로 성냥불이 그어져 화약고가 폭발한 것이며, 흑인 측에 이렇다 할 체제전복 세력이 개입된 것이 아니라 개별적인 상황의 폭발이 모여 이렇게 된 것이라고 했다. 위원회 보고서에

블랙 라이크 미

서는 이른바 폭동 진압이라는 대대적인 과시 행동이 흑인의 분노를 일으킨 가장 근원적인 원천이며 향후 더 많은 폭동을 유발할 수 있다고 경고했다. 이 보고서는 지도자에게 실망을 안겨 주었다. 이들 지도자는 실제로 보고서에 입각해서 집단 체제전복 세력을 색출하려 했었기 때문이다. 이들은 보고서의 권고 사항을 던져 버리면서 "이 보고서는 폭동을 일으킨 자 이외에 모든 사람이 다 잘못했다고 비난하는 식"이라고 말했다. 흑인 대변인들은 이 말에 맞서, 소요자의 잘못이라고 비난을 돌리는 것은 폭발한 화약통에 대고 화약통이 잘못한 것이라고 비난하는 것과 같다고 반격했다.

미국의 인권 문제에 관한 한 아마도 이 시기가 가장 격렬했을 것이다. 이 나라가 정말로 대량 학살로 나아가고 있다고 생각하는 흑인이 점차 늘어났고, 미국 흑인의 입장에서 볼 때 충격적인 증거들이 나왔다. 그해 존슨 대통령은 연설에서 사회 정의와 인권을 호소하는 내용을 주장했지만 의회는 아무 반응을 보이지 않은 채 절대적인 침묵으로 일관했다. 침묵을 깨뜨리는 단 한 차례의 박수조차 없었다. 그 뒤를 이어 존슨 대통령은 캘리포니아 주의 미국삼나무를 구하자고 호소했고 의회 건물이 떠나갈 듯한 뜨거운 기립 박수를 받았다. 이 사건이 의미하는 바는 분명했고 또한 절망을 안겨 주었다. 이를 통해 볼 때 이 나라가 무엇을 우선으로 생각하는지, 어떤 정서를 갖고 있는지 확연히 알 수 있었다. 이 모든 것이 흑인에게 이렇게 말하고 있었다. "미국삼나무 숲을 구하라. 너희는 어떻게 되든 상관없다."

나는 너무도 낙담해서 대통령에게 다음과 같은 전보를 보냈다. "또 패배자가 되다니, 지칩니다. 이제 나는 인류애를 잊고 나무를 위해 일할 것입니다."

들끓는 도심지 빈민가는 비슷한 양상을 보이기 시작했다. 흑인의 입장에서 볼 때에는 결국 폭발 상황으로 내몰리는 기분이었고, 이런 폭발 상황이 일어나면 백인은 '정당방위'라는 명분하에 흑인에 대한 억압을 정당하게 저지를 수 있었다.

갈등이 표면화되어 나타나는 이 격렬한 시기에 나는 도심지 빈민가로 들어가 관찰자 역할을 했다. 대개 흑인 투쟁가가 나를 그곳으로 안내했다. 나는 거의 입을 열지 않았다. 흑인이 백인에게서 조언을 구하던 시절은 지나갔다. 나는 그저 내부의 시선으로 상황을 보기 위해 그곳에 들어갔다. 그리하여 대량 살상으로 이어지는 투쟁에 돌입했을 때 누군가 역사에 대한 또 다른 견해를 내놓고 나는 이런 견해를 접했다. 나는 흑인 남자, 여자, 아이, 학생들이 각자 겪은 일을 토론하는 열띤 모임에 참석했다. 이런 사태를 몰고 온 것은 젊은 흑인의 짓이라고들 하지만 이는 사실이 아니다. 어디를 가나 이런 모임에 참석하는 사람은 중년이나 나이 든 흑인이며 이들은 분노로 들끓었다. 캔자스 주 위치타에서 나는 한 젊은 대학생이 말하는 것을 들었다. 어느 도시를 가든 들을 수 있는 그런 얘기였다. 그는 이 지역에서 자신이 당한 불공평한 일에 대해 자세히 설명했다. 그는 백인에게 맞은 상처를 보여 주었다.

"우리는 이제껏 '도의에 합당한' 모든 것을 시도했습니다."

"옳소. 그 점은 아무도 의심할 사람이 없소." 청중이 소리쳤다.

"우리는 정의가 실현되기를 요구했는데 저들은 우리에게 위원회만 안겼소." 젊은 남자가 소리쳤다.

"옳소."

"심지어는 위원회를 시켜서 우리에게 어느 정도의 자결권을 줄지도 정하려고 합니다."

"테이크 텐(Take ten)!" 방 뒤편에서 누군가 소리쳤다.

"테이크 텐!" 몇몇 사람이 이에 맞장구쳤다.

젊은 남자는 연설을 마친 뒤 내게로 왔다. 깊은 좌절감 때문에 곧 흐느껴 울 것 같은 기색이었다. 남자는 고통으로 이글거리는 눈빛으로 내 눈을 뚫어지게 바라보았다. 남자는 나와 악수를 나누면서 작은 소리로 이렇게 말했다. "돌아가시면 부탁 하나 들어주시겠습니까?"

"네. 할 수 있는 일이라면 해 드리겠습니다."

"그곳에 돌아가면 당신 친구 예수 그리스도와 당신 친구 마틴 루터 킹에게 이렇게 전해 주십시오. '빌어먹을!'이라고요." 이 말을 뱉는 남자의 목소리에는 내가 인간의 목소리에서 들어본 가장 깊은 절망이 배어 있었다.

길거리에서는 젊은 흑인 남자들이 서로를 향해 "테이크 텐!"이 라고 외쳤다. 아마 백인은 이 말이 10분간 휴식을 달라는 말인 줄 알 것이다. 이 말에 담긴 의미는 이 나라가 흑인을 완전히 전멸시 키는 방향으로 나아가고 있다는 것, 흑인 한 명당 백인 열 명의 비 율이므로 흑인은 백인이 앗아간 흑인 한 명의 삶을 구하기 위해 백인 10명의 목숨을 가져와야 한다는 뜻이었다.

신문 보도나 취재 내용은 대개 흑인 거주 지역 밖에 있는 백인 해설자가 제공했다. 광범위한 지역에 걸쳐 백인은 겁에 질린 상 태에서 이 내용을 진실이라고 받아들이지만, 흑인 빈민가에서는 이 내용을 전혀 믿지 않았다. 자신이 경험한 사실과 일치하지 않 기 때문이다. 감정이 격하게 끓어오를 때에는 문제 지역에 어떤 백인도 들어갈 수 없으며 언론 매체에서는 보다 균형 잡힌 시각 을 제공할 흑인 기자를 많이 확보하지 못했다.

나는 여러 지역의 흑인과 의견을 주고받기 시작했고, 그러면서 점차 이상한 양상이 나타나기 시작했다. 폭발 상황으로 치닫는 모든 지역이 다 그런 것은 아니더라도 상당히 많은 지역에서 사 실로 입증되었다. 지역 고위층에 있는 사람, 예를 들어 시장이나 경찰서장, 그 밖의 고위 공무원은 인근 도시가 이미 화염에 휩싸 였고 무장한 흑인이 차에 가득 타고 이쪽 도시를 공격하러 온다는 정보를 접했다. 디모인(Des Moines)이 화염에 휩싸였다는 소문이 들리면서 시더 래피즈(Cedar Rapids)에서 이런 일이 벌어졌다. 또한 오클라호마시티가 화염에 휩싸이고 차에 가득 탄 무리가 주변 도시로 몰려들고 있다는 소문이 퍼지면서 오클라호마 주의 아드모어(Ardmore), 텍사스 주의 포트워스에서도 이런 일이 일어났다. 캘리포니아 주 오클랜드가 화염에 휩싸였다는 얘기가 들리면서 리노(Reno)를 비롯한 다른 서부 도시에서 이런 일이 일어났다. 버지니아 주 리치몬드(Richmond)가 화염에 휩싸였다는 얘기가 들리면서 로아노크(Roanoke)에서 이런 일이 일어났다. 그리고 다른 많은 지역에서도 이러한 양상이 번져갔다.

이런 소문이 사실인 적도 없고, 소문 속의 도시가 실제로 화염에 휩싸인 일도 없었다. 그러나 백인 관리는 즉각 행동에 나서서 중요한 지역 인사나 재계 인사를 접촉했다. 그러고 나면 폭동 진압을 실시하라는 명령이 내려지고, 일반 시민은 다가올 공격에 대비하기 위해 무장을 하고 전략적 요충지를 점거했다. 대개의 경우 백인은 '위험 상황'에 대한 얘기를 듣지만 그 지역 흑인은 아무것도 알지 못했다. 내가 기억하는 한 가지 예외 상황이 있었다. 웨스트코스트 지역에 소문이 퍼지면서 한 백인 관리가 평소 친하게 지내던 한 젊은 흑인 교사에게 전화를 걸었다. 백인 관리는 흑인 교사에게 자신이 들은 보고 내용을 알리면서, 인근 지역을 둘러보고 뭔가 수상쩍은 일, 말하자면 전투 준비 같은 상황이 벌어지는지 알려달라고 했다. 흑인 교사는 인근 지역을 돌아다니며 살핀 뒤 돌아와서 백인 관리에게 전화로 이렇게 알렸다. "꽤 불길해 보여요. 길 건너편에 한 여자가 유모차에 아이를 태우고 지나가고, 블록을 따라 내려가다 보면 자기 집 마당에서 잡초를 뽑는 남자도 보여요. 적절한 조치를 취하는 게 좋겠어요."

그러나 대개의 경우 흑인은 폭풍이 다가오는 것을 눈치 채지 못했다. 폭동 진압대가 움직이고 불안한 백인 주민들이 기다리고 있으면 얼마 안 있어 일이 터졌다. 위치타에서는 백인 청년 몇몇이 흑인 거주 지역으로 차를 몰고 들어가서 총을 쏘아댔다. 이 소리를 들은 흑인이 집 밖으로 뛰어나와 어이없는 일을 목격하고는 화가 나서 지나가는 차에 돌이나 막대기 같은 것을 던졌다. 이렇게 해서 싸움이 벌어졌다. 이 일은 특별한 경우로서 경찰은 무장한 백인 5명과 겨우 돌멩이와 막대기를 든 흑인 청년 12명을 체포했다. 모두 유치장에 들어갔다가 다음날 아침 보석으로 석방되었다. 그러나 백인 5명이 낸 보석금은 흑인 12명이 낸 보석금의 5분의 1밖에 되지 않았다. 이처럼 보석 석방에서도 노골적인 불평등을 보임으로써 흑인 사회에 분명한 메시지를 전했다. 백인은 아무도 이에 항의하지 않거나 심지어는 이 일이 불공평하다는 것조차 알지 못했다. 그러나 흑인은 이를 매우 의미심장한 일로 보았다.

다른 도시에서는 흑인 집 현관에 돌멩이를 던지기만 해도 충분히 흑인을 집 밖으로 끌어내어 대치 상황을 만들고 한바탕 과격한 행동을 벌일 수 있었다.

이런 일을 비켜간 도시도 몇몇 있었고 반면 여러 가지 변형된 형태의 소문이 떠돌면서 다른 도시에 일을 터뜨리는 경우도 있었다.

누가 이런 짓을 벌였을까? 아무도 아는 사람은 없다. 백인은 흑인 선동 세력이 돌아다니면서 각 지역에 들어가 지역 내부에서부터 이런 일을 터뜨린다고 믿었다. 흑인은 이런 주장이 명백한 거짓말이라고 생각했다. 흑인 거주 지역 밖에서 일이 터졌으며, 게다가 일이 터지기 전까지 '돌아다니는 흑인 선동 세력'을 본 적이 없기 때문이다. 분명히 1967년에 지역 내부로 들어와 흑인의 분노를 선동한 사람은 없었다. 흑인의 분노는 이미 기정사실로 있는 그대로 다 드러나 있었기 때문이다.

무장 흑인을 가득 태운 차 수백 대가 몰려오는 중이라고 떠들던 도시 가운데 실제로 이런 차가 모습을 드러낸 곳은 단 한군데도 없었다. 어떻게 하면 백인이 이런 얘기를 듣지 못하고 유형화된 소문을 사실로 받아들이지 않을 수 있을까? 아이오와 주 대번포트(Davenport)에서 있었던 일이다. 무장 흑인을 가득 태운 버스가 워싱턴에서 출발하여 대번포트로 향하고 있다는 정보가 백인 관리에게 들어왔다. 경찰은 시 지도자에게 급히 사실을 알리고 이 버스 쪽으로 나갔다. 정말로 흑인을 가득 싣고 워싱턴을 출발하여 이 도시로 들어오는 버스가 있었다. 그러나 버스에 탄 사람은 무장 흑인이 아니었다. 그들은 모두 관광길에 나선 교사들이었다.

이런 유형의 긴장과 소문, 폭발 상황을 실제로 행동에 옮기는 이가 누구인가를 놓고 이번에도 백인은 이중적인 태도를 보였다. 흑인은 이런 일을 벌이는 사람이 절대로 흑인이 아니라고 믿었으며, 혹시 백인 인종차별주의자 집단이 이런 짓을 벌인 것은 아닌지, 따라서 또 다른 대량 학살 음모의 징후를 나타내는 것은 아닌지 두려워했다. 나는 이 당시 여러 도시를 돌아다녔다. 흑인 거주 지역 내부에서 바라본 풍경은 정말 무섭고 끔찍했다. 주변에 있는 백인은 흑인의 공격에 맞서 스스로를 지켜야 하는 때를 대비한다면서 무장한 반면(흑인이 궐기해서 백인을 공격하는 인종 간의 싸움을 실제로 누군가 선동한다고 믿었다) 대부분 아무런 무장조차 하지 않은 흑인은 흑인 거주 지역 내에 몸을 옹크린 채 앉아 무장 백인에게 둘러싸여 있다고 느꼈다. 흑인 부모는 아이들을 더 조심스럽게 간수하려고 애썼다. 또한 인종차별주의자가 흑인에게 무슨 짓이든 저지르고 마음대로 처치할 수 있었던 오래전 '피에 굶주린, 허가증을 가진 학살자' 얘기가 흑인 사이에 오갔다.

백인 지도자는 흑인 눈에 믿을 수 없는 존재로 비쳤다. 이들은 사태를 의논하기 위해 나를 만난 자리에서 대개는 흑인이 그 자리에 함께 있는데도 내게 흑인 선동가가 지역을 돌아다니면서 '선량한 흑인'을 선동한다는데 이들이 누군지 아느냐고 묻곤 했다. 혼란 사태 배후에 공산주의자가 있었다면 내가 발견했을까? 흑인은 지역 백인 관리가 지역의 상황을 분명히 알고 있을 텐데도 '외부 선동자'나 공산주의자 때문에 사건이 발생했다고 생각하는 사실이 믿기지 않았다. 또한 백인 관리는 절대로 믿을 수 없는, 진실하지 못한 사람이라고 여겼다. 안타까운 일이지만 나는 백인 관리를 잘 알며, 원인은 이 관리가 아니라 다른 곳에 있다고 생각했다.

1968년에 마이애미 공화당 집회가 열릴 때였다. 이 당시에 언론매체는 위기의 순간에도 흑인 거주 지역 내에 들어갈 수 있는 흑인 기자를 많이 확보했기 때문에 이 나라 국민 전체가 텔레비전 화면을 통해 폭동이 벌어지는 장면을 지켜볼 수 있었다. 흑인 정당 간부회의에 경찰이 부당하게 급습하는 장면을 지켜보았다. 이 회의가 흑인 기자의 입장을 허용하지 않았다는 게 이유였다. 또한 법 집행관리가 흑인 거주 지역으로 들어가 최루탄을 터뜨리고 그제야 휴대용 스피커로 오후 6시 이후 통행금지가 발효되었으니 모든 사람은 집으로 돌아가거나 집 안에 머물러야 한다고 공표할 때 비로소 흑인은 처음으로 통행 금지령이 내려졌다는 사실을 알게 되는 장면도 보았다. 이런 일련의 도발적 사건이 벌어진 뒤 도시는 폭동에 휩싸였다. 온 나라가 이를 지켜보았고 이에 대해 꽤 정확하고 전문적인 내용을 알게 되었다. 해설자가 전하는 말에 따르면 매우 더운 날씨고 사람들은 에어컨이 없기 때문에 집 밖에 나와서 더위를 식힐 생각이었다고 한다. 그렇지만 몇 시간이 지나지 않아 주 정부의 고위 관리가 담담한 어조로 정부에서는 폭동을 일으킨 외부 흑인 선동자와 공산주의자를 찾는 중이라고 발표했다. 이들은 분명 한 명도 잡지 못했을 것이다. 전국에서 이 모든 것을 지켜본 흑인은 역시 이를 다 지켜본 백인이 공산주의자와 흑인 선동가가 이 모든 사태의 원인이라는 오래된 주장을 그대로 믿는 것을 보고 그들의 우매함에 절망할 수밖에 없었다.

마틴 루터 킹 목사가 암살되기 3주 전 나는 태평양 연안 지역에서 흑인 지도자 집단을 만나 의견을 주고받았다. 흑인 지역이 폭력 사태로 내몰릴 때마다 결국은 인종차별주의자에게 명분을 제공하고 흑인은 점점 더 대량 살상 상황으로 몰린다는 생각을 다들 거의 동시에 하게 되었다. 인종차별주의자가 흑인 지역을 폭력사태로 몰고 가지 못하도록 하자는 얘기가 나왔다. 마틴 루터 킹 목사의 암살 사건 이후 많은 사람의 예상과는 달리 집단 폭력사태가 벌어지지 않는 데에는 분명 이런 이유도 있었다. 물론 동부 도시와 워싱턴 D.C.에서 산발적인 보복 폭력이 있긴 했다. 그러나 이전 같으면 전면적인 인종 싸움으로 번질 수 있었겠지만 그런 상황으로 발전되지 않았다.

그렇다면 어떤 화합을 이룰 수 있을까? 아무리 백인이 흑인을 불신의 눈으로 본다고 해도 흑인이 백인을 엄청난 불신의 눈으로 보는 것에 비하면 이는 아무것도 아니다.

역설적이게도 마틴 루터 킹 목사는 살아 있을 때나 죽었을 때나 시금석 같은 존재가 되어 흑인 사상가 사이에 총체적인 새로운 평가를 가져다주었다. 이러한 평가는 폭력적인 대치상황을 대체할 새로운 대안으로 이어졌다. 그 결과 마틴 루터 킹 목사는 비폭력 저항 철학이 무엇 하나 이루어냈다는 희망조차 없이 심한 좌절 속에서 죽었지만 그 자신은 흑인 사이에 새로운 사고방식을 낳는 원천이 되었고 결국에 가서는 이 나라 두 시민 사이에 전면적인 폭력 충돌이 벌어지지 않도록 막아냈다. 이런 새로운 사고방식이 퍼지면서 '테이크 텐'이라는 구호는 사라졌다. 흑인은 다른 방법을 찾아내기 시작했다. 마틴 루터 킹 목사가 순교자의 죽음을 맞은 시기에 새로운 활력이 솟아났다.

그 무렵까지는 통합된 사회만이 차별과 인종문제를 해결하기 위한 궁극적인 방안이라고 믿어졌고, 모든 흑인의 생각은 이런 통합된 사회를 이루기 위한 꿈에 집중되었다. 이는 또한 많은 백인의 꿈이기도 했고, 이 꿈을 위해 많은 백인과 흑인이 목숨을 바쳤다. 이 꿈은 사람들 가슴에 너무도 깊이, 너무도 소중히 새겨져 있으며 절대적인 선으로 비쳤기 때문에 이를 의심하는 사람이 아무도 없었다. 대단히 강인한 정신력을 가진 사람이 아니고서는 이 꿈이 지난 시간 동안 흑인에게 약점으로 작용하지 않았었나 하는 의문을 제기하기 힘들었다. 이런 뼈아픈 생각이 처음 제기되면서 적어도 이런 꿈 가운데 일부분은 흑인의 힘을 약화시켜

왔다는 게 분명해지기 시작했다. 예를 들어 한 흑인이 사업체를 세웠을 때 장차 그의 고객이 될 흑인은 당연히 이런 말을 했을 것이다. "통합을 이루기 위해 지금까지 이렇게 싸워온 이상 자기편을 더 위하는 차별을 하지 않을 겁니다." 그리고는 사업체에 후원하지 않았다.

점점 없어지는 추세긴 하지만 일반적으로 갖고 있는 생각 중에, '좋은 백인'은 대개 북부 지역에 살고 '나쁜 백인'은 남부에 산다는 생각이 있었다. 분명히 많은 북부 도시 사람은 남부 지역에서 벌어지는 일을 매우 유감스럽게 여겼다. 그러나 마틴 루터 킹 목사가 남부 지역에서 행한 일을 놓고 북부 지방에서 많은 칭찬을 아끼지 않았지만, 정작 킹 목사가 북부 도시로 들어가 활동했을 때, 과거 그를 칭찬했던 바로 그 관리가 킹 목사의 지역 활동에 반대했던 일이 있었다. 북부든 남부든 태도 면에서 볼 때 근본적인 차이가 없다는 사실이 분명해졌다. 백인이 갈라놓은 두 인종 간의 거리는 어느 지역에나 존재했다. 킹 목사가 북부 지역을 다니는 동안 흑인에게 가장 우호적인 도시에서조차 지역 사회에서 엄청난 반대가 일어나 두 인종 간의 격차를 좁히지 못한 일이 늘 있었다. 쓸쓸한 일이기는 하지만, 가까운 장래에도 이런 거리감은 여전히 존재할 것이다.

그렇다면 무엇을 해야 할까? 흑인 지도자와 사상가는 뒤로 한 걸음 물러나 상황을 다시 바라보기 시작했다. 그들이 내린 결론

블랙 라이크 미

은 가혹했다. 오래된 꿈, 한 가지 해결책을 향한 변함없는 희망, 다시 말해 통합된 사회를 이루기 위한 희망이 이제껏 별 효과가 없었고 앞으로도 실효를 거둘 가능성이 없다는 결론이었다. 흑인은 흑인 거주 지역 안에 비좁게 틀어박혀 계속 그곳에 머물러야 했다. 이제껏 발전을 이루었지만 이는 겉모습만 변한 것일 뿐, 이 땅의 흑인 거주 지역 내에서 이뤄지는 삶의 문제는 하나도 바뀌지 않았다. 흑인은 여전히 인간으로서, 한 집안의 가장으로서 자기결정력과 자기 존중의식을 가진 인간 개인으로서 제대로 살아갈 수 없었다. 희망을 쌓아올렸다가 다시 백인 사회의 분위기에 무참히 꺾여 버리는 악순환, 심신을 고단하게 하고 폭력적이기까지 한 이 악순환을 끝낼 수 있는 대안은 무엇일까?

흑인 지도자들은 곰곰이 생각했다. 얼핏 희망이 없어 보이는 상황을 유리한 상황으로 변화시키기 위한 새로운 정신을 찾아야 했다. 우선 첫걸음은 실제 현실을 있는 그대로 받아들이고 이런 현실을 바꾸기 위해 움직이는 것이었다. 인종정의는 단지 억압받는 사람을 위한 것만이 아니라 모든 사회를 위한 것이라는 깨달음을 모든 사람이 얻을 것이라는, 먼 미래의 애매한 꿈 따위에 더 이상 매달리지 않기로 했다.

이러한 시각에서 문제를 바라보자 몇 가지 놀라운 사실이 뚜렷하게 보이기 시작했다. 과거의 꿈을 버린 흑인 사상가는 체제 속에 배어 있는 약점을 끄집어내기 시작했다. 이 약점 중 맨 먼저 언급된 것은 철학자가 말하는 이른바 '분열된 개성'이었다. 이런 약점을 규정하는 순간 흑인은 곧바로 이를 이해하고 깨달았다. 분열된 개성이란 이 사회에서 뭔가를 이루려고 노력하는 흑인에게서 나타나는 현상이다. 흑인은 성공하기 위해 백인을 모방해야 했다. 백인처럼 옷을 입고, 백인처럼 말하며, 백인처럼 생각하고, 백인 중산층 문화의 가치를 표현해야 했다(적어도 백인과 함께 있는 동안은 그렇게 해야 했다). 이 모든 것은 결국 자아, 흑인 존재, 흑인 문화를 수치스러운 것처럼 숨기고 부정하는 것을 의미했다. 성공을 이룬 사람은 소외된 주변인이 되었다. 흑인 문화의 장점으로부터도, 동료 흑인으로부터도 소외되었고, 그의 얼굴에 드러난 색소 때문에 백인으로부터도 본질적으로 다른 존재 취급을 당하고 결코 가짜 백인 노릇도 제대로 하지 못했다. 분열된 개성이라는 용어를 이해하는 순간, 이 말이 의미하는 미묘한 차이까지 모두 느끼며 살아왔던 흑인은 그 의미를 완벽하게 이해했다. 이 말을 이해하는 순간 흑인은 이에 맞서기 위한 긍정적인 뭔가를 할 수 있다. '형제', '자매' 같은 개념이 순식간에 생활 속에 들어왔다. 흑인은 옷이나 말투, 예절 면에서 의도적으로 이제는 더 이상 백인을 모방하려 애쓰지 않았다. 분열된 개성의 단점을 역으로 바꾸기 위해 흑인의 역사를 연구하고, 흑인의 자존심을 개발하며 심지어는 예전까지 억압적인 의미를 지녔던 '블랙(black)'이란 단어도 사용하고, 이런 말들이 '뉴 블랙(New Black)'의 상징어가 되고 아

블랙 라이크 미

름다운 말로 들릴 때까지 지속적으로 머릿속에 박히도록 했다.

흑인 사상가는 흑인 거주 지역을 정원으로 바꾸고, 흑인 학교를 인수하며 '나라 안에 나라'를 세우자는 주장을 했다.

흑인 사상가는 기존 체제의 경제적 문제점을 지적했다. 흑인 구역 내에 있는 사업체는 대개 백인 소유며, 특히 대형 체인 잡화점이 많았다. 흑인이 이런 가게에서 돈을 지출하면 이윤이 백인 은행으로 들어갔다. 백인 은행은 텔레비전이나 자동차 대출금을 얻는 데는 흑인을 차별하지 않지만 소규모 사업이나 주택 대출에서는 차별을 하기 때문에 결국 흑인의 돈이 힘을 잃게 된다고 널리 알렸다. 이런 상황을 이해한 시카고 거주 흑인들은 백인 소유의 대형 체인 상점을 돌아다니면서, 앞으로 흑인에게 상추 한 잎이라도 팔고자 한다면 반드시 흑인을 상점 직원으로 고용하고 관리직에도 흑인을 포함시켜야 한다는 취지의 주장을 전했다. 나아가 이들 상점은 흑인 거주 지역에서 나온 운영 수익금은 대출에서 흑인을 차별하지 않는 흑인 은행에 예치해야 했다. 상점은 이에 응해야 했다. 이 운동은 큰 성공을 거두어 여기서 사용된 기법이 전국적으로 퍼졌다.

보다 개인적인 차원에서는 흑인 사회 전체가 나서서 흑인 남자 아이를 구해야 한다는 얘기가 나왔다. 그러자 순식간에 모든 사람들이 이를 깨닫게 되었다. 이전까지 늘 흑인 여자 아이에게는 관심을 기울여 왔다. 이제는 흑인 남자 아이에게 관심이 돌아가면서,

백인 교과서를 사용하는 흑인 학교에서 흑인 남자 아이는 역사 속의 모든 영웅이 백인이라는 결론을 너무 쉽게 받아들인다는 사실이 지적되었다. 나아가 전국적으로 알려진 흑인 인권지도자, 예를 들어 마틴 루터 킹 목사, 로이 윌킨스, 제임스 파머 같은 사람은 예외로 하고 그 밖에 성인 흑인 남자는 흑인 아이의 눈에 무능한 패배자로 비치기 일쑤였다. 백인이 흑인 손을 잡고 흑인의 문제를 해결하도록 이끄는 과거의 풍경은 흑인 남자 아이에게 성인 흑인 남자는 별로 닮고 싶지 않은 인물이라는 인상을 주었다. 또한 아이의 영혼을 죽이고, 문제해결능력을 가진 개인으로서 성인이 되고 싶은 의지마저 꺾었다. 이러한 자각이 온 나라를 휩쓸었다. 흑인 부모는 교과서를 바꿔달라고 요구하기 시작했고, 흑인과 관련된 모든 문제의 해결과정에 흑인이 참여하는 모습을 시각적으로 넣어달라고 요구했다. 인권운동 분야에서 오랫동안 열심히 활동해 온 몇몇 백인은 이러한 자각이 매우 중요하다고 보았다. 사울 알린스키(Saul Alinsky), 제임스 그로피(James Groppi) 신부 등 인권운동의 영웅으로 알려진 사람들은 개인적인 활동을 계속 이어나가긴 했지만 대중의 시야에서는 점차 사라지기 시작했다. 많은 흑인이 느끼듯이 이들 역시 이제는 흑인 남자 아이들을 위해서 흑인이 문제 해결자이자 지도자로서 모습을 드러내야 하며 백인은 스포트라이트가 비치지 않는 뒷전으로 물러나야 한다고 판단했다.

이런 점을 이해하지 못한 몇몇 백인은 이제껏 '불쌍한 흑인을 이끌어 정글 밖으로 데려나오는 훌륭한 백인'의 역할을 갑자기 그만두어야 한다는 사실에 화를 내기도 했다. 이들 중 많은 이는 우리 시대의 가장 슬픈 인물이었다. 이들은 모든 것을 바쳐서 흑인을 도와 가짜 백인이 되도록 하고, '흑인을 백인 수준으로 끌어올렸지만' 이런 태도가 흑인에게 얼마나 깊은 모욕감을 안겨 주는지는 전혀 깨닫지 못했다.

이처럼 흑인의 생각은 급격한 변화를 보이는 데 비해 백인은 이런 변화를 이해하는 데 더뎠다. 대체로 백인은 흑인의 사고방식이 발전해 가는 속도를 따라잡지 못했다. 오랜 세월 동안 인권 활동에 몸담았던 많은 백인들이 갑자기 흑인의 사고에서 배제되는 일을 신기해하면서도 서글퍼했다. 특히 흑인 학생은 스스로서는 흑인의 모습을 흑인 아이에게 보여주어야 하며 백인에게 지도받는 옛 모습의 흔적을 지워야 한다고 깨달았다. 대학생은 흑인 학생조합을 결성해서 백인 학생을 배제시켰다. 백인 학생은 아무도 이를 이해하지 못했다. 백인 대학생은 결국 인종정의를 위한 싸움에서 거대한 방패 구실을 해 왔고, 많은 학생이 이 대의명분에 영웅 같은 모습으로 헌신해 왔다. 그러나 이런 역할 때문에 지도자 위치는 늘 백인이 떠맡는다는 생각이 생겼고 흑인보다는 백인이 운동의 영웅이라는 견해가 영원히 굳어졌다. 실제로 진실하고 정통한 백인이 행한 일에 대해서 많은 고마움을 표하는 한편, 이제 그들에게 백인 사회로 돌아가 활동해 달라고 했다. 그곳에서 흑인에게 억압을 가하는 것 못지않게 인종차별주의자가 아닌 백인에게 억압을 가하는 인종차별주의와 맞서 싸워달라고 부탁했다. 몇몇 이는 흑인과 함께 일할 때보다 많은 부담이 따르는데도 이런 활동을 지속해 주었다.

흑인 대학에도 같은 원칙을 내걸고 학생들은 흑인 강사를 늘려 달라고 요구했다. 이제껏 역사학자, 인류학자, 사회학자 등 학술 활동과 삶을 바쳐 인종차별 문제와 이의 해결을 위해 애써왔던 백인 강사는 이 모든 일이 인종차별주의에 의해 억압받는 희생자를 위하는 일이라고 여기면서 활동해 왔지만 이제는 흑인 강사를 위해 학교에서 물러나 달라는 요청을 받았다. 이들 중에는 몹시 분개한 사람도 있었다.

학생들은 개별 학과에서 높은 권위를 지녔거나 또는 같은 학과에 근무하는 흑인 권위자에게 그런 존재로 인정받는 사람을 찾아가 그들은 흑인이 아니기 때문에 그들의 활동이 연관성을 지니지 못한다고 말했다. 아직 해당 학과를 제대로 공부하지도 못한 학생에게 그처럼 경솔한 대접을 받으며 자신이 평생 동안 해 온 일에서 쫓겨난다는 것은 매우 잔인한 모욕이었다. 한때 인권을 열렬히 옹호했던 한 노학자는 요즘에 와서 '그 흑인 양아치들'이라는 말을 입에 올리곤 했다. 사회학자였던 또 한 사람은 지금도 여전히 의학계와 의학교에서 벌어지는 차별을 연구하는데, 최근 캘리포니아 의과대학의 한 교수를 만난 자리에서 이 교수가 흑인 의대생의 높

블랙 라이크 미

은 성취를 매우 자랑스러워하자 "그럼 앞으로 당신 몸에 병이 나면 그들 중 한 명한테 전화하길 바랍니다."라고 말했다고 한다.

흑인과 함께 인종차별 문제를 해결하기 위한 활동에 참여해 오다가 배제당하고 나서 이에 매우 분개하는 이들 중에는 자기방어의 수단으로 흑인의 열등성을 보여주는 징후를 찾아 나서는 이도 있었다. 지금 우리 앞에는 학자들이 이런 내용을 놓고 또 다시 논쟁을 벌이는 중이며, 심지어는 최근 (백인 지향적인 시험인) IQ 검사에서 낮은 점수가 나온 사람한테 돈을 주어 정관 수술을 받도록 하자는 제안까지 나오는 실정이다. 100점에서 1점씩 낮아질 때마다 1,000달러를 주기로 한다니까 IQ 90인 사람은 불임 수술 비용으로 10,000달러를 받을 것이다. 이는 대량 학살 식 사고방식을 보여주는 또 다른 사례로 간주되었다.

이 모든 일은 현재 벌어지는 장면의 일부분이다. 이를 가리켜 양극화 현상이라고 부르는 이도 있다. 흑인이든 백인이든 우리 중 많은 사람은 1960년대 초중반 다 함께 일하면서 〈우리 승리하리라(We Shall Overcome)〉를 소리 높여 부르고 승리가 멀지 않았다고 생각하던 그 시절의 일을 아직도 생생히 기억하고 있다.

그러나 지금 우리는 비록 형제살해의 잘못을 저지를지 몰라도 과거에 비해 훨씬 많은 희망을 품고 있다. 과거에는 다수의 정서라는 아주 취약하고 쉽게 사라지는 정서를 바탕으로 희망을 꿈꿨지만 이제 그런 허약한 기반은 사라지고, 그 대신 매우 거칠고 모순으로 가득 차 있긴 하지만 현실주의가 그 자리에 들어서서 보다 단단한 기반 구실을 할 것이다. 흑인은 완전한 인간으로, 자기 결정력을 가진 사람으로 살아가기 위해 앞으로도 계속 전진할 것이다. 돌이킬 수 없는 발걸음을 내디딘 것이다.

양극화. 분리. 이런 일을 원하는 사람은 흑인 중에도, 백인 중에도 없었다. 이런 현상이 빚어진 것은 우리가 꿈꾸었던 일이 아직 실현되지 못했기 때문이다. 많은 사람이 오늘날의 현실을 받아들이면서도 여전히 과거의 꿈을 간직하고 있다.

2년 전 나는 디트로이트 강당에서 연설을 들은 일이 있었다. 클리지(Cleage) 목사가 성직자 대회 참석자들을 대상으로 행한 연설이었는데, 이 연설에서 클리지 목사는 이른바 '흑인분리운동가'를 설명하면서 이들은 백인 측에서 정해 놓은 분리 선과 절대로 화해할 수 없다고 생각하는 이들이라고 했다.

그 후 성직자 중 한 사람이 자리에서 일어나 물었다. "당신은 백인이 정해 놓은 분리 선을 현실로 받아들이자고 옹호하고 있습니다. 그건 비(非)기독교적인 방식 아닙니까? 우리는 모두 목사며, 모든 사람이 사랑 속에서 하나가 되도록 해야 하지 않습니까?"

"맞습니다. 당신이 아주 오랫동안, 아주 큰 소리로 그런 내용을 설교하지 않았기 때문에 우리가 지금 이런 분리 선을 마주하고 있습니다."

궁극적으로 이러한 '분리'는 언젠가 진정한 의사소통에 이르기 위한 가장 빠른 지름길이 될지도 모른다. 그날이 오면 흑인과 백인은 동등한 존재로 진실된 이야기를 나누고 백인은 자신이 흑인에게 '양보할' 뭔가가 있는 듯한, 또는 흑인이 그들의 흑인 특성을 '극복하도록' 도와줘야 할 것 같은 무의식적인 암시를 모든 문구마다 담지 않아도 되는, 그런 만남이 이뤄질 것이다.

'타자'를 넘어서

1979년

Black Like Me

『블랙 라이크 미』에서 나는 한 가지 분명한 사실을 담으려고 노력했다. 한 인간을 판단할 때 인간성 면에서 어떤 사람인지를 기준으로 판단하지 않고 그의 피부색이나 철학적으로 '우연한 일'로 판단하는 것이 얼마나 말도 안 되는 미친 상황인가 하는 점을 보여주고자 했다.

나는 이 사실을 입증해 보였다. 백인일 때 나는 어느 곳이나 자유롭게 드나들 수 있었지만 흑인이 되고 나서는 인종차별적인 법이나 남부 백인의 관습 때문에 출입에 제한을 받았다. 사람들은 인간 개인의 자질이 아니라 오로지 얼굴 피부색을 기준으로 나를 판단했다.

이는 논쟁의 여지가 없는 명백한 사실인데도 많은 백인은 이를 이해하지 못하거나 진실을 받아들이려 하지 않거나, 그냥 무작정 부정했다. 내가 '흑인'이 되어 경험한 일은 모든 흑인, 모든 유색 인종이 경험을 통해 알고 있는 진실을 단순히 입증해 보인 것뿐이다. 백인 주류 문화는 오로지 피부색을 근거로 소수 민족을 차별대우했다.

뼛속 깊이 이중 잣대가 주입되어 있는 이런 차별 체계는 문화마다 내용 면에서 조금씩 차이를 보이지만, 불공평하다는 점에서는 언제나 같다. 불공평한 것은 종류가 수천 가지나 되지만 정의는 오로지 한 종류다. 모든 사람을 평등하게 대하는 정의 한 가지뿐이다. 조금 더 많은 정의니, 온건하게 점차적으로 이뤄지는 정의니 하는 것을 요구하는 것은 결국 정의를 요구하는 것이 아니다. 이는 분명한 진실이다.

그리고 또 한 가지 분명한 진실이 있다. 깊은 본질에서 보았을 때 인간성은 다르지 않다는 점이다. 본질적으로 다른 인간 종족은 존재하지 않는다. 우리가 다른 사람의 입장이 되어 우리의 반응 태도를 볼 수만 있다면 우리는 차별이 얼마나 불공평한지, 모든 편견이 얼마나 비극적이고 비인간적인 행위인지 깨달을 것이다.

흑인이 되고 나서 맨 처음 거울 속에서 내 검은 얼굴을 보았을 때 내 자신이 얼마나 깊은 편견을 지니고 있는지 깨달았다. 그러고 나서 흑인으로 일주일 동안 살면서 과거의 묵은 상처가 치유되고 모든 감정적 편견이 깨끗이 씻겨나간 것을 깨닫고는 너무

블랙 라이크 미

고마운 마음이 들었다. 이유는 간단했다. 나는 흑인 가정에 머물면서, 내가 오랫동안 머리로만 알던 것을 39년간 살아오면서 난생 처음으로 감정적인 차원에서 경험했기 때문이다. 가족 안에서는 사람마다 모든 것이 다 똑같다는 것을 직접 보았다.

저녁으로 무엇을 먹을지, 고지서 돈을 어떻게 마련할지, 어느 아이에게 설거지를 도우라고 할지, 어느 아이에게 식탁을 치우라고 할지, 이런 대화 속에서 모든 것이 드러났다. 모든 가족 내에서 사람들이 서로 관계를 맺는 방식은 매우 분명하며, 이런 방식 속에 모든 것이 드러났다. 흑인 부모와 함께 앉아, 모든 부모가 그렇듯이 흑인 부모 역시 낙담한 상황에 어떻게 반응하는지 지켜보노라면 이 모든 것이 드러났다. 나는 이 모든 일을 흑인도, 백인도 아닌 '인간 부모'로서 경험했으며, 내가 내 아이들 일을 경험할 때와 똑같았다.

오랫동안 내 안에 들어 있던 감정의 찌꺼기들, 편견, 부정, 수치심, 죄의식은 '타자'가 결코 다른 사람이 아니라는 사실을 깨달음으로써 모두 씻겨 나갔다.

모든 인간은 사랑하고, 아파하고, 자신과 자기 아이들을 위한 인간적 꿈을 이루기 위해 노력하고, 그저 존재하고, 필연적으로 죽는, 이 모든 동일한 근본 문제에 똑같이 부딪힌다. 이는 모든 인간 안에 들어 있는 기본 진리며, 모든 문화, 모든 인종, 모든 민족이 다 같이 가진 공통의 특징이다.

실제로 우리와 그들, 나와 너라는 이분법은 존재하지 않는다. 오로지 보편적인 '우리'만이 있을 뿐이다. 연민을 느끼고 모두를 위한 평등한 정의를 요구할 줄 아는 능력으로 한데 결합된 인간 가족만이 있을 뿐이다.

우리가 서로 진심 어린 대화를 나누기 전에 먼저 머리로 인식하고 그런 다음 마음속 깊이 감정적인 차원에서 깨달아야 하는 것이 있다. 바로 '타자'는 없다는 것, '타자'란 중요한 본질적 면에서 바로 '우리 자신'일 뿐이라는 사실을 깨달아야 한다.

문화의 감옥 문을 열 수 있는 열쇠는 오로지 이것뿐이다. 사람들이 인간을 학대하면서도 웃는 얼굴로 이를 정당화할 수 있었던 것은 틀에 박힌 사고방식 때문이었다. 이제 새로운 인식이 이런 사고방식의 독성을 중화시키고 해독시켜 줄 것이다.

블랙 라이크 미

발문

로버트 보나지(Robert Bonazzi)

2006년

~

B l a c k   L i k e   M e

영적인 삶에서 가장 우선적으로 필요한 것은
바로 두려움 없는 마음이다.
겁쟁이는 결코 도덕적인 사람이 될 수 없다.

– 모한다스 간디(Mohandas Gandhi)

사람들 눈에 보이지 않고 실체도 없으며,
목소리도 누구의 것인지 알 수 없는데,
이런 상태에서 내가 달리 무엇을 할 수 있었을까?
당신의 눈길이 그냥 지나쳐 가는 동안 실제로 그곳에서 무슨 일이 벌어지는지
당신에게 말해 주려고 애쓰는 것 외에 달리 무엇을 할 수 있겠는가?
내가 정말 섬뜩하게 무서웠던 것은,
내가 당신에게 낮은 주파수로 말한다는 걸 누가 알겠는가 하는 점이다.

– 랄프 엘리슨(Ralph Ellison), 『보이지 않는 인간(Invisible Man)』

I

47년 전 존 하워드 그리핀은 흑인으로 변장해서, 그 유명한 1959년 남부 여행을 시작했다. 그때까지 한 번도 검증된 적이 없는, 단순하면서도 도발적인 전제를 바탕으로 대담한 실험을 감행했다. 흑인 노동자의 일상적 삶을 경험하면서, 비록 그가 알아낸 사실이 편견에 젖어 있고 당혹스럽고 순진한 것이라도 한 점 숨김없이 있는 그대로 기록하고자 한 것이 그의 의도였다.

그가 흑인으로 변한 모습을 검사하기 위해 맨 처음 거울을 들여다보는 순간 그의 정직한 태도는 바로 입증되었다. 그가 거울 속에서 본 것은 "웬 낯선 남자의 얼굴과 어깨였다. 대머리에 인상이 사나운 시커먼 흑인이 거울 속에서" 그를 쳐다보고 있었다.

『블랙 라이크 미』에 적힌 이 문구는 우리 뇌리에 강한 인상을 주었다. 현대 소설에 등장하는 정체성 상실 장면과도 일맥상통하는 것으로 읽히지만, 이 문구는 절대로 허구가 아니다. 흑인으로 변신해서 불을 켜는 순간 육체적, 정신적, 감정적 차원의 자아의식은 혼돈 속으로 곤두박질쳤다. 그러나 누가 누구를 바라보았던 걸까? 거울 속에 비친 검은 얼굴인가 아니면 이 얼굴을 보고 깊은 생각에 잠기는 백인의 의식인가? 그는 곧 "관찰하는 자도, 공황 상태에 빠진 자도" 모두 자기 자신임을 깨달았다.

그리핀은 거울 속에 가장 깊은 두려움을 투영했고, 이 때문에 자신이 목격한 모습의 진실성을 부정하기에 이르렀다. 그는 거울 속의 자신을 보고 예상치 못한 반감을 가졌다. 오랫동안 머리로 합리화시켜 온 감정적인 편견이 고스란히 드러나는 순간이었다. 그는 이렇게 썼다. "무엇보다도 끔찍한 것은 이 낯선 존재에 대해 내가 어떤 동료의식도 느낄 수 없다는 점이었다. 나는 이 새로운 존재의 생김새가 마음에 들지 않았다." "그러나 이미 일은 벌어졌고, 되돌릴 수 없었다."

거울 속의 낯선 사람은 다름 아닌 '타자'였다. 이는 모든 문화가 자기와 다른 문화의 얼굴 위에 덧씌우는, 틀에 박힌 사고방식의 무서운 가면이었다. 그리핀은 '자기 자신인 타자(Other-as Self)'와 조우하여, 그 안에 들어 있던 무의식적인 인종차별 의식과 맞닥뜨렸다. 처음에 그는 자신이 목격한 진실을 부정했다. 그 자신의 인식의 부족 때문에 엄청난 충격을 받은 것인데도, 이 모든 것이 단지 인지적인 충격일 뿐이라고 합리화해 버렸다.

그러나 그런 변화과정과의 조우를 통해 독특한 이중적 시각이 나타났다. 그는 자신의 검은 피부에 투영되는 정형화된 틀을 분명하게 인식하면서, 동시에 흑인이 아는 인종차별의 현실을 깨달았다. 그는 흑인만이 알 수 있는 경험의 깊이를 결코 정확하게 알지 못한 상태에서 몇 주일 동안 극단적인 차별에 노출되었고, 때로는 인종차별의식에서 비롯된 노골적인 '증오의 시선'을 받아야 했다. 새롭게 알게 된 현실이 흑인에게는 전혀 새로울 것도 없었지만, 『블랙 라이크 미』는 인종차별 시대에 벌어진 갖가지 불공평한 일을 백인에게 있는 그대로 전해 주었고, 인종차별이 개인의 특성을 바탕으로 한 것이 아니라 오로지 피부색을 근거로 한 것임을 입증해 보였다.

그리핀은 대개 백인 학생을 대상으로 1,100회가 넘는 강연을 했다. 그는 이전 세대가 편협한 사고를 보이고 진실을 외면한 데 대해 강도 높은 비판을 가해야 한다고 학생에게 용기를 불어넣었으며, 백인 사회를 치유하고 평화와 차별이 없는 미래를 만들어 나가도록 희망을 심어주었다. 1980년대와 1990년대에 전국적으로 공립학교를 다시 흑인학교와 백인학교로 분리한 일을 알았다면 아마 그리핀은 등골이 오싹해지는 두려움을 느꼈을 것이다. 그러나 조나단 코졸(Jonathan Kozol)이 『야만적인 불평등(Savage

Inequalities)』에서 진실을 너무도 통렬하게 입증해 보인 덕분에 그나마 기운을 차릴 수 있지 않았을까.

인종차별을 주제로 한 그리핀의 저서에서 핵심 개념을 이루는 것은 다음과 같다. 지배집단에 속한 성원은 소수집단이 겉보기에 자기와 다르게 생겼다는 이유로 이들을 본질적으로 '타자'라고 여기며, '지배집단의 제한적인 문화보다 저급한 형태의 문화'로 간주한다는 것이다. 『블랙 라이크 미』에서는 이런 내용의 핵심 개념을 직관적으로 파악하고 있으며, 1966년에 쓴 독창적인 글 「내재된 타자(Intrinsic Other)」에서는 이 핵심 개념을 명확하게 풀이했다. 이 글에서 그리핀은 우리 머릿속에 주입된 태도를 검토하고 인종차별적인 견해 속에 어떤 오류가 들어 있는지 분명하게 밝혔다. 그는 이렇게 썼다. "그런 태도가 표현될 때 보이는 특징 중 하나는 말하는 사람은 극히 자연스런 것으로 여기지만 듣는 사람에게는 매우 부자연스런 태도로 받아들여진다는 점이다. 이런 태도는 다른 사람을 본질적으로 '타자'라고, 본래부터 존재가 다른 인간이라고 여기는 것이 얼마나 잘못된 것인지 보여준다. 이런 내재적인 차이 속에는 열등한 존재라는 판단이 늘 어느 정도 함축되어 있다."

편견은 나이 든 사람에게서 직접 또는 간접적으로 배우지만, 사실은 우리 모두가 사회 전체의 주입 과정 속에 젖어서 살아간다. 우리 스스로 갇혀 있는 무의식적인 의사소통 환경에서는 제도화된 인종차별을 인지할 수 있는 눈이 멀어버린다. 우리는 이 새로운 시대에 인종차별은 더 이상 존재하지 않는다고 말하지만, 정작 이렇게 부정하는 동안에도 조직적인 과정은 영원히 고착된다.

그리핀은 "이런 과정 속에 인종차별에 대한 암묵적인 동의가 들어 있다."고 썼다. 그런 다음 아일랜드인 법률가 에드먼드 버크 (Edmund Burke)의 말을 인용하면서 그의 말 속에 '이런 실수를 보여주는 시금석'이 뿌리 깊게 들어 있는 것을 보여주었다.

"버크는 '어떻게 모든 사람을 상대로 고발장을 쓸 수 있는지 방법을 알지 못한다.'고 말했다. 우리는 모든 사람을 우리 자신보다 저급한 존재로 간주하고 정형화된 틀의 맹목성을 영구히 고착화시키는 방법을 통해, 모든 사람을 상대로 고발장을 쓴다. 이때 인종차별이 시작된다."

II

1961년 『블랙 라이크 미』가 출간된 뒤 그리핀은 똑같은 질문을 줄기차게 받았다. 왜 그런 일을 했는가 하는 질문이었다. 그는 이 질문이 아무런 관련성이 없다고 판단했으며, 흑인에게서는 이런 질문을 한 번도 받은 적이 없다고 지적했다. 그럼에도 이에 대한 답을 내놓기 위해 다음과 같이 말했다. "내가 흑인의 피부색을 가지고 무슨 일이 생기든 그 속에서 살아가면서 다른 사람과 경험을 공유한다면 순수하게 이성적인 차원에서는 가능하지 않은 이해에 도달할 수 있다." 그러나 진짜 대답은 결코 쉽게 얻을 수 있는 대답이 아니다. 그리핀이 자신의 문화적 조건과 대면하게 되었던 여러 사건의 궤적을 한참 더듬어 올라가야 할 것이다.

그리핀은 텍사스 주 댈러스에서 어린 시절을 보냈다. 이 지역은 딥 사우스만큼이나 인종차별이 심한 곳이었고, 지배적인 백인 문화가 흑인을 '타자'로 내동댕이치는 그런 곳이었다. 그는 자신의 어린 시절에 대해 이렇게 말했다. "남부적 특색이 강했다. 이때 말하는 남부적 특성이란 오래전부터 내려오는 의미, 즉 끔찍한 의미가 담긴 특성이다. 우리 집은 부자도 아니었고 가난하지도 않았다. 우리는 이른바 품위 있는 남부 집안이었고 인종과 관련한 모든 신화를 배우면서 자랐다."

학생 시절 그는 학과 공부에서 두각을 나타냈지만, 빠른 성장을 가로막는 교육 체제가 답답하게 느껴졌다. 그는 더 큰 도전에 나서기 위해, 프랑스에 있는 한 사립학교 광고를 신문에서 보고 연락을 했다. 바닥 청소를 하면서 생활비를 벌 수 있을 거라고 말했다. 놀랍게도 6주 뒤 투르에 있는 리세 데카르트(Lycée Descartes, 리세는 대학입학시험 준비를 주로 하는 프랑스의 3년제 인문계 후기중등학교이다-옮긴이)에서 장학금이 제공되었다. 그리핀은 프랑스 말을 하지 못했고, 부모는 유학을 마땅치 않게 여기면서 편도 표를 끊어주고 매달 작은 돈만 보내겠다고 했다. 그러나 그는 1935년 15살

블랙 라이크 미

의 나이에 유럽행 배에 올랐다.

미국을 떠나 유럽으로 간 그리핀은 다른 문화를 접했고, 이후 5년 동안 근본적인 변화가 시작되는 분명한 계기를 맞았다. 아프리카 학생이 함께 수업을 듣는 모습을 보고 매우 기뻐했지만 점심시간이 되어 이들이 같은 식탁에 앉은 것을 보자 화가 치밀었다고 한다. 그는 동료 학생에게 어떻게 그럴 수 있는지 이유를 물었고, 그의 질문에 동료 학생은 바로 이렇게 대답했다. "왜 안 되는데?" 10대 소년이었던 그리핀은 자신이 한 번도 그런 질문을 스스로에게 던져 본 일이 없다는 사실을 깨닫고 몹시 당황했으며 어안이 벙벙했다. '고전 교육' 덕분에 그의 지식과 의식의 지평은 확대되었지만 반면 무의식적인 차별의식은 뿌리 깊게 남아 있었다.

졸업 후 그리핀은 푸아티에(Poitiers) 대학교 의과대학에 역시 장학생으로 들어갔다. 19살에는 투르에 있는 정신병원 원장 피에르 프로망티(Pierre Fromenty) 박사의 조교가 되었다. 그러나 독일 점령 하에서 원장이 의료부대에 징집되었고, 징집 대상이 아니었던 미국인은 병원에 남아 가톨릭 간호 수녀와 함께 1,200명에 달하는 환자를 맡아야 했다. 그 직후 그리핀은 동료 학생이 참여하는 지하 저항운동에 합세했다. 병원은 부상당한 병사가 치료를 받는 안전가옥 구실을 했다.

지하운동은 독일, 벨기에, 프랑스에 있는 유대인 가족을 위해 부근 골목 하숙집에 임시 피난처를 마련했다. 결국 집단 수용소로 이송될 거라는 사실을 깨달은 부모들은 그리핀에게 자기 아이를 피난처로 데려다 달라고 간청했다. 그들은 15세 미만의 아이를 몰래 출국시켰다. 난동 방지용 구속복을 입혀 정신병자로 위장시킨 다음 적십자 앰뷸런스를 타고 가면 아무 증빙서류도 필요 없이 투르에서 시골로 사람들을 옮길 수 있었다. 그런 다음 이들을 생나제르(Saint Nazaire) 항구로 옮겼고 그곳에서 해안 팀이 기다리고 있다가 이들을 영국으로 데리고 갔다.

그 후 1940년에 지하운동 세력이 게슈타포가 작성한 살해 대상자 명단을 빼돌린 일이 있었다. 이 명단에 그리핀의 이름이 들어 있었다. 그리핀은 자신이 머물던 프랑스를 빠져 나와 영국과 아일랜드를 거쳐 미국으로 돌아갔다. 그리핀은 홀로코스트가 초래한 비극적인 영향을 직접 목격했다. 홀로코스트는 더 이상 섬뜩할 수 없을 만큼 끔찍한 사건의 정점을 이루었다. 이를 저지른 나치는 모든 사람, 즉 유럽에 거주하는 유대인 공동체를 상대로 고발장을 쓰면서, 독일 사회의 모든 문제에 대해 유대인을 비난하며 희생양으로 삼았다. 그러나 그 당시 그리핀은 바르샤바 유대인 게토와 미국 도시의 모든 흑인 게토 사이에, 곧 반유태주의와 백인우월주의 사이에 유사성이 있다는 것을 이해하지 못했다. 흑인 차별은 한 종족 전체, 즉 미국의 흑인 공동체를 상대로 작성한 고발장이었던 것이다. 그 차별은 기술적으로는 합법적이지만, 윤리적으로는 불공정하고 부도덕했다.

그리핀은 1941년에 미 공군에 입대했고, 이듬해에 태평양 작전지역에 투입되었다. 그의 외국어 실력에 감탄한 고위 사령관이 그를 솔로몬 제도(Solomon Islands, 오세아니아 남태평양의 파푸아뉴기니 동쪽에 있는 섬나라다 - 옮긴이)에 배치했고 그리핀은 이곳 외딴 마을에서 1년간 살았다. 토착 문화를 연구하고 이들의 언어를 번역했으며 토착 동맹세력에게서 전략적인 정보를 모았다. 처음에 그는 이 토착민을 '원시인'으로, 곧 '타자'로 여겼다. 그러나 정글 탐험을 할 줄 몰랐던 그리핀은 이 지역 다섯 살짜리 꼬마를 안내자로 삼아 의지해야 했고, 이런 경험을 하고 난 뒤 분명하게 깨달았다. "이들 문화에서 볼 때에 나는 꼬마 아이의 도움 없이는 혼자서 살아남을 수도 없는 어른, 즉 열등한 존재다. 지역 주민의 시각에서 볼 때 나는 '타자'고 열등한 존재며, 그들은 우월한 존재다. 게다가 이들의 시각은 타당성을 지닌다." 이는 경험을 통해 깨달은 진실이며 그리핀은 이런 진실을 부정할 수 없었다.

그리핀은 태평양 섬 주민과 함께 지내는 동안 솔로몬 제도의 최고 수장 존 부타(John Vutha)와 친분을 쌓았다. 존 부타는 일본 점령군과 맞서 싸우는 과정에서 미국의 든든한 동맹 세력이 되어주었다. 부타는 적국의 이동 경로를 추적함으로써 결정적인 정보를 제공했다. 또한 포로로 잡혀 일본군의 고문을 당하면서도 동맹 세력의 위치를 불지 않았다. 일본군은 그의 몸에 22군데나 되는 총검 상처를 내어 죽인 뒤 본보기를 보이기 위해 나무에 시체를 걸어놓았다. 그리핀은 이렇게 썼다. "부타가 포기하고 모든 걸 말했다면 미군이 과달카날(Guadalcanal) 섬의 승리를 거두기까지 더 많은 시간이 걸렸을 것이다. 또한 그가 입을 열지 않음으로써 수많은 사람이 목숨을 구했으며, 그렇지 않았을 경우 이들 모두 죽음을 당했을 것이다." 부타는 영웅적인 행동으로 미국과 영국 정부가 수여하는 최고의 훈장을 받았다.

1945년 일본군 침공 계획이 발각되었을 때 그리핀은 다시 모로타이(Morotai, 인도네시아 할마헤라 섬 북쪽에 있는 섬이다-옮긴이) 섬 상륙기지에 배치되었고, 무선기사로 복무했다. 비행기 공습이 임박하자 위험 임무를 맡을 병사를 선발하라는 명령이 떨어졌다. 그리핀은 이 역할에 뽑혔고 임시 활주로 가장자리에 위치한 레이더 텐트에 배치되었다. 그에게 주어진 임무는 적군이 침입할 경우 서류를 없애는 일이었다.

저녁이 되면서 먹구름이 몰려왔고 쉼 없이 비가 내렸다. 그는 처음으로 '폭력의 조짐, 죽음의 필연성'을 느꼈다. 땅거미가 지면서 공습 사이렌이 울려 퍼지는 소리와 함께 멀리서 폭격기가 몰려오는 소리가 들렸다. 임시 활주로를 따라 연거푸 폭탄이 떨어졌고, 그는 개인용 참호로 몸을 피하기 위해 비탈길을 달려 내려갔다. 참호 가장자리까지 왔을 때 부근에서 폭발이 일어나면서 그는 갑자기 붕 날라 어둠 속으로 내동댕이쳐졌다.

이틀 후 그리핀은 후방 병원에서 의식을 되찾았고 심한 뇌진탕

블랙 라이크 미

으로 시력에 큰 손상을 입었다. 그는 부상을 비밀에 부쳤다. 그를 귀국시켜 주기로 약속할 때까지 편지를 읽는 척하고 회복중인 병사 역할을 해냈다. 그는 하사관 계급을 얻었으며 메달과 표창장을 받았다. 그러나 승진하지 않았으며 상을 요구하지도, 수당을 신청하지도 않았다. 그는 세계 이쪽과 저쪽에서 전쟁을 보았고, 전쟁 생각이 다시 떠오르는 것을 견딜 수 없었다.

집으로 돌아온 그리핀은 안과 전문의를 찾았다. 그는 법적으로 시각장애 판정을 받았고, 18개월 후에는 빛에 대한 지각능력이 완전히 사라질 것이라는 얘기를 들었다. 그는 1946년 여름에 배를 타고 프랑스로 건너갔다.

그는 그레고리오 성가로 유명한 솔렘(Solesmes) 수도원으로 갔고, 이곳에 거주하며 베네딕트회 수사와 함께 공부해도 좋다는 허가를 받았다. 1947년에 그리핀은 하나님의 계시를 경험했다. "이 계시는 그동안 내가 깊이 빠져 있던 불가지론에서 나를 꺼내어 가톨릭 성당으로 이끌었다." 그해 수난일(부활절 전의 금요일로 그리스도의 수난을 기념하는 날이다—옮긴이)에 그리핀은 완전히 눈이 멀었다. 이 시기와, 그 후 시각장애인으로 살면서 다시 시력을 회복하기까지 10년의 이야기는 2004년에 출판된 『산산이 흩어진 그림자: 시력을 잃었다가 다시 시력을 찾기까지의 기억(Scattered Shadows: A Memoir of Blindness and Vision)』에 실려 있다.

그리핀은 텍사스 주 맨스필드 부근에 있는 부모님 소유의 시골 땅에 정착했다. 시력이 없는 사람도 자립해서 살아갈 수 있다는 것을 보여주기 위한 시도로 2년간 가축을 길렀다. 그가 키운 돼지는 그 지역 쇼에서 최고 품질을 판정받았고, 그의 시도는 성공을 거두었다. 그리핀은 시각장애가 없는 사람이 시각장애인과 함께 지낼 때 도움이 될 만한 안내서『암흑의 세계를 알기 위한 입문서(Handbook for Darkness)』를 1949년에 출간했다. 프랑스에서 보낸 수도원 생활과 음악 경험을 토대로 같은 해에 장장 600쪽짜리 소설을 7주 만에 쓰기도 했다. 또한 1950년에 일기를 쓰기 시작해서 이후 30년간 지속했다.

그리핀은 오디오테이프로 신학과 철학을 공부했으며, 그레고리오 성가를 가르쳤다. 1951년에는 가톨릭으로 개종했다. 그의 첫 소설『저 바깥에 악마가 말을 타고 간다(The Devil Rides Outside)』가 1952년에 출간되었고 일약 베스트셀러가 되었다. 1953년에 그리핀은 나이 17세의 엘리자베스 홀랜드(Elizabeth Holland)와 결혼했고, 두 사람은 맨스필드 서쪽 지역에 있는 아내 가족 소유의 농장 내의 작은 집으로 이사했다. 그곳에서 아이 4명을 낳아 기르면서 27년간 결혼생활을 했다.

1954년 문고판『저 바깥에 악마가 말을 타고 간다』는 포르노그래피에 대한 하나의 선례로, 출판사가 직접 이 책을 법정에 제출했다. 1957년에 가서 미 연방대법원은 이 역사적인 재판에서 출판사에 승소 판결을 내렸다. 재판부는 책을 평가할 때 전체 내용

블랙 라이크 미

속에서 파악해야지, 문맥과 관계없이 몇몇 단어나 구절을 검열대상으로 삼아서는 안 된다는 중요한 판례를 남겼다. 저 먼 태평양 섬에서 시작된 소설 『너니(Nuni)』가 1956년에 세상에 나왔다. 포르노그래피에 대한 풍자소설 『일곱 천사가 사는 거리(Street of the Seven Angels)』는 쓰인 지 40년 만인 2003년에 출간되었다.

시력을 잃고 살았던 10년 동안 그리핀은 '타자'가 된다는 게 어떤 것인지 경험했다. 시각장애가 없는 사람은 그를 장애인으로 보며, 시각장애와 관련 없는 면에서도 열등할 것이라고 여긴다. 그리핀은 단호하게 이렇게 말했다. "시력을 잃은 한 사람이 있다. 그러나 그는 그것 말고는 아무것도 잃은 게 없다는 점을 이해하라. 그의 지성도, 취향도, 감수성도, 이상도, 존중받을 권리도, 그 어느 것도 잃지 않았다. 그는 늘 그랬듯이 여전히 한 개인으로 존재한다."

1957년 1월 9일 아무런 예고도 없이 그리핀의 눈에 불그스레한 빛이 어렴풋이 보이기 시작했다. 그는 너무 놀라 멍하기만 했다. 아내에게 전화를 걸어 그의 눈에 뭔가가 보인다고 말한 뒤 울음을 터뜨렸다. 엘리자베스는 의사를 불러 남편의 작업실로 보냈고 자신도 곧 뒤따라갔다. 그날 그리핀은 그야말로 처음으로 아내와 아이의 모습을 어렴풋이 보았다.

충격에 휩싸인 그리핀은 곧 진정하고 전문의를 찾아갔다. 언론의 관심이 쏠리면서 이 과정 내내 기자들이 따라다녔다. 그는 인근에 있는 카르멜(Carmel)회 수도원으로 피신했고 그곳에서 정기적인 묵상을 가졌다. 그리핀에게는 안정이 필요했다. 그의 시력이 개선될지 아니면 다시 사라질지 알 수 없었기 때문이다. 몇주 동안 휴식을 취하면서 시력 훈련을 실시하고 강력한 렌즈의 도움을 받은 결과 그의 시력은 꾸준히 개선되었다. 이처럼 시각을 다시 찾은 영광스런 선물을 받고 그는 무척 놀랐다.

그는 자신이 앞을 보지 못했던 것은 하나님의 뜻과 관련된 문제라고 받아들였다. 한 가지 목적을 위해 그를 영혼의 긴 밤 속으로 던진 것도 하나님의 뜻이고, 그의 회복이 영적 치유의 계시, 즉 신비한 빛을 보는 체험으로 나타난 것도 하나님의 뜻이라고 생각했다. 이런 영적 차원이 밑바탕이 되어, 어떤 개인적 희생을 치르더라도 모든 사람에 대한 평등한 정의를 인간의 권리로 요구해야한다는 동기를 키웠다.

III

1959년에 과감한 시도를 위해 뉴올리언스로 출발하기 전날 밤 그리핀은 일기에 이렇게 썼다.

"이를 직시하는 것보다 더 어려운 것은 없다. 깊은 확신을 정면으로 바라보겠다고 마음먹고 이런 확신에 따라 행동하는 것,

블랙 라이크 미

이런 행동이 우리의 바람과 맞지 않을 때에도 이 행동을 계속하는 것, 이보다 더 어려운 것은 없다. 그렇다. 이 일은 해야 한다. 너무도 아름다운 것인 정의에, 그리고 너무도 끔찍한 짓인 보복과 인간에 대한 경멸에 우리 자신을 의도적으로 철저하게 내맡기기로 결심해야 한다. 우리는 알고 있다. 어쩌면 이미 그렇게 했는지도 모른다. 다짐하고 행동에 옮겼는지도 모른다."

남부 여행에서 돌아온 그리핀은 1960년 4월부터 10월까지 잡지 「세피아」에 '부끄러움 속으로 떠난 여행(Journey Into Shame)'이란 제목으로 연재 기사를 썼다. 『블랙 라이크 미』를 쓰기 전에 작성한 거친 초안이라고 할 수 있다. 첫 회 기사가 잡지 가판대에 깔리기도 전에 고향 맨스필드의 백인 인종차별주의자들이 그리핀과 그의 가족에게 전화와 편지로 살해 협박을 가했다.

1960년 4월에 (그리핀의 표현을 빌면) '모형 인형을 동원한 린치 사건'이 있은 뒤 겁에 질린 부모는 맨스필드의 땅을 처분하고, 그리핀의 형 에드가 소유의 땅이 있는 멕시코로 가서 정착할 계획을 세웠다. 8월 중순경 그리핀의 부모는 차로 떠났고 그로부터 이틀 뒤 그리핀은 아내와 아이 세 명을 멕시코시티 행 비행기에 태워 보냈다. 그도 차에 짐을 싣고 곧 뒤따라갔다. 이들 가족은 작은 마을에 정착했다. 이 마을에서는 스페인 식민지령 도시 모렐리아(Morelia)가 한눈에 내려다보였다. 부근에 미초아칸(Michoacán) 주의 시에라 타라스카(Sierra Tarasca) 산맥이 있었으며 멕시코시티에서 서쪽으로 209킬로미터 떨어져 있었다. 이후 1년 가까이 이곳에 새로운 가정을 꾸렸다. 그리핀이 『블랙 라이크 미』 최종 초안을 마친 곳도 이곳이었다.

그러나 모렐리아에 공산주의 학생 봉기가 잇달아 일어나면서 그리핀은 아내와 아이들, 부모님을 다시 텍사스 주로 돌려보냈다. 그는 나치의 등쌀에 프랑스를 떠났던 일, 인종차별주의자 때문에 맨스필드를 떠났던 일, 이제 마침내 공산주의자에게 시달려 멕시코에서 떠나게 된 사정까지 이 모든 아이러니한 사실을 깊이 고찰하면서, 그곳에 계속 남아 소요사태에 대한 기사를 썼다.

1961년 봄에 그리핀은 맨스필드로 돌아왔다. 8월 20일에 마침내 『블랙 라이크 미』의 신간 견본을 받아보았다. 그는 이렇게 소감을 밝혔다. "한 사람의 작품이 이렇게 형태를 갖춰 완성된 모습으로 출간되어 나올 때면 언제나 낯선 느낌이 든다. 500그램도 채 안 되는, 1년에 걸친 노동의 결실. 그 어떤 물질도 이 정도의 무게로 그렇게 강한 폭발력을 만들어내고, 엄청난 반향을 일으키며 우리 삶과 지위에 많은 변화를 가져오지 못할 것이다."

1960년대 동안 그의 지위가 바뀌지는 않았지만 일상의 삶은 극적인 변화를 겪었다. 외로운 작가는 평등한 정의를 옹호하는 역동적인 대중활동가로 변신했다.

처음에는 「세피아」의 기사를 통해, 다음에는 마이크 월리스, 데이브 개로웨이, 스터즈 터클을 비롯한 많은 사람과의 방송 인터뷰를 통해 그리핀이 살아온 독특한 삶의 이야기가 알려졌고 그리핀은 인종차별 제도에 대한 거친 비판을 세상에 토해 냈다. 이 때문에 1961년 11월에 『블랙 라이크 미』가 출간되기 전부터 거센 논쟁이 일었다.

이 책이 일반 독자의 관심을 끌 것이라고 확신하지 못했던 출판사의 입장에서는 이런 논쟁이 하늘에서 내려준 무료 광고 캠페인이었다. 그러나 이 책을 쓴 저자에게는 여행 자체에 못지않은 거의 끝없는 연옥의 문이 열린 것과 다름없었다. 동부 및 서부 해안 지역의 주요 매체에서는 이 책에 대해 극찬에 가까운 평가를 내렸고 텍사스 신문에서도 열렬한 환호를 보냈다. 그러나 애틀랜타를 제외한 딥 사우스 지역에서는 이 책을 완전히 무시했다.

그러나 인종차별주의자는 자신이 저지른 인권침해 사실이 만천하에 폭로되었으므로 절대로 작가를 그냥 보아 넘기려 하지 않았다. 『블랙 라이크 미』가 베스트셀러 목록에 오르고 학계로부터 '매우 중요한 자료'라는 평가를 받는 동안 증오 대상자 명단에 그리핀이라는 이름이 올랐고 그리핀은 '모든 백인의 적'으로 지목되었다. 10년 뒤 KKK단은 그리핀을 공격해서 체인으로 무자비하게 구타한 뒤 미시시피 주 외딴 뒷길에 내다 버렸다. 그러나 그리핀은 살아남아 계속해서 인종차별주의에 맞서 싸웠다.

그리핀은 자기 저서를 평가하면서 『블랙 라이크 미』에는 두 가지 치명적인 약점이 있다고 인정했다. 우선 흑인을 차별대우하는 남부 지역만을 여행했다는 점이고 다른 하나는 종교기관에 대한 비판을 빼놓은 점이었다.

훗날 그리핀은 전국을 돌아다니면서 어느 지역이 아량이라는 얇은 판지 아래에 편견을 숨기고 있었는지 밝혀냈다. 또한 흑인 가정부로 변장해서 1969년에 『영혼의 자매(Soul Sister)』라는 저서를 펴낸 그레이스 할셀(Grace Halsell)은 북부든 남부든 흑인 거주 지역에서 동일한 차별 형태가 나타나는 것을 목격했다. 이들 백인 작가가 백인 사회의 양심을 일깨우기 전에도 할렘의 선각자 제임스 볼드윈(James Baldwin)이 훨씬 더 오래 전인 1950년대 중반에 비할 데 없이 유려한 글 솜씨로 비타협적인 개인 글에서 인종차별주의자의 오류를 분명하게 밝혀낸 적이 있다. 그러나 대부분의 백인은 흑인의 목소리로 들려주는 강렬한 목격담을 무시해 버렸다.

마침내 1966년에 마틴 루터 킹 목사의 주도로 시카고 거리에서 비폭력 가두 행진이 벌어졌을 때 백인 군중은 그동안 감춰놓았던 증오를 추악하고 공공연한 형태로 드러내었다. 이것이 신문 카메라에 포착됨으로써 북부 지방에도 인종차별이 안으로 곪고 있었다는 사실이 입증되었다.

두 번째 약점과 관련해서 그리핀은 고위 성직자가 흑인 가톨릭교도에 대한 차별대우를 의식하고 있으므로 이런 부도덕한 관행이 폐지될 것이라고 순진하게 생각하면서 가톨릭교회에 대한 비판을 자제했다.

그리핀은 1963년에 「기독교인의 인종차별 죄(Racist Sins of Christian)」에서 이렇게 썼다. "가톨릭교회의 가르침은 인간 가족 성원 간에 어떤 인종적 차이도 두지 않는다고 보았다. 교회에서는 인간을 레스 사크라(res sacra), 즉 신성한 실체로 보기 때문이다. 하나님은 우리 모두에게 평등한 권위와 평등한 존엄성을 주었다. 피부색은 중요하지 않았다. 중요한 것은 어떤 영혼을 가졌는가 하는 점이다."

그리핀은 J. 스탠리 머피(Stanley Murphy) 신부의 말에서 가르침을 얻었다. "누구든 자신이 아닌 다른 사람을 어떤 상황에서든 신성한 실재보다 못한 존재로 여기는 순간 죄를 저지를 가능성은 거의 무한하게 커진다." 모든 종교에서는 인간 권리가 신성하다는 것을 인정하지만 가톨릭 성직자들은 "영혼과 소원해질까 봐" 차별을 합리화했다. 그리핀은 "여기서 이들이 말하는 영혼은 곧 편견에 사로잡힌 백인 가톨릭교도의 영혼"이라고 생각했다. 아울러 "왜 흑인의 영혼과 소원해지는 것은 그토록 '두려워하지' 않았는지" 의아해했다.

주류 가톨릭 월간지 「사인(Sign)」 일면 기사로 실린 그의 글이 고위 관리에게 그렇게 심한 당혹감을 안겨주지 않았더라도 또다시 1963년에 당시로는 가장 급진적인 성향을 보인 가톨릭 잡지 「램퍼츠(Ramparts)」를 통해 흑인 성직자들 사이에 훨씬 깊은 소외감이 팽배해 있다는 사실이 드러났다. 루이지애나 출신의 젊은 사제는 오거스트 톰슨(August Thompson) 신부와 대담을 나누던 중 "아마 몇몇 지역에서는 우리 흑인 사제를 가리켜 이등 그리스도라고 부를지도 모르지요. 그런 말이 있을 수 있는지는 모르겠지만 말입니다."라고 주장했다.

이 말에 충격을 받은 그리핀이 이렇게 대답했다. "이등 가톨릭교도라는 심각한 불명예가 있다는 것을 우리는 알고 있어요. 이 말은 너무도 잘 알려져서 이제 더 이상 숨길 수 없는 상황이라는 의미지요. 그러나 '이등 그리스도'라는 불명예는 정말 상상조차 할 수 없는 일이에요."

두 글은 논쟁을 불러일으켰지만 많은 교회 관리들은 이러한 주장을 부정하고 톰슨 신부는 인터뷰 기사를 검열하려고 시도했다. 그때에 토마스 머튼(Thomas Merton), 프랑스 철학자 자크 마리탱, 흑인 신학자 앨버트 클리지(Albert Cleage) 같은 중요 사상가가 이러한 주장이 사실이라고 확인해 주었다.

마틴 루터 킹 목사가 1963년에 쓴 「버밍엄 감옥에서 보낸 편지(Letter From A Birmingham Jail)」에서는 끈질기게 지속되는 흑인 차별대우의 비도덕성에 대해 "자체적으로 결집되어 있지 않은 소수 세력에게 다수 세력이 고통을 가하는 법은 불공정한 법이다. 이것은 합법화한 차별"이라고 분명히 했다. 그는 모두에게 물음을 던졌고, 시민은 이 물음에 불복종운동으로 답했다.

블랙 라이크 미

"흑인 차별대우는 인간의 비극적인 분열이 실존적으로 표현된 것 아닙니까? 인간의 무서운 불화와 끔찍한 죄악이 겉으로 드러난 것 아닙니까? 따라서 나는 사람들에게 흑인 차별대우 규정을 따르지 말라고 주장합니다. 이런 규정은 도덕적으로 그릇된 것이기 때문입니다."

마틴 루터 킹 목사는 정신적 스승인 모한다스 간디와 마찬가지로 그리스도의 가르침을 근거로 삼았으며 헨리 데이비드 소로(Henry David Thoreau)의 저서에서도 많은 영향을 받았다. 이 저서에는 이렇게 씌어 있다. "광적인 인종차별주의자들이 그러듯이 법망을 빠져 나가고 법에 맞서는 일을 옹호할 수는 없다. 이는 결국 무법 상태로 이어질 것이다. 불공정한 법을 깨려는 사람은 공개적이고 우호적인 방식으로 …… 또한 처벌도 기꺼이 감수하겠다는 각오로 이를 행해야 한다." 간디도, 마틴 루터 킹 목사도 평화적인 방법으로 대중의 양심을 일깨웠으며 감옥생활도 기꺼이 받아들였고 순교자가 되고자 했다.

이들은 비폭력의 강령을 내세우고 그리스도가 십자가에 못 박혀 죽은 일, 간디의 표현을 빌면 '완벽한 사랑의 행위'에서 시작된 종교적 이상을 옹호했지만 결국 암살의 희생자가 되고 말았다.

그러나 평화적 저항이라는 전략은 딥 사우스 지역의 흑인 차별대우 규정을 없애는 데 기여했다. 그러나 1964년 인권 법안(Civil Rights Bill)이 법으로 정해진 뒤 "인종차별주의자는 애국주의와 그리스도 정신이라는 이름으로 더욱 많은 힘을 쏟으면서 흑인뿐만 아니라 모든 비(非)인종차별주의자를 억누르려고 했다."고 그리핀은 자신의 1969년도 저서 『교회와 흑인(The Church and the Black Man)』에서 주장했다. 사회 통합은 "언제나 적대 세력의 변화에 따라 좌우되기 때문에" 흑인은 마틴 루터 킹 목사의 꿈을 포기하고 다른 정치적 전략을 추구할 수밖에 없었다.

블랙파워[Black Power, 주로 흑인학생으로 구성된 급진적인 반전·반차별 운동단체, 학생비폭력조정위원회(SNCC) 의장 스토클리 카마이클이 1966년 6월에 제창한 개념으로 1965년에 암살된 맬컴 엑스의 영향을 받은 것이다-옮긴이]는 "흑인에게 그들 자체적으로 단결하여 강력한 지위를 확보한 뒤 이 위치에서 협상하라고 주장했다."고 『블랙파워: 미국 해방운동의 정치학(Black Power: The Politics of Liberation in America)』의 공동 저자들은 주장했다. 스토클리 카마이클과 찰스 V. 해밀튼(Charles V. Hamilton)은 새로운 정치 행동을 벌이기 위한 1967년도 청사진에서 백인 권력으로부터 다른 결과물을 얻고자 한다고 밝혔다. "궁극적인 목표는 다른 집단을 지배하거나 착취하는 데 있지 않으며, 사회의 전체 권력을 생산적으로 분배하는 데 있다." 블랙파워에 대한 가장 일반적인 비판에서는 이들의 주장이 역(逆)인종차별의 형태를 띤다고 보았다.

흑인은 백인에게 린치를 가하지도 않았고 백인 교회에 폭탄을 던지지도 않았으므로 이런 비판은 잘못된 분석이었다. 카마이클에 따르면 인종차별주의는 단순히 태도의 문제가 아니다. 왜냐하면 "인종차별의 문제는 오로지 그런 행동을 현실에 옮길 만한 힘이 있을 때에만 발생하기 때문이다."

인종차별적인 태도가 마음의 상처를 줄 수는 있다. 그러나 묵묵히 지켜보기만 하는 몇몇 경찰국가에서 그렇듯이 아무 처벌을 받지 않은 채 흑인에게 상해를 입히거나 흑인을 죽일 수 있는 권력이 존재하지 않는다면 하나의 태도는 어디까지나 개인적인 차원에 머무른다.

학생비폭력조정위원회(Student Nonviolent Coordinating Committee)를 이끄는 카마이클은 많은 백인에게 호전적인 지도자로 인식되었다. 이에 대해 그리핀은 이렇게 지적했다. "거의 모든 백인이 깨닫지 못한 사실이 있다. 스토클리 카마이클은 대단한 통찰력을 지닌 사람으로, 오랫동안 비폭력 저항운동을 철저하게 지지했다. 그 자신이 비폭력 저항운동을 열렬히 주장했을 뿐만 아니라 이를 영웅적으로 실천했다. 여러 해에 걸쳐 거칠게 내동댕이쳐지고, 모욕당하고, 감옥에 가고, 학대받는 동안 그는 자신을 학대한 사람을 위해 무릎 꿇고 기도를 드리곤 했다. '좋은 검둥이'처럼 살지 않고, 용서받지 못할 죄를 저질렀다는 이유로 그를 혐오했던 비인간적인 백인을 위해 기도했다. …… 그러나 마침내 더 이상 참을 수 없는 지경에 이르렀다." 카마이클은 블랙파워로 돌아섰고, 그 뒤 콰메 투레(Kwame Turé)라는 아프리카 식

이름을 사용했다. 그는 결코 폭력을 설교하지 않았다. 그러나 많은 백인 시민과 총기 소지 집단, 증오의 무리가 그랬듯이 자기 방어를 위해 무력을 행사할 권리가 있다고 주장했다.

앨버트 클리지 목사에 따르면 폭력 문제는 아무 상관이 없었다. 그는 동료 흑인들이 오히려 "미국처럼 과거에도, 현재에도, 미래에도 폭력적인 나라 한복판에 살아가면서 비폭력 이념에 충실했던 이상한 존재"였다고 지적했다. 분리주의와 관련해서 클리지 목사는 "우리는 분리되었지만 통합을 꿈꾸었다. 따라서 우리 이익을 위해 분리주의를 활용하지 않았으며, 다만 우리를 착취하기 위해 이를 활용해도 좋다고 허용했다."고 지적했다.

그 당시 진보적인 흑인 지도자 사이에서 흑인해방운동이라고 알려진 이른바 시민운동 기간 동안 새로운 감수성이 등장했다. 이 감수성에서는 흑인의 정체성과 아름다움을 인식하고 분리주의 쪽도, 인종차별 쪽도 아닌 평화로운 공동체에 대한 자긍심과 자기존중의식과 자기결정능력을 가지려고 했다.

그리핀은 늘 비폭력 사상을 믿는 사람이었으며 1971년에 강연 사무실에서 그를 대신해서 낸 다음과 같은 성명서가 자신의 뜻과 같다고 주장했다. "전체 공동체의 선을 원하는 사람이라면 누구나 그래야 하듯이 나는 블랙파워를 확고하게 지지한다. 비폭력 사상이 제 힘을 발휘하지 못한 것은 비극적인 일이었다. 흑인은 이 비폭력 사상으로 백인 형제를 치유하고자 노력했지만 백인은 전혀 치유되지 않았다. 그러나 비폭력 저항운동은 우리가 생각하는 이상으로 많은 것을 이룩했다. 역사는 비폭력 저항운동이 사람들의 영혼에 크나큰 흔적을 남겼다는 것을 입증할 것이다. 결코 실패한 것이 아니며 다만 일을 마치지 못한 것뿐이다. 블랙파워는 여기서 발전되어 나온 운동이다. 이는 흑인의 입장에서 제기하는 인간성 선언이며 우리를 서로 평등한 존재로 대우할 것을 요구한다."

이러한 발전과정은 개인과 집단의 노력 속에서 정치적 흡입력을 가졌다. 그러나 인종차별주의는 수 세기에 걸쳐 제도로 굳어졌고 흑인 사회는 이러한 바탕 위에 세워진 확고한 체제에 맞서 그와 동등한 기반을 확보할 수 없었다. 1955년부터 1975년에 걸쳐 일어난 흑인 해방 투쟁에 대한 어떠한 비평도 백인 자본주의적 시각에서는 진보로 평가받지 못했다. 오히려 건전하고 도덕적이며 평화적인 사회를 세우기 위한 토대로서 단순한 정의가 필요하다는 것을 깨닫는 혁명적 자각의 과정으로 이해되어야 한다.

우리는 이 시기에 활동한 지도자에 대해서는 잘 알면서도 이 운동의 보병 역할을 맡았던 학생이 어떤 기여를 했는가에 대해서는 간과하는 경향이 있다. 1964년에 학생들의 지원을 받아 미시시피 흑인 자유 민주당(Mississippi Freedom Democratic Party of Black) 주 하원의원을 조직했던 파니 루 하머(Fannie Lou Hamer)는 "젊은 학생들 덕분에 나는 비로소 처음으로, 미국에서 민주주의를 실현할 수 있다는 가능성을 보았다."고 말했다.

아프리카계 미국인의 역사에 대해 균형 잡힌 시각을 보여주는 것으로는, 고전 『강이 있다(Threre Is A River)』의 저자이자 PBS 다큐멘터리 시리즈 〈아이즈 온 더 프라이즈(Eyes on the Prize)〉의 선임 자문인 빈센트 하딩(Vincent Harding)의 작품이 있다. 이 시대를 주제로 한 그의 저서들, 『희망과 역사(Hope and History)』 『왜 우리는 마틴 루터 킹과 운동에 대한 이야기를 함께 나눠야 하는가?(Why We Must Share the Story of the Movement and Martin Luther King)』 『불편한 영웅(Inconvenient Hero)』은 인간적인 내부자의 입장에서 사건을 파헤치며, 사회적·영적 주제를 선명하게 밝혔다. 이는 오로지 현명한 스승만이 할 수 있는 작업이었다.

하딩과 그의 아내 로즈마리(Rosemarie)는 마틴 루터 킹 목사가 결성한 남부 기독교인 지도자 회의(Southern Christian Leadership Conference)와 함께 전선에 섰다. 또한 코레타 킹(Correta King) 여사는 하딩을 애틀랜타에 건립된 마틴 루터 킹 기념센터(King Memorial Center)의 초대 관장으로 선출했다. 희망으로 가득한 하딩의 저서는 역사 속에 잊힌 학생과 인권을 진정으로 믿는 사람들에게 바쳐졌다. 대중언론과 많은 백인 저자에 의해 잘못 전해진 격동의 시대를 처음 접하는 학생에게 그의 저서는 이상적인 표준을 제공할 것이다. 또한 하딩은 'black'이란 단어를 사용할 때 대문자 'B'를 써서 'Black'으로 맨 처음 사용한 흑인 작가며 나도 그의 선례를 따르고 있다.

블랙 라이크 미

IV

그리핀에게 있어 시끌벅적한 1960년대는 『블랙 라이크 미』의 예상치 못한 대성공과 함께 시작되어, 백인에게 완전히 묵살되었던 급진적인 흑인의 목소리를 담은 선집 『교회와 흑인』으로 끝났다. 두 저서 사이에 유일하게 유사점이 있다면 두 저서가 나온 뒤 모두 협박 편지가 쇄도했다는 점이다. 그 후 1970년대 중반에 검열이 부활했고, '저속한' 단어가 사용되었다는 이유로 그의 저서가 도서관 책꽂이에서 사라졌던 시기를 견뎌야 했다. 이 시기 동안 그의 저서뿐 아니라 랄프 엘리슨의 『보이지 않는 인간』(랄프 엘리슨의 대표적인 장편소설. 인간성을 박탈당한 채 보이지 않는 존재가 되어 살아가야 하는 미국 흑인의 복잡한 괴로움을, 소외된 현대인 일반에게도 공통되는 고뇌로서 상징적으로 묘사한 작품이다–옮긴이), 하퍼 리 (Harper Lee)의 『앵무새 죽이기(To Kill A Mockingbird)』, 마크 트웨인의 작품도 도서관에서 사라졌다.

훗날 번복되기는 했지만 『블랙 라이크 미』를 상대로 소송이 제기되었다. "13세 아이에게 읽혔을 때 전적으로 저속하고 외설적이며 도착적인 내용이 실렸다."는 게 고소 내용이었다. 그리핀은 백인의 반발 앞에서 무척 당혹감을 느꼈고, 특히 그의 강연에 "어린아이들의 마음을 타락시키려는 의도적인 계획이 들어 있다."는 얘기가 많은 당혹감을 안겨 주었다. 1980년대 중반이 되면서 이들 금지 도서는 문학의 규범이 되었고, 오늘날에는 중학생에서 대학생까지 꼭 읽어야 할 권장 도서로 꼽히게 되었다.

그리핀은 대중 앞에 처음 나설 때부터 "이렇게 나서서 흑인의 대변인을 자청하지 않을 생각"이라고 주장했으며 이 점은 그의 저서에서도 강조되었다. 1977년에 나온, 인종차별에 관한 개괄서의 결정판 『인간이 될 시간(A Time To Be Human)』은 이렇게 시작한다. "이 책은 개인적인 기록이다. 나는 그저 내가 경험한 인종차별 내용을 말할 것이다. 처음에 나는 텍사스에서 자란 백인 아이의 눈으로 인종차별을 경험했고, 다음에는 1959년에 남부에서 흑인이 되어 인종차별을 경험했으며, 그 이후에는 다시 백인이 되어 우리 나라의 여러 대도시와 다른 나라에 있는 흑인 거주 지역에서 인종차별을 경험했다."

1975년에 그리핀은 자신의 관점을 이렇게 설명했다. "나는 차츰 인종 화합과 관련된 공적 인물로 사람들 앞에 나서지 않게 되었다. 백인이 흑인 말에 귀 기울이지 않던 시절에 한때는 몇몇 백인이 나서 정의와 인종 간의 대화를 주장해야 했다. 그러나 그런 시대는 지나갔다. 흑인이 완벽하게 자신의 목소리를 내는 때에 백인이 나서서 흑인을 대변하는 것은 어리석은 일이다." 흑인 지도자는 백인 활동가에게 백인 사회 교육 일에 전념해 줄 것을 당부했고, 그리핀은 이러한 흑인 지도자의 주장에 전적으로 동의했다.

그리핀은 처음부터 이런 활동을 해 왔으며 자신의 역할에 대해 이렇게 생각했다. "나는 일종의 다리 역할을 맡고 있다고 여겼다.

백인과 흑인이 각기 판단의 근거로 삼는 정보와 견해가 엄청난 격차와 이중성을 보이는 현실에서 이런 차이를 조정하는 다리 역할이었다. 아울러 백인이 인간적인 판단보다는 인종적인 판단을 내리도록 이끄는 잘못된 정보와 관련해서도 조정 역할을 맡았다."

그리핀은 『블랙 라이크 미』의 저술과 관련해서 흑인 체험을 한 데다, 1960년대와 1970년대의 인권운동과 위기에 직접 참여함으로써 독특한 시각을 가졌기 때문에 매우 인상적인 목소리로 평등한 정의를 지지할 수 있었다. 또한 사람의 마음을 끄는 진실성과 이야기 전달 능력 덕분에 깊은 인상을 남기기도 했다. 그는 "흑인 문화와 백인 문화 양쪽을 모두 접하고 경험했기 때문에" 두 집단 간의 다리 역할을 했다. 그러나 그의 저서는 "특정하게 흑인의 소명도, 백인의 소명도 아니며" 다만 깊은 영적 탐색과정이었고, 그 스스로는 이를 가리켜 "인간의 화합을 위한 소명"이라고 했다. 그러나 자신의 존재나 자신이 한 일을 놓고 마치 영웅이나 된 듯 착각한 적이 없으며, 아울러 "통계나 측정할 수 있는 결과를 낳는 그런 종류의 책이 아니라고" 확실히 깨닫고 있었다.

그리핀은 살아생전에 인종차별이 끝나는 것을 보거나 마틴 루터 킹 목사가 말한, 정의로운 '사랑의 공동체(Beloved Community)'가 시작되는 것을 볼 수 있으리라고는 기대하지 않았다. 그럼에도 그는 마음 깊은 곳의 개인적 취향과 잘 맞지 않을 때에도 사회투쟁을 지속해 나갔다. 1978년에 스터즈 터클에게 이렇게 말했다고 한다. "활동가는 내 기질과 맞지 않지만, 자신의 소명이 꼭 기질과 일치하는 것은 아니다."

그리핀은 가족과 단란한 시간을 보내고 소설을 쓰고 영적인 성찰을 갖고 싶은 내면의 욕구가 있었다. 그러나 자기와 맞지 않는 활동가 일을 하는 동안 공적 생활 때문에 이런 내면의 욕구를 상당 부분 포기해야 했다. 아플 때나 수술 후 회복기에도 자주 강연을 다녔고, 이럴 때면 목발이나 휠체어에 의지해야 했다. 그러나 자비 없는 세상에서 자비로운 행동을 해야 한다는 더 높은 의지에 따랐다.

『블랙 라이크 미』에서는 종교에 대해 드러내놓고 말하지 않지만 본문 속에는 '성인'이니 신학이니 하는 말을 언급하는 부분이 있다. 작은 오두막집에 머물던 밤에 그리핀은 아이들이 마룻바닥에 잠들어 있는 집을 나와 바깥 들판에서 저 유명한 시인 랭스턴 휴즈의 시를 암송했다. 이 구절은 문학적인 관심을 넘어서서 한 질서 안에 포함된 보편적인 영적 초혼으로까지 이어졌다.

"밤은 늘 위안이 되었다. 백인들은 대부분 자기 집으로 돌아갔고, 그런 만큼 위협도 줄었다. 흑인은 별로 튀어 보이지 않으면서 어둠과 잘 섞일 수 있었다. 이럴 때면 흑인은 별이 반짝이는 하늘을 쳐다보면서 자기 역시 결국은 보편적인 질서 속에 들어 있는 존재라고 깨닫는다. 별과 검은 하늘은 그가 인간이라는 사실을, 인간 존재로 정당성을 갖는다는 사실을 확인시켜 준다. 복부, 폐,

피곤한 다리, 식욕, 기도, 정신, 이 모든 것이 자연 및 하나님과 깊은 연관을 맺으면서 소중한 의미를 지닌다고 깨닫는다. 밤은 그에게 위안이다. 밤은 그를 경멸하지 않는다."

『인간이 될 시간』에서 『블랙 라이크 미』를 회고하면서 그리핀은 흑인으로 변장했을 때 자신에게 향했던 증오의 눈빛에 대해 썼다. 그리핀이 지나치게 과장해서 말했다고 주장하는 회의적인 독자도 있었다고 한다. "백인은 내가 이런 지위하락을 흑인보다 더 강하게 느꼈다고 주장하면서, 흑인은 평생 동안 이런 상황 이외에 다른 것은 알지 못하지만 나는 처음 겪는 일이기 때문이라고 했다."

그리핀은 이것이 백인의 사고방식이며 문화의 정형화된 틀을 투사하는 문제라고 여겼다. 그리핀은 이렇게 말했다. "이것은 전혀 사실이 아니다. 왜냐하면 누구라도 편견 앞에서는 불같이 화가 치밀며, 사람이라면 이런 일이 아무렇지도 않을 만큼 익숙해질 수 없기 때문이다. 백인은 자기 눈에 보이는 대로 말하지만 나는 직접 경험한 그대로 말한다."

『블랙 라이크 미』를 쓰기 전까지 그 역시 이 같은 정형화된 틀을 사실이라고 믿었으며 그 속에 들어 있는 논리적 오류를 전혀 의심하지 않았다. 흑인은 "차별과 편견으로 몇 가지 불편한 일을 겪는 가운데 기본적으로 백인이 아는 것과 같은 유형의 삶을 살고 있다."고 생각했다. 그리핀이 그토록 깊은 충격을 받은 것은 단지 몇 가지 불편 사항 때문이 아니라 현실이 완전히 바뀌었기 때문이다.

"모든 게 달랐다. 모든 게 바뀌었다. 내가 예전에 백인과 접촉했던 지역에 들어가는 순간 나는 더 이상 인간 개인으로 대우받지 않는다는 것을 깨달았다. 갑자기 거리로 나왔더니 자기한테는 있지도 않다고 생각했던 특성과 성격인데도 백인 사회 전체는 내게 이런 특성과 성격이 있다고 굳게 믿었다. 이런 사실을 깨닫는 일은 사람이 겪을 수 있는 가장 이상한 경험이었다. 나 자신의 얘기만 하는 것이 아니다. 이는 마음을 쥐어짜는 듯한 고통스런 경험이며, 내가 아는 모든 흑인이 이런 경험을 했다."

궁극적으로 그리핀이 벌인 시도의 진정성과 관련되어 제기되는 모든 의문은 대답할 수 있는 성질의 것이 아니라 오로지 직관으로만 깨달을 수 있는 문제다. 복잡한 주관성을 걸러내어 객관성이 있는 정확한 요점으로 정리할 수는 없다. 그러나 그리핀은 날카로운 시선으로 사람들을 관찰했고 인종차별적 행동양식에 사로잡힌 백인들이 마치 '흑인 존재'가 열등성을 보여주는 절대적인 증거라도 되는 양 행동하는 모습을 목격했다.

또한 그리핀은 귀 기울여 들어주는 사람이었다. 그는 흑인 사회 속에 흡수되었기 때문에 흑인은 보복을 두려워하지 않으면서 그리핀에게 진실한 감정과 생각을 표현했다. 그만의 특권을 가지고 다른 어느 백인도 신뢰 속에서 들을 수 없었던 것을 들었다. 또한 "이른바 흑인의 특성이란 피부색에서 오는 것이 아니라 삶의 경험에서 형성"된다는 것을 깨달았다.

블랙 라이크 미

그리핀은 혹독한 자기비판 속에서 인종차별을 직시했기 때문에 예전에 알았던 편견의 틀을 완전히 벗어나서 바라볼 수 있었다. 또한 수치스런 정화과정을 고통스럽게 치름으로써 자신의 영혼을 깨끗하게 씻었다. 그리핀이 직접적으로 말하지는 않았지만 『블랙 라이크 미』에 담긴 전반적인 정신으로 볼 때 그를 남부 여행으로 이끈 것은 종교적 이상이며 이러한 이상에 따르겠다는 맹세 덕분에 이 여행을 끝까지 마칠 수 있었다. 이런 시도를 감행하도록 그에게 기운을 불어넣은 '동기'는 오로지 이런 영적 문제와의 연관성 속에서만 제대로 이해될 수 있다. 남부 여행을 마친 뒤 쓴 서문에서 그리핀은 이 책이 "마음과 몸과 지적인 능력에 어떤 변화가 일어나는지를 추적해 나간다."고 말했다. 그렇다. 아울러 이 책은 변화를 통한 영혼의 여행을 추적하고 있다. 『블랙 라이크 미』는 탁월한 통찰력을 보인 창조적 행위였다. 문화적 인식이 지니는 인습적인 한계를 뛰어넘어 인간이 다른 인간에게 저지른 비인간적 행위를 극복하기 위한 영적 비전을 보여주었다.

우리는 모두 인간 본성이라는 본질적인 면을 지닌 채 순수한 모습으로 태어났다. 날 때부터 편견을 가지고 이 세상에 온 사람은 아무도 없다. 그럼에도 우리는 살아가면서 편견을 배운다. 모든 문화는 자기 방식을 존중하도록 가르치는 한편 다른 문화에 대해서는 미묘한 방식으로 폄하하기 때문이다. 기껏해야 아량을 보이며 의식적인 교훈을 배우는 정도인 데 반해 편견은 무의식적으로 길러지기 때문에 잘 파악되지 않는다. 결국 이런 문화적 태도는 비이성적인 감정, 근거 없는 견해, 맹목적인 믿음을 통해 우리 안에서 체계화되어 자리 잡는다. 식민주의, 인종차별, 집단 학살, 반유대주의, 아파르트헤이트, 인종 청소 등 편견의 명칭은 여러 가지로 바뀌지만 이 모든 별칭은 결국 동일한 불공평으로 이어진다. 이 과정을 깨닫고 우리 스스로 이에 맞서 여기서 벗어나며 다른 시각을 갖기 위해 애쓰지 않는다면 결국 문화의 감옥 속에 계속 갇혀 있을 것이다.

그리핀은 『블랙 라이크 미』의 체험을 통해 이러한 작업을 해냈고, 1966년에 쓴 글 「내재된 타자」에서는 인종차별이 이뤄지는 과정을 분명하게 밝혔다. 「'타자'를 넘어서(Beyond Otherness)」에서는 위의 두 글로 다시 돌아와 내용을 되짚었다. 이 에세이는 그리핀이 죽기 1년 전인 1979년에 인종차별에 대해 쓴 마지막 글이다.

상대방이 어두운 피부색을 가졌다든가, 다른 신을 숭배한다든가, '이상한' 관습을 따른다든가, '외국' 말로 이야기한다는 이유를 들어 '타자'를 기정사실처럼 단정 짓는 잘못된 생각이 주입되면 비극적 결말로 나아간다. 겉으로 드러난 차이는 사람을 떼어놓지만 깊이 내재된 공통점은 우리를 하나로 묶으며, 또한 그렇게 해야 한다. 이러한 공통점이야말로 우리를 인간이게 만들기 때문이다.

그리핀은 「내재된 타자」에서 이렇게 썼다. "이것은 우리도 모르는 사이에 우리 안에 들어온다. 선량한 믿음 속에서 이런 것을 행하는 일이 많기 때문에 이것이 호의라는 착각 속에서 완성되기도 한다. 이것이 근본적 망상으로 이어진다. 우리가 타자를 얼마나 잘 안다고 여기든 우리 자신의 제한된 문화적 기준이라는 한정된 틀 안에서 판단하고, 정형화된 틀에 박힌 사고 속에 갇혀 말한다는 사실 속에 바로 망상이 들어 있다."

다른 문화 출신의 사람을 만날 때 이들 문화에 대해 충분히 알거나 편견 없는 지식을 갖지도 못한 상태에서 이들을 '예단하도록' 가르친다면 그 순간 바로 이런 '근본적 망상'이 싹튼다. 불완전하면서도 경직된 일반화를 근거로 벌어지는 이런 비극적 현상 속에 우리가 다른 집단에게 갖는 무의식적인 적대감이 드러난다. 이런 현상은 우리가 다른 모든 '외부인'보다 우월하며 우리 문화가 최고의 위치에서 군림한다는 믿음을 우리에게 심어주는 비합리적인 기능을 수행한다.

그러나 문화는 인간 본성에 대한 견해를 형성하는 것이지, 인간 본성 '자체는 아니다.' 인간 본성이 다른 것처럼 분류하고 규정짓는 것은 단지 문화적 견해의 정형화된 틀 때문이다. 우리 자신의 문화 속에 갇혀 있는 한 결코 다른 문화를 완전하게 이해하지 못한다. 우리 문화가 계속해서 무의식적인 상태로 남아 있는 한 우리 문화도 완전하게 이해하지 못한다. 그러나 다른 문화를 접하면 극적 대비를 얻을 수 있고 이런 극적 대비가 우리 자신에 대한 신선한 자각을 일깨우고 타자를 제대로 보지 못하는 맹점에 밝은 빛을 던져줄 것이다.

그리핀은 「'타자'를 넘어서」에서 이렇게 썼다. "우리가 서로 진심 어린 대화를 나누기 전에 먼저 머리로 인식하고 그런 다음 마음속 깊이 감정적인 차원에서 깨달아야 하는 것이 있다. 바로 '타자'는 없다는 것, '타자'란 중요한 본질적 면에서 바로 '우리 자신'일 뿐이라는 사실을 깨달아야 한다."

무고한 사람이 고생하는 것을 보고 어떻게 인권 옹호자가 되지 않을 수 있겠는가?

주위를 돌아보라, 형제 자매들이여. 우리가 밖에 나가 점심을 먹거나, 재방송 프로를 보면서 선잠을 자거나 불필요한 물품을 사는 동안 지구촌은 우리 곁에 와 있다.

위대한 영혼 속을 들여다보고 인간 본성의 실체는 지금까지도 보편적이었고 앞으로도 변함없이 보편적일 것이라는 사실을 깨달으라.

'나처럼 검은' 사람이란 바로 우리와 같은 인간(Human Like Us)을 의미한다.

존 하워드 그리핀(1920~1980)은 인도주의적 활동을 벌인 공로로 다음과 같은 상을 수상했다. 잡지 「세피아」에 실린 연재기사 「부끄러움 속으로 떠난 여행」은 1960년에 전국 흑인 여성 평의회(National Council of Negro Women)로부터 표창장을 받았다. 1962년에는 「새터데이 리뷰(Saturday Review)」에서 수여하는 '아니스필드-볼프 도서상(Anisfield-Wolf Award)'이 『블랙 라이크 미』에 수여되었다. 1963년에는 존 F. 케네디와 함께 첫 번째 '지상의 평화상(Pacem in Terris Award)'을 공동 수상했다. 1966년에는 온타리오 주 윈저(Windsor)의 어섬션 대학(Assumption University)에서 수여하는 '기독교 문화상(Christian Culture Award)'을 받았다. 1980년에는 범 아프리카 협회(Pan African Association)에서 수여하는 '휴머니즘을 위한 케네스 데이비드 카운다 어워드(Kenneth David Kaunda Award for Humanism)'를 수상했다.

로버트 보나지가 쓴 『거울 속의 사람: 존 하워드 그리핀과 '블랙 라이크 미'에 얽힌 이야기(Man in the Mirror: John Howard Griffin and the Story of Black Like Me)』(Orbis Books, 1997)에는 그리핀이 쓴 현대

판 고전에 대한 간략한 설명과 그의 생애에 관한 짧은 전기가 실려 있다. 1997년에 오비스 북스에서 처음으로 출간된 이 책은 그리핀에 관해 최초로 상세하게 다루었으며 2004년 현재 제4판까지 출간되었다.

『블랙 라이크 미』는 모두 14개국 언어로 번역되었으며 브라이유 점자와 오디오북으로도 나와 있다. 지금까지 전 세계적으로 총 1,100만 권이 판매되었다. 『블랙 라이크 미』는 1961년에 호턴 미플린(Houghton Mifflin) 출판사에서 처음으로 출판되었고 이후 1962년에 뉴 아메리칸 라이브러리 (New American Library)에서 시그네트(Signet) 대중문고판으로 재출간했다. 호턴 미플린 출판사에서 1976년에 그리핀의 에필로그가 수록된 양장본을 내놓았고 이는 오래전에 절판되었다. 시그네트에서 1977년에 같은 판으로 새로운 문고를 재발간했고 1996년에 35주년 기념판도 출간했다.

윙스 프레스(Wings Press)의 결정판 양장본 그리핀 유산 관리 재단 판이 2004년에 출판되었다. 1976년 이후 처음으로 나온 양장본이었고, 도서관 제본으로 나온 것으로는 유일한 양장본이었다. 2006년에 나온 제2쇄에 처음으로 색인이 포함되었다.

윙스 프레스에서 『블랙 라이크 미』를 출간한 뒤 평론가 글리니스 크리스틴(Glynis Christine)에 의해 새로운 사실이 밝혀졌다. 고(故) 레이 스프리글(Ray Sprigle)이라는 백인 저널리스트가 흑인으로 변장해서 남부 지방을 여행했고 이를 소재로 한 시리즈 기사를 1948년에 「피츠버그 포스트 가제트(Pittsbvurgh Post-Gazette)」에 연재했다는 사실이다. 퓰리처 상 수상 기자인 스프리글은 그리핀이 여행을 떠나기 2년 전에 사망했다. '나는 남부 지방에서 30일간 흑인으로 살았다'는 제목의 연재 기사가 「포스트 가제트」에 실렸고 다른 북부 신문에도 실렸다. 크리스틴은 이렇게 말했다. "시리즈 기사가 처음 나올 당시 판촉 활동이 많이 이루어졌다. 기사는 「타임」과 「뉴스위크」에도 실렸고 스프리글은 인종 차별대우를 주제로 한 공개 토론회에도 두 차례 참석했다. 이 토론회는 라디오와 텔레비전을 통해 중계되었다. 훗날 스프리글은 이 기사를 토대로 1949년에 『흑인 차별의 땅에서 (In the Land of Jim Crow)』라는 책을 냈지만 잘 팔리지 않았다."

이 책은 매우 매력적인 자료로 인종차별의 역사에 관심을 가진 사람은 누구라도 재미있게 읽을 수 있는 책이다. 레이 스프리글이 비슷한 시도를 했고 이 내용이 1948년에 주류 신문에 실렸기 때문에 그의 연재 기사와 후속 저서가 이런 종류의 글로는 최초의 것으로 인용된다. 그리핀이 여행을 떠난 1959년보다 10년 이상이나 앞섰다.

이 연재 기사가 나온 1948년에 그리핀은 시각장애인이었고 1980년에 사망할 당시까지 인터넷이라는 검색도구가 생기지 않았기 때문에 그리핀이 『블랙 라이크 미』를 쓸 당시 스프리글의 글은 전혀 알지 못한 상태였다. 「세피아」의 편집자와 구독자도 스프리글의 글을 알지 못했고, 미국을 비롯한 외국의 출판인 12명도 이 사실을 알지 못했으며 스터즈 터클과 윙스 프레스도 알지 못했다. 아마 수백만 명의 독자도 이를 알지 못했을 것이다. 그럼에도 그리핀의 『블랙 라이크 미』는 이 하위 장르 중에서 가장 오래 생명력을 가졌고, 앞으로도 그럴 것이다. 이 글에 담긴 탁월한 문학적 향취, 솔직한 자기비판, 그리고 우리 문화사의 여러 시대를 통틀어 백인 작가가 쓴 다른 글에서는 좀처럼 찾아보기 힘든 영적 특성 덕분에 이 책은 앞으로도 많은 영향력을 미칠 것이다.

다음은 "발문"에 인용된 작가와 작품에 관련된 주며, 책에 실린 순서대로 정리되었다.

- 그리핀의 1966년도 논문 「내재된 타자(The Intrinsic Other)」는 처음에 프랑스 말로 쓰였으며, 도미니크 피레가 편집하고 유럽과 캐나다 독자를 위해 프랑스어와 영어로 출간된 『평화 만들기(Building Peace)』에 함께 편집되어 나왔다. 이 책의 첫 미국 판은 호턴 미플린에서 나온 『존 하워드 그리핀 읽기(The John Howard Griffin Reader)』(1968년)에 편집되어 실렸다. 이 글은 『타자와의 만남(Encounters With the Other)』(Latitudes Press, 1997)에 재수록되었고, 이 책에는 그리핀이 존 부타 수장에 대해 쓴 개인 글도 포함되어 있다.

- 조나단 코졸, 『야만적인 불평등: 미국 학교의 아이들(Savage Inequalities: Children in America's Schools)』은 1991년에 크라운(Crown)에서 출판되었다. 현재는 하퍼 페레니얼(Harper Perennial) 계열 출판사에서 출간한 트레이드 페이퍼백(포켓판보다 큰 페이퍼백 - 옮긴이)으로 남아 있다.

블랙 라이크 미

- 『산산이 흩어진 그림자: 시력을 잃었다가 다시 시력을 찾기까지의 기억(Scattered Shadows: A Memoir of Blindness and Vision)』은 처음 쓰인 지 40년 뒤인 2004년에 오비스 북스에서 출판되었다.

- 그리핀이 쓴 『암흑의 세계를 알기 위한 입문서(Handbook for Darkness)』는 1949년에 라이트하우스 포 블라인드(Lighthouse for the Blind)에서 영어와 브라이유 점자로 출판되었다.

- 그리핀의 첫 소설 『저 바깥에 악마가 말을 타고 간다(The Devil Rides Outside)』는 1952년에 텍사스 주 포트워스의 한 지방 출판사 스미스(Smiths)에서 출판되었고, 북 오브 먼스 클럽(Book of the Month Club)의 책으로 선정되었다. 포켓 북스(Pocket Books)에서 출판한 1954년판 대중 문고판은 디트로이트에서 판매 금지되었다. 이 책은 선례적 사건으로 소송이 제기되었고, 1957년에 버틀러 대 미시건 재판에서 미 연방 대법원으로부터 출판사 승소 판결을 받았다. 이 재판에서는 '불쾌한' 단어나 구절을 근거로 책의 판매 금지 조치를 내릴 수 없으며 전체 문맥 속에서 내용을 파악해야 한다는 판례를 남겼다.

- 그리핀의 두 번째 소설 『너니(Nuni)』는 호턴 미플린에서 1956년에 출간되었고, 세 번째 소설 『일곱 천사가 사는 거리(Street of the

Seven Angels)』는 그리핀이 1963년에 완성한 지 40년 뒤인 2003년에 윙스 프레스에서 출판되었다.

- 1969년에 월드(World)에서 출판한 그레이스 하셀(Grace Halsell), 『영혼의 자매(Soul Sister)』는 남부와 북부 지방에서 흑인 여자로 변장하여 겪은 체험을 기록했다.

- 인종차별에 관한 제임스 볼드윈(James Baldwin)의 저서 다이알 프레스 페이퍼백 판에는 다음 글이 실려 있다. Notes of A Native Son(1955), Nobody Knows My Name(1961), The Fire Next Time(1963), No Name in the Street(1972).

- 그리핀이 쓴 「기독교인의 인종차별 죄(Racist Sins of Christian)」는 1963년에 잡지 「사인(Sign)」에 처음 실렸고 이후 1968년에 『존 하워드 그리핀 읽기』에 재수록되었다.

- 「오거스트 톰슨 신부와의 대담(Dialogue with Father August Thompson)」은 1963년에 맨 처음 잡지 「램퍼츠(Ramparts)」에 실렸다. 이후 『존 하워드 그리핀 읽기』와 『타자와의 만남』(톰슨 신부에게 바친 책)에 재수록되었다.

- 마틴 루터 킹 목사의 「버밍엄 감옥에서 보낸 편지(Letter From A Birmingham Jail)」는 1963년 4월에 작성되었으며, 버밍엄의 인권 시위를 중단하라고 요구하는 앨라배마 목사 8명의 성명서에 대한 답변 형식으로 쓰였다. 이 글은 여러 책에 재수록되었고 여러 나라 말로 번역되었다.

- 모한다스 간디의 인용문은 토마스 머튼(Thomas Merton)이 편집한 『비폭력에 관한 간디의 입장(Gandhi on Non-Violence)』(New Directions, 1965)에서 가져왔다.

- 『블랙파워: 미국 해방운동의 정치학(Black Power: The Politics of Liberation in America)』(Knopf, 1967)은 스토클리 카마이클과 찰스 해밀튼이 저술했다. 카마이클은 『블랙 라이크 미』에 대해 "백인을 위한 훌륭한 책"이라고 평했다.

- 『교회와 흑인(The Church and the Black Man)』에는 그리핀이 찍은 사진과 글, 블랙 프리스츠 코커스(Black Priests Caucus)의 성명서, 앨버트 B. 클리지 목사와 제임스 그로피 신부의 연설이 담긴 디스켓이 포함되어 있다. 이 책은 1969년에 플라움(Pflaum)에서 출판되었고 1970년에 데스클레 드 브루웨(Desclée de Brouwer)에서 프랑스어로 출판되었다.

- 빈센트 하딩이 쓴 책은 『강이 있다: 미국 흑인의 자유를 향한 투쟁 (There Is A River: The Black Struggle for Freedom in America)』 (Harcourt Brace, 1981)과, 오비스 북스에서 출판된 책 두 권, 『희망과 역사: 왜 우리는 운동에 대한 이야기를 함께 나눠야 하는가(Hope and History: Why We Must Share the Story of the Movement)』 (1991)와 『마틴 루터 킹: 불편한 영웅(Martin Luther King: The Inconvenient Hero)』(1996)이 있다.

- 랄프 엘리슨의 훌륭한 소설 『보이지 않는 인간(Invisible Man)』에서 따온 인용문은 1952년에 랜덤하우스에서 맨 처음 출판했다.

- 인종차별을 주제로 쓴 그리핀의 마지막 저서 『인간이 될 시간(A Time To Be Human)』은 1977년에 미국과 캐나다의 맥밀란(Macmillan), 영국의 콜리어(Collier) 출판사에서 나왔다.

감사의 글

마지막으로 이 프로젝트에 많은 기여를 한 분들에게 깊은 감사를 드린다. 우선 돈 럿레지에게 감사드린다. 그는 1959년에 뉴올리언스에서 그리핀의 사진을 찍을 당시 젊은 나이였으며 그 후 블랙 스타(Black Star) 에이전시와 몇 십 년 동안 함께 일했다. 그는 전 세계를 돌아다니며 멋진 흑백 사진을 촬영했다. 지금도 그리핀 유산 관리 재단에 마음씨 좋은 친구로 남아 있다.

엘리자베스 그리핀과 존 하워드 그리핀의 자녀, 수잔 그리핀-캠벨(Susan Griffin-Campbell), 존 그리핀(John Griffin), 그레고리 그리핀(Gregory Griffin), 아만다 그리핀-펜턴(Amanda Griffin-Fenton)에게도 감사드린다. 이들은 존 하워드 그리핀 앤 엘리자베스 그리핀-보나지 유산 관리 재단(Estate of John Howard Griffin and Elizabeth Griffin-Bonazzi)의 이사회원이다.

원문에 대한 통찰력을 제공한 다니엘 L. 로버트슨(Daniel L. Robertson), 교열 작업에 애써 준 마이클 파워(Michael Power)와 리처드 S. 프레스맨(Richard S. Pressman) 박사, 첫 색인 작업에 수고해 준 카말라 플랫(Kamala Platt) 박사와 브라이스 밀리건(Bryce Milligan)에게도 감사드린다.

그리핀의 오랜 친구 스터즈 터클에게 특별한 감사를 드린다. 그는 늘 변함없이 귀 기울여 들어주고 그러면서도 많은 얘기를 들려주었으며 진심에서 우러나오는 글을 써주었다.

블랙 라이크 미

블랙 라이크 미 흑인이 된 백인 이야기

| 펴낸날 | 초판 1쇄 2009년 2월 10일 |
| | 초판 8쇄 2021년 8월 10일 |

지은이	존 하워드 그리핀
옮긴이	하윤숙
펴낸이	심만수
펴낸곳	(주)살림출판사
출판등록	1989년 11월 1일 제9-210호

주소	경기도 파주시 광인사길 30
전화	031-955-1350 팩스 031-624-1356
홈페이지	http://www.sallimbooks.com
이메일	book@sallimbooks.com

| ISBN | 978-89-522-1068-5 03840 |